The Bold Frontier Stories

无畏的边境

JOHN JAKES
[美]约翰·杰克斯 著
董惠铭 译

浙江教育出版社·杭州

前言·我对西部作品的痴情

我对西部作品的痴情始于1939年，当时我在特雷霍特的印第安纳电影院看了有生以来的第一部西部片——埃罗尔·弗林[①]主演的《道奇城》。那时我七岁。在某个特别喧闹嘈杂的场景中枪声大作时，我吓得爬到了座位下面（“枪声大作”是我从杂志上学到的一个词）。

弗林在道德上成为一个大家避之唯恐不及的人。电影剧本的作者在描摹历史时总是天花乱坠，即使并非完全杜撰，至少也已荒腔走板。尽管如此，这部电影还是吸引了我去看弗林后来拍的所有伪造历史的大片。马克斯·斯坦纳[②]等音乐人直击人心的配乐，总能让人在享受视觉效果的同时沉醉在激动人心的听觉盛宴中。正如我在其他书中写过的，受过欧洲古典音乐熏陶的音乐家居然能如此神奇地捕捉到美国西部的精神实质，着实令我感到惊讶。

20世纪40年代，我几乎看了所有出现在银幕上的西部片：大型电影制片厂的故事片和周六下午的一小时节目。“现代”西部片里，总是有穿着带有闪光装饰片的衬衫唱歌的牛仔，我不喜欢这种片子。

我如饥似渴地看了很多刺激的西部电影，比如《西部的里约小子》《边境故

---

①埃罗尔·弗林（1909—1959），即埃罗尔·莱斯利·汤姆森·弗林，澳大利亚裔美国电影演员。1935年，华纳兄弟影片公司把他带到好莱坞，他因身材健美、相貌英俊而大受欢迎。他在《侠盗罗宾汉》（1938）、《海鹰》（1940）、《绅士吉姆》（1942）等影片中主演硬汉式英雄，后因丑闻和演出失败沉寂了一段时间，后来以《太阳照常升起》（1957）重新获得评论界及大众的称赞。

②马克斯·斯坦纳（1888—1971），出生于奥地利的美国作曲家与指挥家。十四岁时编写了一部轻歌剧，在维也纳上演。1914年移民美国，先在纽约担任戏剧指挥家与编曲者，后来到好莱坞，成为当时最佳的电影配乐作曲家之一，凭借《金刚》（1933）、《告密者》（1935年获奥斯卡奖）、《乱世佳人》（1939）、《自君别后》（1944年获奥斯卡奖）等，确立了电影配乐的标杆。

事》《得克萨斯游骑兵》《西部的蒙面骑士》，这些都是对“独行侠”[①]故事的公然抄袭。到了20世纪50年代，我已经成为一名小有名气的作家，主要是为大众出版公司写一些西部短篇小说和中篇小说。

1952年，我第一次去纽约拜访我当时的经纪人斯科特·梅雷迪思时，斯科特嚼着一颗他用来戒烟的“救命药”，说：“我本打算让你去见见迈克·蒂尔登。他就是大众出版公司买我小说的那个编辑。但在他的脑子里，你就是个中年的西部汉子。如果他看到你还只是个乳臭未干的小子，那这个市场就没了。”所以，我一直没有跟那位负责出版我很多西部作品的编辑见面。

到了20世纪50年代末，西部作品的市场几乎濒临寿终正寝，规模也大幅萎缩。不过，在接下来的几年里，我偶尔会写一点儿西部作品，而斯科特也会为它们找到某个鲜为人知的市场，比如东山再起的“短篇小说”。

我从未失去对西部人和西部历史——西部文学类型本身——的热爱，因此我持续不断地在我的历史小说中融入一系列西部元素。《肯特家史》[②]中就有一些关于边远地区的素材——旧时的俄亥俄准州、阿拉莫、淘金热、横贯大陆铁路的修建。《加利福尼亚金子》[③]可以说是一部地地道道的西部淘金史，但绝非是传统意义上的淘金，故事起始于19世纪90年代，一直延续到20世纪才结束。我的好朋友戴尔·沃克说，它理应获得马刺奖[④]，但不幸的是，他是在提名截止日期过后才提出这个建议的。美国西部作家协会[⑤]要求作者推荐自己的作品。我从来不喜欢这样刻意地兜售我的作品。我虽然仍然属于美国西部作家协会成员，但明显缺乏热情。

我唯一一部明确的西部风格小说《佩带一支快枪》是1956年由一家小公司出版的。这家小公司在杂货店的图书架上出租一些粗制滥造的书籍。这本书再版

---

①美国西部广播和电视剧中的主人公名。

②详见本书译者翻译的《肯特家史》八部曲《私生子》《叛逆者》《探索者》《复仇者》《巨人》《战士》《不法之徒》《美国人》，浙江文艺出版社出版。

③详见本书译者翻译的《加利福尼亚金子》，浙江文艺出版社出版。

④美国西部作家协会于1953年创设，每年颁发、表彰最佳西部文学杰出作家和作品，被认为是美国最负盛名的奖项之一。

⑤1953年由德怀特·贝内特·牛顿等六位写传统西部小说的作家发起创立的美国西部作家组织，创设了马刺奖、“美国西部作家荣誉殿堂”等奖项与荣誉。

过一两次。严格意义上来讲，我在1952年还出版过另一部西部小说——《北去的得克萨斯人》。这是一本写给青少年看的小说，大约有三万字，讲的是内战后赶牛的故事。这是我写的第一本书，我仍然为它感到骄傲，因为它除了有一个很好的故事(虽然里面没有吵架骂人和风流韵事)，还有历史背景。

我很高兴看到这本小说集能够付梓，里面还添加了一些以前没有发表过的故事。我不记得书中每个故事的起源了，但有一些值得强调。

《阿帕切韦尔斯的女人》。假如从它被收入选集的次数来评判的话，这是迄今为止我所写的最受欢迎的西部小说。关于这部小说的创作，我几乎没有什么记忆，只记得是先有标题的。标题一直是我的西部通俗小说的关键元素，尽管我最初的标题经常被出版商更改。

有一位很多作品被搬上了银幕的声名卓著的作家坚持认为，这个故事可以拍成一部电影。也许有一天会的。我从来都不知道为什么它会经常被收入选集中，但我很高兴。

《历尽磨难的铁路干线》。这是我为大众出版公司写的中篇小说之一。迈克·蒂尔登改变了我原来同样华丽的标题——《铁路干线——火爆枪战》。

《魔法师斗法》。这部作品还原了一个西部场景，来自《北方与南方》三部曲[①]的最后一部。"呼啸蛇"表演沙伊安部落[②]魔法确有其事，"魔法师马吉"的戏法反映了我毕生对幻觉和近景魔术的迷恋。

我通常会以真人为原型塑造一个人物的外貌。马吉有着迷人的笑容，这是根据已故的弗利普·威尔逊[③]的形象塑造的，可惜的是他没有机会在1994年的连续剧《天堂与地狱》中扮演这个角色。由于时间的限制，魔法师的戏法在电视剧画面中只出现了短暂的瞬间，与"呼啸蛇"的魔法决斗则荡然无存。

《直到最后一颗子弹》。我给这部作品起的名字是《大雪的弃儿》，我更喜欢这个名字。但我也喜欢兑现大众出版公司的支票，所以我保持沉默。

《小菲尔和欢乐之女》。这是我写给我的朋友马丁·格林伯格和比尔·普龙齐

①详见本书译者翻译的《北方与南方》三部曲《北方与南方》《爱情与战争》《天堂与地狱》，浙江文艺出版社出版。

②北美阿尔冈昆印第安人的一个部落，部落里的很多人现居住在美国俄克拉何马州和蒙大拿州。

③弗利普·威尔逊(1933—1998)，美国作家和演员。

尼的一则故事，他们编辑了一部精彩但短命的选集系列，名为《新边境》。

我用一个新的笔名约翰·李·格雷写了这个故事。那是1989年，我想看看自己从开始写作以来是否学到了些许技艺。此外，我希望约翰·李·格雷的声音会有点不同，并很高兴地发现他做到了。

《装阔赌客凑好牌》。我的题目是《黑水河装阔赌客的最后一手牌》，修改后的标题华丽是华丽，但未必更好。

《德国人》。这个故事部分基于我外祖父生活中的一些事件。虽然他作为归化公民生活在中西部，而不是加利福尼亚，在他的经历里也没有遭遇过身体伤害这样的暴力，但是在第一次世界大战期间，他感受到了和威利一样的反德敌意和被排斥的伤感。

我的外祖父威廉·卡尔·拉茨，于1849年出生在德国科赫尔河畔的诺伊施塔特。1870年左右，他从斯图加特以东四十千米的一个小镇阿伦移民到美国。我唯一活着的亲戚今天仍然住在那里。

外祖父于1936年在特雷霍特去世，享年八十七岁。他把自己的名字改成威廉·卡尔·雷茨。我永远也搞不清楚这到底是为了自尊还是为了保护自己。这其实无关紧要，因为无论怎样我都深深地爱着他，但有一种好奇心挥之不去。

我外祖父的移民故事是我写芝加哥克朗家族的第一部小说《家的国》[①]的灵感源泉。

《卡罗来纳征程》。这部1993年的中篇小说是在三位南卡罗来纳州的历史学家的鼓励下创作的，不过他们对内容不负任何责任。

1989年，我妻子雷切尔和我选修了一门历史课程——关于我们选择定居的州从建国到内战的历史。这是我一生中最振奋人心、最激动人心的学术经历之一。位于博福特的南卡罗来纳大学的历史系教授劳伦斯·罗兰博士带我走进了独立战争前那个历史时期卡罗来纳边境非凡惊人的活动场景。由此可以看出，对18世纪的东部地区而言，我们有一个名副其实的“旧西部”[②]。你听说过“牛保

①浙江教育出版社出版时将这部小说和它的姊妹篇《美国梦》一并整合成了三册，并用了这两部小说共同的副标题《克朗家族传奇》作为整套书的书名。

②也被称作“狂野西部”，通常指美国密西西比河以西的各州。

姆”——南大西洋沿岸海岛上的牛仔吗？反正我是没有。我发誓，总有一天，我会写一些关于那个时期的东西。

南卡罗来纳大学的另外两位历史学家在资料和建议方面提供了有用的帮助，他们是我的好朋友——已故的小乔治·C.罗杰斯博士，他是一本精彩的讨人喜欢的书《平克尼时代的查尔斯顿》的作者；以及罗伯特·韦尔博士，他现在已经退休了。

自从故事最初出版以来，两位编辑、我的一些朋友和许多读者都纷纷要求尼克和诺金斯有更多的冒险经历。要是有更多时间的话……

我对这个我已经生活了二十二年的州的迷恋从未减退。南卡罗来纳州方方面面丰富多彩的历史和戏剧性的过去构成了现在我正在写的一部新的历史小说的背景。

《蛇头》。这是我化名格雷先生写的第二篇小说。之后，他似乎又回到了休眠状态。

《马尼托和铁手—— 一则石头山的故事》。这篇小说起源于我和马丁·格林伯格合编的一本新西部短篇小说集。我第一次去上文提到过的我外祖父的家乡阿伦，便产生了这一灵感。

在我签名销售德文版《北方与南方》三部曲的阿伦的那家书店里，我第一次看到了巨大的书架空间留给了卡尔·梅[①]的德语西部作品。他在那里得到的待遇和路易斯·拉穆尔[②]在这里的书店得到的待遇不相上下。

我之前因为卡尔·梅在德语西部片中所塑造的角色而模模糊糊地听说过他，其中有两三部在美国短暂上映过。有一部的主演是莱克斯·巴克。我对梅的作品和传记的研究最后催生了《马尼托和铁手—— 一则石头山的故事》。关于梅的更多信息可以在这篇小说的跋中找到。

---

①卡尔·梅(1842—1912)，德国小说家，以美国西部、德国、中国、中东、南非等多地为背景，创作了七十多部旅行和冒险性质的小说，著名的作品有《温尼图》《银湖的宝藏》《荒原》《被埋葬的秘密》等，有的作品被翻译成三十多种语言。

②路易斯·拉穆尔(1908—1988)，原名路易·迪尔伯恩·拉莫，美国西部小说家，其作品真实地描绘了美国西部未开拓地带附近地区的生活。他一生写了《亨达》《基尔肯尼》《燃烧的山丘》《林中猎人》《西部的胜利》等一百多部小说，超过三十部作品被拍摄成电影，有的被翻译成二十多种语言，销售量超过两亿本。

当《马尼托和铁手—— 一则石头山的故事》作为当年的最佳短篇小说获得1994年西部遗产奖时，我激动不已。我不必毛遂自荐，也不必为了获奖而有失体面地去竭力拉票。获得这个奖项完全出乎意料。

《葛底斯堡的慈悲》。甘尼特[①]公司《美国周末》的编辑马西娅·布拉德为该杂志中的一个夏季小说专刊向我约稿，于是便有了这篇小说。恰到好处的是，它在1994年7月4日[②]这个周末刊出，从那以后就一直广受欢迎。我之所以选择这篇小说，是因为它实在是大众喜爱的读物。看完这篇小说不需要十分钟，但通常会让读者潸然泪下。诚然，它并不是一部西部作品，但对我来说，它有一些西部野外的感觉。因此我想把它收入其中。

我要感谢新美国图书馆，感谢我的朋友也是出版商的路易斯·伯克，感谢我的责任编辑丹·斯莱特，感谢他们见证了这本选集的整个编辑流程。你会发现，我的确热爱西部作品。我希望你能欣赏因六十多年的痴情而呈现的东西。

约翰·杰克斯

希尔顿黑德岛

2001年1月15日

---

①甘尼特，即F.E.甘尼特（1876—1957），美国最大报业集团甘尼特公司的创始人，他于1906年开始收购纽约州北部地区的小报社，1923年组成公司。1967年，甘尼特公司股票首度公开上市，1982年开始发行全美第一份行销全国的报纸《今日美国》。

②美国独立日。

戴尔·L.沃克[①]的序言

美国西部仍然闪耀着永恒的魅力。西部文学，无论是小说还是非小说，仍然激发着全世界数百万人的想象力。

——约翰·杰克斯

毫不夸张地说，约翰·杰克斯辉煌的写作生涯，主要是源于他的西部故事。20世纪50年代初，他就开始向一些通俗杂志——《牧场传奇》《马克斯·布兰德的西部杂志》《点44的西部故事》《西部作品全集》《西部十个故事》《大书西部》等——出售他的西部故事。他的编辑们对这些早期的故事评价很高，以至于杰克斯发现自己居然登上了一本西部通俗杂志的封面，他们称颂他是一名"顶尖作家"——这对一个如此年轻的讲故事的人来说算得上是高度赞扬了。

杰克斯出版的第一本书是一部青少年读物——《北去的得克萨斯人》，1952年出版。

他的小说《佩带一支快枪》于1956年由王牌图书公司出版，说的是一个神秘西部小镇上一个新执法官的精彩故事，开头有两句话十分吸引读者："伊莱·法伦，通常被叫作'先生'，当他第一次到隆霍恩的时候，并不知道那里有一个孤独的灵魂。但不到一小时，他就开枪打死了一个人。"

他最好的科幻小说之一——《六枪星球》，是一部既充满西部色彩又饱含奇思妙想的小说。

①戴尔·L.沃克（1935—2015），美国作家，一生著有二十多部作品，如《1898年的男子汉们》《传奇与谎言》《熊旗升起》等，他三次获得美国西部作家协会的马刺奖，曾担任美国西部作家协会主席。

在他的《肯特家史》中，八部小说有五部包含了大量的边境和西部题材：《探索者》里包括了“疯子安东尼”韦恩①的故事和1794年俄亥俄州边境的“倒伏树木之战”以及美国联邦政府的城市房产计划②；《复仇者》讲述了1836年发生在阿拉莫③的战斗和1849年在加利福尼亚州北部发现黄金的故事；《战士》描述了建造联合太平洋铁路的经过；《不法之徒》有西部牧牛城镇的风情；《美国人》有西奥多·罗斯福④19世纪80年代在崎岖地区⑤经营牧场的冒险经历。

在杰克斯的《北方与南方》三部曲的第三部也是最后一部的《天堂与地狱》中，他描绘了大平原印第安人的生活，描述了第十(黑人)骑兵团在堪萨斯州的活动，描写了印第安人条约问题和美国政府对部落的背叛，也描摹了乔治·阿姆斯特朗·卡斯特⑥和沃希托战役⑦。

他的1989年出版的《加利福尼亚金子》是一部描写地域场景和人物活动的西部历史小说，展开了加利福尼亚淘金热后的三十年画卷，讲述了年轻的主人公宾夕法尼亚流浪汉詹姆斯·麦克林·钱斯所经历的加利福尼亚历史上的重大事件，包括19世纪80年代洛杉矶的房地产繁荣景象，1906年旧金山的大地震和大火，铁路垄断时代，劳工斗争，电影业的诞生，甚至环保运动等。

1974年，约翰·杰克斯的《私生子》出版了，之后《肯特家史》总共八部系列小说相继问世。于是，他的名字开始家喻户晓，成为认可度最高、最受大众喜爱、最常被阅读的美国作家之一。但是在这之前，他已经有四十三部小说和大量的短

①即安东尼·韦恩(1745—1796)，美国独立战争中的将领，因1779年夺取纽约州斯托尼波因特要塞而得到“疯子安东尼”绰号。

②租户若住进并整修被遗弃的房屋便可获得该房屋的产权。

③天主教方济各会在美国得克萨斯州圣安东尼奥的传教区，曾于1836年得克萨斯独立战争中被墨西哥占领。

④西奥多·罗斯福(1858—1919)，美国第二十六任总统(1901—1909)，共和党人，对内执行资源保护政策，对外奉行“大棒政策”，对拉丁美洲进行武装干涉，因调停日俄战争(1904—1905)而获得1906年诺贝尔和平奖。

⑤美国南达科他州西南部及内布拉斯加州西北部一带的地方。

⑥乔治·阿姆斯特朗·卡斯特(1839—1876)，美国骑兵军官，美国内战时联邦军将领，后在袭击蒙大拿州小比格霍恩河附近印第安人营地时战败身亡。

⑦沃希托是一条河流，位于美国俄克拉何马州西部和中南部，全长一千多千米。沃希托战役(1868)发生在俄克拉何马州的夏延附近，是乔治·阿姆斯特朗·卡斯特将军袭击一处沙伊安印第安人营地的著名战役。

篇小说出版。他的写作生涯始于他在印第安纳州迪堡大学读大二时。

约翰·威廉·杰克斯1932年出生在芝加哥,是铁路快运代理公司一名管理人员的儿子。杰克斯在中西部长大,那些年里,他如饥似渴地读书。1950年,他被迪堡大学录取,研修创作课程。入学后的第二年,他把自己的第一个故事卖给了负有盛名的《奇思妙想与科幻小说》杂志的安东尼·鲍彻。故事说的是一个男人勇斗一个恶魔装置—— 一只电烤箱——的故事。更让那些最有前途的大学生作家感到惊讶的是,他竟然于1952年在费城把自己第一部名叫《北去的得克萨斯人》的适合青少年阅读的西部风情小说卖给了约翰·C.温斯顿出版社。

1953年,杰克斯从迪堡大学毕业。1954年,他在俄亥俄州立大学获得美国文学硕士学位,并在那里攻读博士学位。那个时候,他已经结婚(1951年,娶了迪堡大学的动物学实验室讲师雷切尔·安·佩恩),有了一个越来越大的家庭和随之而来的责任,而相比于文学博士所能提供的学术生活,有更加立竿见影的收入的工作似乎更具吸引力。

从1954年到1971年,杰克斯从事过广告文案的撰稿工作,担任过芝加哥北部雅培药厂的产品促销经理,在纽约州和俄亥俄州做过广告代理公司业务经理,同时也是一名自由撰稿人。到1971年,当他成为一名全职小说作家时,他已经升任为代顿一家代理机构的副总裁。

在那些从事广告工作的岁月里,他回到家就写小说。有时,一天的工作之后,每晚只有宝贵的两三个小时可以写作,但是任何一个全职作家都会羡慕他这十多年的作品。杰克斯以自己的真名和笔名杰伊·斯科特兰或艾伦·佩恩等写了四十本书和两百部中短篇小说。

他写推理小说、悬疑小说、恐怖小说、侦探小说、奇幻小说、科幻小说和历史小说;他把电影改写成小说,写非小说类书籍、少儿读物、戏剧和传奇故事。他以野蛮人布雷克为主人公的那些小说(他称其为"罗·欧·霍华德[①]'柯南'系列的冷面克隆品")出版后,为他赢得了大批粉丝。他的1970年出版的《六枪星球》的背景就是密苏里这个神秘的星球,在这个星球上,古老的西部获得了重生,远在

①罗·欧·霍华德,即罗伯特·欧文·霍华德(1906—1936),美国作家,以柯南系列小说闻名。

1973年尤尔·布林纳[1]主演的《西部世界》电影之前，这部小说改编的电影采用了同样的基本理念。他为肯尼斯·格雷厄姆[2]的《柳林风声》的音乐版写了剧本和歌词，他还写了其他很多由专业剧团演出的戏剧和音乐剧的剧本。

《肯特家史》首次出版前一年，杰克斯的《车轮滚滚》问世了。这是一部科幻小说，讲述的是未来的一个时代，人口过剩迫使人们生活在汽车里，无休止地在州际公路网上移动。一位评论家称这部小说为“社会思考的小杰作”。

然后是1974年，金字塔出版社在美国独立战争两百周年之际出版了杰克斯非同凡响的长篇小说《私生子》，它也被称为《肯特家史》的第一部。该系列小说一直持续出版到1980年，涵盖了肯特家族七代人的厚厚八部长篇小说（继《私生子》之后，《叛逆者》《探索者》《复仇者》《巨人》《战士》《不法之徒》《美国人》相继问世），共售出了四千多万册，成为图书业的一个传奇。该系列不仅成为历史上最成功的平装本出版项目之一，而且也实质性地标志着一种时间跨度很大的新的流行小说形式的诞生—— 平装本原创、多卷系列、人物连续、一个家族跨越代际的传奇性长篇家族小说。

继肯特家族长篇家族小说的辉煌成就之后，杰克斯又推出了另一套畅销书系列《北方与南方》三部曲，这套书在畅销书排行榜上成为常青树。这些小说（1982年出版的《北方与南方》，1984年出版的《爱情与战争》，1987年出版的《天堂与地狱》）讲述的是美国内战前、内战中和内战后重建时期两个家庭—— 一个南方，一个北方——的故事。前两部小说被改编为两部非常成功的电视连续剧。

这本选集中的故事涵盖了约翰·杰克斯从20世纪50年代开始的整个写作生涯，不仅完美地体现了他对不断变化但亘古永存的美国西部的热爱，而且也表现了他对自己写作生涯的谦逊描述。他把自己描述成一个写书匠，瞄准大众市场，目的只有一个——娱乐。

杰克斯在他职业生涯的早期，初始投放市场的作品主要是通俗小说，所写的

①尤尔·布林纳（1920—1985），出生于俄罗斯的瑞士裔美国电影演员和舞台演员，在《西部世界》里扮演枪手。

②肯尼斯·格雷厄姆（1859—1932），英国作家，儿童文学名著《柳林风声》的作者，故事中的鼹鼠、癞蛤蟆等形象深受儿童及成人喜爱。

被称为“传统”西部故事。他近期的西部小说则倾向于非传统的、不落俗套的历史故事。

在专门为这本集子所写的《卡罗来纳征程》中，杰克斯不仅将读者带到了一个完全不同的“西部”边远地区——美国独立战争前半个世纪的英国卡罗来纳殖民地——而且还推出了一位像纳蒂·邦波[①]一样令人难忘的主人公：尼克·布雷。布雷带着他那只名叫“无用”的斗牛犬和他的伙伴休格·诺金斯，远征内地，深入充满敌意的雅马西部落腹地，去营救他心爱的女人，这是一个让人想起詹姆斯·费尼莫尔·库珀[②]的故事。

在《德国人》中，时间设定为1917年，当时美国对德国已经开战。这个故事令人沮丧地提醒我们，盲目的仇恨是如何把普通人变成极不普通的人的。在《怀特山坳的枪战》中，杰克斯带我们去了加利福尼亚州的内华达山脉地区，介绍了一个梦想退休后到佛罗里达定居的警长——如果他在对抗那个来到镇上的臭名昭著的亡命徒中幸存下来的话。这个故事的标题、场景和角色似乎都很传统，只是在结尾没有那种酣畅淋漓的枪战。事实上有一场枪战，但那是一场非传统的枪战，纯约翰·杰克斯风格的枪战。

此外，非传统的杰克斯风格的作品还有《魔法师斗法》和《小菲尔和欢乐之女》。前者是《天堂与地狱》的节选，讲述了一场穿越西南大平原寻找一个白人被绑架的儿子的行动，以及一名沙伊安部落药师和一名黑人“酒吧魔术师”之间的魔术斗法。《小菲尔和欢乐之女》这个故事，收录在杰克斯以笔名约翰·李·格雷发表的一部名叫《新边境》的都是原创西部作品的选集的第一卷里，是一个幽默诙谐的讽刺性故事，说的是一个名叫吉米的“脏鸽子”，精心制订了一个计划，准备除掉菲利普·谢里丹[③]少将，但是一个骑兵侦察员费尽九牛二虎之力阻止了她的企图。

即便在杰克斯的传统故事中，他带给读者的也不仅仅是老套的人物和情节。

---

①纳蒂·邦波，美国小说家詹姆斯·费尼莫尔·库珀五部边远地区小说中的主人公。

②詹姆斯·费尼莫尔·库珀（1789—1851），美国小说家，开创了美国文学史上三种不同类型的小说，即美国革命历史小说、边远地区冒险小说和海上冒险小说，代表作为《皮袜子故事集》。

③即菲利普·亨利·谢里丹（1831—1888），美国内战时期联邦军将领，曾任骑兵部队司令，对打败南部邦联军有重要贡献，战后任路易斯安那州和得克萨斯州军事指挥官（1867），后晋升陆军上将（1883）。

举个例子，一个异乎寻常的地点，比如内华达山脉，也是《直到最后一颗子弹》（见1953年5月号《新西部文学》）的发生地点。请注意这个故事和《怀特山坳的枪战》在情节和地点上的相似之处：都是关于一个不怎么英勇的执法者在一个山区采矿小镇里履行他的职责的故事。这两个故事的创作相隔四十年，展示了杰克斯作为一名作家的成熟，同时也表明，同样的基础性小说素材可以分别转变为传统的和非传统的成果。

巧妙的小小惊喜和富有想象力的情景使他书中所有其他的故事都是那样与众不同。

在《阿帕切韦尔斯的女人》（见1952年9月号《马克斯·布兰德的西部杂志》）中，一个名叫洛拉的女人拯救了一名前南部邦联士兵特雷西，使之免于因不法行为而身陷囹圄，痛苦一生。

在《历尽磨难的铁路干线》（见1953年3月号《大书西部》）中，纠纷调解人马克·罗梅采用了一些非同寻常的方法来解决当地反对修建横跨边陲堪萨斯的铁路问题。

在《死神驾到》（见1953年10月号《西部十个故事》）中，货运商人杰夫·克罗伊登为争取一份装运俄克拉何马州原油的合同而苦苦奋斗。

《扑克女神爱丽丝赢了》（见1953年2月号《西部作品全集》）是三个短小的补白之一。这些补白要基于事实，并指定是由杰克斯写的。该故事提出了一个问题，即一个名叫沃·乔·塔布斯的绅士赌棍与扑克女神爱丽丝·达菲尔德[①]两个人，究竟是谁在追求谁。

在《装阔赌客凑好牌》（见1953年6月号《西部十个故事》）中，赌棍格雷厄姆·科尔德菲尔德发现自己在"河上女王"号轮船上与生理疾病和"贪婪病魔"进行着一系列殊死搏斗。

在《裸枪》（见1957年1月号《短篇小说》）中，一个名叫埃玛的小女孩终结了杀手乔治·博迪的职业生涯。

①即爱丽丝·埃弗斯·达菲尔德·塔布斯·赫克特（1851—1930），20世纪美国西部最著名的扑克玩家之一，人称"扑克女神爱丽丝"。她的第三任丈夫塔布斯死后，她靠玩扑克赢得了足够的钱养活家庭并开设了自己的赌场"扑克宫"，后被指控在赌场卖淫、走私而入狱。她的故事常被作为电视连续剧、电影、漫画等的素材。

“我一直非常喜欢在美国西部的经历,”约翰·杰克斯写道,“而且我的整个写作生涯都在研究和书写西部。在我从事专业写作的四十年里,我对西部和西部故事的热爱并没有减少。西部和西部精神将永远萦绕在我心间,也是我的文学创作取之不尽、用之不竭的源泉。”

这本选集便是约翰·杰克斯钟情于西部及西部文学的最好明证。

目录

西部作品以及我们是如何得到它的

但是向西，看哪，大地一片光明。

——亚瑟·休·克拉夫[①]

“西部”这个词是美国现实和神话的中心。但“西部”是一条变色龙，有时指一个地理区域，有时指一个方向，有时指我们国家经历的一个历史时期。

但是不管“西部”怎么用，它都能带来很多具有再生含义的宝藏。这些含义说着迷人的语言，有希望，有冒险，有财富，有退却，有从头再来。

“西部”蕴含的复兴和重生的含义可以追溯到遥远的欧洲乃至更远的地方。梭罗[②]推测，它很可能是“亚特兰蒂斯岛[③]，赫斯珀里得斯[④]的岛屿和花园，一种人间天堂，似乎就是包裹在神话和诗歌之中的古代人的‘大西部’[⑤]”。即便是虚构的或者真实的东方财富把欧洲探险家吸引到那个方向的时候，人们还是想象存在另一条更好更快的路线。多年来，水手们试图找到这条传说中的西部通道。

但是，19世纪在北美大陆发生的一系列事件才赋予这个词最终的惯常形态和紧密相连的多重含义。

---

①亚瑟·休·克拉夫（1819—1861），英国诗人，作品表现对维多利亚时代道德和宗教的怀疑，以短诗较为著名。

②即亨利·戴维·梭罗（1817—1862），美国作家、超验主义运动的代表人物，主张回归自然，代表作《瓦尔登湖》，反对奴隶制和美国侵略墨西哥的战争，其《论公民的不服从》一文影响巨大。

③传说中的岛屿，据说位于直布罗陀海峡以西，后沉于海底。

④传说中住着很多美丽仙女的西方极乐群岛，岛上有一个果园，果园里有一棵结着很多金苹果的苹果树。

⑤通常指美国西部俄勒冈州、新墨西哥州、得克萨斯州、明尼苏达州、犹他州、加利福尼亚州、华盛顿州、内布拉斯加州、堪萨斯州等广袤的地区。

西部——去往荒无人烟之地的路径。黄金遍布之地。良田免费之地。休憩喘息之地。

西部——野牛出没之地。密西西比河对岸的广阔天地。

西部——大体上持续三十五年到四十年的一个时间段——从萨特[①]磨坊惨遭蹂躏到翁迪德尼大屠杀[②]。这个时间范围通常被称为"旧西部",这是从"旧西北"[③]到太平洋沿岸东西南北所有空地上促成美国人口(无论是本土人口还是外来移民)最后一次爆炸式增长的那些年份的一个简略表达方式。

有些人会说,"旧西部"的定义最好是在牛仔鼎盛时期的两端确定一个界限——跨度比前面所说的时期要短得多,只有十年左右。这种说法是有道理的,因为在世界的大部分地区,"美国西部"绝对不是种田农民或铁路工人,不是蓝色旅馆的老板,也不是《领土企业报》的年轻记者。"西部"这个时段就是牛仔,牛仔就是"西部"这个时段。

无论你选择什么时期来定义,有一件事是清楚的。美国占领了"西部",并打上了自己的烙印。弗雷德里克·杰克逊·特纳[④]看到了这一点。他观察到,在欧洲,"边境"在传统意义上是国家之间有明确界定并经常有防御工事的边境线,可能有成千上万的人在这样的边境线上安家落户,生生不息。

不过,18世纪和19世纪的美国人将"边境"的含义转变为定居的边缘。这种定居的边缘地带人口稀少,但是随着越来越多的人移民前来,这种边缘会缓慢但稳定地移动。

如果你想知道在哪里可以找到这个不断移动的文明边界,你通常会向西看。

①即约翰·奥古斯塔斯·萨特(1803—1880),开拓加利福尼亚的先驱,生于德国,因在其土地上发现黄金(1848)而掀起加利福尼亚淘金热,其土地和财产遭到淘金者的践踏和破坏终至破产。

②也称翁迪德尼战役,在这场爆发于1890年12月29日的战役中,将近三百名拉科塔族人惨遭美军士兵屠杀。

③位于五大湖、密西西比河与俄亥俄河之间,1787年美国大陆会议将其划定为美国领土,即现在的俄亥俄州、印第安纳州、伊利诺伊州、威斯康星州、密歇根州和部分明尼苏达州。

④弗雷德里克·杰克逊·特纳(1861—1932),美国历史学家,曾任哈佛大学教授(1910—1924),提出用政治、经济、文化和地理等多种因素的相互作用来解释历史的新理论,著有《边疆在美国历史上的重要性》等。

西部文学的流行不难解释。从最早的欧洲航海探险开始，对遥远异域的美丽和危险的描述就对读者产生了强烈的吸引力。虽然有些男男女女总是喜欢去未经开发的地方探险，不管那些地方在哪里，但是更多的人愿意安全地待在家里，在别人的经验里遨游而乐此不疲。

这就是地理学家理查德·哈克卢特[①]所著《英格兰民族重要的航海、航行和发现》一书成功的原因。你也就不难理解为什么人们会津津有味地阅读刘易斯[②]和克拉克[③]划时代探险的日志和日记。或者你也会争先恐后地去购买所有关于加利福尼亚金矿的指南(通常是由从未见过那些金矿的人写的)。

但是，我们在这里讨论的不是对淘金者的建议，也不是对太平洋西北部将会变成州的地区的植物群的描述。我们说的是小说，用个熟悉的名字便是“西部文学”。欧洲人和其他人都写过“西部文学”，但是作为一种文学体裁，它是美国人发明的。

“西部文学”，其最初的生命形态是“东部文学”。虽然我们的边境几乎都在西部——例如弗吉尼亚的边远地带，更遥远、更富有传奇色彩的肯塔基州——一度，也有一些区域位于南北卡罗来纳或者纽约的森林中。“西部文学”作家欠“东部文学”作家很多很多情——譬如，费尼莫尔·库珀及其所有的文学同道，包括现在已经基本上被人们遗忘的来自南方的同道威廉·吉尔摩·西姆斯[④]等。在南北战争前，西姆斯的边境历史小说几乎和库珀的小说一样闻名遐迩。但他是南卡罗来纳人，固执地为奴隶制辩护。这件事情以及内战毁坏了他的声望，并最终令他归于湮没无闻。

库珀和西姆斯都没有写过这本书所包含的那种小说。当然，他们都是它的祖父。但父母是谁呢？它的后代又是如何受到如此普遍的喜爱的呢？

有一些原因已显而易见。“西部文学”的素材和背景有一种瞬间的感染力。

---

①理查德·哈克卢特(约1552—1616)，英国地理学家、西北航道公司创始人之一，在《英格兰民族重要的航海、航行和发现》(1598)等著作中向政府提出各种建议，屡受英国女王赞许。

②即梅里韦瑟·刘易斯(1774—1809)，美国探险家，曾与克拉克一起率探险队进行首次直达太平洋西北岸横贯大陆的考察(1804—1806)，1808年任路易斯安那准州州长。

③即威廉·克拉克(1770—1838)，美国军人、探险家，曾与刘易斯一起率探险队对美国广大西北地区进行探险和勘察(1804—1806)，对开发密苏里准州做出重要贡献。

④威廉·吉尔摩·西姆斯(1806—1870)，美国诗人、小说家、历史学家。

它丰富多彩，令人振奋。而且，正如我们所注意到的，19世纪的居家一族对这个国家的偏远地区非常好奇，他们争先恐后奔向那里的同胞的数量与日俱增，有的寻找贵金属，有的开垦农田，有的为了逃避执法人员的追捕，有的为了摆脱妻子的纠缠，有的则是不愿意跟已经出了轨的丈夫继续生活。没有去的人们很想知道，唱着“天定命运”[①]之歌的女海妖栖息的那个遥远的地方究竟是个什么样子。

所以，一种新型小说应运而生。我认为，在19世纪的流行文化中，有三股力量推动着“西部文学”获得全国乃至全球的赞誉。

廉价小说的初露头角。

内德·邦特莱茵[②]的小说问世。

野牛比尔·科迪[③]的鲜活生活。

最早的廉价小说是在库珀、西姆斯和沃尔特·司各特爵士[④]传统的基础上创作的。不错，这些小说的作者写的是边境题材，但在一定程度上有一些文学品质的外衣。

它们中的第一部便是那种“东部文学”里的一部。《玛莉丝卡：白人猎手的印第安妻子》于1860年6月由纽约的比德尔[⑤]公司和威廉·斯特里特公司出版。这部著作具有毋庸置疑的资质。它早已作为一个获奖故事被刊登在了一本名为《女伴》的杂志上。

埃德蒙·皮尔逊[⑥]对廉价小说的有趣研究给了比德尔公司出版的第一批小说这样的描述：“……一本薄薄的小书……大约六英寸厚，四英寸宽……封面是藏

①19世纪鼓吹美国对外侵略扩张为天命所定的一种理论。

②即爱德华·赞恩·卡罗尔·贾德森（1823—1886），美国冒险家、作家，以惊险故事和暴力行为为内容的廉价小说的创始人，多以亲身历险生活为题材，创作廉价的惊险小说四百余部。

③即威廉·弗雷德里克·科迪（1846—1917），美国陆军侦察兵，擅长捕猎野牛，因在八个月内捕杀四千多头野牛而获得“野牛比尔”的绰号。他的事迹成为小说家的理想素材，被搬上舞台，在西部和全美甚至国外演出。

④沃尔特·司各特爵士（1771—1832），英国小说家、诗人、历史小说首创者、浪漫主义运动的先驱，主要作品有长诗《玛密恩》《湖上夫人》和历史小说《威弗利》《艾凡赫》（旧译《撒克逊劫后英雄略》）等。

⑤指比德尔兄弟，开创廉价小说（一毛钱小说）先河。

⑥埃德蒙·皮尔逊（1880—1937），美国作家，著有《图书馆和图书管理员》《对谋杀的研究》《西奥多·罗斯福》等，还创作了一批廉价小说。

红花色的纸——这本书是一本‘黄背比德尔’。”

这个说法很快就带有贬义，比德尔先生对此极其反感。他还坚持自己的书的封面应该是橙色的。不管是什么颜色，比德尔的书被装进很多军用背包从而走向了战场。这些书大受士兵们欢迎，十分紧俏。所以不久之后，每个封面都被印上了一枚十美分硬币的图片，以挫败军中那些臭名昭著的商贩的价格欺诈。

书名几乎很难发音的《玛莉丝卡》是一部以18世纪哈德逊河谷为背景、具有浓郁库珀风格的边境浪漫小说。小说的开头十分温婉平和—— 一种比德尔公司其他作家很快会摈弃的优雅风格。

> 溯哈德逊河而上，在卡茨基尔停留过的旅客会记得，有一条宽度不可小觑的溪流拍击着村庄的一边……

读者必须要等到第二章，才能看到主人公伐木人丹福思，以及一场既有狂热散文特色又有狂热危险特征的战斗。

> 白人的呼喊在炽烈的枪声和战斧的呼啸中凄厉地回响，战斧在空中掠过，传递出血的信息……哦，太可怕了，那种杀戮的场面。心对着心，枪对着枪，白种人和红种人，在恐怖的冲突中殊死搏杀。

这部激动人心的作品的作者并不是一位默默无闻的文人，而是一位造诣深厚、颇受敬重的杂志编辑（《女士世界》等杂志的编辑格雷厄姆），而且是一些非常有名的小说的原创作者（“……出版时的常规价格是一美元五十美分，而且是庄重的精装本”）。她在纽约经营一家颇为时尚的沙龙，在1850年的一次世界巡游中，受到了萨克雷①和狄更斯②等人的“高度关注”。她就是安·索菲亚·温特博特

①即威廉·梅克比斯·萨克雷（1811—1863），英国小说家，作品多讽刺上层社会，主要作品有长篇小说《名利场》和《潘登尼斯》、历史小说《亨利·埃斯蒙德》及散文集《势利人脸谱》等。

②即查尔斯·约翰·赫法姆·狄更斯（1812—1870），英国作家，所写小说反映并鞭挞19世纪英国的丑恶现实，主要作品有《匹克威克外传》《大卫·科波菲尔》《双城记》等。

姆·斯蒂芬斯[1]夫人。她被遵奉为一位行为规范的标杆人物，名副其实。

然而，她确实创作了第一部以充满活力的新型小说形式呈现的作品。这种形式实质上是西部故事最早的传播媒介。

算是相当快的，这部廉价小说就成了爱管闲事的牧师、心胸狭窄的父母和其他扫兴家伙的“文学瘟疫”，这是皮尔逊的说法，对此他很高兴。反对的理由通常是道德性的。如果说是质量较低倒也许是一个更好的攻击理由。随着廉价小说的发展，主题范围日益多样化，系列化的主人公层出不穷——揭开千古谜案的能手，发明神奇电船的巧匠，抑或对上天或耶鲁大学的人创设的每一项运动标注文字的文人骚客，作品变得更加言简意赅。一个典型的开场白立刻消除了人们对这是否是一个大胆冒险故事的怀疑。

> 砰！
>
> 砰！
>
> 砰！
>
> 午夜的空中传来三声枪响！

我相信我们都会同意，这不是一般的文学获奖用语，但这肯定会让人热血沸腾！

像斯蒂芬斯夫人这样的作家给这一形式带来的尊严和才华是蛋糕上的糖霜，很快就冰消瓦解。但是舞台已经准备就绪，创作惊心动魄的小说的方式已经水到渠成，包括西部的故事，成本不高，但流布四海。

于是，稀奇古怪的爱德华·赞恩·卡罗尔·贾德森登场，他又名内德·邦特莱茵。

没有一个作家敢谎称自己是内德·邦特莱茵，他的稿子会因为惊悚得离谱而被拒之门外。

---

①安·索菲亚·温特博特姆·斯蒂芬斯（1810—1886），美国小说家和杂志编辑，主要作品有《玛莉丝卡：白人猎手的印第安妻子》等。

"上校"爱·赞·卡·贾德森是一个矮矮胖胖、稍稍有点跛脚的人,但他聪明伶俐,巧舌如簧。1849年,他煽动了一场血腥的阿斯特广场暴乱①,抗议一位来自英国的擅长表演莎士比亚戏剧的著名演员登上纽约的舞台演出(贾德森声称,这种做法剥夺了美国著名的悲剧演员福雷斯特②的工作机会)。

以同样的方式,贾德森帮助组织了美国政治党,或称"一无所知党",反对非白人、非新教徒和非土生土长的任何东西、任何人。

美国内战期间,贾德森在第一纽约骑兵步枪团服役了两年半。他没有经历任何战斗,但是他千真万确地因开小差而被关进一个牢房,从而看到了牢房的内部情形。多年来,他娶过六七个妻子(他的结婚和离婚记录混乱不堪),而且至少有一次重婚。

他使用邦特莱茵这个笔名,成为一个耸人听闻的小说作者:海洋故事,以及以塞米诺尔战争③和墨西哥战争④为背景的冒险故事。比德尔公司、斯特里特公司和史密斯公司出版了他的作品。一位传记作家在他最鼎盛的时期毫不含糊地称他为"美国收入最高的作家"(用以支持这一说法的年收入为两万美元)。

1860年夏天,笔名为邦特莱茵的贾德森不知道从哪儿听说了或者读到了印第安人和美军骑兵在内布拉斯加州的萨米特斯普林斯发生了激烈冲突⑤。"高牛"酋长率领的苏人和沙伊安人被尤金·卡尔将军的第五骑兵团追杀,第五骑兵团得到了弗兰克·诺斯少校的波尼人侦察营游击队员的援助。邦特莱茵登上了西行

①发生在1849年5月10日的阿斯特广场暴乱由英国著名莎士比亚戏剧演员威廉·查尔斯·麦克雷迪在阿斯特歌剧院的亮相,与美国演员埃德温·福雷斯特的激烈竞争引发,数千人在纽约市街头与军警对峙,士兵向人群开枪,造成二十多人死亡,多人受伤。

②即埃德温·福雷斯特(1806—1872),美国演员,主演过麦克白、哈姆莱特等重要角色,其遗产大部分捐赠建造演员养老院。

③美国与佛罗里达的塞米诺尔人之间的三次冲突,分别发生在1817—1818年、1835—1842年、1855—1858年:第一次起因为美国当局到塞米诺尔人中间抓捕逃亡黑奴,第二次起因为塞米诺尔人拒绝按照《印第安人迁移法》重新划分居住地,第三次起因为美国当局驱逐仍居住在佛罗里达的塞米诺尔人。

④又称美墨战争,1846—1848年发生在美国与墨西哥之间的战争,起因为1845年美国吞并得克萨斯后所发生的一场边界纠纷。墨西哥战败,割让给美国的土地范围包括今天的新墨西哥州、犹他州、内华达州、亚利桑那州、加利福尼亚州、得克萨斯州、科罗拉多州等州几乎全部的土地。

⑤美国大平原上美军对印第安人的最后一次战役,"高牛"酋长率领的四百多名沙伊安人"狗兵"有五十多人被杀,"高牛"酋长也在其中。但是这一战役的战场萨米特斯普林斯应该是在科罗拉多州,而非内布拉斯加州,有可能是作者笔误。

的车辆，想看看这里面是否有新的故事素材。

他希望采访据说杀死了“高牛”的诺斯。他到一个军事营地找到了这位侦察员，但诺斯显然不想成为这家小说磨坊的面粉。诺斯说：“如果你想要找个人来填这张单子，那么他就在那边的马车下面。”

在马车阴影下打瞌睡的那个人看上去是一个土生土长的边境青年，他出生在艾奥瓦州，一站起来就显得身高马大。有一个说法称他“像阿波罗[①]般英俊”。威廉·弗雷德里克·科迪是联邦军队的一名老兵，是一名猎人，也是铁路施工人员的野牛肉供应商。

虽然他并没有真正参加萨米特斯普林斯战役，但他一直在为卡尔将军执行侦察任务，他在交战开始后不久就到达了那个印第安人的村庄。他被邦特莱茵的迷魂汤灌得一愣一愣的，所以心甘情愿地谈论这次经历。

早就被朋友们起了个外号叫“野牛比尔”的科迪建议他们出去找印第安人。邦特莱茵放弃了之前宣布的戒酒演讲计划（这是他赚钱的另一种方式；他的演讲还有一个保留节目，即“女人：天使和恶魔”的主题讲座，他似乎对这个题目做过一些深入的研究）。侦察员和小说作家骑着马出发了，他们无话不谈，滔滔不绝。邦特莱茵描述了他在塞米诺尔战争、墨西哥战争和南北战争中的英勇事迹。大概是这位年轻可爱的科迪更坦率诚实些吧。

探索之旅结束后，邦特莱茵回到了纽约市，回到了他的工作中。也许除了几个在哨所附近徘徊的印第安人外，他没有看到其他印第安人。但是他已经从科迪和其他侦察兵以及战士们那里听到了大量的故事，足以让他想象力的水壶彻底沸腾起来。那年的12月，斯特里特公司和史密斯公司自豪地宣布，一个新的邦特莱茵故事诞生了：《野牛比尔——边民之王》。

西部英雄的典范即将闪亮登场，享誉世界。一个北美大平原上年轻的边境居民，有一点幽默感，喜欢喝点小酒（他经常说，他当志愿兵参战时，已经喝得烂醉如泥，都不知道自己在干什么），有那么一点表演天赋，他即将踏上他的成名之路。当他出发的时候，他将让西部的传奇穿越国家的边界，飞扬海外。

---

①希腊神话和罗马神话中的阳光、智慧、预言、音乐、诗歌、医药、男性美之神，即太阳神。

邦特莱茵的故事不仅把比尔·科迪描绘成了西部最伟大的侦察员，而且还把他说成是一个坚定的禁酒军人，一个滴酒不沾的人。嗯，没有哪条法律条文要求活着的人说出真相，或者要求人们说出活着的人的真相，就像电影明星和前总统的众多回忆录所展示的那样。

拉塞尔先生关于科迪生平的叙述中不仅认为后来描述的"野牛比尔"的早期生涯夸大其词，而且对邦特莱茵这位首要传记作者的许多说法提出了异议。（其中有一个例子是，这位侦察员一边拿枪射击"高牛"，一边恭恭敬敬地摘下他的宽边帽向酋长的白人女俘虏致意，一边又手握缰绳不放——"大概是用他的第三只手吧"。）拉塞尔还对斯特里特公司和史密斯公司有关科迪的故事内容提出了质疑，他认为这并非完全是科迪的经历，他的价值并没有那么高。他声称，书中的大部分内容实际上是根据另一位边境居民詹姆斯·巴特勒·希科克[①]的冒险故事改编的，而邦特莱茵在他跟这位年轻的艾奥瓦人会面后真正收获的是"'野牛比尔'这个名字的'野牛'和'比尔'的魔力"。

无论真相是什么，魔法更强大。邦特莱茵的连环小说大获成功。这个时期他又粗制滥造了一些故事。这些故事不仅描绘了比尔和他的坐骑"粉脸"，而且还描写了比尔现实生活中的妻子路易莎和他虚构出来的姐妹莉莉和洛蒂，以及包括"狂野比尔·希契科克"（原文如此）在内的各种边境朋友。后来，关于这位著名西部人士的廉价小说是由普伦蒂斯·英格拉哈姆[②]创作的。

当邦特莱茵依旧是写科迪的那个邦特莱茵的时候，科迪则继续做着侦察员和向导的工作，随着他的声名远播，他的客户质量在迅速提高。他被选中带领菲尔·谢里丹将军和有权有势的报纸出版商詹姆斯·戈登·贝内特[③]进行狩猎远征。接着又来了一个更大的美差。谢里丹推荐科迪作为十九岁的俄罗斯大公亚历克西斯的向导。当时亚历克西斯正欢欣鼓舞地游历美国，他渴望参加一次猎野牛

①詹姆斯·巴特勒·希科克（1837—1876），又名"狂野比尔"，美国边境拓荒者，当过警长、阿比林执行官和联邦法院代理执行官，参加南北战争时担任侦察员和间谍，以"神枪手"闻名。1872—1874年随"野牛比尔"的西大荒演出团巡回演出，在达科他准州的一家酒店玩扑克时被一个醉汉开枪打死。

②普伦蒂斯·英格拉哈姆（1843—1904），美国内战时南部邦联军的上校，整个19世纪60年代一直在当雇佣兵，后成为小说家，因创作"野牛比尔"系列小说和《蒙面间谍》而闻名。他在1900年声称自己写过六百多部小说。

③詹姆斯·戈登·贝内特（1795—1872），美国报人，1835年创办小型廉价报纸《纽约先驱报》。

活动——这在现在相当于参观迪士尼乐园。

科迪很快就抵挡不住大城市的诱惑，在那里，他的名字越来越频繁地被灌入人们的耳朵。他去了纽约，在那里，戈登·贝内特的编辑和作家把他当作媒体明星。作为一位嘉宾，人们为他惊叹折服，对他过分钟爱，甚至为他争风吃醋。他被邀请与贝尔蒙特家族①共进晚餐。在鲍厄里剧院邦特莱茵的私人包厢里，他观赏了根据自己的冒险经历改编的戏剧。这是剧作家弗雷德·米德根据邦特莱茵的故事中半真半假的事实和彻头彻尾的谎言创作出来的。

当时，科迪的内心一定在翻江倒海。他一定是隐隐约约地看见了黄金国，一条比他当骑兵侦察员或野牛肉供应商赚钱多得多的路径。在鲍厄里剧院首次公演达到高潮两三年的某个时间点，“野牛比尔”这个戏剧达人诞生了。

1872年快年末的时候，科迪离开了军队，前往芝加哥，在邦特莱茵新的冒险故事中亲自担任主演——这是一场异乎寻常的舞台表演，内德在其中扮演了制片人、导演和演员的多个角色。他还写了剧本《平原侦察兵》，这部戏剧只不过是米德的一部戏剧稍加翻新的玩意儿。

在舞台上，科迪没有用背熟的对白来糊弄观众，他只是即兴讲述他的一些经历。他不再是演员，但他无论如何都会获得热烈的掌声。（邦特莱茵饰演一个白人叛逆分子，他设法在角色的一段长篇独白中加入了一段禁酒告诫。）不时有惊心动魄的战斗打断谈话。侦察兵们勇敢地杀死了许多由“穿麻纱裤子的临时演员”饰演的印第安人。

评价不是很好。《芝加哥时报》称这部作品是“一个戏剧性场面、令人讨厌的表演、大牌演员、令人无法忍受的恶臭的乱七八糟的大杂烩”。当这部戏剧最终到达纽约的尼布罗花园剧场时，当地的评论家更加不友好（有些事情永远不会改变）。有一位说道：“这哪是一部戏，这简直是一摊肮脏至极的垃圾。”

但是，这无伤大雅，“野牛比尔”是一个美国原型，公众爱上了他，而且这段爱会持续很长时间。

当时的报道表明，当科迪在1883年组织自己的第一次舞台表演时，他已经意识到了他对自己和西部的些许嘲弄。

---

①美国银行、金融、政治和艺术收藏方面的名门望族。

他以“野牛比尔的狂野西部”和“世界粗野骑手大会”而名噪一时——最终在美国各地然后是欧洲的圆形剧场巡回演出，也在舞台上诞生了模拟抢劫和安妮·奥克利[①]、“坐牛”首领[②]之类的人物及光怪陆离的场景。

如果说这部戏剧仍然像廉价小说那样没有反映真实，那么有一个事实是千真万确的，说实在的，没有任何其他娱乐节目，也没有任何其他人，比这部戏剧更能把美国西部的神话和魔力植入他的同胞和其他数以百万计的人的心中。那位真正在干活的牛仔当然对这一成果尽了自己的力，但他是隐姓埋名的。（我们很少看到他真实的面目被书写出来或描绘出来——他依然停留在十几岁的年月，或者刚刚走出青春期，而且表现常常乖张悖理。直到最近几年，情况才有所改变。）科迪一直就是那个“西部人”。

他因管理不善而将演戏时赚的钱损失殆尽。他在1917年的死既没有井然有序的排场，也没有印象深刻的体面。死因是尿毒症。但他一直到死都是个演戏达人，下葬前两个月还在演出，那是他最后一次演出。

与他性格缺陷有关的个人问题困扰着他后半生的大部分时间。但他有理由永垂不朽，因为他把“西部”馈赠给了整个世界。剩下的——从赞恩·格雷、马克斯·布兰德到约翰·福特、瑟吉奥·莱昂内——则都已成为历史。

我一直很喜欢西部作品，无论形式如何千变万化。

当然，并不是每部作品。当我还是个孩子的时候，凡星期六的日场我几乎一场不落，或者更确切地讲是迫不及待地去看的。我没有办法观赏来自雷帕布利克发行公司、哥伦比亚发行公司、莫诺格拉姆发行公司太多的一小时节目——但有一个例外：以穿着绣花衬衫唱着歌的牛仔为特征的电影，我必看无疑。那些牛仔颠簸在他们极其漂亮的骏马上，追逐那些驾驶着老式折篷汽车的坏蛋，在半老半新、半阴半阳的奇形怪状的景色里来回驰骋。西部小说和电影中有很多一生

①安妮·奥克利（1860—1926），美国女神枪手，与丈夫一同参加杂技团巡回演出，1885年参加“野牛比尔”的西大荒演出团，著名的表演包括击中她丈夫叼着的纸烟烟头，在距离三十步远的地方击中纸牌的边缘、击中抛在空中的一枚银币，或看着镜子射击远距离目标。

②“坐牛”首领（1831—1890），北美苏人首领，领导苏人抵抗白人侵占苏人土地的斗争，曾参加小比格霍恩战役和“鬼舞”暴动（1890），在混战中被杀害。

平庸的人，但这种事情即使对一个信奉西部的铁杆来说，总也觉得是荒谬的。

尽管如此，我仍然是一个信奉西部的坚定派，那是因为我喜欢描写得克萨斯骑警吉姆·哈特菲尔德的低俗小说，还有卢克·肖特在《星期六晚邮报》上细节丰满的系列小说，以及埃罗尔·弗林的电影。马克斯·斯坦纳用史诗般的风格给这些电影配乐，这位维也纳人似乎比大多数美国人更了解西部。

当我终于开始写作时，我的时间基本上一分为二，一是科幻小说，一是西部故事，我写了几十个西部故事，大部分是中篇小说，由颇具名望的古老的大众出版公司出版。我仍然记得，每当新一批杂志送到印第安纳州的时候，我总是流连于杂货店久久不肯离去，送货的时间表我牢牢记在心头。

我的记忆中有一个激动人心的时刻，破天荒地，我的小说和署名位列一本杂志封面（顺便说一下，是鲜黄色的）的重点篇目和主要作者之中，杂志的名字上方赫然写着：顶尖作家的边境小说。

我真的不敢相信我是一个“顶尖作家”，当时我二十一岁还是二十二岁。但当我发现有人这样说时，我感到很兴奋，哪怕是有点过于夸张，何况还说到了我的一部西部小说。

因此，我很自豪，能在这群男女中占有一席之地，无论他们的文学风格如何千姿百态，他们都信奉维多利亚时代那位诗人所写的真理，所以我将其写在卷首作为这篇文章的引言：向西，大地确实更加光明一点。

怀特山坳的枪战

他突然醒来，痛苦地从梦中挣脱出来。哦，天哪，好冷。

他光着的双脚从被子下面伸了出来，被子上盖了两条毛毯，他那件稍带樟脑丸味道的连衣裤上还盖了一件睡衣，他一直醒着，牙齿咯咯作响，小腿瑟瑟发抖。天哪，真冷。除了盛夏，怀特山坳总是很冷。

我为什么会待在这里？

因为他是警长，因为他没有其他地方可去。

不，不对，有一个地方。但无论如何，他都没有力量到那个地方去了。他总是把这归咎于他的年龄，到下一个生日，他就四十六岁了。

他把光着的脚放在床边用钩针编织的旧地毯上。时钟显示现在是六点半。他哆哆嗦嗦地走到窗前，打开百叶窗，绝望地凝视着街道上结了冰的泥土和肮脏的雪堆。在小镇那些临时修建的门面和简陋的村舍北面，层峦叠嶂的锯齿状山脉如同防御土墙般俯瞰着小镇，像墓碑一样冷酷无情，若寒冬一般冷彻骨髓。

他听到楼下传来响亮而激动的说话声。一辆矿车吱吱嘎嘎地经过，车上的部件在寒冷刺骨的空气中发出丁零当啷的声响。前天晚上下过雪，暴风雪咆哮呼号，一英尺多深的雪倾倒在一条条小径上和一个个山坳里。他站在那里，抓挠着自己的便便大腹，他的肚子最近变得越来越大，再也不能忽视了。他对下面的欢呼声感到诧异，这听起来肯定不像是急匆匆吃早餐的桌上的正常对话……

这间陈设单调的房间使他沮丧得无法忍受。他坐在床边，交叉着双臂，双手夹在腋下，低垂着头。他做了个梦，是关于家的。

梦中，晴空万里，热浪滚滚。海葡萄和棕榈树在正午的微风中轻轻摇曳。紧张不安的小鹬在沙滩上来回奔跑，饥肠辘辘的灰鹈鹕一会儿展翅高飞，一会儿潜入水中，捕食猎物，它们把墨西哥湾平静如镜、晶莹透亮的海水泼向空中，宛如抛洒颗颗蓝宝石。滞留在这里，滞留在怀特山坳慢慢变老的同时，他也能感受到佛罗里达州温暖舒适的阳光……

他一面穿上他的破旧裤子和彩格呢衬衫，一面回想着他的童年时代和青年时代。他想起了在海滩上大把大把地捡着哗啦哗啦直响的贝壳的情形，他把它们放在罐子里，因为它们很漂亮。他想起了在狭长的海岸岛礁之间那个红鱼湾的一条破旧小渔船上捕蟹的情形。他曾经有过一份足够体面的工作，在一家商店当店员，而且有希望在店主放弃那家商店之后买下它。他为什么要离开呢？他为什么要离开明媚的阳光，一路跋涉到这里来过这种生活呢？

他的脸上露出一种奇怪的轻蔑神情，他触碰到了原因。亚特兰大一份报纸的剪报，有些年头了，都发脆发黄了。这是《纽约论坛报》的霍勒斯·格里利[①]先生的一篇文章的一部分。他在那位新闻记者激情洋溢的话语下面画了线：去西部吧，年轻人，和这个国家一起成长。

他结婚的时候已经三十多岁了。他当时看中了玛莎·席勒，她是坦帕以南的希尔斯伯勒县只有一间教室的一个学校的老师。玛莎是一个有德国血统的下巴方方的健壮女人，眼睛像佛罗里达的天空一样湛蓝，这双眼睛柔化了她原本严厉的脸。他最初爱慕玛莎是因为她的书本知识。他没有受过多少教育，十岁时就着急忙慌地离开了学校。爱情一旦来临，居然来得如此迅速，如此完美而又慷慨。他想为他们讨个更好的生活。虽然佛罗里达是他们的家乡，但那里的生活极其艰难困苦。这是一个美丽但贫穷的地方，除了一些小城小镇，人类没有给这个地方增加丝毫其他东西，而这些城镇似乎主要是由没有窗户的棚屋和土地贫瘠的农场组成。农场里的居民是瘦骨嶙峋的红牛，还有两眼忧伤的黑人，他们似乎被世界遗弃在了茅屋里。你可以发现，几乎在通往低矮丛林的每条沙土小径的尽头都能看到这样的茅屋。所谓遗弃在茅屋里，只是不包括需要他们弯着腰在无情的骄阳下干苦活的时光，甚至干那些哪怕是最愚蠢的赶马车的白人都不

①霍勒斯·格里利（1811—1872），美国著名报人，创办《纽约论坛报》，内战中反对林肯继任总统，参加组建自由共和党，被该党提名为总统候选人，后在竞选中惨败。

屑碰一下的最肮脏的活儿。如果你用清醒的眼光看,那就是真正的佛罗里达。

格里利激情洋溢的话语鼓舞了他。他的话鼓舞了很多美国人,不管是单身的人还是有家室的人。他和结婚一年的妻子出发去了加利福尼亚。十一个月后,一场暴风雪将他们孤独无援地困在了怀特山坳,玛莎死于流感。

那是九年前的事了。他依然滞留于此。思念着佛罗里达,却不知因为什么不能回去。

也许是这份责任,也许是这份工作,他并不十分喜欢这份工作,就像他并不十分喜欢这个小镇一样。他拿起那枚压印有"警长"两个字的黄色金属星章,把它别在他的彩格呢衬衫上,在双唇间轻轻吐出一口气,仿佛刚刚尝到了什么味道不好的东西。

他走下楼,转身走进餐厅,寡妇索恩的另外三个重要房客已经在那里狼吞虎咽地吃着他们盘子里的鸡蛋、又厚又硬又肥的咸猪肉块和上面撒了粉的新鲜软烤小圆饼。"早上好,卢。"比尔·图姆斯说道,他就是那家五金店的老板,新近也成了鳏夫。"早上好,警长。"一个差不多每个月都要来这里住一晚的客人也向他问好。这人留着八字胡和连鬓胡,是个旅行推销员。卢·汉德向他们俩问好,然后跟那个十三岁的小男孩威尔·珀特维打招呼。小男孩坐在桌子的尽头,用一种奇怪的紧张神情看着他。

"警长,你听说了吗?"威尔问道。这孩子头发蓬乱,是一个孤儿。杰西为他提供吃住,他的回报是在这里干点活。

通往厨房的门开了。杰西·索恩朝餐厅里望了望,看不见的炉子散发出舒适的滚滚热浪,她的脸红扑扑的。

"再来点咖啡吗?早上好,卢。睡得好吗?"

"没有,我差点冻僵了。我老了,杰西。血太稀薄了。"

"如果你的血液稀薄,在这个海拔高度可不行。"旅行推销员一本正经地说。卢瞪了他一眼,好像在说,别拿这些耳朵都听出茧的陈芝麻烂谷子嚼舌头了。

威尔·珀特维几乎是从椅子上跳起身来:"警长,你听说了吗,还是没听说?"

"听说什么啊?"

"昨晚来到这个镇上的那位先生啊。他是走进镇里来的,因为他在五里滩不得不开枪把他的马打死了。就是那个鲍勃·西林戈。"

比尔·图姆斯看着他,把叉子放在盘子上。寡妇索恩看上去像突然被人打了一下,脸色明显地变得很白。就连女人都知道这个臭名昭著的持枪歹徒的名字,他至少经历过四次谋杀案的审判,在内华达准州监狱服了一段时间的刑,据说已经干掉了快一打的敌人。

"你怎么知道是鲍勃·西林戈?"卢·汉德问道,他的肚子装下了过多的食物,撑得要死,还好刚才杰西的香浓咖啡第一次让他的肚子产生了舒服的感觉和弥漫全身的温暖。

"嗯,我不知道。"威尔咧嘴笑着说,好像很清楚整个谈话对卢意味着什么。"但他看上去确实很像鲍勃·西林戈。我的意思是,他和挂在你办公室里那张传单上的画像一模一样。"

卢咽了口唾沫,问道:"那个人在哪里?"

"住在议会酒店,"威尔·珀特维身子向前倾得很厉害,下巴几乎碰到了那杯脱脂牛奶,"我估计你得去拜访他,看看他的行为是不是规矩,对吧?"

"那倒未必,"卢说道,"他要是行为规矩的话,那就不去。"

他突然想起,按照他的习惯,他把他的左轮手枪和枪带挂在了床柱上,这两样东西他经常放在那儿。早上他通常都是不带枪下楼吃饭的。要放到其他时候,这并不重要。但是今天早上,他大腿上没有了这种熟悉的压力,似乎是一种强烈的甚至是危险的含义。

杰西·索恩不解地看了他好长时间。她是一个身材高大、端庄健美的女人,比他年轻十岁,一头金红色的秀发,灰色的大眼睛微微往上翘起。卢一向喜欢这种类型。

杰西自学成才,信仰宗教,恬静悠然。不过,她并不假装正经。她喜欢跳舞、打牌、在寒冷的夜晚调制朗姆酒喝。她不属于哪个正规的教会,这是毫无疑问的,因为他们会嘲笑她和她的习惯,说她不是基督徒。

卢和杰西经常喜欢在一起喝杯热茶,那是怀特山坳安谧宁静的夜晚——通常都是这样——每周一两次,他们还会玩几盘拉米纸牌游戏。在总是短暂的温暖季节，他们在高高的草地上散步，偶尔也在周日的晚上去野餐。这会儿，杰西紧紧盯着他，眼神中充满了焦虑："卢，我能私下和你谈谈吗？"

卢紧张地无意识地抹了抹用一种时髦的方式精心卷曲在前额上的一绺上过油的头发，他从餐桌来到了厨房这个暖和的庇护所。他在这里感到温暖，真的温暖，这是他起床后第一次感到温暖。厨房虽然老旧，但是十分宽敞，里面弥漫着面粉和长柄平底煎锅里油脂的味道，洋溢着一个家最好的去处的所有的甜美芬芳。

"你认为真的是鲍勃·西林戈吗？"

"我不知道，杰西。"

"如果是他，他会制造麻烦吗？"

"看不出他制造麻烦的理由，也许他就是路过一下。"

"你可不可以弄弄清楚？找他谈谈？"

"不谈，除非他引发骚乱。我估计，上午就可以见分晓。"

"嗯，我只是想说——"她清了清自己的嗓子，避开他的目光，"你是我亲爱的朋友，而且是个优秀的警长，我不想你有什么闪失。"

"哦，我想不会的。"这仅仅是希望，而非确定，他害怕。玛莎死后，他继续前往加利福尼亚的雄心壮志也死了。在妻子下葬后的头几个星期，他头脑迟钝，目光呆滞，于是接受了老警长杰福兹的提议。杰福兹需要一名副手，因为他的前任副手内迪·沃特尔去世了，死在床上，老死的。

"怀特山坳很少有或者说没有犯罪行为，从来没有过。"老警长这样宽慰他，的确如此。杰福兹三年前突然犯病去世后，卢·汉德对镇议会提出的升职提议没想多久便接受了。

除了他的经历之外，一件与工作有关的英雄主义事件使卢·汉德成为合乎逻辑的候选人。当卢还是副警长时，一个名叫乔科·布鲁斯特的无业游民抢劫现已倒闭的怀特山坳的商人与矿工银行。就在这个当口，碰巧路过的卢·汉德听到了里面的尖叫声，然后看到劫匪从银行里倒退着走出来，脸上蒙着一条扎染印花大手帕，好像这样就可以让认识他的人不知道他的身份似的。

这是一个阳光明媚的春日，充满了希望和融化的雪水的汩汩声。每年的这个时候，一些男人都会离开他们的妻子或上吊自杀。然而，卢的情绪很好，他想都没想就朝乔科扑去。乔科朝他开了一枪，造成他肩膀上的擦伤。银行经理拿着一只很沉的痰盂跑了出来，差点把乔科的脑浆给打出来，直打得乔科血流不止，一身烟灰色的污水。

人们为汉德副警长喝彩，称赞他为英雄。之后的几个月里，卢·汉德一直在做噩梦，他意识到，如果子弹再往左边飞一点，会发生什么。

尽管如此，他没有考虑多久就接受了镇议会的提议，佩戴上了警长的星章。乔科·布鲁斯特（他进了监狱）事件对怀特山坳来说非同寻常，甚至可以说是独一无二的。卢·汉德在担任副警长的岁月里，从来没有因为发怒而开过枪，而且他也只拔了五六次枪，用来吓唬那些星期六晚上吵吵闹闹但没有危害的醉汉。在他担任警长期间，情况也是如此。

但现在，有个据说是臭名昭著的鲍勃·西林戈的家伙住进了议会酒店……

“你小心点，”杰西说道，“我不想失去我的房客和打牌伙伴……”话音渐渐消失了，杰西冲动地抚摸着他的手臂。卢把自己的手放在她的手上，凝视着她的眼睛，再次意识到他有多么喜欢她。在他住到她屋檐下的数月数年里，这种爱慕几乎是潜移默化地在增长。他想对她说些话——表明意图的重要的话。这种欲望以前也有过好几次，通常是在晚上，在油灯的灯光下。但他是个生性腼腆的人。他心想，另外总是有时间的，有的是时间……

厨房门砰的一声被撞开了，威尔·珀特维闯了进来：“那个，索恩太太，那个旅行推销员嚷嚷着还想要更多的煎饼糖浆呢。”

“好吧，告诉他裤子得穿着。”她伸手去拿陶罐，威尔从她身边蹦蹦跳跳着走了过去，在卢·汉德面前的破旧油地毡上。

“你要去抓鲍勃·西林戈吗，警长？”

“除非他给我理由，否则不会。”

“但亡命徒，带枪的歹徒，他们总会给你理由，不是吗？所以他们才是亡命徒。”

他无法反驳威尔的嗜血逻辑，这激怒了他。他一把抓住威尔的肩膀，把他推到一边。那狠劲儿使得威尔惊叫起来：“哎哟！”杰西端着满满一罐糖浆准备拿到餐厅去，她吃惊而又忧虑地望了卢一眼。卢迈着沉重的步子穿过餐厅，上楼去。突然间，他的肚子奇怪地消化不良一般痛了起来。他虽然穿戴整齐，却冷得要命。

在楼梯平台上，他在挂着花边窗帘的窗户前停下脚步，凝望着远处内华达山脉上空高悬着太阳的一座座冰峰的旖旎景色。太阳像一个黄白色的圆盘，在朦胧不清的流云中清晰可见。他心想，真希望能把那太阳射下来，把它射下来拿到这儿可以取暖。

或者，回到佛罗里达去。他为什么会没这个胆量呢？有那么多个早晨，他可以把这枚星章交上去，说："好了，我辞职了。"今天早晨之前的任何一个早晨……

他疲惫地走上楼去。他从床柱上摘下他的枪带，紧紧地扣在他日渐变粗的腰部。他把他的左轮手枪在枪套里安放妥当，他一边安放手枪，一边扫视了一眼刊登着格里利先生那句激情洋溢话语的已经发黄的新闻剪报。卢·汉德做了个鬼脸。

"你是个该死的傻瓜。"他说。

他从谢拉街的对面走过议会酒店。他没有看到有什么值得大惊小怪的事情发生，只有那个黑人清洁工里吉斯在街上倒昨晚的泔水桶。

怀特山坳今天早上有一股烧木柴的烟味儿，街上飘荡着马粪臭，还有数九隆冬钻进你那半塞着的鼻子的冰冷的金属的恶心味道。卢·汉德冷得发抖，他把戴着手套的双手深深插进羊皮里子的外套口袋里。他从他那顶扁平帽子歪斜的帽檐下，看到了怀特山坳这条主要街道的真面目：这样的街道充当城镇的标志实在太可怜了。这是加利福尼亚驿车线路上的一个中途小站——每天都有一辆公共马车过境，天天如此。所有山坳都是开放的——但是附近的矿山所产的矿石已经不多了，怀特山坳的选矿厂发出缓慢的"嘭嚓、嘭嚓"的声音，回荡在早晨的空中，忧伤悲悯的节奏诉说着这个工厂的凄惨结局。

卢来到位于利弗林药店（药店窗户上那张粗糙的纸上写着"永久关闭"的字样）对门那个角落的一层小楼——他的办公室门口，从口袋里掏出了钥匙。当他把钥匙插进门锁时，门朝里打开了。卢感觉自己的心跳都停了一下。

“进来，是我。”一个熟悉的声音说道。接着，卢·汉德闻到了这位不速之客用绿纸包着的五美分一根的雪茄烟所发出的恶臭。来客坐定在卢·汉德的办公桌后面，他那双手工制作的靴子搁在记事簿上。“我用镇议会的钥匙进来的。”

“没事没事，镇长先生。”卢·汉德说着，关上门，脱下外衣和帽子。

马歇尔·马斯登经营着的一家车马出租行，是怀特山坳为数不多的几家没有倒闭或待售的商行之一。他身材瘦小，脑袋谢顶，有八个孩子。每个孩子的名字都叫小马歇尔或者马赛拉或者马塞莱恩，或者是根据他自己名字的第一个字“马”再变化出来的什么名字，他自己的名字显然是一个受人尊崇的名字。

“你听说鲍勃·西林戈的事情了吗？”

卢·汉德拔下布告栏上的图钉，把逃犯的画像拿下来。这幅画像是一幅钢笔画，十分模糊：平淡无奇的面容、凝目注视的眼睛、考究华美的胡子，可能属于任何一个看上去天真无邪的年轻人。

“我听说在酒店里有一个看上去像鲍勃·西林戈的客人。”

马斯登把他的靴子猛地从办公桌上拽下来，砰的一声落在地板上。“嗯，就是他，他没有刻意掩饰。”

“那就对了。”卢·汉德害怕做出这样的确认。他开始往炉子里扔引火柴，他点燃火柴时手有点不稳。

“没错。”马斯登说。卢·汉德注意到，尽管这间小小的办公室很冷，但他额头上仍然有汗珠在闪亮。“警长，我要对你说的话很简单也很心平气和，把他赶出城去。”

卢·汉德擦燃了第三根火柴，终于把引火柴点着了。这点热量微乎其微，对他致命的寒冷毫无用处，从不断重复的梦中醒来之后，这种寒冷早已侵入他的内心和灵魂深处。

“为什么？”卢·汉德问镇长。

“我们不想要这种人在这里。他今早第一件事情就是去了车马出租行，和马西聊天，想重新找一匹马。她说他还有—— 一些让人不适的暗示。”

卢皱起了眉头：“她能肯定他的意思吗？”

“你是说我的女儿在说谎？我要他滚出城去，卢。作为怀特山坳选举产生的镇长,我正式通知你把他赶出城去。”

“如果没有理由,我当然不喜欢去强推这种……”

“我命令你去强推这件事情,以镇议会的名义。你以为我们干吗给你发工资?见鬼,这是你第一次面临这么危急的事情。”

也是最后一次吗?他心想,用一种紧张的几乎是依依不舍的神情望着被扔在办公桌上的那份传单。

“你挣薪俸的时候到了。”马斯登镇长抓起他那顶常礼帽,手腕啪的一抖把帽子扣到自己头上。

“他要是没有马的话……”卢刚开口便被打断了。

“没有,马西不愿意把马卖给他,她吓都吓死了,可是她在那个可恶的鼻涕虫面前挺直了腰杆。如果一个女人可以这么干——”

“我听到你的话了,”卢·汉德打断他,满脸通红,突然大发雷霆,“但是你先听我说。如果是鲍勃·西林戈,而且他没有马,那么他在下午六点之前是没有办法离开这里的,这是最早的时间了,萨克拉门托公共马车通过这里也是这个时间。”这辆东行的公共马车大概是五点半通过那个中途小站,而卢·汉德却还沉浸在正午时分红鱼湾的梦境中。那是他绝对不该离开的地方啊。

马斯登镇长嗤之以鼻:“这是拖延一整天的好用的借口吧。好的,下午六点,这是你的最后期限,务必让他滚蛋。”

马斯登砰的一声关上了门,卢·汉德听到他穿着靴子的脚在木板人行道上啪嗒啪嗒地迅速远去。警长走向那个取暖炉子,感觉自己疲惫不堪,年老体衰,命中注定一事无成。他一把拉开炉门,骂了声什么。引火柴的火已经熄灭了,从灰黑色的炉膛里飘向他举起的手掌的风冰凉冰凉的,他甚至觉得越来越冰凉。他心情焦虑,胡思乱想,感觉仿佛有一阵寒风,阴冷得像坟墓里呼出来的气,缓缓飘来。

卢·汉德整个上午都在办公室里无所事事。他习惯在中午慢慢走回到杰西·索恩的家庭旅馆吃一顿丰盛的午餐。他开始朝那个方向走去,但走了一个街区后就打消了这个念头。他的胃疼得厉害,一口也吃不下。杰西通常为他准备的食物是:加了辣根的炖牛肉,煮土豆或土豆泥,还有一大盘船形盘装着的卤肉,那盘子大得简直可以在里面漂浮一艘范德比尔特[①]的游艇了。

他把臀部靠在一个拴马架上，从一匹看上去被马鞍压得半死的灰色老马的凹陷背部上方眯眼望去，他可以清楚地看到议会酒店的门廊。他咬着下唇仔细地打量着酒店，一个熟悉的身影喜洋洋地走出门来，差一点撞上一个戴着帽子、身穿褪色土布衣服的老太太。

卢躲了回去，躲进温鲍姆五金店入口的阴影里，那个地方用木板围了起来，上面贴着"出租"的布告。酒店外面的那个男人穿着一件沾满污渍的棕黄色风衣和一双后跟很高的靴子。他还是撞到了老太太，并将一个包裹从她的臂弯里撞了出去，他赶紧从那脏兮兮的雪堆里一把捡起那个包裹，递给她，然后摘下很高的像个圆锥的帽子，深深地鞠了一躬。在怀特山坳这样一个悲惨的地方，这种举动应该会让人笑掉大牙，但不知怎么的，那人这样做不仅看起来优雅得体，而且恰到好处。

老太太也变得心平气和，她拍了拍那个男人肮脏的袖子，继续往前走去。那个男人目送她离开，然后开始往前走，往左拐进酒店旁边的一条小巷，消失在了那儿。

但是，在这之前，卢·汉德已经看清楚了那顶高帽子下苍白的脸颊和鲜橙色的小胡子。一点不错，就是传单上的那个相貌。就是鲍勃·西林戈，或者说是他的孪生兄弟。

他要去哪儿呢？去找匹马吗？在怀特山坳，除了羸弱的老马，他找不到其他马的。这很可能就是问题所在，卢心里想。他瞥了一眼仍被薄雾笼罩、像冰冷圆盘一样的太阳，看着自己虚弱的身影在慢慢地走回办公室的时候忽隐忽现。他关上门，裹着外套坐在寒冷的寂静中，心里思忖着，问自己，他还要等多久才能执行马斯登镇长的命令。

四点钟左右，太阳消失在了从西北方卷过群山的气势汹汹的乌云后面。卢·汉德饥肠辘辘，彻骨冰凉，他盯着墙上嘀嗒作响的挂钟，意识到他不能再拖延下去

①即科尼利厄斯·范德比尔特（1794—1877），美国航运和铁路巨头，经营渡船起家，创建航运公司（1847），经营从纽约到旧金山的客货运输业务。

了——主要是因为他再也无法忍受折磨着他肚子的神经性疼痛。他再次检查了一下他的左轮手枪,准备出门,这很可能是他最后一次走向什么地方的旅程。

酒店职员锡德·塔尔海默正拿一支钢笔在议会酒店柜台上的一些旧账单上写着什么。卢把帽子往后推了推。

“锡德,我听说你们有一位鲍勃·西林戈先生入住。他还在这儿吗?”

锡德听出了他话音中的满怀希望,朝卢·汉德难过甚至是怜悯地看了一眼。“他在楼上午睡。十分钟之前下来的。他在那个里面。”锡德用大拇指朝通往酒店酒吧间的门弯了一下。

“他说今天要退房,是吗?”

“没有,他还要住一个晚上。”

卢咽回去喉咙里涌上来的一大块东西:“不,他不住了,你可以安排掉这个房间。”

卢·汉德没有等他的反应,就蹬着磨损的靴子后跟转过身去,穿过破旧的地毯,走向拱门里的蝙蝠翼状房间,走向远处昏暗的房间里正在等待着的令人难以置信又意味深长的寂静。卢的脚步声十分响亮,听起来像乳齿象的踩踏声,至少他听起来是这样。

他解开外套纽扣,接着把门推开。白天当班的酒吧招待克拉伦斯从长长的桃花心木吧台后面瞥了他一眼,然后很快去到吧台的另一头找了个玻璃器皿擦拭。议会酒店的酒吧里只有一位顾客,站在一大杯几乎没动过的啤酒前,啤酒泡沫已经不见了。和怀特山坳的其他地方一样,这间房间看上去又黑又脏又冷。

“是鲍勃·西林戈吗?”卢·汉德在门口问道,希望他内心的极度紧张没有露出马脚。

“我是,先生。”那年轻人说道,摘下他圆锥形的帽子,用手掌抚平他那稀疏的、涂了油的黑发。这位亡命徒的微笑彬彬有礼,但十分警惕。

“我是警长。”

“是的,先生,我猜也是。”鲍勃·西林戈说道,语气中听不出是什么意思。

“我叫卢·汉德。”

“很高兴见到您。我可以请您喝一杯吗?”

卢·汉德冰冷的鼻子痒痒的。这是什么陷阱吗？他向前走了三步，在几张破旧的桌子之间停下脚步，旁边是一架立式钢琴，钢琴的键盘就像一张缺了几颗黄牙的嘴。在那里，他可以更仔细地看清西林戈的眼睛。他的双眼颜色很浅，但是十分敏锐，不仅观察到了警长，而且房间周围的一切都尽收眼底——甚至不知怎么回事，还把背后的酒吧招待也装在了里面，那酒吧招待站在通向后门的走道附近拼命地擦着玻璃器皿。

“好啊，可以啊。”

“到那儿吗？”鲍勃·西林戈问道，拿起自己的大啤酒杯子，做了个手势。他没有给卢留下任何回答的余地，选了酒吧角落里的那张圆桌。

他把一枚硬币“咔嘣”一声扔在桃花心木吧台上，对克拉伦斯说：“汉德先生要什么就给他什么。”西林戈接着迅速走向那张桌子，慢慢绕过去，来到角落的椅子那儿，把帽子丢在自己面前。在他坐着的地方，他的背部完全被保护了起来。他不仅可以观察整个房间，而且往右一扭头便可以通过那扇疤痕累累、污渍斑斑的前窗，看到谢拉街的大部分。

卢·汉德朝依旧待在射程之外的克拉伦斯点了点头，拿起一小杯威士忌。他在一脸和蔼可亲又警惕有加的鲍勃·西林戈的对面坐下。警长啜饮着他的廉价威士忌，想要一口吞下这杯烈酒，一滴不剩。但是他克制住了自己，因为他害怕，万一头脑不清醒，有可能丧失任何有利条件。

他再次注意到了鲍勃·西林戈那双颜色很浅的眼睛里的警惕，他认为那根本没有什么了不起的。

“西林戈先生……”卢·汉德清了清自己的喉咙，“你到这个镇上转悠什么？”

“哎呀，先生，我不知道在自由的美国还需要这样解释自己……”

“像你这样的人总是需要解释自己的行为。”

西林戈不喜欢这样。他刚要回答，然后突然停了下来，一个卢·汉德不认识的衣衫褴褛的人擦掉窗户外面的一些尘垢，朝里面看着两个喝酒的人。

那人惊得嘴巴张得很大，他知道坐在角落里的人是谁，他急忙走开。冬天的暮色正在迅速笼罩几乎空无一人的凄凉的街道。几片雪花突然飘落，卢·汉德真的怀念自己年轻的时候，一丝不挂地躺在家乡的沙滩上晒太阳……

鲍勃·西林戈叹了口气:“前天,我沿着那条小路前行,走了一小段,突然暴风雪来袭,我的马摔倒了,在一个雪堆里摔断了一条腿。我只好开枪打死了雷克斯。然后我不得不徒步走完余下的路程。真是一场非同一般的暴风雪,警长。很长一段时间,我都不知道是否能找到城镇,不知道我是否能成功。我做到了,所以现在我在这里,好好休息一下。”他微微一笑,抬起一个肩膀,算是耸了耸肩,然后喝下一大口啤酒。

卢·汉德又喝了一口烈酒壮胆:“唉,西林戈先生,我不是来找麻烦的,因为你没有惹任何事,但镇上的人们希望你离开怀特山坳。”

“放屁。”鲍勃·西林戈说道,他的笑容消失了,他将酒杯重重地砸在桌子上,砸得一些金色的啤酒都泼溅了出来。啤酒的气味很浓,很香,但不知何故,令人忧伤。

“就是那个姑娘,我敢打赌。车马出租行的那个——?”

“你这人反应快,记性好,西林戈先生。是的,一点不错。你瞧——啊——不幸的是,她是镇长的女儿。”

“真倒霉,”鲍勃·西林戈又叹了口气说,“我有两个非常非常不好的弱点,警长。其中一个就是喜欢这儿的年轻女性。”他拍拍自己的胸口。这会儿,他不是真笑,是假笑。

“每个人都有弱点,警长。你的弱点是什么?”

我的弱点吗?我不喜欢这个地方。不喜欢这份工作。我不想死在这里……为了一个到处都是绝望之人的荒凉偏僻、冰天雪地、毫无价值的小镇……

“这没有关系。我可以请求你继续赶路吗,西林戈先生?”

“好吧,你可以请求。可是我找不到一匹稍微好一点的马啊。”

“每晚六点钟有一辆公共马车路过此地,就是你要去的那条路——去萨克拉门托。”

“哦,不,我不坐那种交通工具,”鲍勃·西林戈说,“陌生人太多,窗户太多,别人很容易打扰到你。”

卢·汉德再次咽了口唾沫:“恐怕这事儿不是你说了算,我这是在给你下命令。”

鲍勃·西林戈颜色浅浅的眼睛流露出片刻的杀气，然后他向后一靠，把它掩饰了过去。他放松下来，两个肩膀的紧张明显趋于缓和。

“哦，得了。你尽管这么做，警长。你很可能还会拔枪来支持你的命令，但是我要是杀了你，那还执行什么命令呢？我是偶然来到这个小镇的，等可以走了我会走的。”

“不，还不够好……”

“我不会坐任何该死的公共马车，你明白吗？”

卢·汉德只是怒视着他，心里害怕极了。鲍勃·西林戈在椅子里转了一个身：“服务员？几点了？”

“五点一刻，先生。”克拉伦斯大声说道。

鲍勃·西林戈的脸上又堆出一个微笑，尽管卢·汉德认为这是假的，是想要迷惑他。“那我们至少还有四十五分钟的时间友好相处。当我解开风衣纽扣，伸手进去的时候，你可别发疯啊，警长。我要把我的手枪拿出来放到桌子上，以示我的善意。如果你愿意，你可以拿着你的手枪，以防万一。但别误杀了我，好吗？”

“好吧。”卢·汉德轻声说道。

他把手伸下去拔他的左轮手枪，这时鲍勃·西林戈也拔出了他的手枪。这是一把真正值得炫耀的手枪，而且保养得很好。当克拉伦斯点亮从天花板上挂下来的灯座上三盏有玻璃灯罩的煤油灯照亮了整个房间的时候，那手枪微微地闪着油光，上面没有一点锈迹。

“你瞧，”鲍勃·西林戈说，“这是我的枪，唯一的武器。所以，放松。”

他揉了揉上臂：“天哪，这里真冷。”

“怀特山坳总是很冷。”在外面，卢·汉德看到有人沿着街道的另一边飞奔，一边还朝着窗户指指戳戳。第二个模模糊糊的身影跑走了。他看到第一个人在下巴下面和耳朵上面把围巾绑得比一般人紧，就知道是几个小孩子。那第一个人就是威尔·珀特维。

“警长，”鲍勃·西林戈带有很明显的诚意说，“我想让你知道我没有任何恶意。服务员，给我们拿瓶酒来，好一点的酒，算在我头上。”克拉伦斯送来了一瓶昂贵的肯塔基威士忌。西林戈打开瓶塞闻了闻：“非常好。给自己多留点小费吧，服务员。”克拉伦斯没有作声，匆匆走开了。西林戈把他的大啤酒杯推到一边，示意卢·汉德把他小酒杯里的酒喝完。他喝完了酒，然后西林戈倒酒。

“多喝点，警长，暖暖身子。考虑考虑，你真的坚持一定要我离开这个城镇吗？”

卢抿了一口醇厚暖身的威士忌。

“不，但这是我的工作。”

“你难道不想做点别的事吗？”西林戈问道。卢·汉德觉得这个年轻的枪手是在嘲弄他，但他不够聪明，不知道怎么确定是真是假。西林戈向后靠去，拿两个食指抚摸着他又长又亮又尖的小胡子：“你难道就不愿意睡睡觉，或者读一本好小说，或者吃一盘炖肉，却愿意坐在这里惶惶不安地发愁，想着因为我不接受你的命令，我是否会而且多久会把你打飞？”

威士忌让他稍微有点迷糊，而且他意识到他很可能因此陷入了更加绝望的麻烦。卢·汉德回答道：“你说得对，我宁愿干点别的。我宁愿坐在红鱼湾中央的划艇上晒太阳。”

“那是什么地方？”

“老家。佛罗里达沿海。”

“你为什么离开那儿？”

“那为什么那么多人离开东部？重新开始，发财致富。我听信了格里利先生的话。”

“谁？”

“霍勒斯·格里利。‘去西部吧，年轻人，和这个国家一起成长。’”

“哦，他。”显而易见，鲍勃·西林戈不知道格里利先生究竟何许人。

“跟我说说佛罗里达吧，”比他年轻的男人和蔼可亲地说，“我从没去过那里。我来自伊利诺伊州的胡普斯顿。”

“好吧，”卢·汉德说道，肮脏的窗户外面，天黑得更快了，“首先，那里很暖和。暖和，而且光照充足。炎热的日子里，正午的阳光照射在沙滩和水面上，那光亮几乎令人无法忍受。直视阳光可能会看瞎眼睛，还会把皮肤暴晒得像龙虾一样红。但这样的生活方式不坏啊……”

他意识到自己差点说出口的话，便立马打住。突然，他的嘴巴干得像潮位线上面的沙粒一样。他喝下的液体对他的膀胱产生了十分巨大的压力。他想逃跑，他想跳起身来逃跑，但他依然坐在那里。

“你为什么不回到佛罗里达呢？”

“我不知道。我当然想过这事儿，也许将来某一天我会的，与此同时……”他两眼紧盯着对方，“我有责任尽我最大的努力把工作做好。”

鲍勃·西林戈也紧盯着这个似乎永远要紧盯的人，然后问道：“服务员？现在几点了？”

“六点差二十五分。”

卢·汉德咳嗽了一下：“公共马车几乎从来不会迟到，我们得言归正传。”

西林戈用含混不清但恶狠狠的声音说：“这个话题结束了，警长。”

“不，你得走。”

“必须走吗？”

卢·汉德直视着他，希望自己没有发抖，说道：“必须走。”

“哎呀，胡说八道，”窗外一阵急促的响动吸引了他的目光，使得他在椅子上猛地转过身去，“滚开，滚开，你们这些小混蛋。”他指着鬼鬼祟祟地趴在冒着水汽的玻璃窗另一边的影子喊叫道。两个小男孩跑了。另一个叫威尔·珀特维的小男孩干脆跑回到了人行道边上，逗留在那里不走了，被两个对手面对面坐在桌子两边的场面给吸引住了。

卢·汉德小心翼翼地慢慢把外套推到一边，松开枪托，他的心跳像海浪般在耳朵里轰鸣。鲍勃·西林戈两眼瞄着他那支闪闪发光的左轮手枪，然后突然在椅子上扭动起来。

“该死，这个地方好像有臭虫，咬我了。”

他十分生气，把手伸到桌子下。卢·汉德的脑子里响起了警钟：“西林戈，把手放在上面别动……”接着，一声不大的枪响。卢·汉德感到子弹击中了他的脚，他一声大叫，身子僵直。他想拔枪，但突然一阵疼痛，同时感觉靴子里涌起一股火热的血，转移了他的注意力。他还没来得及行动，鲍勃·西林戈就将一把藏在身上的小手枪举在了桌子上方，对准他的脑袋。

"你惹的我，警长，你死定了。两手在桌子上放平，放平！"

卢乖乖服从。尽管天很冷，他还是大汗淋漓。克拉伦斯蜷缩在吧台后面，看上去像一具被防腐剂处理过的尸体。他疯狂地朝门外做着手势，显然，那个总台的职员已经冲到门口了。"别进来，锡德，别进来！"

鲍勃·西林戈吹了吹他小手枪上的烟，然后勉强挤出一个紧张的微笑。

"我有很多毛病，其中一个弱点就是撒谎，警长。我左也撒谎，右也撒谎，星期天也撒谎。不过，这话是真的。我要是把子弹对准你，那你的左脚就再也不行了。一个瘸腿的警长，一个不敏捷的警长，一个不会跑步的警长，那样的警长对任何人都没有多大用处。我说呀，你该回老家去了。"

卢突然跳起身来，打翻椅子，飞快地把帽子扣到头上，然后把他原先藏匿的手枪换到左手，用右手抓起那把吓人的长枪筒的手枪。

"你个该死的，你真的把我的事情搞砸了，"他厉声咒骂着，就像一个小男孩被抢走了本想私下里好好享受一番的糖果一样，"天哪，我实在不明白我为什么没有杀了你，所以你最好在这之后为鲍勃·西林戈说几句好话。别说他坏事做绝。"

接着，他径直跑出酒吧，一面挥舞着武器，向克拉伦斯恶毒地尖叫："你在看什么？"

克拉伦斯跪倒在地，消失在了视线之外。鲍勃·西林戈跑过灯光的明暗交界处，穿过大厅，砰的一声摔了门，跑进冬日的黑暗中，从此再也没有人见过他。

卢·汉德仍然坐着，靴子里灌满了鲜血，他紧紧抓住桌子的边缘，竭力不让自己晕倒。

他还是晕倒了。

四天之后，上午十一点，杰西·索恩去了卢·汉德的房间，她给他端来了一杯火热的牛肉汤，自从议会酒店酒吧里的枪击事件后，她就一直这样做。

"这是周刊，"她一边说，一边给他看那张有四个页面的单张通俗小报，"社论称你为镇上的英雄呢。"

"哦，是的，当然。"他说道，把脸转了过去，转向花边窗帘和谢拉街，多么熟悉的悲惨景象，乌七八糟的景象，四处都是积雪融化后的泥浆和脏水。没有明媚的阳光，只有冬天的灰色。

“哎呀，这是非常英勇的……”

“就是坐在那里？我不这么认为。”

“你错了。也许这并非廉价小说里所描述的英勇行为，但是你很勇敢。你知道他是个杀手。可是我们不必争论，”她说道，靠近前来，“该喝这个热乎乎的美味……”透过蒸汽，她闻到了什么东西，“卢·汉德，你一直在喝酒吗？”

“当然。酒瓶在那边抽屉里。”

“为什么？”她疑惑不解地问道，有些生气。

“壮壮胆。”

“壮什么胆？”

他几乎和在议会酒店时一样害怕，一时答不上来。他的左脚搁在旧脚凳上，上面缠着厚厚的绷带，里面痛，痛得很厉害。弗洛伊德医生已经证实，销声匿迹的鲍勃·西林戈这一枪技术十分高超，或者至少说这一枪运气很好，否则，卢很有可能真的一辈子成为一个瘸子，因为有些肌肉组织已经被切断了。

“壮什么胆，卢？”

“壮胆问问——杰西——你愿意成为我的妻子吗？”

当她从惊讶中恢复过来之后，他礼貌地问她是否愿意把桌上从亚特兰大的报纸上剪下来的那张很小的新闻剪报拿过来。她知道那是什么，她每周一次给房客们打扫房间的时候就看到了。他轻轻地说了声“谢谢”，然后立刻把剪报撕成两半，又再撕成两半，扔到毯子上。

“你这到底是干吗？”

“因为，杰西，我差不多是在最后一天才意识到，同样的梦想并不适合所有人。不适合并不是谁的错，”他紧握着她那双因干活而变得粗糙的大手，“我有自己的梦想，杰西。跟我回东部去，我们总会有办法的。趁还有时间，我带你去看看佛罗里达。和西林戈坐在一起时，我意识到其实我并不怎么样，以往那些都是自命不凡。你愿意去吗？”

她在他身边蹲了下来，眼里噙满泪水，这对一个独立而坚强的女人来说非同寻常。

“我当然愿意啊，卢。我一直弄不明白你为什么不鼓起勇气问这个问题。”

她微笑着，把右臂搭在他穿着睡衣的肩上。像往常一样，他冷得心生恐惧，冷得咬牙切齿。

但这种情况不会持续太久。

阿帕切韦尔斯的女人

特雷西从悬崖那儿骑马下来，心里早就盘算好了计划。四天前，他们炸毁了瓦贡鲍那家银行的保险柜，带着装在波克那只棕色皮背包里的近五万美元骑马逃离现场。他们分头行动，向三个不同的方向逃走，杰克奈夫是他们这伙人当中最值得信赖的人，所以由他背着背包。现在，经过四天的策马狂奔和风餐露宿之后，特雷西觉得没有理由和另外两个人分享这笔钱。

他骑着马在蔚蓝的天空下沿着谷底慢慢地走。碎布片似的云朵被风驱赶着往前疾飞，飞过西边绵延群山嶙峋的山峰，消失了。大山的那一边是加利福尼亚。在加利福尼亚，五万美元对于他余生人生道路的设计大有裨益。

特雷西人高马大，有一双粗壮有力的手，一头蓬乱的沙褐色头发下，两只温和的蓝眼睛平静地望着外面的世界。他天生就是个普通人，他知道，如果没有爆发最终导致他在彼得斯堡彻底破产的战争，他还会在佐治亚州肥沃的土地上日出而作，耕田而食。但是，他的农场，跟其他许多农场一样，被谢尔曼[①]的军队付之一炬，传统的生活方式被彻底摧毁。动荡不安的战后洪流裹挟着他，推着他向西进发，去和同是前南部邦联军人的波克和杰克奈夫结伙，抢劫装满了北方佬的钱的银行。

特雷西走近一堆破旧的木头建筑。由于公共马车线路改道，阿帕切韦尔斯车站便慢慢地坍塌成了一摊废墟，这个峡谷也就被遗弃了。特雷西把他眼睛上方的帽子往下拉了一下，以遮住照射到他脸上的阳光。

①即威廉·特库姆塞·谢尔曼（1820—1891），美国内战时期联邦军队将领，曾参加布尔溪战役、维克斯堡战役等战役，率军横扫佐治亚州，攻克亚特兰大（1864），晋升中将（1866），任陆军总司令（1869），著有《谢尔曼回忆录》。

杰克奈夫站在那幢主楼的门口,一只手靠近他插在枪套里的手枪。这个老人有点老眼昏花,当他终于认出是特雷西时,激动得大叫一声,向他跑了过来。特雷西踢着他的坐骑,来到那座早已摇摇欲坠的房子前勒住马。他咧嘴笑着,爬下马来。他不想让杰克奈夫起疑心。

"天哪,"杰克奈夫高兴地喊叫道,"见到你真是太好了,孩子。这四天,带着所有这些等待我们瓜分的现金,真是太危险了。"他抓挠着自己乱糟糟得难以想象的胡子,全然不顾脸上的污垢和衣服上的臭味。

特雷西朝敞开的大门望去,屋子里面黑沉沉的。"波克来了吗?"他问道。

"没呢。不过他应该在日落前会到的。至少他是这么说的。"

"你拿着钱吗?"特雷西厉声问道。

"当然,孩子,我拿着呢,"杰克奈夫大笑着,"别太担心。它就在里面,再安全不过了。"

特雷西想过把枪对着杰克奈夫的肋部一枪打死他,然后立马拿着背包走人。但他放弃了这个想法,他和这个老人之间没有任何嫌隙。他讨厌的是波克,那个乳臭未干、留着黄胡子、笑起来不知怎么总令人讨厌的小子。他想要满足亲手从波克手里把钱夺过来的快感,他将等待时机。

然后,特雷西注意到杰克奈夫的脸上笼罩着焦虑的神情,他目不转睛地盯着老人:"有什么麻烦吗?你看上去像是受到了北方佬的欺负。"

"差不多,"杰克奈夫承认道,"我们的处境有点不太妙,今天早上有个女人骑马来这里了。"

特雷西差点摔倒:"女人!你到底想干什么?"

"不是我,特雷西。她说她是波克的女人,他让她来这里跟他会面。你知道他对那些女士可真是个杀手啊。"

"再蠢也不该蠢到这样的地步啊,"特雷西咆哮道,"带着一大笔可以瓜分的现金,这里的每个执法者都跃跃欲试地想要擒获我们啊,波克还带个女人来。她在哪里?"

"就在里面。"杰克奈夫重复了一声,拿大拇指指了指门口。

"我得弄明白这事儿。"

他大步流星地穿过大门,走进阴冷的室内。房间里唯一的光亮来自西墙的一扇窗户。绵延的群山和破碎的窗玻璃在点缀着云朵的天空的衬托下,看上去像两排参差不齐的牙齿。

她坐在一张旧木头桌子上,正在削一块木头。她的衣服很粗陋,穿着牛仔裤和衬衫。她抬头望着他的那双大眼睛是灰色的,放射出一种奇怪的光芒,在随后的几分钟里,仿佛又展现出少女般的天真,急切地渴望着各种各样的刺激。他断定,这正是波克的风格,一句花言巧语,他们就勾搭在了一起。那个长着一张娃娃脸的南部邦联士兵比以往任何时候都令他感到愤怒。

“我听说你加入我们这支队伍了。”特雷西说道,有一点凶相。

“是啊,”她没有在他的怒视下退缩,那把刀就悬在被切削的木棍上,“我叫洛拉。”

“我叫特雷西。但这改变不了我不喜欢这种买卖中有女人掺和进来的事实。”

“波克叫我来的。”她不服地说。他从她的口音判断,她是个北方佬。

“波克让她们很多人来呢。我跟他一起骑马驰骋了两三个月,这段时间足够观察他的所作所为了,只有少数笨蛋才会笨得上当受骗。”

一度,她脸上出现了困惑的表情,好像她自己也不太确定她是否相信接下来说的话:“他告诉我,我们要带着他从银行偷来的钱去加利福尼亚。”

“没错,”特雷西说道,“他有没有告诉你还有我们两个人呢?”

“没有。”

特雷西哈哈大笑起来,在长凳上坐下:“我想也是。”在内心深处,他觉得自己把这笔钱拿走更加名正言顺了。波克可能也在计划做同样的事情,他不会想到特雷西也会如法炮制。

“如果我是你,小姐,我会骑马回到我来的地方去,忘掉波克。我和他一起在瓦贡鲍干过,但我不喜欢他。他是个盗贼和杀手。”

她的眼睛里闪烁出轻蔑的神情。她从棍子上切下一块木片:“特雷西先生,你还好意思说。你也在那里呢,你刚才是这么说的。我想你以前从未抢劫过任何人吧。”

“是的，我从来没有。”

“也没杀过任何人?”

“是的。我在瓦贡鲍没有开枪，波克杀了那个出纳员。杰克奈夫在外面，也没用枪。波克喜欢用枪，这个你应该知道。只要相处十分钟左右，谁都会知道他是个什么样的人。”

洛拉扔下手中的刀和木棍，大步冲到窗户前:“我不明白你有什么理由说得这么大义凛然。你拿了钱，就像波克一样。”

“波克以前干过。我认为这是我在佐治亚州农场的补偿，你们的士兵把我的家烧光了。我认为我可以用这种方式把损失补回来，然后到加利福尼亚重新开始。”

她突然转过身来，怒目而视:“你参加过战争?”

“是的，但这并不重要。重要的是你要在波克到来之前回家去，到你的家人身边去。相信我，他不值得你这么做。”

“我没有任何家人，”她的眼睛突然稍稍闭了一下，“而且我也找不到一个地方可以回去，他们不想让我回到那儿去。一个月前，我生了个孩子，他出生时就死了。孩子的父亲从战场上一直没有回来——”她把目光移开了一会儿，“不管怎样，波克来到我工作的饭店，说愿意带我去西部。”

“镇上应该有人愿意帮助你。”

洛拉摇摇头，凝视着清晨蔚蓝的天空。杰克奈夫的口哨声从破旧的畜栏一个劲儿地传来。“没有，”她说，“孩子的父亲和我没有结过婚。”

特雷西朝她走去，来到她身后站住，低头看着她的头发。他突然为这个女孩感到非常难过，为她曾经的生活感到非常难过。他从来没有特别喜欢过任何女人，也许除了伊莱恩之外，她已经死了，被烧死了，成了谢尔曼那帮强盗在佐治亚的牺牲品。他可以为他在瓦贡鲍的抢劫找到理由。虽然理由并非十分充分，但也足够了。但他无法为波克找到足够的理由，或者说为波克喜欢杀人或带走女孩的行为找到充分的理由。

“你看，洛拉，”他说道，“你还不太了解我，但我愿意给你个建议。如果你帮我弄到钱，我就带你走。这样总比跟着波克强。”

她没有立即回答他:"我怎么知道你和他不一样?"

"你是不知道,你得相信我。"

她端详了他一会儿,然后说道:"好吧。"

她站得离特雷西很近,仰着脸,一种听天由命的期待浮现在她的脸上。特雷西用双手抓住她的两个肩膀,把她拉到自己身边,轻轻地吻了吻她的脸颊。当她挪开身子后,她的期待变成了惊奇。

"你没必要认为这是交易的一部分。"他说。

她目不转睛地望着他的眼睛:"谢谢。"

特雷西走回到桌子那儿,坐在桌子的边上。他不能理解她,或者说不知道她的动机是什么,但是他内心对她的尊重油然而生,他尊重她清澈坚定的眼神。这双眼睛里面有些东西几乎使他为自己在瓦贡鲍的抢劫中所扮演的角色而感到羞愧。

杰克奈夫把头探进门内,看着兴奋极了,一大块烟草使侧面脸颊鼓鼓的:"特雷西,波克来了。"

特雷西看都没看洛拉一眼就走了出去。一匹牡马的马鞍上颠簸着波克正从北边轰隆轰隆地奔向谷地上的这个建筑群,一团棕黄色的尘土飘向天空。特雷西爬上一处没有倒塌的栅栏,从那里看着波克骑马进入院子。

波克慢慢爬下马来。他身材修长,胸膛很宽,破旧的联邦军骑兵服下面,肌肉十分发达。他佩带着两支手枪,枪托朝前,外衣里面的衬衫上横系着不止一条子弹带。他一走动,银色的西班牙马刺就叮当作响。他那顶黑帽子潇洒地歪戴在头上,金色络腮胡下长着一张孩子气的脸。特雷西一直都不喜欢波克想要营造的外观形象,那种好像仍然在打仗的放荡不羁的游击队员的形象,那种富有传奇色彩的暴徒在开枪射击时哈哈大笑、将那双稚嫩的蓝眼睛眯成一条缝的形象。此时此刻,这个放荡不羁的"游击队员"喝醉了。

他在院子中间摇晃着,眨巴着两只眼睛。他仰起头来看太阳,然后呻吟起来。他环顾着院子四周,他的手漫无目的地移动着。"你好,老杰克奈夫。你好,老特雷西。该死的四天,真是太长了。"

"你最好清醒点,"杰克奈夫担心地说,"我想把钱分了,然后赶快离开这里。"

“阿帕切韦尔斯不会再有人来了，”波克说道，“特雷西，去把我马鞍里的那些酒瓶子拿过来，嗯？”

“我不想喝酒。”特雷西说。洛拉这时候已经站在了门口，但波克没有看见她。如果他看见了，他就会看到，有一种极度的幻灭感已经生根发芽。特雷西微微一笑，攫取这笔钱是一件乐事。

“听着，波克，”杰克奈夫走近他，说，“我们把钱分了，别老说喝酒的——”

突然，波克咆哮着狠狠推了老人一把。杰克奈夫踉跄着往后退去，倒在了地上。波克厉声地说着一些语无伦次的话，他的右臂飞快地伸到身体左侧。一声巨大的枪响在阳光灿烂的晴空瞬间迸发，一缕青烟袅袅娜娜地飘过那些破旧的木屋顶。

杰克奈夫尖叫着紧紧抓住自己的臀部。特雷西跳下栅栏，从波克身后走上前去，一把夺过他手中的枪，把它扔了出去。他让波克转过身来，一拳打中他的下巴。金发男人在尘土中打滑了，挣扎着跪倒在地上，醉意也消失了一些。他怒目而视，左手悄悄伸向身体右侧，向下伸去。

特雷西把枪对准波克的肚子。“我希望你这样做，”他说，“继续，拔枪吧。”

另一个人的脸上露出狡黠的神色。他的手又向下移动了半英寸，他笑了。接着，他咯咯地笑出了声：“我是要把枪扔了，特雷西小子啊。我不想惹麻烦。我能扔掉我的枪，让你明白我是个喜欢和平的人吗？”

特雷西飞速向前迈了三步，在波克抓住他的另一支手枪前，把它从枪套里拔了出来。然后他转过头去对洛拉说：“洛拉，去找那个背包，弄两匹马来。”

波克难以置信地尖叫着女孩的名字，在尘土中扭过身来，怒视着她。他开始咒骂，朝她挥舞着拳头，直到特雷西伸出一只手抓住他的肩膀，把他拉起来，用枪顶住他的肋骨，把他按在墙上。

“现在听着，”特雷西说道，“我要把包拿走，我不想把事情弄得太糟糕。”

“偷我的钱，偷我的女人，”波克咕哝道，“我会找你报仇的，特雷西！我会找到你，让你慢慢死的。上天作证，我会让你付出代价的。”他的双眼疯狂地、醉醺醺地转动着。

杰克奈夫摇摇晃晃地挣扎着想站起身来：“特雷西，”他气喘吁吁地说，“特雷西，帮帮我。”

“我要把钱拿走。”特雷西说。

“没关系，好的，我不在乎，”杰克奈夫喘着大气，“帮我骑到马上，狠狠地拍它一下。我只是想离开他，他是个疯子。”

特雷西再次把波克推倒在地，朝他挥着枪：“你待在那儿别动，我盯着你呢。”波克又咆哮了一句什么话，但他没有动。特雷西帮助杰克奈夫骑上马。老人向前弯过腰，双臂抱着马的脖子趴在那儿。

“再见了，特雷西。重重拍它一下，我要走了——”

“你得去看一下医生。”特雷西说道。

“我可以到镇上去，”杰克奈夫喘着大气，“来吧，拍它！”

特雷西拍了拍马的腹部，瞧着它撒开四蹄奔出车站院子，穿过谷底。洛拉牵着两匹马绕过屋子的拐角，那个背包就拴在一匹马的马鞍袋上面。

特雷西将头转过去片刻，当他再次回头时，波克在地上挣扎着朝他被扔到院子远侧的枪爬去。特雷西开了一枪，子弹在波克前面一英尺的地方击起一股尘土。他赶紧猛地往后一缩，翻了个身，侧过身子狂叫道：“我向上天发誓，特雷西，我会追上来的。”

洛拉已经上马，两匹马紧张不安地踩动着蹄子。特雷西纵身上马，说道：“我们离开这里。”他使劲用脚后跟踢着马，两匹马绝尘而去。他们穿越谷底，向西进发。

他们默默地骑马前行。特雷西回头望了一眼，看到波克拿着枪摇摇晃晃地冲出那幢房子，在他们之间越来越大的距离外向他开火。傍晚时分，依然可以看见绵延的大山耸现在遥远的西方天边。他们在一个小树林里搭起帐篷，之前特雷西几乎没有说什么话。

最后，当这顿非必要不说话的饭吃完以后，他说道：“波克会尾随我们而来，我们得继续赶路。”

她心不在焉地回答道：“我想你说得对。”然后她皱起眉头。

“有什么问题吗？”他开始感觉到，他对身边的这个女人正在产生一种新的感情。她像过去几年和他一起在马背上混的那些铁石心肠的男人一样沉默寡言，一样精明强干。然而，她与他们不可同日而语，不仅仅因为她是女性。

“我不知道该怎么跟你说才能说到点子上，特雷西。”她说得很慢。火光犹如一张金线织成的网，发出淡淡的光亮，罩在她的头上，夜风拂动着她的秀发。“但是——嗯——我觉得你是个诚实的人。我觉得你很正派，这正是我需要的。”她伸出一根手指以示强调。

特雷西笑了。这一本正经的话有条有理，而且博得了他的开心。他知道，可能会有一段对男人有益的关系即将产生。

“我明白了，”他说，“我好像也有同感。加利福尼亚有很多土地，一个人可以在那儿好好从头开始。”

她点点头：“好好从头开始，这才重要。我想我犯过错，你也一样。不过，现在我们俩都面临一个弥补错误的机会。我不是在问你是否想要弥补，我只是在告诉你有这样的机会存在，而且我想看看我对你的看法是否正确。”

“我一直在想同样的事情。”他说道。

晚上余下的时间里，他们默默地坐着，然而，这种沉默却充盈着特雷西鲜少体会的一种美好感觉——陪伴。多年以来第一次，他感觉形势也许终究是向正确的方向发展了。正确的方向，就像战前曾经的方式，而不是战后的方式。

第二天早上，他们折返。

骑马回到瓦贡鲍花了五天时间。凌晨四点左右，事情办妥。特雷西骑着马飞快地穿过漆黑的主街，把装着钱的背包扔在银行前面的木板人行道上。太阳升起的时候，他和洛拉离开瓦贡鲍已经有几英里远了。现在唯一令人不安的事情是波克，他很可能就在他们身后的什么地方。

在高高的大山深处，他赶上了他们。他们身上裹得严严实实，策马穿过昏暗的暮色，灰色的天空中飘落着雪花。事实上，是他们赶上了波克。他们看见他躺在一块巨石后面，似乎一直在那里等待。一层薄冰覆盖在他的步枪和稚嫩的黄色胡须上，他张大着嘴巴，已经冻死了。

特雷西如释重负。波克显然是跟着他们走的，他知道他们可能要走的线路，并在前面转圈，打算伏击他们。他本想做得很完美，从巨石后面一跃而起，张开嘴大笑着，端着复仇的步枪在大雪中朝他们开火。

他们在刺骨的寒冷中站了一会儿,低头盯着那具尸体。然后特雷西透过他们之间的雪幕看着洛拉。他笑了,不是那种灿烂的笑,因为他不是一个嘲笑死亡的人,而是一个平静的微笑。两人谁也没有说话。

第一次,特雷西做了个公然的动作。他伸出裹得厚厚的胳膊搂住她,抱了她一会儿,两个人冰凉的面颊贴在了一起。然后他们回到马那儿。

两天之后,他们沿着一条通往加利福尼亚的小径策马走出了大山。

历尽磨难的铁路干线

这片土地有一种熟悉的绵延起伏的特质。罗梅，一个高大结实的男人，三十出头的年纪，在刚刚破晓的晨曦中骑着马向西行进。他轻松地跟随着马的运动节奏，他清澈的灰色眼睛扫视着广袤无垠的大草原。这双眼睛表明他是一个头脑敏捷的人，他的举止也表明他知道他的敏捷头脑可以经常帮助到他，就像佩带在他右边臀部的手枪一样。

这是一种衣锦还乡般的感觉。他沿着铁路走，铁轨像两条钢铁带子在他前面伸展。早晨的空气凉爽而清新，他心情很好。铁轨上闪烁的阳光似乎象征着未来的前景无限美好。

中午时分，当他骑着马来到堪萨斯和西部铁路线的尽头时，他的心情突然大变。这地方弥漫着一种懒散的气氛。到处都是一群群的筑路工人，只见他们坐在一堆堆枕木旁边，喝咖啡的喝咖啡，玩纸牌的玩纸牌。他没有听到铁锤砸在道钉上的铿锵声响，也没有听到人们在烈日下汗流浃背的诅咒骂声。工作停止了。铁路不再不可避免地向落基山脉延伸了。

作为一名调停纠纷的专业人士，他的工作就是消除任何妨碍工作的因素。他下了马，把马拴在办公车厢连接车厢平台的栏杆上，脑子里飞快地想着可能的原因。他一步两级踏板跑上平台，砰的一声关上身后的门。

本·汉密尔顿，精瘦结实，满头白发，是堪萨斯和西部铁路的头儿。这会儿正坐在他的办公桌后面，从咖啡壶上方瞧着罗梅，他的眼睛因失眠而发红。罗梅等着汉密尔顿发话，但是他从汉密尔顿双肩下垂的姿势中感觉到，失败似乎已成定局。

终于,这个比他年长的男人叹了一口气。汉密尔顿将目光转移到咖啡壶上,又给自己倒了一杯咖啡:“你好,马克。要来点咖啡吗?天冷……”

“不,谢谢。”罗梅回答道。他将两条手臂搭到椅子背上。

“你看上去不太好呢,本。”

汉密尔顿哈哈大笑起来,声音有点沙哑,接着他大口地饮了一些咖啡:“没事,马克。圣路易斯的情况怎么样?”

罗梅做了个手势:“全都妥了,障碍还是来自东部。再过两三天我们会准备好铁轨和道钉。”

“也不知道这对我们有多少用处。”汉密尔顿郁闷地评论道。

“本,你还不如把什么都说出来。这是我的工作啊。”

年长者再次叹了口气:“好吧,该死的。事实上极其简单,我们被叫停了。因为我们无权在他人土地上修建铁路,要获得这种权利,我们需要穿过三个大牧场。业主拒绝出售土地。所以我们无法履行合同了。如果我们最后不得不绕过沃克奈夫,那就意味着要多一周的工期。”

罗梅突然坐直了身子:“沃克奈夫!”他没有意识到他们已经这么近了。

“是的。你知道那个城镇吗?”

罗梅点点头:“我出生在那儿,在那儿一直生活到十八岁,然后去了东部。”

“很好,”汉密尔顿的话音有点尖刻,“你在那儿一定有很多朋友,这对我们有很大的好处。”

朋友?这话刺痛了罗梅,何止朋友。凯茜·汤普森,他记着她,痛苦的记忆。他记得,他真的非常非常爱她。他记得,有多少次,他们一起驰骋马背,一起外出狩猎,一起欣赏那些牛犊的滑稽动作而纵情大笑。

罗梅当时就知道他们不会有结果。那些牛是流淌在她的血液里的,它们是她的生命和财产。她的眼里只有牧牛人,没有别的人。可是对他来说,还有另一个呼唤,来自东部,来自那个铁马奔驰和咆哮的世界,在那儿,美洲大陆被一分为二。多年前的一个早晨,他看到了耸立在圣路易斯码头上的火车头,从此以后,他就坠入铁路的情网而无法自拔。

坐在幽暗车厢里的汉密尔顿面前,面对这位年长者盯着自己看的目光,罗梅的脑海里分别思量着他梦寐以求的两件事情。先是铁马，当他还是个小男孩的时候，他就感受到了那种兴奋，而且从此不能自已。然后便是凯茜，那是他年龄稍长的时候。鱼与熊掌不可兼得，当时不行。火车头上的大烟囱，剧烈搅动的活塞，滚滚向西的车轮，呼啸长鸣的汽笛……铁路胜利了，他告别沃克奈夫和凯茜，去了东部。

现在，他回来了。一个梦想已经实现，但是另一个梦想仍然在他心中留下无限惆怅的痛。

“为什么会有这些麻烦？”他终于问道，“我以为我们的买主一年前就签好了土地合同。”

“我们也这样认为，”汉密尔顿大声说道，“哎呀，该死的，所以我们就开始铺路，把铁路一直铺到山里去，一边铺路一边兑现合同啊！”

“我们的买家没有任何书面的东西吗？”

汉密尔顿摇了摇头：“他们本来应该有的，这就是我们疏漏的地方。”

“每个人都有疏漏的时候，”罗梅对他说道，“我们得纠正疏漏，仅此而已。”

“哎呀！”汉密尔顿大声说道。罗梅意识到这个人的神经十分紧张。“我们已经努力了四天了。有人煽动三个大牧场主——事实上，这三人就是整个镇子上的大多数了——他们坚决反对铁路通过。或者说，至少这是修路陷入僵局的原因。”

“还有什么特殊的原因吗？”

“天知道。一大堆胡扯的东西，什么太多了，太快了。我完全清楚幕后主使是谁。一个名叫布鲁斯·加什林的家伙，他的总部在沃克奈夫，”汉密尔顿停了一下，“中央堪萨斯陆路运输公司。”

“公共马车，是吗？”

“是的，而且我们无法跟他们斗，至少法律不管用。我看这儿的情势就是老百姓想怎么样就怎么样。进步太快了。长期以来，这些公共马车让他们心满意足，为什么要改变呢？一点流言蜚语快速地四处传播，我们就被挡住了。”

“你有什么麻烦吗？”

“并不多。有几个小伙子在商业中心酒馆和人吵架，受了点伤，仅此而已。

不过，我觉得，这个加什林如果成心，是有能力给我们制造大麻烦的。他手下有个叫扬西的家伙，看起来像个真正的杀手。”

罗梅从办公桌上镶嵌得很漂亮的盒子里拿出一根雪茄。他划燃一根火柴将它点着，吸了一口浓烟：“我很清楚你想让我做什么。”

“估计你清楚。”

“我想知道拥有我们修路用地的牧场主的名字。”

汉密尔顿拉开办公桌的一只抽屉，从一叠文件中抽出一份，放在他面前。他仔细看了一下：“哈里·德鲁、贾尔斯·麦克马斯特、乔布·汤普森。”

回忆和惋惜的刀子又一次剜割着他的心。乔布·汤普森……凯茜的父亲，人高马大，力大无比，长着一张铁脸，声音犹如罩着金丝绒的雷鸣。

还有凯茜……再次跟她见面的情景让罗梅担忧。现在她一定已经结婚了，任何一个在沃克奈夫附近有小牧场的年轻牧场主都会发现她是个好妻子。而且，还是个很漂亮的妻子呢。

罗梅站起身来放松一下自己，他两眼直愣愣地盯着汉密尔顿，尽量不流露出内心纠结的情绪：“我去看看，看看能帮上什么忙。”

“你很会说话，能言善辩。也许你能说服他们改变主意。”

“我去试试。”

汉密尔顿向他伸出一根手指以示警告：“我告诉你，马克。我知道你从来就不太愿意用你的枪，但是我见过这个加什林，相信我，这个人需要提防，他讨厌我们。扬西只不过是个花钱雇来的杀手。加什林手下有很多人，但这个扬西是最坏的，我听说他在道奇城混了很长时间。”

“我会小心的。”罗梅答应道。他挥手告别，离开办公车厢，飞身上马，快步驶过铁道终端的营地。正午火辣辣的黄色毒日下，营地依然一片安静。唯有如泣如诉的口琴声从炊事车那边某处渐渐响了起来。

在营地外，罗梅骑着他的马开始飞奔，沃克奈夫位于不到半英里远的地方。他感到惭愧，离开故乡这么些年，居然把这个地方忘得差不多了。

沃克奈夫本身并没有发生太大的变化。屋前的木板还是屋前的木板，只不过有些刷了新的油漆，有些因为日晒雨淋破损得比他记忆中的还要严重。他慢慢地骑着马穿过主街，看到了一家新开的药店，看到那家马车行的招牌已经换上了新的名字。无数件童年往事如潮水般涌上心头：马车行附近火热的夏夜，吸第一支卷烟时的兴奋。他的父亲，他的母亲……他们已经成了模糊的身影。他们打理一家杂货店的生意多年，弄得身心俱疲，总是愁眉苦脸。他发现，现在一个叫霍普曼的人成了这家店的老板。

没有人认出他，他骑着马慢慢穿过主街。晚饭后人们在街上闹哄哄地选购东西。牧牛人骑着马忙着各种各样的事情。在商业中心酒馆的前廊上闲荡的顾客没有注意到他。罗梅发现了帕克斯顿牧师，他盯着罗梅看了一会儿，罗梅毫无表情地回望着他。帕克斯顿的两眼注视着他屁股上的枪、他瘦削的身子和坚定的面容。看他的表情，他没有认出罗梅。罗梅有一丝丝孤独感。

乔布·汤普森环行牧场在沃克奈夫另一边的西北方向三英里处。罗梅屏住呼吸，不禁怒从心上来，恶向胆边生，因为他发现这片土地是一块非常完美的公共事业用地。除了一块植被尚未清理的林地中央深处有一条通道需要架桥外，这个地方施工相对来说比较容易。

牧场主屋的院子里空无一人。大多数工人，包括汤普森本人，都到牧场去了。罗梅把他的马拴好，穿过门廊，只听见他靴子的声音十分响亮。他敲了敲门。

汤普森夫人是个性格内向、身材高大的女人。她来到门口，目不转睛地注视着他。罗梅心想，她这种目光完全是见到陌生人的目光。她没有费心去辨认他。他们全都忘了……

“嗯，先生，下午好，”她说，“有什么——？”她突然屏住呼吸。“哎呀，天哪！是……马克·罗梅吗？是吗？”

罗梅咧嘴笑了：“是的，夫人，是我。”

汤普森夫人赶紧拉开前面的纱门：“天哪，孩子，进来吧！”她把他领进客厅，一个充满麝香味的地方，散发着手工制作的薰衣草香包的气味。“坐吧，马克，”她和蔼地说，“我叫一下凯茜。”她提高了嗓门，“凯茜？凯茜，快过来看看谁来了。”

罗梅把他的帽子拿在两只手里转着。不一会儿，凯茜从厨房里出来了。她呆呆地盯着他看。这是一个身材苗条的女人，棕色的头发，棕色的眼睛流露出坦率真诚，鹅蛋形的脸上有一张略带性感的嘴。她仍然很好看，他心想。

“马克·罗梅！”她说，满脸微笑。罗梅感到内心的温暖油然而生，这种温暖总来自她的微笑。她握了握他的手，稍稍有点用力。他发现她没有戴结婚戒指。

“你什么时候回的沃克奈夫？”她问道。

“就今天。我一直在圣路易斯干铁路上的事情。”

“铁路？”可以察觉到汤普森夫人的态度变得不自然。

“是的，夫人，堪萨斯和西部铁路。”

凯茜强颜欢笑：“总是铁路，是吧，马克？”

“是的，我想是的。我是来解决铁路用地问题的。”刹那间，美好的一刻荡然无存，隔阂的樊篱高高竖起。他们再次成了陌路人。

“爸爸不会卖的，”凯茜直截了当地说，“布鲁斯·加什林的公共马车已经够好的了。这个你知道的。”

“如果可以的话，我想和乔布谈谈。”马克说。

“你得等他，”汤普森夫人告诉他，“他大约下午三点左右才会回家。不好意思，我要去厨房把腌菜放好。很高兴再次见到你。”她的微笑没有任何感情。

他和凯茜聊了一个小时左右，交换了他们分别后这几年都在干什么的情况。凯茜没有提及任何关于婚姻的事，罗梅也刻意回避了这个话题。然后他们谈到了东部，凯茜从来没有去过的东部。

“那里的一切都太快了，”她断然地说道，“总是在未被证实之前尝试一些疯狂的事情。”

“有很多铁路在运营呢。”罗梅说，口气有点尖锐。

“我敢打赌，也还有很多公共马车在运营吧。无论发生什么，它们永远不会被消灭。爸爸不喜欢东部，他去过那里。”他们之间的墙分分秒秒都在增高。

大约三点的时候，乔布·汤普森骑马回家来了，看上去当然老了些，但他的声音依旧具有一种威严。罗梅简短地问了声好，便谈了正事儿。

汤普森想了一会儿：“好吧，孩子。这样吧，我们开个会，你和布鲁斯·加什林可以在大家面前畅所欲言。我会确保德鲁和麦克马斯特都出席。你没有获得过机会，但我们会给你机会，告诉镇上的人你的想法——这样你就会知道你错得有多离谱。今晚怎么样?”他三言两语地结束了他的话。

“今晚挺好。”

他发现自己不喜欢乔布·汤普森,但同时又尊敬他。

“就定八点钟吧。”牧场主对他说道。

罗梅和凯茜道别比跟汤普森道别还要简短草率。他离开了凯茜和牧场的主屋,骑着马离开了乔布·汤普森环行牧场。北方铅灰色的云层正在下压,就连老天爷也表现得不友好。

唉,他也许能在会上把一些事情说清楚,希望如此。

但他真真切切地意识到,他和本·汉密尔顿已经完全孤立无援,是一块陌生土地上的陌生人了。“铁马”已经成为人们正常生活方式的敌人。人们改变得很慢,有时他们从不改变。他和他唯一在乎的女人正在失之交臂,这倒并不是说一开始就有多少机会,不过……

他慢慢地骑回沃克奈夫,他的目光漫游在一片片草地上。草的茎梗已经枯黄,骄阳似火,将它们晒得如同引火柴般又干又脆。灰色的云层可能酝酿着雨,但在下雨之前,草地十分危险,就像沃克奈夫的情况一样,一触即爆。一个叫加什林的人和另一个从道奇城来的叫扬西的人可能会有潜在的麻烦……

就这一次,他为自己在腰间佩带了手枪感到庆幸。

他把马拴在商业中心酒馆前面,穿过门廊,走了进去,他感觉那些闲荡的人们对他漠不关心。不过,这种情形不会太久。乔布·汤普森在他走之后也骑马离开了环行牧场。罗梅在远处的一个小山丘上看到了他。消息很快就会传开。

他肚子饿了,就穿过赌桌,经过吧台,上了楼梯,来到了夹层。当天晚上他要发表自己的观点,被人看到喝不加冰块的威士忌会很难堪。

一个留着小胡子、疲惫不堪的侍者走上前来,为他点了牛排、炸土豆和啤酒。罗梅感觉累了,便把两个胳膊肘支在桌子上,给自己点了一根香烟。他正划燃火柴要点烟,突然有人说道:“罗梅先生,我可以坐下吗?”

罗梅抬起头来,吹灭了火柴。陌生人个子很高,胖瘦适中,穿着一件格子背心,衣冠楚楚。他面色红润,一脸严峻,两只蓝眼睛目光犀利而冷漠,他的年纪和罗梅差不多。他对着罗梅微微一笑,嘴唇稍稍翘起,仿佛整个世界都是他可以随心所欲控制的奇异景观。罗梅一看这个人就知道他是一个机会主义者。

“当然,坐。你好像知道我的名字,我可不知道你叫什么。”

“加什林,布鲁斯·加什林。”

消息传播得比他预料的要快。他瞟了一眼楼梯,一个穿着肮脏的牛仔裤和汗渍斑斑的衬衫的小伙子正看着他,傻乎乎地咧嘴笑着。在他咧嘴笑的时候,那双眼睛就像两块石头碎片。还是一个小孩子啊,罗梅心想,他的身上佩带着两支插在破旧皮枪套里的手枪,枪托露在外头。那一定是扬西了。

加什林看似漫不经心,其实一丝不苟地给自己点了一根香烟:“看来你和我今晚要站在篱笆的两边了。”他说得轻描淡写。

“我要告诉他们,我认为铁路应该通过,还有理由,如果你是这个意思的话。”

“你的买家要推行这个事情可没有多少运气啊。”

“这正是我工作的时候,加什林先生,买家没有多少运气的时候。”

加什林点点头:“你知道我是做什么生意的。”

罗梅哈哈大笑起来:“是的,我知道。”

“我不会告诉你太多的信息。那是给跟我做生意的人的,”他向楼下拥挤嘈杂的酒吧挥了挥手,那里有一排酒瓶,“坦白说,我有生意要做。我的生意实质上跟堪萨斯和西部铁路公司的生意一模一样——包括客运和货运。这是一项不错的生意,为了打造这桩生意,我付出了很多心血——有的时候还不得不走捷径,我承认。我不想失去它。”

罗梅还没回答,侍者便端着食物过来了。等他走了之后,罗梅将叉子插进牛排:“这个我自己也能估摸出个八九不离十。”

加什林耸耸肩膀:“我只是想让你知道你在跟什么作对。我可不打算失去中央堪萨斯陆路运输公司。”

罗梅两眼一眨不眨地盯着他。加什林一直眯着眼睛,没有回避他审视的目光。“如果你不能用正当方法守住它,”罗梅平静地问道,“那么你会用别的手段来达到目的,是吗?”

加什林点点头:“我估计是这样。”

“我认为我们无须再说什么了。”罗梅吃下一块牛排,喝下一些冰啤酒。

加什林没有走开的意思:“既然过场走完了,那么我可以开始谈正事了。当我听说了乔布·汤普森今晚计划干的事情后,我很不喜欢。我愿意出一千美元让你远离会场。”

“你在浪费时间。”

“一千两百美元是我的最高出价。已经不少了,但对我来说还是值得的。”

罗梅恼怒地把盘子推开:“听着,加什林先生,我把有些事情挑明了吧。我想看到铁路通过,这不是我的事业成功或失败的问题。我认为铁路将会让生活变得更加美好。我不持有这家公司的任何股份,只要他们能按要求在合适的时间、合适的地点修建铁路,那么即使他们下周炒我鱿鱼,我也不会过分不高兴。你明白吗?”

加什林突然站起身来,用一只手做了个手势:“我明白了,罗梅。”那小伙子慢悠悠地走到桌子前,站在他老板身后,推了推歪戴在头上的帽子。“扬西先生,这位是罗梅先生。你们可能会经常见面。”

扬西一言不发,他只是看着罗梅,傻乎乎地笑着,但是他的两眼充满了愤怒和严厉。罗梅在内心深处一阵哆嗦。扬西是那种痴迷枪支的毛头小子,杀人只当儿戏。对加什林这样的人来说,他会是个好帮手。

他对加什林愤怒至极,用贿赂的方式反对在沃克奈夫修建铁路的情况突然浮出了水面。他猛地朝扬西竖起一个大拇指。

“你雇的枪手有什么话要说吗?”

“偶尔说两句,”加什林回答道,“除了生气的时候,他大部分时间都很安静。”

“那就告诉他,我会小心他的。等他觉得他自己已经长大了,可以面对男人了,我会时刻准备着的。”

扬西笑了。罗梅知道这小子恨不得拔出枪来,当场杀了他。他的胃开始发冷,他紧握着刀叉,看着扬西的手指紧张地移动着。

扬西突然发话了,声若哀鸣:“很快的,罗梅先生。真的很快的。”

“滚出去,你们俩。”罗梅说道。

加什林一言不发。他在桌子之间走来走去,走进吧台,又走出吧台,扬西紧随其后。

罗梅匆匆吃完剩下的饭菜，把椅子往后推了推。吧台上方的时钟显示时间是六点差二十分。

他买了几根雪茄烟，在商业中心酒馆的前门廊上坐了两个小时，听着周围的谈话。讨论的主题主要有三个。前两者的重要性几乎不相上下，一个是在辩论会上会说些什么，另一个是干燥的牧场上会不会下雨。乌云依然在头顶徘徊，随着夜幕的降临，乌云变得更加乌黑，有一种不祥的感觉。但还是没有下雨。

罗梅无法判断这些闲荡的人的意见是否有意义，因为他们并不代表这个城镇有影响力的因素。但是，酒吧里的人知道别人在说什么。

第三个话题是对铁路总的态度。闲荡的人大多数都认为这可能是件挺好的事情。也许大多数人最终会站在他这一边，除了麦克马斯特和德鲁，当然还有乔布·汤普森。

八点差一刻，暮色苍茫，夜色渐浓，油灯开始发出奶油黄色的光芒，罗梅走向教堂。教堂里面已经人头攒动，拥挤不堪。他拘谨地沿着中间的过道走去，眼睛直视前方，他知道人们的眼睛在盯着他的后背。

加什林和扬西坐在第一张长椅上，罗梅在他们对面的一张长椅上坐下。八点整，乔布·汤普森走上讲台，告诉人们为什么要召集这个会议。他、德鲁和麦克马斯特控制着未出售的部分铁路建设用地，他想就铁路这件事征求大伙儿的意见。他的声音十分洪亮，圆润有力，具有影响众人的能力，但他的陈述不偏不倚。

"我们的第一位发言人，代表铁路，是沃克奈夫的前居民之一，马克·罗梅。"

马克在观众的窃窃私语声中走向前去。当他转过身来面对着他们时，他们中的许多人都像眼睛亮晶晶的鸟儿一样凝视着他。乔布·汤普森、他的妻子和凯茜坐在加什林和扬西身后的第二排长椅上，一脸铁板一样的表情。他们的后面，依次是另外两个家庭。罗梅估计，是德鲁家和麦克马斯特家。

他不喜欢第一个发言，这样会让加什林有更好的机会达到令人印象深刻的高潮。但是，他将尽力而为。他清了清嗓子，开始说话，他说得有条有理，说得真心诚意，说得令人信服。

他告诉他们，铁路提供了更快的旅行方式和更舒适的环境。他告诉他们，由于货运量和客运量都很大，堪萨斯和西部铁路的费用可能会降低。他告诉他们，不管沃克奈夫喜欢与否，铁路终将连接海洋。阐述这部分内容必须小心谨慎、彬彬有礼。

然后，他告诉他们铁路可以直接运输牛，再也不用把牛赶到铁路线的尽头去了，再也不用雇用额外的人手来进行漫长而危险的越野旅行了。直接运输。直接运输！他以平心静气而又铿锵有力的语气强调了这一点，然后坐了下来。这时，听众中间有一股热情的涟漪开始荡漾。一个穿着粗陋的牧牛人开始鼓掌，但随即他紧张地咳嗽了一声，马上停了下来。

汤普森以更为赞许、更加热情的方式介绍了布鲁斯·加什林，带有明显的偏向。当公共马车公司的老板站起来讲话时，他微笑着表现出一股天真无邪的孩子气姿态，以图努力争取听众的支持。罗梅心想，他应该会得逞的，他善于表演。

加什林的讲话很简短："朋友们，你们都认识我，布鲁斯·加什林。我经营中央堪萨斯陆路运输公司。我不喜欢铁路，这个你们也都知道。铁路长不了。像这样的事情，丝毫不可靠的计划，不会持续很久。中央堪萨斯陆路运输公司为你们提供了良好的服务，运输你们的货物，而且我认为你们也喜欢这样的现状。至于直接运输牛，这将意味着该行业的毁灭。赶牛是该行业最重要的组成部分之一，没有了赶牛这个行业，那些依赖牧场为生的普通工人，像你们中许多人以前干过的一样，大部分时间都会失业。"

他清了清嗓子，又朝他们笑了笑。然后，他假装在思考，并皱起了眉头："我真不想说我现在要说的话，但我必须说，也许能帮助你们理清头绪。我无法告诉你们堪萨斯和西部铁路的做派，但我知道他们很怕我们。两三个小时前，那边的罗梅先生在商业中心酒馆找我谈话。"

他的话音升高了："罗梅先生说要给我五百美元堪萨斯和西部铁路的钱，让我今晚不要出现在这里。如果你们想要证据，扬西先生和我在一起。"

罗梅跳了起来，忘了自己身在何处，气冲冲地向讲台扑去："你撒谎！"人们伸出手去拉他，"你是个该死的骗子，加什林，你明明知道……"

会场炸了锅。人们从长椅上挤了出来，推来搡去，大呼小叫。加什林轻松地朝一扇侧门走去，扬西跟在他后面。这个年轻人的眼睛注视着人群，一只手悬在手枪的上方。

乔布·汤普森抓住罗梅的一个肩膀，怒斥罗梅。罗梅试图反驳，但徒劳无益。愤怒的话语，穿插着人们对罗梅言论的谴责，充斥了整个会场。罗梅瞥见紧张万分的帕克斯顿牧师站在远处的墙边，被这肆无忌惮的行为弄得晕头转向。

罗梅从汤普森那儿挣脱身子，他想找到布鲁斯·加什林，让他承认谎言。他得到过警告：不择手段，加什林很可能还有更多的手段。他侧着身子挤过人群，有几个女人还出手打他。

他在门口撞见了凯茜·汤普森。她怒视着他，仿佛他是她的死敌。他抓住她的一条胳膊："听着，凯茜，我不想让你认为——"

蜂拥而来的人群把他从她身边挤开了，推着他往外走，走下教堂的台阶，来到木板人行道上。乔布·汤普森紧随其后，仍在大声质问。人群变成了一群被加什林的计谋操纵的暴徒。

公共马车行老板和他的枪手站在人群的边缘。罗梅一路推搡，向他们冲去。其间，他曾把手放到臀部摸了一下，确保他的手枪随时可以拔出来。

就在罗梅赶到那两个人跟前的时候，乔布·汤普森追上了他。从那以后，事情发生得很快，除了罗梅、加什林和扬西，没有人看到发生了什么。人群盲目地四处乱转，几乎对他们不加理会。他们四个人站在人群的边缘，形成了一个紧密的、小小的圈，他们准备拔枪的手被什么东西遮挡着，根本看不见。

加什林瞪大了双眼。罗梅迅速而可怕地意识到，稍纵即逝的机会被立马抓住了。加什林拿胳膊肘捅了一下扬西，那小子伸手去枪套里掏枪。

罗梅转身闪向一边，伏低身子躲避，一面拔出自己的手枪。扬西拔枪的时候，罗梅瞄准了他的肚子。就在罗梅开火的瞬间，加什林突然用他的枪管砸了下来，这样子弹便射进了泥土里。扬西的枪同时响了。

挤得很紧的几个人撞成一团。一个女人尖叫着，一种又高又尖的声音。人群的喧闹声渐渐消失，变得鸦雀无声。

扬西已经不见了。罗梅急忙转过身，他的枪还在冒着烟。乔布·汤普森在罗梅身后半英尺的地方踉跄着，他痛苦地闭上了眼睛，双手紧紧抓住肚子上一个红红的洞。汤普森夫人和凯茜正挤过人群，汤普森夫人歇斯底里般尖叫着。

乔布·汤普森像一棵大树一样向前倒下，脸先着地，重重地砸在街上。一圈灰尘在他的脑袋四周升起。

罗梅转向加什林，嘴里骂着什么，并再次举起手枪。加什林伸出一根手指指责他。

“你的男人在这儿！我看见是他干的。他们吵得很厉害——乔布连枪都没有拔。我全看到了。”

罗梅把枪口对准了加什林，有一个工人把枪从他的手上夺了过去。加什林小心翼翼地向后退去，罗梅发出一声愤怒的咆哮。人群围了上来。

罗梅再次转了个身，意识到发生了什么，他已经没有地方可以逃跑了。他们把这儿围得水泄不通。灯火通明的街道上，回荡着他们复仇的呼喊声。

他知道与他们打斗是枉费心机。他们成群结队地包围着他，雨点般的拳头落在他的脸上和肩膀上。他躲避，但躲避不了。人们义愤填膺地说着什么，声音越来越大。最后，有一个沙哑的声音刺耳地超过了其他声音，罗梅知道接下来会发生什么了。

“用私刑处死他！用私刑处死他！”

其他的人重复着这一呼喊。几乎如同发生奇迹一样，绳子出现了。人们热切地用手摆弄着绳索，七手八脚地盘绕，结成死亡套索。女人们挤在教堂的台阶上，冷冷地看着。这群暴徒陶醉在了仇恨中。

凯茜站在女人们中间，脸色既生硬又傲慢，罗梅瞥见了她复仇的神色。有人用棍子打中他的颈部，他双膝一弯，跪倒在地。接下来的事情他知道，他会被抬起来放在马鞍上。他头晕目眩，满脑子都是艳丽的色彩和银铃般的声音。接着，一阵持续的、剧烈的疼痛甚至把他的恐惧都抹去了。

又有一个声音在喊着车马行的什么东西。有手抓住了马的缰绳。人群开始移动，起初很缓慢，后来越来越快，沿着街道奔跑。马在他的身子下面颠簸着，罗梅稳稳地骑在马上，没有倒下。亮着油灯的窗户模模糊糊地往后退去。罗梅发现，加什林已经无影无踪了。

有人点燃了两三支火把。罗梅茫然地感到纳闷，这一切怎么会发生得如此之快。但是愤怒的烈火已经被点燃，已经开始燃烧，已经开始蔓延。乔布·汤普森是一个受人尊敬的人啊。

车马行周围的树木在阴影中轻轻摇曳,发出低低的沙沙声。空气中弥漫着牲口和稻草的刺鼻气味。一圈愤怒的白脸围绕在罗梅四周,女人待在后面——不,他错了,凯茜就站在人群的边缘看着。

有几双手把他从马鞍上揪了下来,开始将绳子套在他的脖子上。其中一个拿着绳子的人戴着副警长的徽章,他不明白警长在干什么……

猎枪的轰鸣声在黑暗中回荡。子弹飞过,树叶发出微弱的嘶嘶声。

暴民们停了下来。

就像一个单一的有机体,它的声音消失了。惊恐万状的眼睛盯着那些个黑影。绳子掉落到了地上。罗梅紧紧盯着黑暗中火把的亮光模模糊糊勾勒出来的身影,他听到了一个熟悉的声音。

"离他远点,你们所有人。"

本·汉密尔顿。天哪,真是本啊!罗梅想大声呼喊他的名字。

汉密尔顿骑在马上,用猎枪对准了那群暴民。在他身后,还有其他的骑手,都是营地里的工人,同样全副武装。他们的枪管在星光下发出幽暗的蓝色光芒。

"下一次炸响,"汉密尔顿说,"可能会打中你们中的一些人了。"

暴民们骚动起来,窃窃私语。没有人伸手去掏枪。

"那里让出一条路来,"汉密尔顿命令道,"马克,你还好吗?"

"是的。"罗梅大声说道。

"你能自己骑马出来吗?你需要帮助吗?"

"我可以骑。"罗梅急忙说道。

那些人没有动。汉密尔顿布满皱纹的脸十分坚毅,在火把的橘黄色光芒中依稀可见。"让他过来!"

猎枪再次轰响,子弹散射向天空。一个面容瘦削的牧人害怕得尖叫起来。人群分开了。

罗梅骑着他的马穿过了通道。汉密尔顿和筑路工人们掉转马头,沿着车马行后面黑乎乎的小巷离开了。愤怒的声音又多了起来,但很快就在鼓点一样的马蹄声中消失了。

筑路工人们从沃克奈夫骑马来到铁路尽头的营地,一句话也没说。罗梅紧紧抓着马鞍，任由自己的马跟着其他的马一路走去。他感到体力在慢慢恢复，他的思绪再次变得清晰。

来到营地，汉密尔顿在四周布置了警卫，然后他和罗梅走进了办公车厢。汉密尔顿点上油灯，拉上绿色的窗帘。他两眼盯着罗梅："这事很严重，马克。"

"该死的，这个你不用告诉我！我想知道的是你是怎么到那儿的，我几乎就要被绞死了，我的感觉就是我快要死了。我从来没有过这种感觉，该死的绝对没有过。这感觉很不好。"

"今天下午有两个伙计在城里买日用品。他们到商业中心酒馆喝了一杯，听到了会议的消息。我怕会有麻烦，所以我们在会议即将散场时到的那儿。我们听到了枪声，而且很明显，有人正在准备绞刑，你就是那个嘉宾。我想听听是怎么回事儿。"

"一言难尽。"罗梅不耐烦地说。

"嗯，那就长话短说。他们很快就会过来的。我已经派人在那儿打探消息，他们随时会发信号过来。他们不会碰我们——他们也不敢碰我们，因为私刑是违法的。但对你来说，情况可能就不一样了。无论如何，他们都有可能把你带走。"

罗梅哈哈大笑起来，笑声尖厉刺耳："悬赏要我的人头。"他很快地简要叙述了他们中午商讨这件事情以后所发生的一切。当他讲完的时候，汉密尔顿显得更加沮丧。

"天哪，这件事情看起来不妙。你没有收买加什林，是吧？"

"本，你还不了解我吗？"

"好了，别生气。我们得想想下一步该怎么办。而且，最重要的是，我们还要签合同啊。"他用一只手捋了捋白发，眼睛里映出油灯的黄色亮光。

在罗梅看来，有着绿色百叶窗和阴暗角落的办公车厢内部似乎安全无虞，平静安宁。这种感觉被枪声一举粉碎。汉密尔顿一跃而起，撞翻了椅子。

"他们来了，马克。离开这里，快！看情势安全了再回来，我们到时候看情况再说。"

罗梅早已经打开了车厢门。他跳下台阶，跨上马背，狠狠地踢着马。从营地的另一边传来一大群骑手的喧闹声。他的马蹄声会被来自沃克奈夫的人到达这儿的喧闹声所掩盖。

他离开营地,向北飞奔,兜了一个大圈,穿过黑暗的大草原,向城里驶去。风撞击在他的脸上,凉爽而令人精神振奋。他开始梳理自己的头绪。

他估计,加什林会和沃克奈夫的那些男人在一起。扬西不会抛头露面,很可能躲藏在镇上哪个家庭旅馆的一个房间里。这使得罗梅有机可乘。

他不知道自己具体要寻找什么,但他希望能找到一些线索,解开缠绕在他周围的背叛和死亡之网。汉密尔顿和其他铁路工人已经束手无策,但他是个行动自由的人——只不过有人悬赏要他的人头罢了。

一想到这里,他仿佛被一股凌厉的力量死死地击中了要害。他在乌云密布的天空下骑马前行,突然感到隔绝和孤独。月亮从面纱般的乌云下钻了出来,像一张浮肿而苍白的脸。空气变得很冷。

此时此刻,沃克奈夫静静地卧躺在那儿,大街小巷阒无一人。罗梅一直走那些小巷。房子里大部分的灯都熄灭了,人们都上床睡觉了。马蹄在泥土里发出轻柔的撞击声。

他在中央堪萨斯陆路运输公司大院的后面下马。那些马车在月亮的映照下隐约可见,罗梅在马车中间悄悄向办公楼摸去。他没有看到任何地方有岗哨。

他小心翼翼地掏出手枪,溜进一片阴影里。他试着打开门,门锁着。他走到右边,开始一扇一扇地检查窗户。终于,他发现后面有一扇窗户是开着的。

他爬过窗台,发现了一间小小的储藏室,里面堆满了成箱的发票、运输表格和印有公司抬头的信笺。这个房间的门是锁着的。他用枪柄两次砸向门锁,然后凝神静听,只听到街上传来几声微弱的喊叫声。醉汉,很可能。锁已经挂在那儿,被他砸坏了。他走进了大办公室。

穿过大办公室,隔着一扇门,是布鲁斯·加什林的办公室。罗梅推断,那里可能有一些东西能帮助他揭露这个人的真面目。他小心翼翼地把门打开,开始有条不紊地翻查办公桌。

最底下有一个抽屉被锁上了。他拉了拉把手,然后注意到一个情况,不禁喜上心头。办公室里没有保险箱。加什林显然对自己太自信了,一个锁着的抽屉足矣。

罗梅从办公桌上拿了一把开启信封的刀，把它塞进抽屉顶部的口子里。他把刀来回摆弄了一会儿，不禁骂了一声，刀啪的一声断成了两截。他找到了第二把刀，这把刀有一个沉重的象牙柄，终于撬开了插销，打开了抽屉。

里面放着三张纸。罗梅犹豫了一下，再次听了听动静。那个醉汉又叫了起来，距离更近了。他蹲在办公桌底下，划了一根火柴，看第一张纸。

兹收到布鲁斯·加什林服务费一千五百美元整。

乔布·汤普森

另外两份收据分别是七百美元和九百美元，底下的签名是哈里·德鲁和贾尔斯·麦克马斯特。罗梅吹灭火柴，思考着他所看到的内容的重要性。

加什林有很多钱，足够支付牧场主不出售铁路用地的钱。实际上，付钱给他们是为了维持他的生意。这比铁路公司买小块土地所给的钱还要多。堪萨斯和西部铁路公司还不是一家大公司，它的预算很紧。

加什林是个有资本的人。汤普森、麦克马斯特和德鲁当然知道他是什么样的人。例如，他们知道他会收买别人来得到他想要的东西。他们三个人都参与了这个阴谋，而镇上其他的人却被蒙在了鼓里。

“该死。”罗梅压着嗓子骂了一声。教堂里的会议成了一场闹剧，一场为了让居民们不再发声质疑而上演的闹剧。他们本来是可以耀武扬威、仗势欺人的，但是现在，他们在跟铁路公司作对啊。在加什林看来，汤普森显然是可以牺牲的。但有一个人，如果罗梅能找到他，也许能把事情搞个水落石出。

他正把文件塞进口袋，突然直起身来。一个醉醺醺的声音从办公楼的前廊传来。钥匙咔嗒咔嗒地插进锁里，门打开了。

罗梅蜷缩在阴影中。守夜人一只手提着一盏灯，另一只手晃荡着一只酒瓶子。守夜人踌跚着撞到了外面办公室的栏杆上，嘴里骂着什么。罗梅穿过加什林办公室开着的门，向储藏室走去。

守夜人转过身来，放下灯：“见鬼的谁……是谁？”他喊叫道，伸手去拔枪。

罗梅行动的速度快得超出了想象。他用棍棒把那人的手枪打掉，并用一个膝盖狠狠地撞得那人往后退去。他吸取了教训。

守夜人脚步踉跄，灯笼发出的烟雾缭绕的灯光照亮着他发疯一样的眼睛。他猛地从口袋里掏出一把刀，笨手笨脚地向罗梅走去，嘴里喃喃地说道："你见鬼的到底在这里干什么？"罗梅绷紧了身子，纵身闪开，用枪管击中了醉汉的太阳穴。

刀子向下咔嗒一声掉落在木地板上。刀尖插进了木地板，微微抖动着，一声微弱的嗡嗡声回荡在空中。然后，守夜人倒下了，皮肤上色彩斑斓的瘀伤变得越来越明显。

他没有死，罗梅确认之后吹灭了灯。他站在黑暗中，听着守夜人不规则的呼吸，一个新的想法使他心烦意乱。

现在，他比以往任何时候都更紧密地跟铁路捆绑在了一起，尽管他仍然有切割的余地。他跟铁路捆绑在一起不仅仅是因为他在堪萨斯和西部铁路公司工作，事情没那么简单。如果铁路通过了，加什林就会破产，就会给罗梅提供一个证明自己清白无辜的好机会。如果铁路最终没有通过，他最终会是一个死人，会晃荡在一根绞索里。

这个想法很讽刺。他轻轻地笑了。他必须得让堪萨斯和西部铁路通过小镇。不是靠实实在在的铁轨和枕木，也不是靠炎炎赤日下的艰苦劳作，而是像个不法之徒一样，用枪和脑子。这无疑是一种新的方式来推动铁路向西部……

接着，他停止了笑，绞索可是一点也不好笑。他记得，他曾经离绞索如此触手可及，他曾经感觉死亡就近在咫尺。

他从储藏室的窗户爬了出去，走到后院，那些文件就在他的衣兜里。他的马在马车投下的阴影中等候着，马车棱角分明的轮廓矗立在一轮硕大明月的银辉中。

扬西，答案就在这个咧嘴傻笑、死一般疯狂的年轻人身上。至少，罗梅认为，第一步就在那里。他必须证明自己的清白，从而证明铁路的清白。月光照亮了大地，夜幕笼罩着小镇，他有机会。他对扬西知之甚少，但也了解颇多。也许足够让他处于他所需要的优势了。

他慢慢地骑着马穿过浓影遮蔽的街道。这个时候，他们肯定不会在找他。他的马静静地在一排排房子之间穿行，他左右张望，直到找到他要找的目标。

第一个家庭旅馆是由一个叫哈里根的爱尔兰人经营的，罗梅从他那儿没有打探到任何消息。愤怒而昏昏欲睡的房东告诉他，他那里没有叫扬西的房客。门在罗梅面前砰的一声关上了。他回到街上，骑上马，继续前行。

第二个家庭旅馆坐落在一条尘土飞扬的街道上，占地面积很大，就在商业中心酒馆的正后方。罗梅听到自动钢琴仍然在叮叮咚咚地将有节奏的音符送向夜空，偶尔还伴随着大笑声。他把马拴在歪斜颓败的院墙门上，尽量蹑手蹑脚地踏着年久失修、吱嘎直响的破旧木地板走上前去。

他敲了三下门，然后一个女房东出来了，手里提着一盏高高的油灯。她的头发用报纸包着盘在头上，她呼出的气酒味冲天。罗梅感到了安全。她喝下了太多的酒，即使去过教堂，也认不出他来了。

“这么晚了还要吵醒一位女士到底是什么意思？”她咆哮着，一面把她的宽大长衣拉紧。她一开口说话，酒气便弥漫在罗梅脑袋的四周。

“我在找一个名叫扬西的人。他住在这儿吗？”

“他当然住在这儿啊。科尔·扬西，二楼，左边第一个门。”

他走过她身边，走进大厅。她砰的一声关上门，站在楼梯边的一片灯光里，继续醉醺醺地唠叨着自己被吵醒的事儿。当他在楼梯口拐弯时，她还在一个劲儿地抱怨。

他在第一个房间门口停住脚步，站在黑暗处倾听着。他听到薄薄的墙板后面传来响亮的鼾声。他小心地把手枪从枪套里取出来，把枪管放到门锁附近，然后敲门。

他不停地敲门，直到鼾声停止。扬西断断续续地咕哝着什么，啪嗒啪嗒的脚步声来到了门口。罗梅听到了枪上膛的声音。扬西即使还睡得昏昏沉沉，也不会抛弃这个习惯，但他的反应会变得迟钝……或者说罗梅希望如此。

“什么事啊？”扬西大声问道，“谁呀？”

“加什林派我来的。”罗梅轻声说道。

“什么事情?”

“你和乔布·汤普森的事情。快开门!”他尽量让自己的声音听起来既生气又不耐烦。

罗梅的心在胸腔里剧烈地跳动。钥匙在门锁里咔嗒咔嗒地响。扬西把门拉开时,出现了一点亮光。

罗梅用枪管抵住这个人的肚子:“放下你的枪。马上!”

扬西脸上那种困倦的表情一扫而光。他两眼喷火,突然意识到自己已经被抓住了。他试图后退,但罗梅把枪管更深地顶进他的皮肉里。“把它扔到地板上!”

扬西哽咽了一下,咳嗽起来,仍然没有完全清醒。他的手枪砰的一声落到了地毯上。罗梅迅速跨进房间,关上了门。扬西光着脚,穿着内衣,看起来像个既无助又害怕的小男孩。他再也没有枪了。

这就是罗梅所指望的。没有了枪,他就什么都不是,他就是一个无害的小孩子。罗梅快速捡起那把手枪,塞进自己的腰带。扬西顺从地等待着,盯着罗梅手中闪闪发光的蓝色金属,两眼充满了恐惧。

“你想从我这里得到什么,罗梅?”他的声音低沉而沙哑,“你知道,我只是给加什林打打工……”

罗梅走到床前,坐了下来。一股腐烂垃圾的臭味儿从开着的窗户飘进卧室。商业中心酒馆的钢琴机械地发出丁零当啷的旋律。

“我知道你在给他打工,扬西。所以我才找你,了解一些其他的事情。你最好如实回答我的问题。如果你不,我就杀了你。你明白吗?”

扬西瑟瑟发抖,罗梅感到一阵胜利的喜悦。他是对的,扬西和他们中的许多人一样,只在手中有武器的时候才能耀武扬威。这孩子被像眼睛一样盯着他的冷冰冰的枪口吓坏了。他看到了爆炸产生的火焰,看到了子弹击中他之前的滚滚浓烟。他说:“你问吧。”

“你在今晚开会之前就知道你会射杀汤普森是吗?这是预先计划好的是吗?”

扬西毫不犹豫地摇了摇头:“不是的,罗梅先生。”他强调了一下“先生”。“加什林只要朝我一点头,我就能领会他的意思。当他向我点头时,我总是能领会的。人们挤得水泄不通,没人能看得太清楚。这很容易。之后我喝了几杯酒,就回到了这里。"

突然,他的脸上浮现出一个表情,好像有其他话要说:"这不,他们应该是要绞死你的。我看见他们开始……"

罗梅满腔怒火,他站起身来,怒目而视。他的声音越来越大:"你个下贱的混蛋,我安然无恙,我还活着,我真想马上杀了你。还记得在商业中心酒馆吗?你说过你会很快来关照我的。那好吧,我来了。"

"是的。"扬西轻声咕哝着。

"不带枪不行,对吧?"罗梅无法抗拒这句话。

"是的,先生,不行。"

"你回答问题的速度也很快呀。"罗梅此刻感到更加愤怒。他印象深刻,这个疯狂的小子杀人就像他事后喝杯酒一样随意。最终,罗梅控制住了自己。

"好吧,扬西。我要你干件事情。"

"好的,任何事情。"

"你这儿有纸和笔吗?"

扬西指着梳妆台:"在那里。是女房东的。"

罗梅来到梳妆台前,拉开抽屉。两件脏衬衫下面有几张黄色的书写纸。他还找到了一支金属笔尖的钢笔和一个有三分之一墨水的瓶子。他把这些东西放在房间中央的桌子上,然后,用脚尖够到椅子,把它推向前去:"坐下。"

扬西坐下,坐立不安地摆弄着他的内衣。

"你把我说的话写下来,把笔拿起来。你会写字吗?"

"会的,我小时候在印第安纳州上过学。"

"别浪费时间,写!我,科尔·扬西……"

钢笔费力地涂画着。扬西弯腰趴在桌子上,仔细看着每一个字。

"……根据我老板的命令,今晚我在教堂外杀了乔布·汤普森,我老板布鲁斯……"

"别这么快,好吗?"扬西哀求道。

"闭嘴,继续写。布鲁斯·加什林,听清楚了吗?"

扬西点点头。

“写上日期,签上你的名字。”

扬西服从,然后把那张纸从他身边推开。罗梅拿起纸,扫了一眼,又把它放下:“不要写首字母,我要你的全名。”

“我总是用我的——”扬西停住话头,再次看了一下枪,写下了他的全名。

罗梅感到满意,正伸手去拿那张纸,这时门突然打开了。布鲁斯·加什林站在那里,他的衣服很脏,因为拼命骑行而汗渍斑斑。他的手紧握着门把手。他粗糙的脸依然很平静,但他的蓝眼睛眯拢了一点。

“哎呀!”他优雅地哈哈大笑起来,“罗梅先生,我没想到你会在这儿。”他关上门,走进房间,立刻注意到了枪。罗梅的脊梁骨开始刺痛,一个新的因素出现在了这个危险境地中,现在,不仅仅是对付扬西的问题了。

罗梅指着桌子上的那张纸:“扬西先生向我坦白了乔布·汤普森被谋杀的真相。它牵连到你。”

加什林的嘴角边露出一丝高傲的微笑。他把手伸进格子背心的口袋里,掏出一根雪茄:“不幸的是,我们在铁路营地什么都做不了,因为你已经走了。不管怎样,你的老板汉密尔顿手下有很多带枪的人。我只是想到这里来和科尔商量商量,没想到你会出现在这儿。”

“我要走了,”罗梅对他说道,“但我想警长一会儿就会来找你,我会陪着他的。我想走合法途径。”

加什林摇着头:“这份文件在法庭上站不住脚。”他的手指再次往下伸进背心里。罗梅仔细地观察着他。尽管加什林竭力装着没事,但他的语气中仍然流露出一丝焦虑。这张纸会毁了他的,这点他很清楚。

“我要去碰碰运气,”罗梅说道,“把你的手抬起来放回原处。”

加什林耸耸肩膀:“我只是想点雪茄。”

手指再次出现了,加什林的手里拿着一支小手枪。

罗梅竭力快速做出动作,他飞快地将手枪转向加什林,但对方却让小手枪滑过桌子。“好吧,扬西。”当小手枪掉到扬西的怀里时,那小子的两眼突然疯狂地放出光来。

罗梅再次把枪口转了回来，扳机上的手指都变白了。他没时间了，扬西再次胜券在握。当扬西把小手枪从桌子底下拿出来时，他年轻的眼睛里充满了杀人的欲望。加什林微笑着，扬西的脸上露出了白痴一样的笑容。他没有时间了……

一阵断断续续的钢琴乐曲声从窗户里飘来，突然被罗梅的三声开枪轰鸣打断了。扬西的手枪掉落在了桌子上，发出很大的声响，接着他坐了回去，两只眼睛鼓了出来。鲜血从他脖子上的伤口喷涌而出。慢慢地，他倒在了地板上。

罗梅一转身，发现供状的最后几丝碎片已然卷曲着化为黑色的灰烬，加什林把火柴扔到桌子上。他一直笑容满面："你也想杀了我吗，罗梅先生？"

一楼，醉醺醺的女房东开始大喊大叫。罗梅骂着什么跑到门口。他确实想杀了加什林，当场杀了他，但他必须逃走。基础塌陷了，根基没有了，裂口通向了地狱。现在他陷入了困境，比以前陷得更深了。

他跟正在上楼的女房东撞了个满怀，把她手里的油灯撞掉了。玻璃发出哗啦啦的破碎声，火焰跳跃着，她再次发出尖叫。罗梅冲出大门，跳上坐骑，凶狠地用脚后跟踢着马。他穿过一片漆黑的街道，向铁道的尽头飞奔。他的身后，嘶哑的喊叫声响彻夜空。月亮已经消失了，他策马疾驶，世界一片黑暗混沌。

枪，枪的法则。你无法用智慧战胜它，你无法彻底击败它。最终，它把你困住，你回到它的原点，然后它把你毁了。

他真真切切地杀了一个人。马蹄声声，回荡着一个声音：杀了一个人，杀了一个人，杀了一个人……风在他耳边呼啸，向他唱着这首杀人的歌。

铁道尽头的营地安卧在黑暗中。门卫问他是谁，他大声呼喊着他是谁，然后骑马冲了过去。他跑上办公车厢的台阶，把门推开，面对着本·汉密尔顿，他的心脏在狂跳，他的脑袋在旋转。

"我杀了扬西，本。我开枪打死了他，我杀了他，我没有办法……"

他的神经崩溃了，他瘫倒在汉密尔顿办公桌前的椅子上。他把头枕在两条胳膊上，无泪的呜咽摇撼着他的身子，让紧张的情绪发泄出来。

他不是职业杀手，他不是快枪手。他在铁路公司工作，他有一份工作。但他们是杀手，冷酷无情的……

他在铁路公司工作……天哪……铁路……车轮……车轮滚滚……杀了人……车轮滚滚……杀了人,车轮滚滚……杀人,杀人,杀人……

本·汉密尔顿花了将近一个小时让他平静下来。

当罗梅重新开始条理清晰地讲话时,汉密尔顿从他那里了解到了事情的整个经过。

罗梅感觉自己正在慢慢恢复镇定。老旧办公车厢熟悉的内部陈设和它保护性质的封闭气氛令他的神经放松下来。"我实在不是那样用枪的人,"他疲惫地说道,"我以为时代变了。我以为人们可以用其他方法来解决分歧。"

"也许回到东部是这样。这个边远地方的变化太慢了。这点你应该知道。"

"我是一个杀手了。"罗梅说道,仿佛他没有听到对方说的话一样。

汉密尔顿伸出一根手指指着他:"最重要的事情是要躲起来。我们会安排一个地方让你躲在某一节棚车车厢里,然后我们还得让堪萨斯和西部铁路通过沃克奈夫。"

罗梅点点头:"也许这些会有帮助。"他从口袋里掏出加什林办公室里的三份收据,把它们推到办公桌的对面,简短地解释了一下它们是什么,以及他是如何得到的。

汉密尔顿看了一下这些收据,然后哈哈大笑起来。

"这可能是我们的突破口,"他飞快地站起身来,"来吧,我们把你藏起来。他们可能很快就会来找你的。"

棚车车厢里很冷,又冷又黑。他睡在汉密尔顿从营地收集来的旧毯子里。第一个晚上,他睡得断断续续,好几个小时都辗转反侧,听着远处鼓点一样的马蹄声。夜,依旧万籁俱寂。

当黎明在东方划出一道道灰色的条纹时,他意识到他们不会来了。汤普森之死依然如故,他们会以此罪状追捕他。但是,加什林很可能认为扬西是可以忽略不计的。像他这样的人比比皆是,在西部的任何地方都可以花钱买到。

快到中午的时候,罗梅正蜷缩在棚车车厢里,用一个爱尔兰养路工提供的一副破旧纸牌玩单人纸牌游戏,突然,他听到了马蹄声。他把门推开了一英寸左右的一条缝,往外望去,看见了显然是那个警长的大个子,带着一群从沃克奈夫来的骑手在办公车厢前停了下来。他们正在和汉密尔顿交换什么意见。不一会儿,他们又策马驶出营地,返回镇上去了。

汉密尔顿穿过杂乱无章的营地,向棚车车厢走了过来:“找你的,”他说道,“关于汤普森的事情。我跟他们说你已经走了——昨晚我们在绞索拉紧之前救了你,然后你就匆匆离开了。他们似乎觉得这并不太坏。他们平静了下来,警长也不喜欢私刑。估计另外有人会去追捕你。”

“现在怎么办呢?”罗梅静静地问道。他指了指棚车车厢内部:“我该出去证明自己清白无辜的时候还得关在这鬼地方吗?”

汉密尔顿的两眼紧紧盯着他:“你能做到吗?”

片刻的沉默。然后罗梅摇了摇头:“加什林仍然逍遥法外,我又没有他的把柄。”

“没有把柄,但有这些收据。它们不能构成控罪的证据,但可能会有所帮助。”

“你有主意了吗?”

“是的,”汉密尔顿说,“眼下,你只能等着。”他二话没说,大步穿过营地往回走去。库姬给罗梅端来午餐之后,他看见汉密尔顿骑马朝沃克奈夫的方向去了。

等待……

时间流逝,枯燥乏味,平淡无奇,打破这种单调沉闷的唯有一种避之唯恐不及但却挥之不去而又对之无能为力的恐惧。他被困住了。正如汉密尔顿所说,他别无选择,只能等待。即便到了这个时候,他也不知道究竟如何来证明自己的清白无辜。也许他最好骑匹马永远离开这里。一想到这里,他就有一种恶心的感觉,他意识到,那样的话,自己可能永远都是一个逃犯了。必须想办法打破……

就在日落时分,本·汉密尔顿回来了,直接骑着马到了罗梅的棚车车厢。他纵身跃上车厢,微笑着递给罗梅一根雪茄:“事情妥了,孩子!我认为我们两天之内就可以铺设轨道了。”

“怎么回事?”

“我把收据交给了警长。”

“干吗？他们不会把任何人关进监狱的。”

“这倒是的。警长亲口告诉我，他不能碰任何一个大牧场主，也不能碰加什林。这些收据严格讲不构成违法。但是他不喜欢那些大牧场主们这样对待沃克奈夫。很多人真的很想要铁路。现在消息会传开的。”

消息传播得十分快速，罗梅是从那些在沃克奈夫待了一个晚上回来的人那里间接听到的。小镇正在做出反应，正在蓄势待发。人们议论纷纷，发出质疑，甚至愤怒地加以指责。就像当初少数公民纠集在一起把仇恨指向罗梅一样，现在他们联合起来反对少数人的阴谋诡计了。他们开始怀疑加什林关于罗梅企图行贿的说法。

“每个人，我是说每个人，都知道这些收据的事情了，”有一个工人说，“当然，乔布·汤普森死了，没有多少人去说他。但其余两个人却抬不起头了。小牧场主们根本不知道这三个人和加什林剥夺了他们通过铁路运输牛的机会。”

人们的呼声越来越高，情绪变得越来越愤怒。这条消息传回到了罗梅等待着的昏暗、孤独的棚车车厢。

“加什林大概比以前超过百分之五百更不受欢迎了。人们不喜欢因为他而被耍得团团转……他们开始咒骂这种让人恶心的事情——还有他。”

罗梅感觉到一点小小的满足。也许铁路会铺展延伸，也许堪萨斯和西部铁路的火车会滚滚向前。但乔布·汤普森的死依然将血淋淋地算在他的账上。

汉密尔顿把三份收据送到沃克奈夫后的三个早晨之后，更多的骑手来到了营地。他们离开后，汉密尔顿没有出现，于是罗梅便朝办公车厢走去。当他进入车厢时，汉密尔顿正在办公桌上忙碌。

“该死，马克，你不该到处乱跑。随时都可能有人到这儿来，会看到你——”

“我只是想了解一下那些人在这里做什么。”

汉密尔顿咧嘴笑了：“全城都炸开了锅。德鲁和麦克马斯特把加什林给他们的钱还了回去，并撕毁了收据。凯茜·汤普森也计划这样做。看来老乔布涉及贿赂的交易她是不知情的。”

“这倒有点意思——”

“你说得对，这有点意思。加什林气得要命，”汉密尔顿抚摸着办公桌上的绿色金属钱箱，“我在这三个地块中都买到了用地权。公众舆论太强大了。我听说那三个家庭几乎都成了社会弃儿，好像他们得了麻风病似的。我们可以修通铁路了，现在就可以开始。”

这让罗梅的感觉好了一点。车轮再次开始转动，新的生机被注入到了堪萨斯和西部铁路的机体。他向窗外瞥了一眼，目睹了这种景象：人们忙忙碌碌，日无暇晷。轨道工长们正在集合他们的班组成员，平板车正在装货。

“我想我们也许已经把这事儿搞定了。”汉密尔顿终于说道。

“我觉得还没有百分之一百的把握。”

“为什么呢？”

“加什林还是会竭力阻止我们的，而且这次不会是纸上谈兵了，他会用枪和肮脏的手段。我们应该有这种预判并做好准备。”

汉密尔顿仔细观察着他：“我们会的。也许这是件好事情。一方面，这让我见鬼的很害怕——我们的时间本来就不多，这样做会浪费时间。但也许我们可以把加什林引出来，一劳永逸地除掉他，”他停顿了一下，“现在形势逆转了。加什林出局了，我们进去了。他肯定会搏一下的。但我们进去了。”

“所有人，除了我，”罗梅平静地说，“我向你发誓，本——我会把汤普森这件事情弄个水落石出。”

“你的机会会来的。”

罗梅点点头：“眼下，我想工作。”

“好吧。这件事情我们得抓得很紧，夜以继日地干。我给你安排夜班。”

“我要去外面，去铁道上。我要亲自去铺轨，本。”

“好极了。只是别指望一直这样做下去。我们在各个方面都需要优秀人才——工长、工程师……我们会制定一个粗略的时间表。”

“我觉得挺好。”

汉密尔顿拍了拍他的肩膀：“回到你那个该死的棚车车厢去，等到天黑，然后再去忙碌。”

罗梅整个下午都在想加什林这件事儿，想他什么时候会发动什么样的袭击。等到他抓获加什林……嗯……这事儿他想得很多。翻腾在他内心、令他烦恼万分的苦涩改变了他。他一心想要加什林出现在他面前，手里拿着枪。罗梅怀疑，他是否有足够的定力在他一看到这个人的时候，在对方没有防卫的时候不杀了对方。

营地里一片嘈杂喧闹。汽笛声声，平板车开始在调车机车的牵引下，沿着铁路线向前行驶了大约四分之一英里。嘶哑的呼喊声响彻四方。天空中青烟袅袅，不一会儿，西边传来了铁锤的叮当声。

四点钟，一场暴风雨从越积越厚的乌云中倾泻而下。六点钟，雨中，罗梅挥舞着铁锤，钉着道钉。在他身后，调车机车在倾盆大雨中钻出一条黄色的光的隧道，把工人们笼罩在幽灵般的光环中。

雨不停地下，湿透了干裂的土地。汉密尔顿让工人们拼命干活，让他们一天工作二十四小时。黎明时分，罗梅的肌肉痛得几乎无法忍受，但休息了两个小时后，他又回去工作了。他的衣服没有干透，脑子晕晕乎乎，当他再次入睡时，他在梦中依旧挥舞着铁锤。他知道自己病了，但他不在乎。

堪萨斯和西部铁路正在修建……

他们让铁轨穿越德鲁家的地块，然后穿越麦克马斯特家的地块，然后穿越沃克奈夫镇。他们在镇上铺设铁轨的那天夜里，罗梅躲了起来。第二天，他们已经穿越了东郊，他又迫不及待地想工作了。他和汉密尔顿争论了半天，争论赢了，而且是在白天工作，只是在发烧太厉害的时候停了大约七个小时，用来睡觉。

他们砍伐木材，在汤普森家地块的那条通道上建造高架桥。有一次在晚上，罗梅正在他身后火车头灯光的照耀下干活，他看见凯茜·汤普森骑在马上观看，汉密尔顿陪在她身边。他一直低着头，把又一颗道钉捶到位。管她呢，连加什林也被他从脑海里抹去了。眼前这个世界，唯有铁轨、枕木、道钉，还有穿越雨水的黑暗，注视着前方、标志着他们进展的那道黄色的光。

工人们开始一个个倒下，没有倒下的人比以往任何时候都更加起劲地工作。办公车厢后面医务室的灯火日夜通明，药品的供应也在逐渐减少。工人们生病了，但一股永不服输的劲头驱使他们继续前进。汉密尔顿也经常深入到他们中间，挥舞着锤子，和他们一样。他和他们一样，为他们所做的事情感到骄傲，而且溢于言表。这是鼓舞他们不断前进的力量源泉。

复工之后的第九天，他们赶上了原先的工作进程，几乎到达了乔布·汤普森环形牧场的最远边界。罗梅回到最近建成的高架桥以东的主营地，想要找到一些更暖和一点的衣服。天气渐趋寒冷，潮湿的地面变成了黏稠的泥浆地。

罗梅正在食堂帐篷里喝着一杯热腾腾的咖啡，这时一个工长进来发现了他。“嘿，马克——他们前面缺铁轨。我们在给几个平板车厢装货。你能把它们运过去吗?”

罗梅点点头，喝完了咖啡。他踏着沉重的脚步，穿过毛毛细雨，走向呼哧呼哧喷气的调车机车。

他爬进驾驶室，把手柄慢慢地往后拉，双手熟练地在各种控制器上操作着。作为一名铁路工人，他具有一种精确感，即他对这个巨大铁制机车的敏感度，这种敏感度既出于实践，也出于本能。罗梅微笑着探出身子，注视着前方的铁轨。

车轮滚滚，蒸汽嘶嘶，那咔嚓咔嚓、哐当哐当的音响，宛如胜利的颂歌。他们没有被打败。他们又向西前进了，他们挺过来了。他兴高采烈，尽管高烧和病痛还在折磨着他，使他的感觉有点迟钝。

他没有让机车时速超过八英里，不过没有关系，高架桥马上就要到了。就这样坐在驾驶室里，享受着双手操控机车的乐趣，他的感觉好得不得了。他突然想起了凯茜，她要是能够和他在一起那该多好啊。

雨点似乎绵绵不绝，穿过机车的前灯斜射下来，寒冷而令人沮丧。罗梅不在乎下雨。他听着汽笛发出征服的呐喊，擦了擦额头，再次笑了。

在高架桥以东四分之一英里处，加什林发动了袭击。

骑马的人从黑暗中冲了出来，有六七个人，他们飞快地跟随着火车奔驰。罗梅急忙转过身来，旋即拔出手枪。他认出了加什林的身影，骑在这群人的前面。

机车从一小群工人身边驶过，他们闪身躲开迎面飞驰而来的马匹。其中一个骑手向筑路工人开枪，罗梅看到有两个人倒下了。接着火车头转了一个弯，罗梅热切希望这些人赶紧呼救。

火车正穿过未经清理的林地，高架桥很快就要到了。罗梅蹲在驾驶室里，他身子下面的活塞发出雷鸣般的巨响。车轮传来嘎嘎的声音，骑手们一个接一个地纵身跃上最后一节平板车厢。他们一面冒雨向驾驶室逼近，一面拔出手枪。加什林拿着一个黑色的大包。

“把机车停下。”加什林在一片嘈杂声中向罗梅喊叫道，“把它停在高架桥上！”罗梅开了一枪，那些攻击者连忙缩身躲避。罗梅在黑暗中发现了两三张粗鲁陌生的脸，加什林显然在他的队伍里增加了几个专业枪手。借着机车锅炉炉膛恶魔般的光芒，罗梅可以看出加什林的脸色十分着急，他背对着车厢……

罗梅考量了一下眼下的处境。他们现在没有开火，而是小心翼翼、蹑手蹑脚地靠近，因为他们想让火车头停在高架桥上。罗梅猜到了包裹里装的是什么——炸药。

这将造成极其严重的损失：一辆价值不菲的调车机车，而更重要的是，一座需要大量时间重建的关键高架桥。他们可能永远不能按时完工，而加什林将保住他的生意……

“把这玩意儿停下！”加什林吼叫道，他的声音既破碎又绝望。

罗梅小心翼翼地瞄准，开始射击。他沿着煤水车的一侧悄悄地向前移动，从煤水车的顶部开枪。他现在得小心地选择时机，非常小心。加什林一定意识到，他无法让火车停下来了，便大声向他的人下达命令，他们开始在离煤水车最近的平板车厢上射击。

罗梅一个接一个地将他们击倒，除了加什林，所有人都倒下了。这是一种全新的感觉，他感觉到手中武器的力量。他不慌不忙地处理了四个人，只打伤了他们。第五个人抓着肚子尖叫起来，他的身体向后一弯，一下从平板车厢上摔了下去，消失在黑暗和雨中。

现在只留下加什林了。他正从煤水车的另一边往下爬，看不见他的人。罗梅侧着身子慢慢地回到机车驾驶室，他的神经高度紧张，恐惧啃噬着他的心窝。他把手柄拉到底，机车一颤。不知不觉中，机车的速度加快了。

他等待着。

加什林出现在了煤水车的远角，他把包裹掷向锅炉的口子。罗梅跨出一步，想去抓它。他紧张地张开手指去抓，没有抓到，他气得真想狂吼。就在火车头飞快地冲向高架桥之时，他感觉那东西从他的指尖飞了过去。

加什林拼命从外衣口袋里掏手枪。炸药包旋转着飞进锅炉的炉膛。罗梅接下来的行动与其说是出于脑子,不如说是出于本能,他向前冲去,扑向加什林,把他往后一推,从火车上推了下去。他和加什林一起翻滚着下坠,仅仅几秒钟的时间,似乎无穷无尽地长,在细雨蒙蒙的黑暗中,不断地下坠,下坠。

罗梅害怕,我的天哪,我们可能会掉到那条通道上,我们可能会……

他重重地摔到地上,感到身体因撞伤的疼痛而颤抖。火车头驶过高架桥,就在最后一节平板车厢猛地侧翻之后,火车头被炸成了碎片。

罗梅平趴在潮湿的地面上,护住自己的脸。炉火、蒸汽和细小的金属碎片刺痛了他的背。他趴在那里,当巨大的响声消失之后,他听到了自己的心怦怦地跳得飞快。然后他摇摇晃晃地站起身来,环视着眼前的景象。

高架桥完好无损,只有几段栏杆损坏了。调车机车已经解体。平板车厢侧翻着,铁轨和枕木散落在路肩上。罗梅在黑暗中凝视着这一切,然后,他想到了加什林。

加什林躺在五米开外的地方,脸朝上,昏迷不醒。罗梅跪在他身边,从裤子口袋里掏出一根火柴。然后他意识到他的左手仍然握着枪。他连忙把枪插进腰带,嘲笑自己居然这么笨拙。他终于把火柴点着了,将手窝成杯状挡住雨水。

他盯着加什林,只见他满脸胡须,神情疲惫,一定是过度的紧张和劳累把他给拖垮了。他渐渐地掌控不住自己的生意,于是企图背水一战以挽救他的生意……

蓦地,罗梅想起了乔布·汤普森。他怒火中烧,拔出了枪。他站起身来,用枪管指着加什林的头,手指紧扣扳机。

他在那儿站了很久,雨水穿过他周围的林木沙沙地落下。然后,他皱起了眉头,慢慢地把枪插回腰带。他弯下身子,把失去知觉的加什林扛在肩上,步履艰难地开始向西走去。

十分钟后,他遇到一辆轨道车从铁路尽头向他开了过来。谢天谢地,他把加什林的躯体扔到了车上,然后蜷缩在一边。一名铁路工人把轨道车往西开回去,其他工人则徒步继续前往事故现场查看情况。

灯火通明的工作区,灯悬挂在轨道旁的柱子上,发出耀眼的光芒,工人们在灯光下起劲地干活。罗梅遇到了疲惫的本·汉密尔顿，他很快解释了发生的事情。当他快要叙述完事情的经过时，警长骑着马来了。

“这就是马克·罗梅。”汉密尔顿说道。

警长伸手去掏枪。罗梅比他更快，早已拿枪瞄准了他。

“放松，警长，”罗梅说道，“我跟你一样也想把这事儿弄个水落石出。地上就是布鲁斯·加什林，就是他炸了我们的一辆调车机车，而且企图用炸药炸毁我们的高架桥。是他杀了乔布·汤普森——就是说，他命令科尔·扬西杀了他。”

“我不明白，”警长说，“一点也不。”

“等他醒来，”罗梅说道，“真相到时就会大白。”

至少他希望他们会把真相弄明白，他指望加什林在任何情况下都是个机会主义者。

罗梅在雨中瑟瑟发抖。四周已经有一群人聚集，一个劲儿地注视着这一切。汉密尔顿命令他们回去工作，他们在泥泞中踏着沉重的脚步走了。慢慢地，加什林在地上动了动，睁开了眼睛，他第一眼看到的就是罗梅的枪。

接着，他的目光盯住了警长。他试图站起来，但是在泥泞中滑倒了，他单膝跪在地上。

“起来，加什林。”罗梅说道。

他再次挣扎着站起身来，摇晃了一会儿终于站住了。

罗梅小心谨慎地斟酌了一下，希望他对这个人的评判是正确的：“你炸毁机车，谋杀乔布·汤普森，我们有权把你弄死。你可以冥顽不化，一字不说，或者，你可以把所有事情都说出来，这样也许你会更容易解脱。监狱比绞索好。”

加什林没有等够五秒钟，他坦白了所有的事情。罗梅注意到，当他叙述时，他的眼睛不停地转动着。拖延时间？

最后，警长笨手笨脚地从口袋里掏出手铐。

罗梅在留心着所有的一举一动。果真，当警长走到他和加什林之间时，事情发生了。一阵猝然的动静，汉密尔顿急忙大叫，警长猛地跳到一边，痛苦地抓着他的臀部号叫。加什林龇牙咧嘴地面对着他们，刀子闪着寒光，直到雨水把鲜血冲洗掉。他胳膊底下刀鞘的系带断了，刀鞘松松垮垮地晃荡在腰带边上。

加什林的手臂开始向后回缩，眼中充满了对罗梅的仇恨，手臂猛地向上挥动。罗梅扣动了一下扳机，刀掉落下来。

加什林颓然向前倒下，他无力地伸出双臂试图阻止自己摔倒。最后的垂死挣扎，罗梅恶毒地想。加什林脸朝下扑倒在烂泥里，浑身颤抖，接着又挣扎着翻过身来。他的脸仿佛硬化成了一个涂满泥浆的面具。

汉密尔顿在帮助警长。罗梅扔掉了他手中的枪，感到难以置信的疲惫。

“去睡觉吧，马克。”汉密尔顿回头说道。罗梅麻木地点点头，一面揉着自己的两只眼睛。过去几天所有的疲劳一股脑儿地向他袭来，但他还是跌跌撞撞地来到了其中一个帐篷里。他居然设法在一些松木板上找到了几条毯子和一块干燥的地方。

他睡了将近二十个小时才醒来，铁路已经继续往前延伸了。

工人们休息了一段时间之后，铁路继续往前推进。在这段时间里，罗梅去见了警长，回答了最后几个问题，然后作为一个自由人骑马离开了沃克奈夫。

他在乔布·汤普森环行牧场停留了一会儿。汤普森太太静静地欢迎他的到来，然后把他和凯茜单独留在了客厅里。

“嗯，你会继续往前走，是吧？”她问道。

他点了点头：“估计是的。”

她轻轻地抚摩着他的一条胳膊：“说声‘对不起’是不够的。”

“你什么都不用说，凯茜。”

“你觉得，”她犹豫了一下，“你会不会最终不干铁路这行？”

“有朝一日吧，也许。人总有一天会安定下来的。铁路需要一个代理人在这里处理所有牲畜的运输。”

“这可是个好地方。”她赞同道，他的内心欣喜万分。一种直觉性的无须言表的默契在两人之间油然而生。旧情能够复燃……

“但是我得先干这个活，”他对她说道，“我得先把堪萨斯和西部铁路干竣工了。”

“我知道，我会一直在这儿。”

“那么我会回来的。我保证。”

他在大牧场主屋的门口吻了她。她在他怀里依偎了一会儿，然后轻轻地把他推开。

“去吧，马克，”她平静地说，“铁路在等你呢。”

他紧紧地握了一下她的手，走向他的马。他挥挥手，骑马离开了院子。

不是很晚的傍晚，阳光染红了整个乡村，在西边的某个地方，人们为了赶上最后工期而拼命工作。慢慢地，不可避免地，这两条铁的带子终将跟海洋连接起来，而他，是征服这遥远距离的一分子。铁马，永恒的先驱者在前进，有时会粗鲁笨拙，有时会步履蹒跚，但是，前进的脚步永不停歇。

他用马刺踢着他的坐骑，奔向燃烧的火球一样的太阳，奔向等待着他的那个铁路终端。

魔法师斗法

4月，乌鸦和红雀回来了。任何一场阵雨过后，都会引来大量的蟾蜍。春天，花朵盛开，芬芳遍野，但却让查尔斯·梅因莫名地感到更加痛苦不堪。他晚上睡得很沉，但是做了很多梦，他从未感到如此疲惫和绝望。已经很长时间了，三个人之间的谈话已减少到了极限，非必要，就不会问一个问题，也不会互相说说这一天要干什么。

一天上午，天色尚早，他们发现远处有大批的南方野牛正随着天气的转暖返回北方。他们策马疾驰，两个小时后赶上了这群野牛。他们捕杀了一头母牛，狼吞虎咽般地用新鲜的烤肉填饱自己的肚子，然后把所有能吃的肉都打了包以免被糟蹋了。秃鹫一直陪伴着他们，等着他们离开。

追捕野牛的过程再次让查尔斯想到了这个区域的辽阔无垠。即便整个军团一起行动，他们也有可能会错过。他曾经信心满满，可以像搜索一个房间一样搜索这个地方。但是，他绝望了，他不得不这样想。现在他明白他原先的想法真的愚蠢至极，现在他的想法更现实了。这对一个曾与杰克逊贸易公司合作过的人来说倒是相称的，但却使他的希望趋于破灭。

同伴们的情绪也没能帮上什么忙。马吉因为那个特拉华女人而脾气阴郁，“灰色猫头鹰”则因为不能成功地给他们当好向导而闷闷不乐。

他们一言不发地骑行了好几个小时，每个人都沉浸在自己的世界里。威奇托山矗立在南面，像拔地而起的一座座纪念碑。走过西侧较低的斜坡，他们发现了大量的迹象。大约一周前，有很多印第安人在此搭建过圆锥形帐篷。印第安人人数如此之多——据查尔斯估计有好几百人——以至于时间和天气都无法抹去所有的痕迹。

他们在那儿宿营了一夜后，查尔斯在露珠晶莹透亮的清晨徒步去搜寻了一番。他发现了一只生锈的水壶，他将它捡起来，用大拇指按了一下，薄薄的铁锈立刻就被戳了一个洞。在这里安营扎寨的是一个贫穷的村庄。

“灰色猫头鹰”拖着沉重的脚步走了过来：“来看看这个。”

查尔斯跟着他来到一个山峰的脚下，来到了一组幸存下来的狗拉无轮雪橇的轨迹跟前。他跪下来仔细观察了一下，在轨迹之间，他看到了穿软帮鞋的宽大脚印。他用手指轻轻拂过一个脚印，把它抹去了一半。脚印属于一个女人，而且是一个体重很重的女人，因为男人不会拉狗拉雪橇。

查尔斯将自己的黑色帽子往后推了一下，说出了“灰色猫头鹰”早就知道的情况：“没有狗了，他们把狗吃了，他们快要饿死了。他们搬家不是因为想要搬家，他们是逃离。从逻辑上讲，他们应该从这儿往南走，或者往西走，去得克萨斯，也许一直到西南部大草原去。”

“灰色猫头鹰”知道西南部大草原这个地方——立了界标，一片灌木丛生、贫瘠荒凉的原野。“西部。”他点点头说。

他们骑行的劲头稍稍足了一点。这里终于聚集了一大群人，其中有人甚至多人看到过一个白人男子和一个小男孩。查尔斯知道，这种可能性极小，但至少也算是一点点“面包屑”吧。直到现在为止，他们可是完全“空着肚子”呢。

如此大规模迁徙的痕迹很容易跟踪。他们循着这群人的足迹一直走到雷德河的诺斯支流，然后又向西北方向走了一天半。突然，出现了令人困惑的迹象。他们发现了另一群人宿营的痕迹，而且在河对岸，还有马蹄踩踏过留下的足印。这表明又有一个庞大的印第安人群体汇入到了第一个群体的行列中。

“灰色猫头鹰”离开了一天，到北面和东面侦察了一番。他策马而归：“所有人都从这里向东迁移了。”尽管身上裹着毯子，春日的天气也很热，但他的皮肤还是没有出汗。

马吉用指甲从他的常礼帽上刮下鸟粪：“这不合情理，东边有堡垒啊。”

“不过，他们就是这么走的。”

查尔斯有一种预感:“我们沿河往上游走一会儿,让我们看看他们是否都向东走了。”

第二天早上,他们发现了一个营地,大约有三十间小屋还矗立在那里。第二天,他们找到了那个老人。

他在杨树林中休息,他药包里的一些宝贝——几根鸟的羽毛、一个动物爪子、一个烟斗——散落在他的身边。他的野牛皮长袍下长着下疳的腿飘出一股恶臭。他老了,他的皮肤像皱巴巴的棕色包装纸。他知道自己离死不远了,所以,一看到这奇怪的三人组合,并没有表现出多少恐惧。“灰色猫头鹰”问了他一些问题。

他的名字叫“劲鸟”。他告诉他们向东迁徙的原因。在“红熊”“灰眼”和“小袍子”这些头人的领导下,大约六百名沙伊安人决定向威奇托营地的士兵投降,他们不愿饿死,也不愿面对在这片土地上四处寻觅、消灭一帮帮抵抗者的“爬行美洲豹”将军①的战士们的子弹。在“红熊”改变了投降的想法后,这个老人是和“红熊”一起逃跑的一群人中的一员。

“这么多人哪,”他说道,眼睛颤动着闭上了,他的声音很尖锐,“他们现在正在吃他们的马啊。”

“哪里?”“灰色猫头鹰”问道。

“他们打算沿斯威特沃特河而上。他们是不是真这样我不知道。我认识你,是吗?你属于‘人民’。”

“灰色猫头鹰”似乎压力很大:“那是很久以前了。”

“岁月腐烂了我的肉体,我跟不上了。我要求他们把我留下,不管士兵们是否会找到我。你们能帮我死吗?”

他们砍下树枝,在一棵最结实的杨树上搭建了一个天葬台。查尔斯把老人扛了上去,马吉在下面扶着他。他几乎无法忍受这种恶臭,但他还是让老人带着他那不多的几件宝贝安顿下来,让温暖和煦的阳光照耀在他那张老态龙钟的脸上,那张脸很泰然安详,甚至露出了平静慵懒的微笑。

他们骑马走出树林的时候,“灰色猫头鹰”说道:“能帮助他走上黄泉路真是

①即乔治·阿姆斯特朗·卡斯特(1839—1876),美国骑兵军官,美国内战时联邦军将领。

仁厚之举。这不是那个被他们称为沙伊安人查利的人干的事情，那个想杀很多人的人。”

“现在我只想要一个人，”查尔斯说道，“我想我们时来运转了，我认为我们会找到他的。”

这又是他那盲目的希望在说话。但是，明媚的阳光和烂漫的春天鼓舞了他，还有“红熊”这伙顽固分子有可能看到了一个白人，这也让他精神振奋。“灰色猫头鹰”告诫查尔斯和马吉，“红熊”现在是这个村子的酋长，以前是红盾协会一个十分凶猛好斗的首领，这无疑解释了他和其他人一样不愿俯首听命。

他们在斯威特沃特河对岸发现了一个村庄。沙伊安人没有试图隐藏自己，正午时分，炊烟袅袅，熏黑了天空。查尔斯在一个小山丘上通过望远镜，看到几个头上披着破烂兽皮的人在营地边缘拖着脚绕圈。风带来了隐隐约约的手鼓声。

马吉拿望远镜看了一下，用一反常态的尖厉声音说道：“他们见鬼的跳舞干什么？他们不是快饿死了吗？”

“马索姆。”“灰色猫头鹰”说。

“讲英语。”马吉说。

“这是一个仪式的名字，”查尔斯说，“他们把一头彩色的野牛头骨放在一条沟里，以代表野牛到来的日子，跳舞的人则假装是鹿、狼和狐狸。这是一种食物祈求仪式。那老人也说他们快饿死了。”

马吉拿舌头舔了一下他的上排牙齿：“我觉得这事儿太疯狂了。”

“你不用和我一起进去。”

“哦，当然要去。我大老远跑来就是为了当胆小鬼吗？我可不是这种人。”马吉盯着查尔斯发狂的眼睛，盯着他几乎垂到肚子的长长胡须的尖头，突然不由得退缩了。“对不起，我的话让你生气了。我只是觉得这一切都没有希望了。你儿子走了，查尔斯。”

“不，他没走，”查尔斯说，“‘灰色猫头鹰’？进去还是留下？”

“进去，”这位搜救成员打量着村子，但目光并不自在，“首先，把所有的枪都装上子弹。”

这是一个阳光灿烂、风和日丽的日子。这种日子不适合上演失去儿子或饿肚子的悲剧。风把绒毛般的云朵吹过头顶，云朵投下宏伟壮丽、缓缓飘移的阴影。三人排成一列，在阴影里进进出出，以之字形线路骑马行进。

一个穿着毛皮衣服的舞者最先发现了他们，他用手指着，发出一声大叫。鼓点停止了，男人、女人和孩子都朝着最靠近陌生人的那个帐篷蜂拥而来。男人全都是中年人或老年人，那些年轻斗士无疑是到什么地方去寻找食物了。还有不短的距离，查尔斯没有来得及打招呼，就看见了闪烁着亮光的金属长矛头和刀刃。他也没有看到狗在任何地方嬉戏。圆锥形帐篷经日晒雨淋，风剥雨蚀，已经破旧不堪。斯威特沃特河边的这个村庄弥漫着一股绝望的气氛。

风依然在吹，吹在他们脸上。查尔斯闻到了动物内脏、烟和腐尸的味道。他不喜欢排列在那些舞者身后一张张憔悴愤怒的脸，也不喜欢那个强壮老斗士的凶狠神情，只见他手持八英尺长的红色长矛和圆形的红色野牛皮盾牌，大步走上前来面对着他们。他头饰上的两只角是红的，但已经褪了色。过去的多少岁月，他在战争中表现出色，享有盛名。

查尔斯将一只手掌朝外伸出，用他们的语言说话。

“我们没有恶意。”

“你们是猎人?”

“不，我们在找一个小男孩，我儿子。”此话一出，引起了一些老人的窃窃私语。马吉也听到了，连眉毛都扬了起来。这些两眼湿漉漉、已经快要饿死的老人的表现好像他们知道查尔斯说的是谁。“我们可以到村子里待一会儿吗?”

“红熊”酋长猛地拿起他的盾牌往前一指:“不可以。我认识你旁边的这个人，他背叛了‘人民’，去帮助白人魔鬼。我认识你，‘灰色猫头鹰’。”他挥舞着盾牌和长矛，大声说道。其中一个头上顶着一小块毛皮的舞者半蹲着，他的刀挑衅般地转着圈。

“你们是兵。”酋长说道。

“我们不是，‘红熊’——”“灰色猫头鹰”一开口便被打断了。

酋长用长矛指着三人，大声说道："是兵。去马索姆屋叫'呼啸蛇'。"

马吉把他放在马鞍上的枪拿起来。"别，"查尔斯用英语说，"只要一枪，他们就会把我们撕得粉碎。"

"看样子不管怎样他们都会这么做的。"马吉的声音稍稍有些颤抖，查尔斯担心他所说的就是事实。一百多号人与他们对峙。就体力而言，沙伊安人和他们个对个都不是对手。然而，从数量上看，战斗没开始沙伊安人就赢了。

"你认识这个'呼啸蛇'吗？"查尔斯问"灰色猫头鹰"。

"祭司，""灰色猫头鹰"回答道，声音几乎听不见，"脸很丑，他年轻的时候为了显示他的魔力，用火把自己的皮肉烧得疤痕累累。就是像'红熊'这样的酋长也怕他三分。这事情挺糟糕的。"

小男孩们冲上前来拍马。三匹马紧张地侧跨步躲闪，几乎难以控制。那些印第安人妈妈们则咯咯地笑着，互相推搡，眼睛盯着这三个人，仿佛他们是数量庞大的牛肉。查尔斯不知道该怎么办。

最后一搏了："'红熊'酋长，我再说一遍，我们只是想问问你们村子里有没有人见过一个白人带着一个小孩子在路上——"

人群像大海分成两半一样分开了，人们不由自主地共同发出一声敬畏和恐惧的叹息。营地老酋长的目光奇怪地带有嘲弄的意味。祭司"呼啸蛇"沿着被人们的屎尿弄得一塌糊涂的泥土小道走来。

虽然"呼啸蛇"年逾古稀，但他走起路来虎虎生风，像个年轻人。他的脖子和两条前臂的皮肉看上去都绷得紧紧的，肌肉发达。他皓首如银，纯白无杂的头发被简单地一分为二，编成了辫子，没有任何装饰。他穿着一件兽皮长衫，由于长期使用，已经磨出了暗淡的金色。一条普通的皮腰带系在腰间。他右手齐胸高举着一把足足有两英尺宽的扇子，扇子是清一色的金雕羽毛。

查尔斯不记得还见过哪个老人有这样的力量和气势，也没有见过人类的眼睛如此傲慢自大和令人不快。老人右边的虹膜只能看见一部分，被一条皱起的皮肉给遮住了。"呼啸蛇"的脸看上去好像从太阳穴到下颚的皮肉先是被融化了，然后又在逐渐硬化的过程中被挤压扭曲成了一条条脊状隆起，像愈合的指甲伤口一样的凹痕点刻在肉脊上。这个人极其丑陋,然而这种丑陋只会让他变得更加强大。

“他们说他们在寻找他的儿子。”“红熊”朝查尔斯点了一下头,对祭司说道。

“呼啸蛇”望着他们,微微转动自己的手腕,给自己扇着风。一个蹒跚学步、光着身子的胖乎乎的小女孩刚要迈步向他走来,还伸出了一只手。她母亲赶紧一把抓住她的背,把她紧紧抓着,眼睛里写满了恐惧。

祭司摇着扇子指向马吉:“野牛兵,杀了他们。”

“你该死的,”查尔斯说,“大平原上除了野牛兵,还有其他黑人呀。这是我的朋友,他没有恶意,我也是,我们在寻找我的儿子,他被另一个白人偷走了,一个高个子男人。他可能戴着女人的小玩意儿,这儿。”

他扯了扯自己的耳垂。一个上了年纪的沙伊安人捂住嘴,睁大了眼睛。查尔斯听到女人们兴奋的声音,然后,“红熊”的目光让她们安静了下来。查尔斯的胃揪紧了,他们见过本特。

祭司拿扇子扇着自己:“杀了他们。”褐色的虹膜在坚硬的疤痕肉沟中移动,“先杀那个,‘人民’的叛徒。”

“灰色猫头鹰”的小马开始腾跃,仿佛那祭司身上散发出某种无形的力量,让他的敌人感到胆怯不安和脑子糊涂。小马发出嘶鸣声。“灰色猫头鹰”赶紧用膝盖紧紧地夹住它,控制住它。他脸上流露出异乎寻常的神情——恐惧。

马吉用英语悄声问道:“那个老混蛋在说什么?”

“他告诉他们杀了我们。”

马吉咽了咽口水,显然受到了震动:“他们最好不要这样。我想带着我的头完好无损地离开这里呢,我还想再见‘漂亮眼睛’呢。”那个印第安女人,查尔斯猜想。“我不会交待在这里的,我被那些仇恨黑人的酒吧人渣欺负得——”

祭司拿扇子指着,用沙伊安语喊叫道:“别让他嚼舌头了。”

“那些白人士兵骂我不配给真正的男人擦靴子。我不会让一个摇着扇子的印第安老家伙把我从地球上抹掉的!”一种奇怪的、因恐惧而生的愤怒刺激着马吉。他像“呼啸蛇”摇扇子一样摇着他的常礼帽:“你告诉他最好别碰一个巫师。”

“一个——?”查尔斯吓了一大跳,连余下的话也没有说完。

“行星宇宙中最大最刻薄的黑巫师——我！”马吉像个传教士一样猛地将双手举到空中。他回到了芝加哥，身陷重围，他只有靠自己的智慧用这种先发制人的手段才能战胜对手。

“红熊”从他身边退了回去。一个男人用手臂护住他的妻子。马吉骑在马上，举着双臂，大喊大叫，看上去十分凶狠：“如果他们敢碰我们或者不告诉我们想要知道的事情，我会用狂风、冰雹和大火把这个村子夷为平地。”有片刻的沉默。然后，他像个上司般对查尔斯号叫：“告诉他们，查利[①]！”

查尔斯翻译。当他结结巴巴地说不出的地方，譬如“冰雹”这样的词，“灰色猫头鹰”便给他补充。“呼啸蛇”扇扇子的速度快了起来。“红熊”观察祭司的反应，“呼啸蛇”暂时控制了一下局面。“他是一个伟大的魔法师？”“呼啸蛇”问道。

“是我所知道的最伟大的魔法师。”查尔斯说，怀疑自己是不是疯了。唉，这样的局面，还有什么选择的余地呢？很有可能顷刻间就灰飞烟灭啊。

“我是最伟大的巫师。”那祭司说。查尔斯翻译，马吉现在平静了些，嗤之以鼻。

“自大的老家伙。”

“不，”查尔斯指着马吉说，“他是最伟大的。”

第一次，“呼啸蛇”笑了。他只剩下四颗牙齿，长在上牙龈上，分得很开。它们形同动物的尖牙，就像他特意将它们磨成这样似的。“把他们带进来，”他对“红熊”说，“给他们弄点吃的。太阳下山后，我们将比试一下，看看谁是最伟大的巫师，然后我们再杀他们不迟。”

他从扇子羽毛的上方仔细观察着马吉。他发出一阵大笑，是那种干巴巴的咯咯的笑声。他转过身，威风凛凛地朝村子走去。

马吉一脸麻木：“上天啊，我无论如何不会想到他会接受我的挑战。”

“你能给他展示点什么吗？”查尔斯小声问道。

“我带了些东西，总是带在身边的，但只是些小玩意儿啊。那个印第安老头，他身上有一种力量，就像魔鬼在他耳边唱歌一样。”

“他只是个普通人而已。”查尔斯说。

---

①查尔斯的昵称或变体。

“灰色猫头鹰”摇了摇头:“不仅仅如此,他与万能的神灵有联系。”

“天哪,”马吉说道,“我只有在酒吧里玩玩的把戏呀。”

此时此刻,大草原上的阳光散发着珍贵的光芒,今天上午有可能是他们能有幸见到的最后一个上午了。

沙伊安人把他们三个关在一个臭气熏天的圆锥形帐篷里,由几个老头守在门口。一个女人端来几碗冷的杂烩,膻味儿太重了,无法下咽。天黑前,人们点起了一个很大的火堆,开始吹奏长笛并打起手鼓。

唱歌、跳舞持续了一个小时。查尔斯嚼着他那唯一剩下的雪茄,心里老是有一种迷信的想法,觉得如果他抽了这根雪茄,他们就逃不掉了。“灰色猫头鹰”坐在他的毯子里,好像睡着了。马吉打开他的两只马鞍袋,在里面翻来翻去,清点存货,完了合上,然后过十分钟,又重复一遍。跳舞的人们路过他们这个圆锥形帐篷的一边,像一盏盏魔灯投射出的影子。鼓声变得很响。查尔斯估计两个小时过去了,马吉跳起身来,踢了一脚他的那些包。“他们还要晾我们多久啊?”

“灰色猫头鹰”抬起头来,他的两只眼睛眨巴着睁开了:“那祭司就想要你有这样的感觉,然后他就可以展现他迥然不同的泰然自若的神色。”

马吉鼓起双颊,像条鱼一样吐了两口气。查尔斯说:“都怪我,把你们俩带进——”

“要怪就怪我,”马吉说道,几乎是在咆哮,“是我把你们带到这里,我会把大家弄出去的,即使我只是个酒吧的魔术师。”

几分钟之后,那些看守他们的人陪着他们来到了外面。围着火堆的人群立刻安静了下来。男人都坐在那儿,女人和孩子则站在他们的身后。

晚上无风,火焰如柱子般直冲云霄,将火花射向满天星斗。“呼啸蛇”坐在“红熊”酋长的旁边。后者的脸上挂着淡然朦胧的笑,好像喝了酒似的。“呼啸蛇”很镇静,正如“灰色猫头鹰”预言的那样,他把扇子放在怀里。

他们给查尔斯腾了一个位子让他坐,“红熊”示意他坐那儿。“灰色猫头鹰”被粗暴地拖到后面跟女人们站在一起,因为他的背叛而给他进一步的惩罚。查尔斯左边的老人从腰带里拔出一把刀，一面擦拭着刀刃，一面用两眼直愣愣地盯着查尔斯的眼睛。查尔斯嚼着没有点火的雪茄。

“红熊”说道：“开始。”

马吉把他的马鞍袋子平摊在地上。查尔斯不由得想到，这篝火圈活像一只表的平面。马吉在十二点钟处，“呼啸蛇”在九点钟那儿坐着拿扇子给自己扇凉风，而他则坐在三点钟这个位置，“灰色猫头鹰”在他身后四五点钟的地方。

马吉清了清嗓子，朝自己的双手吹了一口气，伸手拿起他的常礼帽，让帽子顺着手臂翻滚着一直滚到手上。一个老人哈哈大笑起来，还鼓着掌。“呼啸蛇”眯拢双眼瞪了他一下，他立刻停止了鼓掌。

马吉的脸上已经大汗淋漓，闪闪发光，他从一只马鞍袋子里抽出一条蓝色丝绸，将它塞进自己一个握紧的拳头里。他念念有词：“左列，右列，按口令，霍克斯波克思[①]。”“红熊”好奇地微微皱着眉头。“呼啸蛇”望着远方的星座，扇着扇子。查尔斯的肚子不堪重负。他们百分之百完了。

马吉从他的拳头里抽出一条黑色的丝绸，接着猛地摊开拳头，拳头里什么也没有了。他像斗牛士挥舞披风一样挥舞着那条丝绸，展示两边，然后坐了下来。“呼啸蛇”瞥了查尔斯一眼，四颗尖牙显露无遗，表现出极度的蔑视。

“呼啸蛇”隆重地把他的扇子交给了“红熊”，站起身，从自己的长袍里掏出一个红色法兰绒的宽口袋子。他先把袋子压扁，然后把里面翻出来，展示了一下两面，接着又把它揉成一团。突然，他开始唱起一首单调的歌，并开始侧着身子绕着人群跳起了舞。他一边跳一边唱，并用两只手的大拇指和食指捏着袋子顶端的两个角。

眼睛闪闪发光的两个蛇头突然从袋口冒了出来，仿佛要直冲到天上的星辰。人们发出粗重的喘气声。查尔斯一时感到迷惑不解。然后，当蛇缩回到袋子里时，他突然发现它们缺乏柔韧性。马吉盘腿坐在马鞍袋子旁，瞥了他一眼，露出厌恶的神情。他也看出了那些蛇是粘贴在木头上的蛇皮。

然而，沙伊安人认为这是一个令人印象深刻的戏法。“呼啸蛇”唱着歌，跳着

---

①无实义咒语。

舞，围着火堆绕了整整一圈，每四分之一圈展示一下那两条蛇。他转完圈，最后一次揉皱了袋子，然后坐下。他显然很满意地拿扇子给自己扇着风。

沙伊安人的脸在火光中闪闪发亮。轻松愉快的娱乐气氛消失殆尽。“呼啸蛇”虎视眈眈地盯着马吉，仿佛他是要被煮熟后大快朵颐的猎物。

马吉拿出一只装羽毛的袋子，从袋子里掏出三根白色的鸡毛。他将两根鸡毛插进自己的皮带里，把第三根鸡毛变成了一块白色的石头。他把那块石头含在嘴里，把另外两根鸡毛也变成了石头。他把嘴里的三块石头一块一块地拿出来，他将自己的两只手上下翻飞了一下，瞬间把石头又变回了鸡毛。他把三根鸡毛插进腰带，接着又把它们全都藏在了一个拳头里，并在它上面挥了挥手。他张开嘴巴，抽出三根鸡毛放在手中。他突然张开双手，手里是空的，然后他把手伸到一个坐着的人的脑袋后面，拿出了三块白色的石头。

他望着人群，等待着某种惊奇或赞许的表示。他看到的是一双双目光犀利的眼睛。查尔斯明白，马吉在变这个戏法时没有念念有词。马吉坐了下来，一脸被击败的神情。

“呼啸蛇”极其神气活现地站起身来，他再次把扇子递给酋长。他向人群展示了一下自己的两只手掌，查尔斯看到了他前臂上非同一般的发达的肌肉。祭司向后仰着头，嘴里唱着歌，向前走近火堆，将右手掌直接放进了火焰中。

他一直将右手放在火里，同时慢慢地把他的左手也放了下去，直到两只手平行。他脸上没有丝毫痛苦的表情，他的歌声也没有中断或发颤。马吉坐在那儿，僵硬得像根柱子，眼睛里充满了好奇和钦佩。他一时忘记了这个沙伊安人是要取他性命、剥走他的头皮的。他被这个魔法惊呆了。

巨大的赞叹声——“啊！啊！”——在围着火堆的人群中如同涟漪般荡漾开来，有的微笑，有的咕哝，有的用轻蔑的目光瞧着这三个闯入者。慢慢地，“呼啸蛇”从火中抬起左手，然后他又抬起右手。两只手腕上方前臂上的白色汗毛卷曲着，冒出一小股一小股的烟。他的手掌没有起任何水疱，甚至都没有变色。

查尔斯看着“灰色猫头鹰”。毫无疑问，他在竭力隐藏他们都心照不宣的事情。马吉又看了查尔斯一眼，目光里几乎满含歉疚。查尔斯微笑着，好像在鼓励他不要担心。马吉一副挫败的神情，爬起身来。查尔斯从火里抓起一根柴，用燃烧的一端点燃了他最后一根雪茄。

马吉从一只马鞍袋子里拿出一只小皮袋，小心翼翼地放在地上。接着，他又拿出一个手工雕刻的小木盒，并打开木盒展示给大家看。盒子里装着四颗查尔斯多年没有见过的那种铅灰色子弹。马吉掏出一颗来，十分小心地把它放在两排牙齿中间。然后，他关上盒子，把它放到一边。突然，他一个炫耀性的动作，猛地从马鞍袋子里掏出一把手枪。

有几个沙伊安人跳了起来，准备好了刀子和长矛。马吉连忙给了他们一个少安毋躁的手势。他把手枪放在掌心里掂量着，慢慢地转了一个完整的圈，好让大家都看清楚。他在哪里找到的老式明火枪？查尔斯很好奇。枪管没有一点生锈的痕迹，马吉把它擦得干干净净。

马吉用缓慢而隆重的动作打开了那只小皮袋，把它倒了过来，让火药落入枪管里。突然，他的右脚重重地跺了两下，好像被虫子咬了似的。和大多数人一样，查尔斯低头看了看，什么也没有看到。

马吉捏住火药，把小皮袋扔到一边。他在口袋里摸出一块布，把从牙齿间取下来的子弹包了起来。他把包着布的子弹塞进枪管，松开枪管下面的推弹杆，小心翼翼地旋转着把子弹捅到位。他把推弹杆放回原处，在火药池里装满火药。

大滴大滴的汗水从马吉的脸颊上滚落下来。他在自己的牛仔裤上擦了擦双手，并示意查尔斯站起来。

查尔斯大吃一惊，站起身来。马吉瞥了一眼“红熊”，酋长的注意力全部集中在了他的身上。“呼啸蛇”看在眼里，皱起了眉头，扇子扇得飞快，扇得两根白色辫子辫梢的头发也飘动起来。

“我之前表演的只是玩玩而已，”马吉说，“现在我要当着他们的面杀死‘死神之王’。告诉他们。”

“魔法，我不明白怎么——”

“告诉他们，查利。”

查尔斯翻译。人们纷纷用手捂住自己的嘴巴。大火烧得噼啪作响，青烟袅枭。如果沉默有分量，那么此刻的鸦雀无声是毁灭性的。

马吉以标准的军人姿势转过身去，他用双手做了一个分开的动作。他前面的人赶紧站起身来，互相推搡着腾出了一条通道。马吉把查尔斯叫到身边。他把那支老式明火手枪递给查尔斯，严肃认真地紧盯着查尔斯的眼睛。

“我一下令，你就开枪打我。”

“什么？”

马吉踮起脚尖，倾身向前，将嘴巴凑到查尔斯的耳朵边：“你想离开这里吗？干吧。”他嘟起双唇发出一个声音，好像在吻那个白人。有好几个沙伊安人对这些闯入者的奇怪行为咯咯地笑了起来。

马吉抓住他常礼帽的帽檐，把帽子戴得舒服些，帽子的影子遮住了他一半的鼻子。在阴影中，他的两只眼睛像圆圆的象牙片一样闪闪发光。他沿着人们让出来的通道跨了十大步，速度很快，那姿态，整个一个完美的军人。他停下脚步，两个脚后跟啪的一声并拢，立正。他向后转，站在一个圆锥形帐篷旁边一英尺远的地方，那圆锥形帐篷的边上有一个很大的破洞。

“拿手枪瞄准，查利。”

天哪，他怎么可以呢？

“查利！瞄准胸部，中心死穴。”

查尔斯感觉汗水像虫子一样往下爬进他的胡须里。“呼啸蛇”跳起身来，扇子扇得飞快。“红熊”也站了起来。马吉的衬衫在肋部和肚子上绷得紧紧的。查尔斯伸出胳膊，胳膊在哆嗦。他不可以——他不愿意——

马吉说道：“好了。”

他说得很响亮，这是一道命令啊。查尔斯对这个语气的反应不亚于对这两个字的反应。他开了火，火花闪烁，火药池被点燃，手枪砰的一声，向上弹起。

查尔斯看到一阵尘土，好像有什么东西击中了马吉胸骨下三英寸的胸部。马吉后退了一大步，踉跄着，闭上眼睛，突然张开双手，手指颤抖着，仿佛被闪电击中了似的。然后，他的双臂下垂到身体两侧，睁开眼睛。“呼啸蛇”的扇子垂落到他身体的一侧。

“子弹去哪儿了？”“呼啸蛇”喊叫道，“子弹击中哪儿了？”

马吉用斩钉截铁的声音说道:"'死神之王'死了。你们必须回答我们的问题并毫发无损地释放我们,否则我就把'死神之王'召回来,驾着有冰雹和烈火的狂风,那这个村庄就完蛋了。"他喊叫道,"告诉他们。"

查尔斯很快就翻译了出来。看守"灰色猫头鹰"的人悄无声息地离开了他,脸上露出敬畏的神色。查尔斯厉声说着这些话,竭力让自己的语气像马吉一样凶狠。与此同时,他扫视了一下马吉的衬衫,他看不到任何破口的迹象。马吉挠了一下自己的衬衫,好像有什么东西让他痒痒的。

"红熊"听着这些威胁的话,立马说道:"肯定会是这样。"

"呼啸蛇"大叫着表示反对。突然间,爆发出一阵声音。沙伊安人冲上前来,簇拥着马吉,他们触摸他,轻轻地拍打他,抚摸他的黑色卷发。查尔斯盯着那支老式明火手枪,摸了摸温暖的枪管。"死神之王"已经寿终正寝,在那蜂拥而上、笑声朗朗的人群缝隙中,他看到了这位征服者的醒目标志——魔术师马吉像往常一样露出巨大白牙的微笑。

"灰色猫头鹰"在照料马匹的时候,"红熊"准备了一根烟斗。查尔斯不想让这种宽容的情绪消失,不想拖延下去,拖延有可能会使他们失去当下的有利情势甚至送命。然而,按照礼节,他必须和"红熊"一起坐在火堆旁。马吉坐在他的右边。这个村子的酋长和几个部落的长辈传递着烟斗。

"红熊"强迫"呼啸蛇"加入到了这个群体中。轮到"呼啸蛇"时,他没有抽烟就把烟斗递给了别人。他从火堆边抓起一把灰,扔向查尔斯盘着的双腿。灰全都撒在了查尔斯的裤子上和靴子尖上。"红熊"大声呵斥祭司,祭司只是掸掸自己的双手,在胸前交叉了双臂。"红熊"看起来很尴尬,"灰色猫头鹰"一副心烦意乱的样子。

由于灰没有造成实质性的伤害,所以查尔斯也就不去计较这事儿。他表示过感谢后深深地吸了一口烟斗里的烟,不过跟以往一样,沙伊安人抽的这种不知道是什么草混合而成的东西总会让他头晕目眩却异常兴奋,像这种时候,这可不是什么好事情。

"红熊"不仅彬彬有礼,而且恭敬有加。他让查尔斯再描述一遍他所寻找的白人之后，说道：“是的，我们见过那个人，带着一个小男孩。在那个商人格林的威士忌牧场，在弗米利恩河边。格林走了，他们留在了那里。我来告诉你怎么走。”

他指向南方。查尔斯真的头晕目眩了，他如释重负，眼睛湿润了。

“人民”默默地排成一条长长的队伍，三个人策马穿过队伍跑了出来。查尔斯回头望着，生怕他们的运气随时会消失，但是他听到“灰色猫头鹰”从他的胸腔深处爆发出了一阵大笑。篝火旁只剩下一个人了，形单影只。查尔斯看见“呼啸蛇”举起他的金色羽毛扇子走了，一副轻蔑的神情。

他们奔走了好几英里，整整一个晚上都没有休息，然后查尔斯才允许他们停下。人困马乏，于是在凉爽的晨曦中，他们在草原上歇了下来。查尔斯跪倒在他的黑人朋友身旁。

“好吧，我知道你们不透露秘密的，但这次你得透露一下。你是怎么做到的？”

马吉咯咯地笑着，拿出那个手工雕刻的木盒子。他取出一颗圆圆的灰色小球，闹着玩似的展示了一下，正好在查尔斯够不着的地方。“还是在芝加哥的时候，一个老魔术师教了我这个魔术。我一直想演给观众看看，但直到今年冬天我都买不起合适的手枪。好不容易省吃俭用买了一把。我的第一步就是减少火药量。你们是绝对看不到的，因为当我假装被虫子咬的时候大家都低头看了几秒钟。一个小小的干扰，但这只是其中的一半。没有这个，这个魔术就不会成功。”

“这是一颗实心铅弹。”

马吉把他那很大的奶油色半月形大拇指指甲掐进那颗子弹里，指甲很容易就把子弹的表面掐出了一个裂口。“不，不是实心的，是在别的东西上涂了一层熔化的铅。”

他用两个掌心夹住铅弹，使劲地来回揉着。他展示了一下被碾碎的残骸——黄褐色的泥土。“纯粹就是堪萨斯的泥土。建房子够硬了，但要杀一个人恐怕还不够硬。”

他吹着自己的手掌。泥土在阳光下飞散开来，噼里啪啦地掉落到了地上。他哈哈大笑着。

“怎么样，该上马去找你儿子了吧？”

死神驾到

一　爆炸[①]

当马车爆炸的一瞬间，杰夫·克罗伊登根本没有时间思考。他的十多辆马车一辆接一辆地停在索内尔镇铁路侧线的一些货车车厢旁边。四号马车刚拉开，马车夫们对着骡子大声叫唤着脏话，五号马车正摇摇晃晃地朝着货车车厢驶过去。杰夫·克罗伊登站在这些马车旁边，燥热的尘土在他的四周翻腾，汗水从他那张不太好看而又十分严肃的脸上流淌下来。几个搬运工人光着上身，汗流浃背，站在敞开的货运车厢里。这些桶装原油是被运往东部的，虽然安全系数不高，但也算差强人意了。

马车夫将五号马车赶到货车车厢的门边。城里一群游手好闲的人站在货车车厢旁，有人尖声吹起了口哨。克罗伊登听到骡子紧张的嘶鸣声和马车夫的骂声，连忙转过头来，马车夫一个劲儿地吓唬着骡子，试图再次让它们排好队。

克罗伊登发现，人群中的人他一个也不认识。此时此刻，这件事看起来像是一场无聊的恶作剧，但克罗伊登明白并尊重那潜藏在原油里的地狱般的强大力量。当他再次回首转向马车时，有什么亮闪闪的东西向下划出一道弧线飞过他的视野。一根短小的棍子，末端系着燃烧的破布。他骂了一声，本能地回头转向人群。他们此刻正吵得不可开交，毫无意义地互相殴打，乱哄哄的人声一片喧闹。他还是找不到熟悉的面孔，也找不到愧疚的面孔。就在这时，他的思维戛然而止。

①该小标题是译者加的。

他听到了帮他管理货运公司的上了年纪的老伙计邓克·利默蒂在铁路线的什么地方狂叫:“天哪,把那根棍子扔出来……”马车爆炸了,马车夫号叫着跳到了地上。汗流浃背的工人们像其他人一样大喊大叫着退缩进了车厢里。克罗伊登眼看着火焰正在舔向货车车厢脆弱的内壁。接着,热气吹到了他的脸上,如同地狱的火炉里吹来的热风。致命的大火让油田里的人感到十分恐惧,它像旋转的人形一样恣意奔腾雀跃,伸出手臂,往车厢里伸去。再过一分钟,或许整列火车就会爆炸……

克罗伊登没有任何英雄主义的观念,他只想到火焰是危险的。他把惊慌失措的马车夫一把推开,飞身跃上马车驾驶座,大声吆喝着受惊的骡子。在爆炸后的几秒钟内,骡子已经开始动了,所以,当克罗伊登坐到座位上,拉起缰绳时,燃烧的马车实际上已经在行驶。飞扬的火焰在他身后飘动,他驾着马车越过一排排铁轨,穿过一条小街,经过最后几间棚屋,驶入一片空旷之地。疾风劲吹,将火焰吹向了他的身后,但是巨大的热辐射仍然像剥了他背部的皮一样炙烤着他。克罗伊登大叉着两腿,保持着平衡。他发现前面有一块不毛之地。他使出全身的力气,让疯狂的骡子慢了下来,并将它们赶往左边,把马车刹住。

骡子叫唤着,在缰绳里来回挣扎。克罗伊登跳落到地上,猛地拔出插销,让骡子挣脱了束缚。接着他后退到安全的地方,看着马车熊熊燃烧。他站在那里,两眼茫然,盘算着损失。运输到东部石油公司每一桶原油的款项都直接转给油井老板,然后油井老板再根据交付给铁路的桶数向克罗伊登支付一定的提成。

克罗伊登阴郁地盯着这片地表上高耸林立的井架。他没有接到任何一家大公司运输原油的业务,比如那个有钱的中西部参议员卢卡斯·布赖恩特的公司。他只跟那些小本经营的公司打交道,也就是勉强不欠债而已。这次是他经营这家小公司三年以来的第一场灾难,发生的当口,眼看着好像成功就在前头了。现在,他又不知道前景如何了。

一辆马车哐啷哐啷地向他驶来,他回到了现实中。他眯眼迎着阳光望去,看见驾马车的是邓克·利默蒂。邓克刹车时,一双疲惫的眼睛注视着马车烧焦的残骸。他挠了挠自己的胡子,摇摇头:“这不是意外事故,杰夫。”

“我知道,”克罗伊登说道,一面爬上马车,坐到他身旁,“我们回索内尔去。”

利默蒂掉转骡子的头，颠簸着慢慢地向那个新兴的城镇驶去。这位比克罗伊登年长的老哥报告说，剩下的货物已被安全地装上了火车。克罗伊登说：“这仍然不能抵消损失。邓克，有人把那根燃烧的棍子从人群中扔了出来。这可不是哪个傻瓜想着开开玩笑而已，这是有人故意在搞我们。”

利默蒂咕哝着表示他也这样认为。索内尔镇出现在他们眼前，货运列车正咔嚓咔嚓地慢慢驶离车场。“你认为是亨特吗？”利默蒂问道。

“如果是这样，我见鬼的真不知道是为什么。”克罗伊登回答道。汤姆·亨特在索内尔镇经营着一家大型货运公司，为更大的油井运输原油，包括参议员布赖恩特控股的那家公司，这是该地区最大的石油公司了。亨特是一个功成名就的商人，与之相比，克罗伊登只不过是一个初出茅庐、正在力争上游的新人而已。克罗伊登觉得亨特赚的钱多得不能再多了。

“而且，亨特也没那么蠢，他想要的都有了。我不认为他会冒险干这种勾当把我们赶出这个行业，我们的业务甚至连他的九牛一毛都没有啊。”

“好吧，”利默蒂说道，“你说的当然有道理，但我在人群中看到一个叫弗林奇的壮实汉子。弗林奇吹的口哨，把骡子给吓着了，虽然我没有看见他扔那根棍子，但他见鬼的肯定是大火一烧起来之后就溜了。”

“我不认识这个弗林奇，”克罗伊登对他的同伴说，“马车夫吗？”

利默蒂轻蔑地吐了一口口水：“不是的，枪手，干脏活的家伙，但他为汤姆·亨特工作。”

“不过，”克罗伊登说，“我还是觉得亨特不会玩这种阴招，这完全不是他的风格。”

此后，他们不再说这件事情，直到他们在货场将所有马车从牲口上卸下。克罗伊登趴在一个极其狭小的办公室的一张帆布床上，利默蒂给他在背上抹药，他们又说了起来。“油田的情况瞬息万变，杰夫，”利默蒂说道，“我肯定要去打听，看能不能搞清楚到底是怎么回事。你可以让警察来调查一下，哪怕看上去亨特没有理由排挤我们，不过我的确看到了弗林奇在现场。但那个人肯定会信誓旦旦地说他是在索内尔酒店喝啤酒。”

克罗伊登点点头，他穿上粗糙的衬衫，感觉衬衫贴着他烧伤的皮肤，针扎一般地刺痛。他把自己的手枪系在身上,主要是为了装装样子,因为他是个商人,不喜欢用子弹来解决问题。

他开始在各个小酒馆游荡。他和钻井工人一起喝啤酒,聆听他们讲述自己的倒霉往事,聆听他们悲叹自己的过往人生,聆听他们憧憬突然发迹的梦想,那是在这个赚得快赔得更快的国度里等待一块新的土地下的荣耀和潺潺奔流的黑色财富。慢慢地,他拼合成了一个故事,在他外出去油田物色这笔运输业务的两天里发生的一个故事。当他和利默蒂一起在索内尔酒店吃晚饭时,他都要气炸了。

"杰夫,"利默蒂一边拂去胡须上的啤酒泡沫,一边拖长声调说道,"你在干吗,一整个下午都在喝酒吗?我还以为你再也不露面了呢。"

克罗伊登点了牛排和啤酒:"亨特想把我们排挤出这个行业有充分的理由,邓克。卢卡斯·布赖恩特参议员一个多月前去世了,直到昨天才有人知道。"

"我不明白怎么回事儿,"利默蒂干巴巴地说道,"人哪,一闻到石油的味儿就忘了自己还有个教名呢。镇上的人对不能装桶卖的任何东西都不感兴趣。"他皱起了眉头:"它们之间有什么联系呢?"

"布赖恩特参议员的遗孀今晚坐火车抵达这儿。他们说她是个非常独立的女性,十分精明。她将仔细审查布赖恩特的控股公司,有消息说她打算把运输业务拿出来招标。"

"地狱的钟声啊,"利默蒂惊叫道,他放下啤酒杯,"这意味着我们可以比亨特出更低的价到布赖恩特公司分一杯羹。"

克罗伊登点点头:"我刚来这儿起步的时候,汤姆·亨特就拥有了那份合同,现在他有可能失去那份合同。这就是充分的理由。"

利默蒂指着克罗伊登的手枪:"这玩意儿你最好多练习一下,练得棒棒的。你可能会需要它。"

他和邓克·利默蒂到火车站去看傍晚的火车进站。克罗伊登觉得自己像个衣衫褴褛的街头顽童。他看见汤姆·亨特坐在他的四轮单马轻便马车里,脸色阴沉,自信满满,嘴角翘着一根方头雪茄。亨特的衣服是东部风格的,做工讲究。

有漏斗状大烟囱的火车头在苍茫暮色中咔嚓咔嚓地驶进了车站，火花四溅，宛如红色的昆虫在飞舞。旅客车厢烟雾弥漫的灯光下，克罗伊登看见一个女人站在车厢连廊上，显然是急着想下车。她穿着一件棕色的旅行装，头上花哨地歪戴着一顶装饰有羽毛的帽子。她的双眸乌黑，像她的头发一样，而且……我的天哪……她还很年轻。

那个女人轻快地吩咐跟随在她身后的两个年长女人给她拿好旅行包。火车停了下来，她迅速走下阶梯，汤姆·亨特赶紧迎上前去，摘掉帽子，拉住她的手。女人笑了。

“他们并不陌生，”利默蒂酸溜溜地咕哝着，“他很可能一直通过信件在套近乎……”

克罗伊登看着亨特帮那个女人上了马车。在火车站那些游手好闲的人敬畏的目光中，马车在幽暗的暮色里咔嚓咔嚓地朝着索内尔酒店驶去，女佣们则拿着行李跟在后面。克罗伊登再次感到一股怒气在内心油然而生。他了解到了那个女人的名字——伊丽莎白·布赖恩特。

“来吧，”他沮丧地说，“我们去喝一杯。”

那天晚上，他喝了很多酒。第二天，他穿上最好的衣服，在布赖恩特夫人醒来之前前去拜访。一个女佣把他领进索内尔酒店那个套房的客厅，然后离开了房间。他坐立不安，打量着那些昂贵的灯具、厚实富丽的地毯和东方家具。他给自己卷了一支烟吸，以镇定一下自己的神经。

卧室的门打开了，伊丽莎白·布赖恩特裙裾飘飘地傲然走进客厅。她真是个漂亮得要命的女人，克罗伊登心想。她昂首挺胸的样子表明她有坚强的意志，也许还有火爆的脾气。

“嗯，克罗伊登先生，”她轻快地说，坐下，“我能为你做些什么呢？我想这不是社交性的来访吧。”

“是的，不是。我经营着一家货运公司，布赖恩特夫人，”他犹豫了一下，然后决定立马开门见山，“我可以把你的原油从油井拉到这儿的铁路，每桶一美元，费用比汤姆·亨特少。我来这儿是因为我听说合同将公开竞价。”

“所听不虚。”她凝眸注视着他。她两只眼睛的颜色真的很深，几乎是漆黑的。“你有香烟吗，克罗伊登先生？”

他大吃一惊，给她卷了一根香烟。他从未见过这样的女人，来自东部的直率、大胆的女人。他把香烟递给她，她微笑着表示感谢。

“克罗伊登先生，汤姆·亨特的合同还有两个星期。届时，我会决定是由他续签合同还是雇用别的公司。”

“亨特和我是这个地方仅有的两个运输商。”

“这个我知道，”她的冷静沉着让他感到惊愕，“我将根据他们提供给我的统计数据来做出决定。油井里的人会在接下来的两周内检查运送到索内尔的原油总桶数。谁运输的石油最多，谁就得到这份合同。”

克罗伊登感到一阵胜利的喜悦，现在他可以忽略昨天的损失了，他确信他能打败亨特。

他会雇用更多的马车夫，租用更多马车……这些将是接下来两周极其艰苦的工作，但他能对付。

“我觉得我必须告诉你一件事，”伊丽莎白·布赖恩特补充道，“安全因素也将是我考虑的内容。任何像昨天发生的那样的事故，都会影响我的选择。”

克罗伊登的眼睛里燃起熊熊大火：“这是谁告诉你的？汤姆·亨特吗？”

“亨特先生……”她刚开口便被打断了。

“是亨特先生的一个手下引发的爆炸。”

“这可是相当严重的指控呢。”

“如果有必要，我可以证明这一点。”

伊丽莎白·布赖恩特站了起来，她的两只眼睛里也闪射出恼怒的光芒：“克罗伊登先生，我和你没有私人恩怨。你没有理由对我大喊大叫，我不会容忍的。你已经听到我的条件了，现在请离开。”

克罗伊登目瞪口呆地站在那里。一方面，参议员的遗孀是一个美若天仙、妩媚动人的女人。但另一方面，她也是个固执己见的人，所以他决定不再进一步恶化眼下的局面。他将通过向索内尔镇运送更多的石油来争取这份合同。

他戴上帽子，简短失礼地说了句“再见，布赖恩特夫人”。他砰的一声关上了身后的门，声音很响。

他下楼时遇到了汤姆·亨特。那大个子刚要从克罗伊登身边擦肩而过，克罗伊登一把抓住了亨特的胳膊。亨特转过身，灰色的眼睛眯了起来。"如果你要去见布赖恩特夫人，"克罗伊登说道，"那么你不妨告诉她，你的伙计弗林奇昨天是如何引起爆炸的。我的一个手下看到他了。"

亨特哈哈大笑起来，但笑声阴郁："克罗伊登，你撒谎。此外，你让人讨厌。滚开，别挡道。"

"你会失去那份合同的。"克罗伊登说道。

亨特将目光落到克罗伊登抓着他胳膊的手上："放开我的胳膊，克罗伊登。"

克罗伊登犹豫了一下。亨特佩带着一支手枪，而且运用得得心应手。况且，获得这份合同是当前的头等大事。他放开了亨特的胳膊。

亨特咧嘴笑了："我的伙计弗林奇，你是这样称呼他的吧，如果你再这样造他的谣，他会在你肚子上炸个洞的。记住这点，克罗伊登。"

亨特消失在了楼梯上面。

当克罗伊登回到车场时，邓克·利默蒂正在用嘶哑的嗓子大声发布着命令。"嘿，邓克，"他大声问道，"怎么了？"

利默蒂一脸怒容。"我猜你离开的时候没有注意到，"利默蒂拿手指着说道，"昨晚有个'臭鼬'进来了，把我们所有货车的车轴都锯断了。"

克罗伊登用痛苦的目光看着被损坏的马车，马车夫们已经在拆卸轮子。"好极了。"克罗伊登说。他描述了他跟伊丽莎白·布赖恩特会面的情况。

"她听起来还真是个暴脾气，"利默蒂说道，"但这也于事无补啊，因为我们本来预计中午出发，现在看肯定不行了。如果我们不抢得先机，就会远远落后，永远赶不上亨特了。"

"行了，不说这个了，"克罗伊登说道，"我们干活吧。"他脱掉衬衫，扔到办公室的台阶上。

上午的时光在不知不觉中消逝，骄阳炙烤着大地，咸咸的汗水顺着他的后背流淌，令他烧伤的皮肤刺痛得更加厉害。他和利默蒂以及其他人不知疲倦地工作着，修理车轴，切削和安装新的车轴。

上午过了一半左右的时间，伊丽莎白·布赖恩特来了。她驾驶着亨特的马车,但她是一个人。克罗伊登放下锤子,向她走去。她一直慢慢地驾着马车行驶着。他抓住马的笼头。那女人怒视着他。

他发现,她的穿着发生了变化——粗布衬衫和牛仔长裤。一个妩媚动人得要命的女人,但在她的臀部佩带着一支有枪套的手枪。

“你想干什么,克罗伊登先生?”

“我只是觉得你可能想知道昨晚有人把我们马车的车轴给锯断了。我想你大概完全明白是谁干的。”他的话音中忍不住流露出一丝苦涩。

“放开马。”伊丽莎白·布赖恩特说。

他站在原地一动不动,盯得她不敢对视下去。

突然,她拔出了手枪,瞄准他的两眼之间:“让开,克罗伊登先生。”

他依然纹丝不动,她的下唇在颤抖。她闪电般地把手枪交到左手,把长长的马鞭拔出来,用鞭子抽打克罗伊登的脸。那马突然扬起前腿,将他推倒在地。马车辚辚地沿着大街驶去。

克罗伊登站起身来,抹去脸颊上的血迹。当他回到车场时,没有人看他。看来她下定决心要跟我作对了,他心想。现在唯一的办法就是打破亨特的纪录,而且要不出意外。到那时,她就不得不给这份合同了。

工作继续。利默蒂无休无止地咒骂着他的手下,催促他们加快进度。午饭后,克罗伊登穿戴妥当,去了银行。当他返回时,又租了十几辆马车,还雇了一批马车夫回来。他们在黄昏时分动身离开索内尔,向油田进发,晚了半天。亨特的整支马车队那天上午就已经离开了。现在,杰夫·克罗伊登在银行里的每一分钱都花光了,被孤注一掷地投入到了这批额外的装备中。

二　统计数据被盗

接下来的一周,在不知不觉中一天又一天过去了。克罗伊登的团队日夜不停地工作。克罗伊登疲惫不堪,驱使着他自己和工人们拼命干活,只要有空,他就尽可能逮住机会打个盹,有时喝杯咖啡或吃盘豆子。头两天,他们包揽了“大喷井”一号到五号井以及“啊,内利!”钻机一号到四号井的原油运输。车辚辚,马萧萧,他们穿越黑暗,朝着索内尔镇狂奔。克罗伊登仿佛觉得,他的世界将永远是混沌黑暗以及地平线上令人恐惧的火焰，是车轮轰鸣以及骡子嘶叫，是木桶咔嗒乱响以及工人们的大声诅咒。

第三天黎明，他们进入了索内尔。亨特的运输队前一天晚上又出发了。可是，克罗伊登看了看布赖恩特的手下马西森手里那张弄脏了的计数单，高兴地发现他们运送的数量比亨特的运输队多十五桶。工人们有一个小时的休息时间，在这段时间里，他们吃早饭，刮胡子，或者喝几杯威士忌。然后，克罗伊登让他们再次行动，阴沉沉的天空下，鹿皮鞭子在牲口头顶啪啪乱响，车轮滚滚，他们离开小镇，再度出发。

当天，他们包揽了俄克拉何马公司的所有油井，第二天，装完了“金色嘉德”全部油井的油，最后在第五天把“伊利诺伊居留地”全部油井的原油都装上了马车。二十三辆马车被捆住的木桶挤得满满的，一排又一排，把车子的底盘都压了下来。利默蒂请求休息一下，不仅是为了他自己，也是为了其他马车夫。克罗伊登听着那不祥的隆隆声，眼睛望着林立的井架那边的黑色天空。

“暴风雨已经酝酿了两天了，邓克，”他说道，“这批货必须在今晚运回索内尔。我们的人手充裕，整个一周他们都在轮流赶车、睡觉。他们可以再坚持一晚。”

利默蒂叹了口气：“但他们不会坚持太久了，我们付给他们的钱少……”尽管牢骚很多，货运马车还是在一个小时内开动了。

大约午夜时分，暴风雨骤然来临，整个世界都沉浸在黑压压的暴雨的怒号中。车轮陷入泥沼，骡子极易受惊，有一根捆绑油桶的带子断了，一排油桶翻落到了烂泥里。

提灯在黑暗中发出诡异的光点，克罗伊登命令大伙儿重新费力地把油桶装好。此时，工人们的怨言更大了。他也一样，对着他们大喊大叫，每一句发泄出来的愤怒的话语都是他内心害怕的表现，他生怕他们输掉这场比赛。

天还没亮，暴风雨减弱了，黎明时分，他们再次回到了索内尔。这一次统计数据显示，他们比亨特少了二十五桶。克罗伊登很不高兴。最重要的是，那些临时工，甚至还有两三个固定工当面向他表示不满，说他们不喜欢这种艰苦的工作，太辛苦，工钱又太少。

这一次，当克罗伊登从银行回来时，他以公司做抵押贷了很大一笔款。他发放了工资，还给每个人发了奖金，并向他们承诺，如果他们坚持干到两周后，将给他们发双倍的奖金。他们都答应愿意留下来。

他们又一次出发了，这次是化整为零，划分成较小的单位，一次两三辆马车。第七天傍晚，晚饭前后，他们就回到了索内尔。当他们经过亨特的停车场时，克罗伊登看到那些马车都闲置着。卸完货后，他告诉工人们休息一晚。他的话引发了些许欢呼，克罗伊登对马西森的统计结果报以严肃的微笑。他们超过汤姆·亨特两桶……

他和利默蒂决定到索内尔酒店的餐厅去好好吃一顿。他们一走进门，克罗伊登就后悔了。那儿一张僻静的桌子旁，坐着伊丽莎白·布赖恩特和汤姆·亨特。那个大块头不必费心亲临油田，他有足够的马车夫来干这苦活。他只须留在这里，陪着布赖恩特夫人，让她忙个不停即可。

“真不是个东西。”利默蒂不满地嘟囔着，用叉子狠狠戳进他的炸土豆里。克罗伊登没有理会，他望着那女人，望着她高高翘起的下巴。她的双颊微微发红，也许是汤姆·亨特送来的那瓶红酒的缘故。她笑个不停。

渐渐地，餐厅里的人都走了，最后只剩下克罗伊登、利默蒂、布赖恩特夫人和亨特，他们之间隔着六张桌子。亨特向前探着身子和布赖恩特夫人说话，突然他的头扭了过来，他的目光紧紧盯着克罗伊登。伊丽莎白·布赖恩特也转过身来，冷冰冰地笑着。

克罗伊登和蔼可亲地点了点头，吐出雪茄的烟，他注意到，亨特显然不喜欢被人这样欣赏。没过多少时间，亨特就把布赖恩特夫人领出了门，他的一只手挽着她的胳膊，眉头紧锁，一副恼怒的样子。

克罗伊登哈哈大笑着：“亨特有点慌乱呢。但我发誓，那个叫布赖恩特的女人站在我这一边。”

尽管事实摆在那里，他对她并不了解，但是他仍然有一种被深深吸引的感觉。当天晚上九点半，他自己都感到吃惊，他居然敲响了她房间的门。

女仆把他领了进来，不满地说布赖恩特夫人已经休息了，但还是欢迎了他。只见她披着一件手工缝制的棉睡袍，乌黑的头发披散在肩头，在灯光的照耀下闪闪发亮。克罗伊登意识到,她真的很美。

女仆故意在边上磨蹭,一会儿整理这个,一会儿掸拂那个,像煞有介事地弄了好几分钟,直到伊丽莎白·布赖恩特让她退下。

“嗯,克罗伊登先生,这次又是什么事?”她的语气稍微有点防御性质。她站得离他很近,他能闻到她刚擦洗过的皮肤的气息,还有她头发的香味。她的五官在灯光下似乎更加柔和温润。

他的两只手摆弄着自己的帽子:“我只是想问一下你有没有注意统计数据,我们马上就追上亨特了。”

她哈哈大笑起来:“这个时候到我这儿来,这个借口也太牵强了吧。”

“我知道。”他们四目相对,紧紧锁定。克罗伊登的帽子从他的手中掉落到地上。他一把抓住她的肩膀,热切地吻她。她的反应也一样,而且时间很长。接着,她急忙后退,两眼重新燃起恼怒的光焰。“你该死的,”她喘息着说,“该死的,克罗伊登,滚出去,别回来。”

这个时候,他终于明白了。参议员卢卡斯·布赖恩特的年纪比她要大很多。她怎么会嫁给这样一个男人,唯有天知道。也许是家庭的压力吧。超乎人们想象的诡异事情发生了。她明白他把她看穿了,因此她非常生气。

“你不是因为参议员的油井才来这里的,是吧?”说者无心,听者有意,他并无恶意,但她却认为他是故意的。她举起手,狠狠地打在他的皮肉上,声音很响。他想要生气,但是他内心深处却并非如此。

克罗伊登转身就走,都没有看她一眼。在他走回办公室那张小床的路上,他意识到自己有可能毁掉了争取她站到他这一边的机会。她的自尊心可能受到了严重的伤害。你真是个傻瓜,他在心里诅咒自己。那天晚上,他失眠了,在小床上辗转反侧,但是他知道,现在他要加倍努力才能赢得那份合同了。他还有第二笔赌注,这笔赌注有可能给他带来接近伊丽莎白·布赖恩特的机会。

第二天一大早,他们就出发了。太阳还没有爬到正午的高空,袭击者就发动了袭击。

他们轰隆隆地冲下一个小山丘,总共有十来个人,他们的身后,沙尘滚滚,他们的枪在广阔的土地上发出奇怪的、声音不大的噼啪声。驾驶着第一辆马车的克罗伊登赶紧勒住骡子,抓起身边座位上的步枪。他把枪抵到肩膀上,开了一枪,过了一会儿又拿起枪来开了一枪,两次射击都丝毫没有效果。克罗伊登从来都不是一个神枪手。

袭击者在一座低矮的小山和马车队之间的半路上停了下来。他们脸上都蒙着污迹斑斑的印花大手帕。克罗伊登跳下马车,弯腰屈膝地向前跑去。整支马车队里,马车夫们也在做着同样的事情。邓克·利默蒂大声下达着命令。克罗伊登趴在泥地上开了一枪,他感觉胃部发胀。要是再有一辆马车受损,他们就会远远落在后面。也许他们就永远也赶不上了。

但幸运的是,来袭击的队伍是一支弱旅。克罗伊登有将近三十个人,他们沿着马车队列一字排开,所以他们的火力就能从许多点上打击这些"猫头鹰"。克罗伊登放了一枪,看到一个袭击者从自己的马鞍上撞向他旁边的袭击者。前来袭击的人停留了不到两分钟。其中一个穿着俗艳的紫色衬衫的男人举起一条手臂大声吼叫着什么,克罗伊登听不到。他们掉转马头,策马冲回了那个小山丘。利默蒂向克罗伊登飞速地跑了过来。

"我们要去追他们吗,杰夫?"

克罗伊登摇摇头:"我们去看看那个死了的人。"

他和利默蒂走过去,跪在那个倒下的"猫头鹰"旁边。他们扯下了他那脏兮兮的印花大手帕。克罗伊登不认识他,利默蒂也不认识他,但是对这种脸庞十分熟悉。他有着职业杀手兀鹰般的贪婪表情,即便死了也是如此。

克罗伊登慢慢地站起身来。"邓克,"他说,声音轻得几乎听不见,"形势越来越紧张了。这些人不可能是别的人派来的,就是汤姆·亨特。"

"见鬼,我认出了弗林奇,就是那个穿紫色衬衫的。"利默蒂大声说道。

"那么,如果他想要的是杀人,他就无论如何会杀人。告诉所有人时刻做好准备。亨特看来是越来越害怕了。"

工人们很紧张,显然对不得不把打仗作为他们工作的一部分感到不满。他们中的大多数人与克罗伊登并无私交,除了他付钱给他们之外,他们对他没有任何忠诚可言。所以,他们中没有一个人特别愿意为了他的利益而去灌一肚子子弹。

接下来的两天出现了许多严重失误。工人们对命令的反应很慢，他们的眼睛里闪烁着敌意的光芒。其中一个马车夫把他的骡子给惊吓得太厉害了，结果骡子挣断缰绳跑走了。还有一次，一个工人纯粹出于粗心大意，让油桶翻出了马车。克罗伊登看着黏稠的原油冒着气泡渗入地里。他严厉地训斥了那个人，那个人便用两眼瞪着他，目光呆滞而愤怒。克罗伊登看出来了，这样的情况下，要引发一场打斗轻而易举，于是他训斥了工人一顿，便饶过了那人。情况已经很糟糕了，但克罗伊登知道，这种情况只会愈演愈烈。他现在是在奋力爬坡，每往上爬一英寸，就会往下滑两英寸。马车运输队的效率一天比一天低下。第十天，爆发点终归来了。

他们中午的时候回到了索内尔，马车满载着原油，等候在棚车车厢边卸货。统计数据显示，他们比亨特落后三十六桶。

克罗伊登很不情愿地让大家下午休息。如果不这样做，他们就会罢工，他就会当场一败涂地。

下午三点左右的时候，他正在办公室里，汤姆·亨特突然冲了进来，后面跟着那个块头很大的警长欣克·彼得斯。欣克认识克罗伊登，这位运输老板也喜欢这位索内尔镇的法律代表。但是彼得斯绷着个脸。克罗伊登知道彼得斯和亨特没有勾连，但他感觉事情不太对劲儿。

“下午好，欣克，”他说道，态度和蔼，但不理睬亨特，“请坐。”

“没有时间坐，杰夫。布赖恩特女士的手下马西森刚出现在一条巷子里，脑袋就被狠狠打了一下。计数单不见了，测深锤消失了。”

“为什么会有人去抢计数单?”克罗伊登问道。

“也许你能回答这个问题，克罗伊登。”亨特说。

“等一下……”

“不要靠近，杰夫，”彼得斯举起一只手，掌心向外，“我得检查所有这一切。有人可能想要改变那些记录数据，从而谋取合同。你在拼命争取布赖恩特夫人的业务，这不是什么秘密。”

“亨特也在拼命争取呢。”

但是，他明白自己的处境，在索内尔居民的心目中，他是个新来的。所以很明显也很可能，是他，而不是亨特，会玩这样背水一战的花招。

“刚刚一小时前你在哪里，杰夫？”彼得斯问道。

“我就坐在这里啊。我还欠着一大笔贷款呢，警长，我就是坐在这里为如何还清贷款而大费脑筋呢。”

亨特哈哈大笑：“警长，又增加了一个动机，克罗伊登被打败了，他会要任何愚蠢的把戏来拯救自己。”

“就凭这一点想把我关进监狱，亨特，门儿都没有。”

“我知道那没门儿，”彼得斯避开了这个话题，他朝门口走去，流露出悲伤和失望的神情，“看来无论如何我得去查一下了，杰夫。我会和你联系的。”亨特跟着他走了出去，声音很响地关上了门。

克罗伊登默默地盯着两个离去的人。任何傻瓜都看得出来，这是亨特的诡计。任何一个傻瓜，也就是说，任何一个没有小镇视角的傻瓜，就声名而论，每个人都会自然而然地接受汤姆·亨特的观点。亨特正在拉紧克罗伊登脖子上的绞索。而且，对此，克罗伊登还没有多少腾挪余地。

货场空无一人。一阵热风吹来，搅起粉状的尘土。夕阳斜照，克罗伊登的背上一阵阵刺痛，他无法集中注意力。他屁股上的枪抵着他的皮肉，沉甸甸的。他的双手痒痒的，他想杀死汤姆·亨特。但是，那只会把棺材盖完全钉死。

大约五点左右，邓克·利默蒂回来了，情绪高昂，浑身酒气。吃晚饭的时候，克罗伊登介绍了有关情况之后，这位年长者的目光黯淡了下来。

“天哪，”利默蒂生气地说，“他们连这种卑劣龌龊的蠢事都干得出来啊。那个亨特一点也不聪明，我开始觉得他一定是疯了。”

“他是疯了，索内尔镇所有人却认为是我疯了啊，”克罗伊登说道，“但是我无法证明亨特是那种会要此类卑劣花招的人，与此同时，我却一筹莫展，时刻准备在诚实守信但却身败名裂中倒下。”他的话带有深深的愤世嫉俗色彩。

“当心，我的朋友，”利默蒂的声音变成了沙哑的耳语声，“彼得斯来了，跟亨特和那个弗林奇一起进来了。”

克罗伊登转向那三个人。弗林奇走在最后面，他是个个子矮小、活像癞蛤蟆一样的人，他的眼睛凹陷，两颊松垂，那下垂的嘴唇上挂着傻乎乎的微笑。

彼得斯把胳膊搭在克罗伊登的肩头:“杰夫,我有个坏消息要告诉你。”克罗伊登的目光射向亨特,这位大个子流露出沾沾自喜的神情。“这位里普·弗林奇几分钟前在你办公室里探查,发现了这个。”彼得斯摊开一叠文件。统计数据单,已经被墨水和污垢弄脏了。

克罗伊登腾的一下跳起身来:“你有没有问过亨特,是不是他让弗林奇把那些东西放在我办公室里的?天哪,警长,别犯傻了……”

彼得斯摇了摇头:“我知道这种可能性总是存在的。问题是,在我做更多调查之前我得把你先关起来。至于以后……”情况已经非常清楚。这样一拖延,亨特将会得到布赖恩特的合同。他们是否真的发现他有罪已经不重要了。

克罗伊登没有等待,他一拳打在警长的肚子上,然后把弗林奇一把推开。弗林奇咕哝了一声,一道金属闪光掠过克罗伊登的视线。他试图躲闪,但亨特的枪管击中了他的太阳穴,然后亨特又给了他一击。他在惊恐中突然倒下,昏了过去。接下来他所知道的,就是仰面躺着,两眼望着上面的一方黏土天花板。他把疼痛的头转向右边——牢房的铁条。铁条的外面,一个副警长在灯光下百无聊赖地玩着单人纸牌游戏。

克罗伊登的思绪在飞速旋转。他必败无疑了,但是他内心的某种东西执拗地拒绝就这样认输。这本来是一件生意上的事情,现在却出现了新的情况。他和汤姆·亨特产生了不共戴天的私人仇怨。伊丽莎白·布赖恩特的脸庞闪现在他的脑海里。然后,监狱的门打开了,他脑海中的她消失了。邓克·利默蒂从副警长身边走进牢房,克罗伊登站起来迎接他。

“怎么了?”克罗伊登问道。

“见鬼,杰夫……”他挠了挠自己的胡子,“看来我们肯定要完了。你知道我们的马车夫对这几天的辛苦工作非常不满。欣克·彼得斯把你关到这里后,唉……”老人摇了摇头发花白的头,不愿继续说下去了。

“说吧,邓克。”克罗伊登轻声说道。

利默蒂的目光落在了地板上:“亨特行动非常迅速,他派弗林奇四处转悠,承诺给马车夫高于我们三倍的奖金。我想阻止他们,但他们不听。他们中的大多数人说,他们要投靠胜利的一方。”

“他们辞职了吗?”

“是的,杰夫。我们还剩下三个人,天知道他们为什么留下来。我们有那么多马车,却没人赶车了。就算你出狱了,我们也没有办法。我不想把这话说出口,但看起来这次博弈我们输定了。”

克罗伊登透过铁条凝视着远方,双手紧握着铁条,指关节都发白了。

三　第十三天

第十一天和第十二天,克罗伊登还在监狱里苦不堪言地经受折磨。他在脑海里看到了汤姆·亨特,现在亨特放慢了脚步,但是仍然能够将足够多的原油运进索内尔,获得无与伦比的利润,还有那份合同。

几乎从克罗伊登听到利默蒂对他说他们已经失败了的那一刻起,他就已经下定决心要走哪条路了。逃跑,这是唯一的办法。也就是说,由于他不能再靠运送原油的桶数赢得比赛,那么他必须用另一种方式解决问题。揭露亨特,从而使他退出角逐,让伊丽莎白唯一的选择只剩下他的公司,有了她这份合同的利润,他可以迅速重新崛起。

但是,在这令人发狂的两天时间里,他没有任何逃跑的机会。唯一的逃生路线就是牢房的门。牢房的门每天打开三次,每次两个副警长都会给他端来一盘食物。一个副警长拿着一把手枪对着克罗伊登,另一个副警长弯着腰快速走进来把食物盘子放好。他们总是让克罗伊登退到远处的墙边站着。欣克·彼得斯是一个深思熟虑、有条不紊的人,不允许出现任何粗心大意的差错。

到了第十三天中午的时候,克罗伊登决定,他不得不孤注一掷地试一试了。据他所知,彼得斯既没有找到任何证据来证明他无罪,也没有发现任何确凿的证据来指控他有罪。他必须得出去……做点什么来对抗自己内心升起的挫败感。

他没有跟往常一样一直等着,等到副警长们进入牢房后再按他们的吩咐行事,而是事先做好了准备。他站在牢房的铺位上,铺位是固定在墙上的。他把两个胳膊肘搭在窗台上,透过窗户望向尘土飞扬的小巷。他正站在那里的时候,牢房的门打开了,一个副警长拿着从索内尔酒店带来的食物。

钥匙在锁孔里咔嗒咔嗒地响了一下,克罗伊登转过身来,拼命地掩饰自己紧张的呼吸。一个副警长推开门,克罗伊登注意到他仍然拿着手枪。另一个人放下盘子。

“好吧,”克罗伊登说道,“恐怕你们一直送来,我就一直吃了。这景色不是我所见过的最美的。”他朝身后的窗户挥了一下手。先进来的副警长不禁咧嘴一笑。克罗伊登移动了一下身子,好像要从铺位上下来。他的身高使他在跳跃时略微占了有利条件。

他像颗球一样撞向他们俩,把他们撞出了牢房的门,他们发出嘶哑的喊叫声。三个人一起倒在了地上。但克罗伊登不慌不忙,他飞快地抓住他们的两支手枪,一跃而起。

“好了,伙计们,到牢房里面去。”

他们毫不犹豫地服从他的命令。他重新锁好牢房门,把钥匙扔到离他们很远的墙角。他将一把手枪插进自己的腰带,手里拿着另一把手枪,时刻准备派上用场。他溜出边门,来到一条直通主街的小巷里。

他在墙的阴影中悄然向前走去,脑子转动得飞快。他知道彼得斯警长住在哪里,那就是他的目的地。房子坐落在一条僻静的后街上,大树参天,浓荫密布。他沿着草坪走上前去,没有敲门就走进了大门。

他走进客厅。脸色红润、头发花白的彼得斯夫人先看见了他,然后她看到了枪:“干吗,杰夫,你这是……”

背对着克罗伊登坐在那儿的彼得斯语无伦次地大声说着什么,他一跃而起,一只手伸向枪套。

“放松,欣克,”克罗伊登说道,“我不想惹麻烦。”

“这见鬼的怎么回事儿?”彼得斯怒吼道,“我会因为你越狱而对你加重处罚的。”

“我必须有机会证明我没有拿那些计数单。你愿意做个交易吗?”

“我当然不愿意。”彼得斯厉声怒吼道。

克罗伊登不由得笑了:“反正左右得做。你知道里普·弗林奇住哪儿吗?”彼得斯点点头。“那好吧,我们就溜达到那边去。如果你拿着你的枪突然闯到他那儿,直截了当地问他是否偷了计数单并把它们放到了我的办公室里,我想你会得到你真正想知道的答案。”

“搞定这个弗林奇，嗯？”彼得斯说。他眯起眼睛，若有所思。他的妻子早就放松下来，她非常了解克罗伊登，知道她丈夫不会受到伤害。“我觉得如果你表现得好像已经知道是他干的，说你有证据——他会被吓倒的。他就是那种人。”

克罗伊登的语气软化了：“但是如果他没有被吓倒，我愿意把枪交给你，然后乖乖地回到监狱去。”

他观察着这位治安官的反应：“欣克，我把我的一切全都押在这个直觉上了，你可以吓唬他承认真相。”

彼得斯犹豫了仅仅一小会儿，然后他伸出一只手：“好吧，杰夫。马上把你的手枪交出来，我就去玩一下这个游戏。我倒的确不喜欢弗林奇的那个熊样。”

克罗伊登把他的枪递了过去，随即把腰带里的枪也递了过去。彼得斯带着他走出厨房，拿起他的帽子，两个人穿过后院的草坪。彼得斯夫人在门口祝杰夫好运。

彼得斯让克罗伊登骑着他家的一匹马，在他稍稍前面的地方。“这样人们就不会误解我在让你到处乱跑。”彼得斯解释道。

里普·弗林奇住在车场附近一个破旧的房子里。女房东告诉他们，弗林奇今天上午没有露面。她看到警长拿枪押着犯人上楼去，吓得瞪大了眼睛。

克罗伊登紧贴在门外的墙上，彼得斯敲响了门，声音很大。

当弗林奇困倦地打开门时，彼得斯粗暴地说：“弗林奇，你有麻烦了。”

“什么？”弗林奇咕哝着说，“你在说什么，警长？我刚起床呢。”

“偷来的数据单。”彼得斯说，“就是你从马西森那里拿走并放在克罗伊登办公室里的那些数据单。”天哪，克罗伊登心想，他还真是在为我冒这个险啊。“得了，弗林奇。你拿走了那些数据单，现在我可以证明了……”

“你该死的！”弗林奇尖声急叫着。克罗伊登内心充溢着胜利感。弗林奇想赶快把门关上，但是彼得斯的一个肩膀猛地撞在了门上，然后一使劲，门被撞开了，还把弗林奇弹到了地板上。彼得斯冲进房间，克罗伊登紧随其后。

弗林奇从一把椅子上抓起他的枪，开始疯狂地射出子弹，把那些木制品打成了碎片，但是没有击中克罗伊登和彼得斯。他们飞快地退回到大厅里。彼得斯向克罗伊登扔了一把手枪。克罗伊登把头探进门去,刚好发现只穿了裤子和贴身内衣的弗林奇跳出了窗户。“跳到外面了,”克罗伊登大喊道,一面朝楼梯跑去,“我们去追他。”

弗林奇显然行动十分迅速。他们在四周的区域寻找了二十分钟,但弗林奇还是躲过了他们的追踪。于是,他们骑上马,穿过小镇来到亨特的办公室。车场里的那个工作人员告诉他们,弗林奇和亨特已经骑马出发了,大约在他们到这儿的十分钟之前,看上去很慌张。

“哎呀,真是的,”车场里的那个工作人员慢条斯理地说,“就像地狱的朋友在追他们一样,警长。”

克罗伊登跳上办公室的台阶,迅速往里看了一下。

“他们溜之大吉了,保险箱被清空了。”

彼得斯骑上马:“我去看看能不能找些人,也许我们还能抓住他们。你继续去做你的生意吧,你没有必要再待在牢房里了。”

克罗伊登欢天喜地地朝索内尔酒店奔去。他不顾女佣的抗议,冲进伊丽莎白·布赖恩特的套房,要求见这位寡妇。伊丽莎白·布赖恩特仓促地来到了室厅,黑色的眼睛里流露出惊讶。

“这怎么回事儿,克罗伊登?我以为你在监狱里呢。”

“是的。但弗林奇一不小心向警长透露了真相,他偷了计数单,在亨特的指使下。他们两个都逃走了。亨特出局了,我是索内尔唯一的货运公司老板。所以,那个合同怎么样?”

“休想,除非你在计数单上领先。我会雇个人来经营亨特的那些货运马车。等到明天黎明你打破了他的纪录,合同就是你的。”

真是愚蠢至极,傲慢至极……但是,接着,克罗伊登想起了他对她所做的一切。他太粗心大意了,一不小心便揭了她的老底。这是她报复的方式。他一把将帽子扣在自己的头上,大步流星地走了出去。

克罗伊登全速跑回货场。到了那里,利默蒂迎上前来,一脸讶异的表情:“杰夫,怎么回事儿?赶快进来,孩子,免得被人看见。如果你是越狱出来的,他们会找到你的……”

“我的确是越狱出来的，”克罗伊登告诉他，“但是，现在一切都弄清楚了。”他迅速把之前几个小时所发生的事情概括性地描述了一番。

“那么我们终于得到布赖恩特夫人的合同了。”利默蒂说道，高兴极了。

“不，我们没有。她是个顽固不化的人，我们还得超过亨特的纪录才行。这可不容易，因为我们只有到黎明的时间。那三个人还在吗？”

利默蒂点点头。

“那么，加上你和我，也只能这样了，衷心希望能成。我去车场核对一下计数单，但愿我进监狱后亨特就松懈了。”他跳上马背，飞奔出了车场，丢下利默蒂在那儿目瞪口呆。

马西森头上缠着绷带，迎上前来，向他表达了歉意。他已经从警长欣克·彼得斯那里听说了亨特背信弃义的行为。“但是，警长和他的人半小时前回来了，”马西森最后说道，“哪儿都没有亨特和里普·弗林奇的踪迹。”

克罗伊登急切地看了看计数单：“亨特比我们多了多少？”

马西森看了看脏兮兮的计数单：“嗯，自从他们把你关起来后，他就没那么用心了。让我瞧瞧……”他皱起眉头，费力地计算着，“一百零三桶，他根本没做什么。”

克罗伊登拍了拍他的肩膀：“谢谢，明天之后他就什么也做不了了。”

马西森还没来得及提出另一个问题，克罗伊登就飞身跃上马鞍，沿着街道绝尘而去。

他告诉邓克·利默蒂这个总数，利默蒂高兴地大叫了一声。

“把那三个人叫来，”克罗伊登说，“我们需要五辆马车，我们要抢运……”

太阳下山前，五辆马车飞快地驶出了索内尔镇。克罗伊登领头，像恶魔一样对着骡子号叫，鹿皮鞭子在骡子的耳朵上方噼啪作响。

克罗伊登早有一个行动计划成竹在胸。每一个马车夫负责一口“啊，内利！”油井的原油运输，“啊，内利！”距索内尔镇最近。虽然时间所剩无几，但是克罗伊登觉得他们还是能够成功的。到了一个岔路口，他调转马车，轰隆轰隆地沿着一条印满车辙的道路驶去。其他的马车也分别朝不同的方向驶去，给他们的命令就是装载好原油，然后开足马力，全速返回索内尔。

那天晚上十点钟左右，克罗伊登在“啊，内利！”的三号井边停下车子。他刚要向钻井老板问各种问题，钻井老板便告诉他他们有很多原油等着运输呢。克罗伊登在灯的光照下汗流浃背地拼命干活，把大桶大桶的原油搬到马车上。油井的声音在他耳边回响，犹如时钟的嘀嗒，一刻不停，声声无情。

快到午夜时分，马车装满了货。克罗伊登希望其他人也跟他一样进展顺利。他用可能会摔断脖子的速度驾着马车飞奔，印满车辙的道路上，车轮飞旋，凌晨两点钟不到，他就回到了索内尔镇。马西森借着灯的明光迎接他的归来，然后把原油的数量记在计数单上。克罗伊登给自己卷了一支香烟，想放松一下，但没有用。只要其他人还没有回来，他就无法安下心来休息。

除利默蒂外，其他人都在四点钟之前回到了镇上。克罗伊登焦急地扫视着天空，天很快就要亮了，如果不加上那辆马车的货，他们就会输。

大街上传来马蹄声。克罗伊登满怀期待地转过身去，然后发现是一个骑手——身穿衬衫和牛仔长裤的伊丽莎白·布赖恩特骑着马走进了阑珊的灯光里。

她爬下马来，向克罗伊登点了点头，然后俯身看了看计数单。克罗伊登看到了东方浅浅的蓝灰色光线。小镇万籁俱寂，他没有听到什么地方有利默蒂马车的辘辘声。

伊丽莎白·布赖恩特面对着他：“你的总数仍然没有超过亨特。”

“我还有一辆车会来。”

伊丽莎白·布赖恩特冷冷地笑了笑：“但是，克罗伊登先生——现在天亮了。”

“那合同就归亨特的公司了，不管他在还是不在？”

“恐怕它……”她的话没有说完。

依旧黑乎乎的夜，突然枪声大作，提灯被子弹打得粉碎，一片片玻璃碎片飞舞开来。克罗伊登本能地飞速伸出一条胳膊搂住伊丽莎白·布赖恩特，把她按倒在地。

他迅速拔出手枪，侧耳倾听。整个货场一片漆黑。克罗伊登沿着地面向前爬行，尽量不弄出声响。亨特回来了，这个人，尽管已经一败涂地，丢盔弃甲，原形毕露，但是，他仍贼心不死，伺机报复。他想要克罗伊登的命。

克罗伊登抓起一把沙砾扔向右边，什么动静也没有。他捡起一块更大的石头朝同一个方向扔去，一秒钟后，一把枪开火了，瞄准了右边。

克罗伊登在他躺着的地方把枪里的子弹打得一颗不剩。借着火药的光焰，他看到了里普·弗林奇在一节棚车的车厢门那儿，胸口鲜血喷涌。

弗林奇摇摇晃晃地向前慢慢走着，克罗伊登向后躲闪，弗林奇倒下了。

克罗伊登转过身来，亨特就在附近。但是在哪里呢？他向后退了一步，枪响了。子弹撕裂了他的肩膀，他痛得一个趔趄。有人划了一根火柴，点燃了一块木头，做了一个发光的火把。

是马西森，站在亨特的身后。亨特站在那儿，轮廓清晰，他的头微微转动了一下，于是两眼闪闪发光。他的枪慢慢地举了起来。

克罗伊登知道，他自己的子弹已经打完了。他把里普·弗林奇击倒的时候，就没有子弹了。他也没有其他手枪。

疼痛使他头晕目眩，再有一瞬间，亨特就会杀了他。他必须得行动，他必须得战斗啊！他向前迈了一步，试图扑向亨特，但他只是脸朝下摔了下去。他听到一声枪响，然后有什么东西重重地摔到了他的背上，接着不动了。

不一会儿，亨特毫无生命迹象的尸体被抬走了。

邓克·利默蒂站在那里，手里拿着手枪。

“邓克！”克罗伊登挣扎着站了起来，身子摇摇晃晃的。

“亨特马上就要把你杀了，别的我也做不了多少。”

克罗伊登眨了眨眼睛，认知渐渐恢复了：“你终于回来了，你回来了！合同……”

利默蒂慢慢地摇了摇头：“我……我是一个人骑着骡子回来的……”

“什……什么？”克罗伊登痛得整个人都麻木了，所以他无法理解。

“其中一个修好的车轴在离城大约十英里的地方坏了。我想把它修好，但我一个人做不到。所以我骑上了一匹骡子。我看到了计数结果，杰夫。我很抱歉。”老人把目光转向了别的地方。

克罗伊登站在一盏重新点亮的提灯旁，将朦胧的双眼望向伊丽莎白·布赖恩特。她的脸上有一种茫然的苍白。该死的，克罗伊登心想，她不能这样否决我们，他不会让她这么做。他开始朝那个女人走去。利默蒂伸出一只手来制止他，但克罗伊登一把将它推开。他继续往前走去。

他隔着一圈灯光面对着伊丽莎白·布赖恩特。她突然把目光移开了,他看见她的双颊已然升起一抹深色的红晕。

“你听到利默蒂的话了,”克罗伊登对着她说道,“你知道,我们最后一车货被困在了城外。要不是那样,我们就赢得了合同,按你的条件。”

“对不起,”她说,声音弱弱的,“我制定的规则,怎么可以……那个……那个……”

沉默。

他走近她,不让马西森、利默蒂和其他三个人听见他的话。

“怎么了?你感到羞愧吗?我发现了你是有感情的女人,我认为这没有什么好羞愧的。”

她看着他,脸变得更红了。他可以看出她内心的挣扎。她有两次差点开口说话了……但两次又闭上了嘴。她摇摇头,仍然说不出话来。

克罗伊登转过身去,厌恶极了:“好吧,算我看错人了,布赖恩特夫人。我猜你可以找人接手亨特的公司——”

“等等。”她的声音几乎像耳语。

克罗伊登转过身来,瞪大了眼睛。“我会……我打算把时间调整一下,最终计数时间将在今天上午八点截止。”然后,她一个转身,离开了,找到了她的马,重新骑上马,一头扎进黑暗中,仿佛地狱里所有的恶魔都在追她似的。不,不是恶魔。克罗伊登心想,只是情感使然。他在她的盔甲上发现了一条裂缝。

邓克·利默蒂朝他跑了过来。“我们今天早上八点之前把那车原油运进来。找几个伙计,用他们的马车。我们会有那个合同的。”

“说得太对了,我们会有的。”利默蒂高兴地大声说道。他重重地拍了一下克罗伊登的后背。这一拍直接把虚弱的克罗伊登拍倒在地。他摊开四肢躺在地上,隐隐约约意识到震惊的利默蒂俯下身来。黑暗吞噬了一切……

利默蒂在七点半之前把那辆非同一般的马车上的原油运到了镇里。当场,伊丽莎白·布赖恩特授予了他们为已故参议员的控股公司运输原油的合同。当克罗伊登醒来时,他的手臂上缠着绷带。他整天坐在办公室里,处理各种文件,谋划着还清抵押贷款需要多长时间，他能出多少钱添置什么样的新设备，以及许许多多其他类似的事情。他不时喝点威士忌止痛。

那天晚上，他穿上自己最好的一套衣服去拜访伊丽莎白·布赖恩特。他们面对面地坐在沙发上，两人之间保持着礼貌的距离。

“你现在有什么打算吗?”克罗伊登问道。

“我不知道。我可以回到东部去，但那里没有什么可期待的东西，除非……”

“干吗不留在这里经营参议员的业务呢？一年时间你就可以学会的，如果努力一点，你还很可能会提高产量和利润呢。”

“我恐怕已经把事情搞砸了，杰夫，”她脱口而出，直呼其名，仿佛很习惯了，“这不是我待的地方。”

“我认为是的。”他挨近到她的身边，用一只手抬起她的下巴，亲吻她，久久的吻，深深的吻。她又脸红了，但没有生气。相反，她笑了。此时此刻，克罗伊登明白，随着时间的推移，他们有可能会一起拥有一些丰富而美好的东西。

“你想去吃晚饭吗?”他问道。

她有点局促不安，接着笑了:“我想我们最好是去吧。”

扑克女神爱丽丝赢了

沃·乔治·塔布斯属于传统类型的绅士赌棍。他明白,和其他地方一样,这个行当也存在不同的社会阶层。最低层的是“老千”,他们是职业骗子,耍尽所有能想到的伎俩,骗取谨小慎微的西部人的钱财。爬得稍高一点的是半老实的赌棍,他们只在必要的时候作弊。站在最高处的是这一行的绅士们,塔布斯就是这样一个人。

对他来说,不仅职业道德很重要,衣着也很重要。一个人的衣着越褴褛,他就越不符合最高尚的传统,破旧的衣服给人的印象就像一个一钱不值而又声名狼藉的赌徒。由于他在所有边境城镇都享有老实正直的名声,所以他觉得必须得让自己的形象看上去就是这样。

塔布斯身材魁梧,面色红润,有着一双友善的蓝眼睛,指甲修剪得很精致。直到19世纪70年代他四十岁左右的时候,他才在日益发达的黑山山脉[①]地区发迹。他被认为是戴德伍德最聪明的赌棍之一。

直到扑克女神爱丽丝出现为止。

没有人确切知道她是如何来到这个城镇的。有一天晚上,她就在那儿了,就这么回事儿。她缓步走进扑克筹码沙龙。她是一个身材高大的女人,穿着一件不贵但很有品位的雅致礼服,略带灰白的金发高高地盘在头上,十分时髦。她略带坚定而粗犷的气质,一双眼睛机灵犀利。同时,这双眼睛也给人清澈明净、正直坦率、诚实可靠的印象。

起初,没人注意到她。她大步走向吧台,只有几个常客向她投来傲慢的目

①美国南达科他州西部和怀俄明州东北部的群山,位于夏延河与贝尔富什河之间。从远处看,山顶和森林茂密的山坡呈现出一片黑色,故名。此处是苏族印第安人的居留地。1874年,此地发现金矿,大量白人涌入,导致1876年的黑山战争,包括著名的小比格霍恩河战役。

光，并暗暗妒忌这个好看的女人。毫无疑问，这个好看的女人在奢华的沙龙也如同在家里一样轻松自在、无拘无束。她等着侍者也是扑克筹码沙龙主人的舍姆·克莱格菲尔德前来招待她。

“要点什么，女士？”舍姆问道。

女人没有笑：“黑麦威士忌。”

舍姆几乎笑得前仰后合。或者说他想笑得前仰后合。但是，那女人身上有某种东西——也许是她那坚定的神态——使他不敢笑得前仰后合。他竭力装出一副严肃的样子，把酒放在她面前。她一饮而尽，舍姆的钦佩之情油然而生。

女人似乎犹豫了一下。“有什么能为您效劳的吗，女士？”舍姆问道。

她环顾了一下四周：“是的，我是个赌徒。我想在这儿做庄家。我叫爱丽丝·达菲尔德。”

这一次，舍姆再也控制不住自己了。他发出一声响亮的“呃”，笑得直不起腰来，但是当他的目光再次落在爱丽丝·达菲尔德身上时，他笑不出来了。她手里稳稳当当地拿着一支手枪，枪口对准了他。这是一支模样邪恶的手枪。

“你打算一直站在那里像个傻瓜一样大笑吗？”爱丽丝柔柔地说道，“还是闭上嘴给我个机会？”

舍姆一看就知道她是认真的，从她握抢的姿势看，她绝对不是个新手：“当然，女士，你去六号桌，告诉怀蒂，是我让你去接手的。你擅长什么？”

“沙蟹①或法罗②。”她轻快地说，“不过，我更喜欢法罗。”

“好的，六号桌是沙蟹。”

“很好。”

她把手枪塞回手提包里，向六号桌走去。怀蒂不相信她说的话，他也往下瞧了一眼枪口，接着看见了舍姆点了点头。怀蒂迅速站起身来，爱丽丝·达菲尔德坐了下来。一群好奇、热切的人围住了桌子。爱丽丝冷静地面对着他们：“先生们，”她说，“坐下来玩牌。你们会得到公平对待的。”

---

①又称明扑克或种马扑克，20世纪20至30年代流行于美国，先发面向上和面向下的牌各一张，然后三次发面向上的牌各一张，每次发牌后下注拼赌。

②一种古老的纸牌游戏，名称可能取自早期纸牌上的法老像，18至19世纪流行于欧洲，19世纪风行于美国。玩牌时，可以赌大小或数字，牌从发牌盒中取出，现在在一些赌场仍有这种玩法。

有几个赌客勉强地坐到了位子上,听说有个女的是赌牌好手,他们的伙伴便怂恿他们玩一把。游戏开始。“没有,”爱丽丝宣布道,“任何限制。”

其中一个人输了一百零八美元,另一个人赢了一百四十美元。人群越来越大,城里其他沙龙的顾客全都被吸引过来了。夜晚的时间在慢慢逝去,扑克筹码沙龙门庭若市,生意火爆。老的赌客一离开座位,新的赌徒便立刻坐下。但是,爱丽丝始终坐在那里,看着那些人的脸,她自己的脸却像石头一样毫无表情。拂晓时分,他们得出了结论,她是公正的。一个真正的绅士赌徒,如果你能这样称呼一个女人的话。尽管她说过她更喜欢法罗牌戏,但是他们早已给她取了一个名字——扑克女神爱丽丝。

日出后不久,爱丽丝又来到舍姆·克莱格菲尔德跟前:“满意吗?”

舍姆连忙点点头:“你想在这里找个活干吗?”

“这就是我来的原因。”

“好吧,你被录用了。”于是,扑克女神爱丽丝在戴德伍德开始了她的博彩职业生涯。

现在,沃·乔治·塔布斯重入画面。

你要知道,当爱丽丝以这种轰动的方式来到戴德伍德的时候,他正外出旅行,到圣路易斯去了。一天中午前,他骑着他那匹被照料得尚好的母马自信满满地回到了城里,换上干净衣服——下身薄薄的裤子,上身色彩斑斓的马甲和细平布外套,白衬衫的领口系着松垂的黑色领带,头上戴一顶高高的海狸毛皮帽子(到牌桌上参赌的真正的绅士的穿着打扮都是非常传统的)——在马梅咖啡馆吃了午饭,然后优哉游哉地来到扑克筹码沙龙,让舍姆知道他回来了。

一个赌局已经开始了。这次是法罗牌戏。爱丽丝操作着盒子,像往常一样,她周围有一大群看客,因为一个女庄家带来的新奇感还没有消失。

塔布斯有点惊讶,他走近站在吧台里边的舍姆。没有什么关于“旅行怎么样”“旅行很精彩”之类让人开心但愚蠢透顶的交谈,塔布斯猛地朝爱丽丝竖起一个大拇指:“那女士是谁?”

“扑克女神爱丽丝,”舍姆说道,“我们新的庄家。”

顿时,塔布斯宽阔的额头上出现了皱纹。他发现了一个问题:其他几个庄家——约翰尼·雷德·多格、路易斯安那·欧文、“伯爵”等——正无所事事地坐在角落里的一张桌子旁，无精打采地玩着二十一点牌戏。显而易见，扑克女神爱丽丝对他们的生计是个威胁。舍姆好像知道塔布斯在想什么，说道：“是啊，大伙儿只愿意跟爱丽丝赌。”

“这倒是。”塔布斯说道，有点恼怒。得了，这种一时狂热不会持续太久的。等这些老伙计厌倦了，他们就会回到乔治·塔布斯这儿来，玩一场酣畅淋漓、诚实公平的游戏。

但是，这些老伙计没有回来。几个星期过去了，爱丽丝不断地大把大把地往自己口袋里装钱。塔布斯可以靠薪水混日子，但是他的自尊却受到了重创，颜面尽失。此外，这些老伙计根本就不再关心他了。如果塔布斯在周六晚上（当然是一周中最热闹的时候）有两个人陪着他玩，那他就很幸运了。很难看到爱丽丝的人影儿，围着她桌子的人层层叠叠。

塔布斯明白，他必须得做点什么。他了解到爱丽丝更多的情况，而且，他对爱丽丝了解得越多，他的嫉妒心就越强。据传，她是在新墨西哥州学会的玩牌。事实上，有一个庸俗下流的故事是这样说的，说她在新婚之夜并没有陪着她那个采矿工程师丈夫弗兰克·达菲尔德，而是在新墨西哥州银城的一个沙龙里，她被纸牌游戏吸引住了。这个大眼睛的新娘显然学得又快又好，她研究人们在赌博时眼神所传达的意思，研究他们在虚张声势的时候难以控制的紧张，所有这些矫揉造作的言谈举止都有可能将他们出卖给精明的庄家。爱丽丝说，弗兰克·达菲尔德在科罗拉多州莱克城的一场矿难中被炸死后，她就开始将赌博作为自己的谋生之道。

塔布斯想过使用暴力。他坐在那张空空荡荡的桌子旁，怒视着扑克女神爱丽丝周围那群大笑连连、喧闹不已的男人。但是，暴力，他认为，不行。一天晚上，一个小年轻跟爱丽丝耍起了小聪明。爱丽丝在他把手枪从肩带里拔出来之前，便用自己的手枪干净利落地一枪击中了他的肩膀。此外，塔布斯天生不是一个喜欢暴力的人，他按照绅士的准则行事。

一天下午，爱丽丝来到他这儿。她经常跟他说话，但是他对她冷若冰霜。“塔布斯先生，”她说道，在他对面坐下，并给自己倒了一杯酒，“我想知道你为什么这么不喜欢我。”

塔布斯沮丧地盯着桌子:“你还能指望我怎么样呢?你毁了我的生意。”

爱丽丝点点头:“我听说你是个好人,也讨人喜欢。”

“是的。在你到来之前。”

爱丽丝伸出手:“我想宣布休战。”

“不,谢谢。”塔布斯礼貌地说,然后转过身去,怒气冲冲。她耸了耸肩膀,离开了桌子。不过,他的两只眼睛情不自禁地跟着她的身影,她有某种成熟的野性的魅力。有那么一会儿,他几乎后悔了,后悔没有接受她的提议。

渐渐地,新奇感消失了,爱丽丝觉得,自己的位子只是又一个庄家而已。塔布斯又有了生意,尽管他的内心不情愿地认识到,爱丽丝就是比任何一个男人都更受欢迎一点。但随着日子一天天过去,他看着她玩法罗和沙蟹,他的嫉妒心慢慢地改变了。既然对他工作的威胁已经消除,他便开始用更加赞许的目光审视她。事实上,她非常有吸引力。但是,在拒绝过她一次之后,他的确没有勇气去接近她。毕竟,他是个绅士,而绅士总是沉着冷静的,不习惯鲁莽和冲动的行为。

但是,在他的眼里,她变得越来越迷人了。镇上的男人似乎没有一个对她产生过非分之想,因为他们总是在不断地流动,旧人走了,新人来了。塔布斯决定做点什么。现在,他跟爱丽丝说话了,偶尔随意说声“你好”和“天气不错”之类的话,再没别的了。一天晚上,他尾随她来到了她住的地方,当然保持着安全距离,了解到她住在凯特·科尔比家庭旅馆。他是个颇为腼腆内向的人,对这样的事情便自然会有一种罪恶感。

如果第二天有人看见他骑马离开戴德伍德,并在后面跟踪他,那他一定会身败名裂、遗臭万年。他骑着马穿过乡村,时不时回头看看是不是有人跟踪,谢天谢地,没有人跟踪。他先选了一个地方,但觉得太显眼了,于是又往山里面骑了一段路,一直来到那个理想的地方。安静,偏僻,只要有马碰巧从这里经过,他就能听到声音。他从母马身上爬下来,手里抓着一片撕下来的报纸。他仍然感到非常尴尬,但这件事情比他的尴尬重要多了,所以他继续他的计划。

他小心翼翼地采摘了一束野花,拿报纸把它们包好。

不久,他骑着马回到了戴德伍德,胳膊紧紧地夹着那束野花。一整个下午,他都处于高度紧张的状态,不敢靠近扑克筹码沙龙。扑克女神爱丽丝习惯在晚上六点左右回到凯特·科尔比家庭旅馆，在她的房间里休息一会儿，吃完晚饭，然后在八点左右回到赌场。所以，当他那只价格昂贵的手表显示七点半的时候，塔布斯在那个家庭旅馆前下了马，手里依旧攥着那束野花。他整个下午都把它们放在房间的一瓶水里，而且把窗帘拉了下来，以保持鲜花新鲜如初。

他悄悄地溜过餐厅，没有被几个吃饭的人看见。他已经知道爱丽丝住哪个房间了。他对她的行踪几乎了如指掌。他坚定地沿着走廊走去，在爱丽丝的房间门口停了下来。他不自然地摸了一会儿他的领带，然后敲响了门。

“进来。”一个警惕的声音说。

塔布斯打开门，惊呆了。

爱丽丝蹲伏在床的后面，似乎是怕有人袭击。她的枪口对准了塔布斯的大肚子，而且令这奇异的场面更加不可思议的是，她的一个嘴角还叼着一根很大的黑色雪茄。

“你想要干什么，塔布斯？”她严厉地说。

他局促不安地捧出鲜花：“只是……只是想表达一下我的敬意。”他觉得自己的脸越来越热，而且很可能还红了。

扑克女神爱丽丝站起身来，似乎内心还斗争了一会儿，然后放下枪。她把雪茄的烟灰利落地弹进床边的铜制痰盂里。

“好吧，关上门，过道风大。”她说。

塔布斯支支吾吾，不知说什么话好。他带着一种奇怪的表情瞧着她的雪茄。

“这有什么问题吗？”爱丽丝惊讶地说道。塔布斯终于控制住了自己，他再次捧起那束花。爱丽丝接过花，她打开包装，脸上绽放出笑容。

“哦，塔布斯先生，它们很漂亮。谢谢你！”她将鲜花放进花瓶里，“我很抱歉，那个样子迎接你的到来。但我刚刚看窗户外面，看到你骑马过来，你看起来太古怪了，所以我就以为你脑子里也许在动什么坏念头。女人总是小心点好。”

“是的。”塔布斯小声地咕哝了一下，在一把椅子上坐下。他立马再次跳起身来：“哎呀，我觉得最好还是赶快去沙龙。”

“坐着别动。”爱丽丝说，她友好的声音里有一丝权威。塔布斯坐了下来。“我很高兴看到我们消除了隔阂，塔布斯先生。”她递给他一根雪茄，他点燃。“一个女人在这样的城市里会感到孤独，而你总是显得那么绅士，尽管当时你拒绝和我握手我确实很生气。”

塔布斯现在觉得自在了一点，几分钟前在他身上快速消失的绅士的从容风度又回来了。“是的，”他笑着说，“我只是想我们可以成为朋友，到时可以一起驾车去兜兜风……我有一辆四轮单马轻便马车……这个地方的前廊在炎热的天气里会非常舒适，有微风吹拂……”

于是，他们就这样交谈着，一个绅士赌棍，一个像专业人士一样操纵纸牌和手枪的抽雪茄的女人。自从那天晚上，友好的基础奠定之后，他们的关系发展得十分顺利。他们一起驾车出去兜风，一起在星期天吃晚餐(因为爱丽丝那天是不玩牌的)，一起坐在凯特·科尔比家庭旅馆的前廊上聊天。但是，事情还没有完全捋顺。

因为沃·乔治·塔布斯天生就是个谨小慎微的人。他永远不会忘记，一个绅士赌棍，是不会让自己受鲁莽冲动支配的。塔布斯经常考虑结婚，但即使这样，他也不会让自己主动求婚，他只会在心里面说，最好考虑考虑这事儿。

就这样，将近一年。塔布斯和扑克女神爱丽丝已经互相接受了对方，现在，他们在博彩业的角逐变成了心平气和的竞争，塔布斯也不介意屈居次席，因为这个女人的受欢迎程度总是比任何男人都多那么一点点。

一个星期天的上午，塔布斯正在他的房间里休息，想着再过一个小时左右，他将和扑克女神爱丽丝一起去吃午饭，这时门突然打开了。爱丽丝穿着她最好的礼服站在那里。她的眼睛里闪烁着光芒，可是她那把手枪却以不容置疑的姿态指着塔布斯的肚子。

“穿上你的衬衫，塔布斯。我想了好长时间，如果我们结婚了，会是件好事情。我们的收入会翻倍，我们就不用一直吃家庭旅馆那种食物了。我知道，你胆子太小，不敢主动来求我，所以我想还是我来求你吧，”她挥动着枪，“现在快点。”

比利·沃特斯牧师在扑克筹码沙龙为他们主持了婚礼。舍姆在山里面有一间小木屋，所以他们上了塔布斯的四轮单马轻便马车，驾车去度了个蜜月。枪为媒，对此塔布斯似乎丝毫也不感到郁闷。就这样，他们，从科罗拉多到南北达科他的博彩女王扑克女神爱丽丝·达菲尔德·塔布斯，还有沃·乔治·塔布斯，驾车驶离了戴德伍德。

直到最后一颗子弹

一　胆小如鼠的特罗①

在谢拉的一个小型矿业社区，人们谈论的话题大多是天气。大风从灰色的天空呼啸而来，从影影绰绰的群山猛然袭来，那种不祥的寒冷彻骨的大风啊，似乎把谈话的水平提升到了一种高度兴奋的层次。冬天的主要标志，死亡、孤独和刺骨的寒冷，正飘飘悠悠被大风从大山深处刮来。那些饱经风霜的老前辈们，坐在默坎泰尔百货商店里的酒桶上歇息，油腻腻的脸颊里面滚动着一小团的嚼烟，他们预言着这个冬季的第一场大暴风雪何时光临。在谢拉，第一场大暴风雪意味着兴奋，即便这是一种司空见惯的兴奋。

警长特罗·休斯顿已经在相对安定的环境中度过了山区凉爽的夏天和凉爽得有点凛冽但更加令人振奋的秋天。偶尔会有一场酒醉后的争吵扰乱这位沉默寡言、三十岁模样的警长的平和心境。那个疯狂的矿工在镇上向姑娘们开枪，但是当警长手中握着一支很沉的科尔特手枪，蓝色的眼睛里放射出责备的光芒，赫然出现在他面前的时候，他就彻底蔫了。

休斯顿在宾馆餐厅吃完晚餐后细细思量，也许，他已经老了，生活方式也固化了。三十一岁，从年龄的角度看，并不算老。但是，三十一年，见证了北方佬用刺刀和干草叉或者其他什么东西屠杀南方士兵的黑暗日子之后，却显得十分漫长。那些黑暗的日子，恰恰就埋藏在这些作为战场的草地和农场城镇周围。他意识到，战争使他的心情变得十分恶劣。

①该小标题是译者加的。

战争结束后，谢拉县似乎是一个安静而理想的定居之地。他曾在大山里工作，靠丰富的矿脉为生。另一位上了年纪的警长在平安夜死于心脏病突发之后，他在少数热心公共事务的民众的压力下，接替了警长这个职位。

那是四年前了。从那以后，他尽职尽责的程度一天不如一天，他越来越希望这个城市能保持和平安宁。自战争以来的漫长岁月里，他心中一直积存着一种对暴力的无声仇恨。也许有一天，会有一个没有记忆创伤的更加年轻的人来接替他的位子。前警长去世时，没有其他人能胜任这一职位，现在似乎也没有这样的人。所以，他就在这个岗位上被困了一段时间。

休斯顿把椅子往后推了推。他点燃了一根雪茄，经过大厅，走进隔壁的酒吧。他心满意足地看着酒吧招待用他的棍子刮掉一杯啤酒上的泡沫，然后递给他。休斯顿喝了一口。

“看样子要下大雪了。”酒吧招待和蔼可亲地说。

突然，街上枪声大作。休斯顿放下啤酒杯，转过身来，变得十分紧张。一双双眼睛都转向了他。他快步走到门口，推开门，朝街道两边扫视了一下。

三个骑马的人朝着他疾驰而来。他们身后默坎泰尔百货商店前面的台阶上，传来一声枪响。当这三个人疾驰而过时，休斯顿拔出他的手枪。三个人都穿着厚厚的外衣，帽子拉了下来，遮住自己的脸。

“嘿，那边！”其中一个人疾驶而过时大声喊道，“那是酒馆！”这个骑手的枪响了，另外两个人也跟着开了枪。休斯顿本能地躲闪了一下，片刻之后，当他听到玻璃窗被打碎时，才意识到他们瞄准的是他。他在他们后面开了一枪，但毫无用处，他们消失在了街道尽头的黑暗中……消失在了通往山中小路的黑暗中。

门在他身后啪啪地打开了。一群人蜂拥而出，嘴里兴奋地叽叽喳喳地说着什么话。“什么人？”其中一个人大声问道，“看清他们了吗，特罗？”

“没看清，”休斯顿回答道，“但是阿莫斯在默坎泰尔百货商店那边大吼小叫呢。我去看看。”他把他的手枪塞回枪套，迈步向前走去，后面跟着几个人，他们大声猜测着那些骑马人的身份。

默坎泰尔百货商店的老板阿莫斯·迪安站在商店宽阔的前门廊，手里拿着手枪。他没有穿外套，站在寒冷的夜里，居然都不在意他单薄的衬衫和绣花马甲是挡不住寒冷的。他的另一只手拎着提灯，灯光里，他的蓝眼睛闪闪发亮，显然情绪激动。

“你好，特罗，很高兴你来了。”

“他们是谁？”休斯顿注意到，默坎泰尔百货商店的前门歪了，挂在铰链上，玻璃不见了，门好像是被撞开的。

“我要是知道就好了，”阿莫斯·迪安说道，“但是他们偷走了三套衣服，还有我店里三件最好的羊皮里子大衣、几支手枪和可以装满那些枪的满满一桶子弹。这还不是全部，”他猛地往屋里看了一下，“来看看。”

休斯顿和那些好奇的看热闹的人跟着矮个子店主走进了黑暗的店里。迪安把灯举得很高，于是光亮便照在了中间过道里的一堆粗布衣服上。迪安放下手枪，拎起一条黑白条纹裤子：“好好看看这些东西，警长。”

“囚服。”休斯顿说，他的脑子里响起了警钟。

“我敢肯定，当时我如果‘惹点事’，他们一定会把我一枪崩了，”迪安摇了摇头说，“一副凶相，所有人都这样。他们都快冻僵了，只穿着这些衣服，”他的蓝眼睛眯了起来，“你要去追捕他们，对吧，警长？”

“呃，当然，我想是的。”

“如果他们不知道山那边的小道，就走不了多远，”人群中有人说，“另外，天黑了，要下雪了。”

“我去召集一队人马，”休斯顿说，“找十几个人，然后——”

“一队人马！”迪安轻蔑地说道，“等你在这儿煞费苦心地召集到足够的枪手，他们早就在回堪萨斯的半路上了。你得马上就去追捕他们，警长。见鬼，他们就是从哪个监狱逃出来的，明摆着就是这样。此外，抓他们就是你的本职工作啊。”他不满地补充了一句：“我要把那些衣服和枪支要回来。这么多商品，我损失不起。”他怒视着警长。

“我不知道，”休斯顿摇着头说，“我不想一个人上山——”

迪安噘起了嘴：“怎么回事啊，特罗？你怎么突然变得如此胆小如鼠了？”

休斯顿瞪大了眼睛：“你没资格说这个话。”

“没有？在我看来，这几个月来，你好像一直都谨小慎微，不想介入是非。你表现得好像不管哪个家伙手里拿着手枪你就害怕一样。你要是这样的警长，那你对本镇的人没有一点用处。”

他说完后，大家纷纷表示赞同。休斯顿猛地向其他人转过身，他们马上低下了头，闭上了嘴巴。

就在那一瞬间，迪安的话刺进了休斯顿的脑海。这正是他吃饭时一直在想的事情。他越来越想要安全——他自己的安全——而他的工作职责是保证镇上其他居民的安全啊，即使这意味着个人会有风险。他真是个大傻瓜，此时此刻他在心里想。他自己才刚刚意识到这一点，而他们却早就看明白了——多久了，几星期？几个月？尽管如此，这并不能淡化抢劫迪安的人是越狱逃犯的事实，他们很可能是再杀一个人也没什么损失的杀人犯。他仍然害怕，当战场上隆隆的炮声响起的时候，一种对死亡的极度恐惧，一种未知的黑色空虚感，便会出现。

“好吧，”休斯顿轻声说道，“我去追捕他们。”

他侧身挤过静悄悄的人群，走下前门的台阶。他向右拐去，很快走到了那座充当他办公室和谢拉监狱的简陋木屋前，窗户里透出黄色的灯光。他二十岁的黑发副手——平克·费希尔正在等他。平克是个笑口常开的乐天派，今晚他却锁紧了眉头。

“你好，特罗。”他说，声音很轻，立刻向监狱三个牢房中的第一个走去，“来看看我们这儿有什么。”

休斯顿跟在他后面。平克指着一个地方，一个看着还不到十五六岁的男孩子躺在牢房的床铺上，他苍白的脸对着亮光，看上去像上好的瓷器一样精致单薄。在外衣下面，他衬衫的前襟上有一摊不规则的血迹。

“死了，”平克说，“杰克·罗巴兹不到十分钟前在小路上发现他的。这是他衬衫口袋里的。”他递给休斯顿一张黄色的纸条。

纸条的一个边上有略带棕色的污渍。休斯顿认出了这是莱姆·斯沃普的笔迹，他是山下一个小镇的治安法官。纸条上写着：“三名越狱逃犯，高尔、科迪、埃尔伍德，朝你的方向去了。小心他们，特罗。它们很危险。莱姆。”

休斯顿把纸条团拢。几个月前他还张贴过有关巴特·高尔的通缉令。他因在萨克拉门托抢劫邮车和两起谋杀案被通缉。显然，监狱关不住他。休斯顿想起了通缉令素描里那张眼睛挤在一起的凶神恶煞的脸，不禁打了个寒战。

“刚才开枪的就是同一伙人，”休斯顿说，“他们抢走了默坎泰尔百货商店的一些衣服，还有一些上好的枪支。”

“我听到了枪声，但他们把这个男孩送过来也刚好是那个时候。对不起，我没能及时赶过去。”

休斯顿没有回答，在想这个男孩的事。男孩被派来警告谢拉，但遭到了伏击，也许是巴特·高尔的最后一枪击中了他。也许小男孩认出了他们，或者跟在他们后面发出了太大的声响。不管发生了什么，他最终死在了牢房的床铺上，外面的山风在为他唱着挽歌。

休斯顿把他那件厚厚的羊皮里子大衣从墙上扯下来穿上。他找遍办公桌，寻找更多的弹药，并把额外找到的弹药放进大衣口袋里。

是的，迪安说得对，他变得胆小了。他害怕，因为在那些大山里，巴特·高尔正骑着马向前飞奔，穿过那个山口，他就逃脱了。他没有其他路可以走。休斯顿知道，他得去追捕巴特·高尔。他的职责是保护谢拉的人民，而不是他自己。

害怕并没有什么不对，这个他知道，不对的地方是让害怕控制了自己。由于太过孤独，没有妻子，没有家庭，他便常常想起战争，这使他的心情变坏了。但是现在，他明白了，他必须得骑马上山，努力在巴特·高尔和其他两个杀手到达山口之前阻止他们。他不得不这样做，因为现在他明白了，一想到自己被害怕所控制，心里就有一种恶心的感觉。一个男人不能这样生活。

平克把两条胳膊伸进大衣里：“我也去，特罗。”这是一个声明，不是一个问题。他把他的手枪系在自己的腰上，贴在没有多少肉的臀部。休斯顿面对着他：“平克，让我问你一个问题。我变得胆小了吗？”

平克有好一会儿没有回答，然后说道：“哎呀，特罗，我不明白你为什么问这样的问题。”

“我变得胆小了吗，平克？”休斯顿目光凌厉。

平克转身背对着他，耸耸肩：“人们说说而已，特罗。我不太在意这种——”

“那你呢？你的感觉如何？”

平克再次转过身，眼神中流露出一丝伤感：“特罗，我不想说这事儿，但是你既然问我了，我觉得还是得对你说。你的所作所为就像你在害怕，你再也不敢采取任何行动，甚至怕到对一个醉汉都不敢粗声大气。”他低下头，看着粗糙的木地板，“对不起，特罗。”

大风在监狱的各个角落里发出疯狂的哀鸣声。“没关系，平克，”休斯顿拍了拍年轻人的肩膀，“我们出发，去把那三个家伙抓回来，也许我就不再是胆小怕事的人了。”休斯顿的话音里透出一种自怨自艾的苦涩调子。

“那是，特罗，”平克惨淡地一笑，“我们肯定能把他们抓回来。”

休斯顿猛地把门打开，狂风以新的狂暴力度抽打着他的脸。此时此刻，风势更加强劲，带来了冬天冷彻骨髓的强烈感觉。他们顶着狂风，绕过监狱，来到后面的马厩。两人借着提灯的光亮给自己的马备好鞍，谁也没有说话。两匹马吐出长长的热气，还频频地跺着脚。休斯顿熄灭提灯，跳上马背。他仔细确认了一下，枪已经被紧紧地插在了枪套里，然后用力拉了拉缰绳。两人默默地朝着通往大山的主街疾驰而去。

休斯顿估计，这伙亡命之徒可能会在月亮谷过夜，那是进了这座大山之后通向山口半路上的一座古老的鬼城。平克同意他的这个推断，他们策马疾驶，马蹄在地面上发出刺耳的声音。星光惨淡，这是他们唯一的光亮，巨大的树木在星光下被勾勒出影影绰绰的轮廓。他们踏上小径大约二十分钟了，这时有几片又大又软又湿的雪花开始飘落。休斯顿舔了一下上唇的一片雪花。

究竟怎么才能找到他们啊？他心里没底，心情忧郁。在大山的这个高处，除了贫瘠的荒野上几棵孤独的树木和坚硬的土地之外，一无所有。寒意直刺他的心窝，令他坐在马鞍上既放松了警惕，也充满了无助感。当枪响时，他的反应迟了一会儿。

他猛地一拉缰绳，把马拉下小径。前面高处，响起更多枪声，在又厚又白的雪墙后面，有模糊的橘红色火光。休斯顿跳下马，回了一枪，毫无用处。

他侧耳细听，听到前面什么地方传来低沉的说话声。该死的，他想，要再过一会儿，他们就弄死我们了，就像他们弄死那个孩子一样。他们来得太快，声音太大了。

又一声枪响传来,他听见子弹击中了他头顶上方的一棵树。接着是一片寂静,还有雪花飘落的轻柔的沙沙声。风势越来越强劲,卷着雪花飞舞,此时的雪花飘落得更快。

前头,黑暗中,马蹄声声,接着是三声快速射击。平克的马沿着小径急速向着谢拉的方向奔去,身后留下嘈杂的回响。休斯顿看到,马鞍是空的,他的胃也空了。

这伙歹徒沿着小径往更远的地方疾驶而去。休斯顿在黑暗中摸索着,直到他的双手碰到了一条胳膊,僵硬地伸展着。他转过身来,以便让自己背对着山口,然后他划了一根火柴,用僵硬的双手窝成杯状护着火苗。

平克躺在雪地上,头上的帽子也没了。他张大着嘴巴,带着一种怪诞的微笑向上凝视着,一片雪花飘进了他的嘴里。火柴烧痛了休斯顿的手指,他转过身去。

过了很长一会儿,他站起身来,再次爬上马背。他的双眼仔细观察着前面的黑暗。现在,他不得不继续往前走了,他比以往任何时候都更得继续往前走了。他用膝盖夹着他的坐骑,仇恨满腔,一种似乎要把彻骨的冰冷从他的骨头里烧出来的仇恨,他要复仇。笑口常开的平克·费希尔,直到死还一直以为休斯顿是个懦夫……

必须证明这是错的。

大约在持枪歹徒埋伏等着他们的地方,他发现了一辆翻倒的马车。他的马吓了一跳,赶紧躲开,并发出一声嘶鸣。休斯顿俯下身,擦去侧板上的雪:谢拉陆路。

休斯顿对这辆被遗弃的公共马车感到迷惑不解,然后他想起这辆马车当天清晨曾穿过谢拉,打算穿过山口,快速穿越这座大山的。休斯顿小心翼翼地催促他的坐骑再次前进。

他又骑行了大约四分之一英里的路,这时地面变得略微平缓了一点,他看到了月亮谷鬼城摇摇欲坠的房子。在阒无一人的主街的正对面,群山开始往下倾斜,斜向一个锯齿状的凹口,月亮已经从这个凹口升起。

有什么东西揪紧了休斯顿的胃。在曾经是月亮谷旅馆的窗口,一盏灯闪烁着光亮。

休斯顿扫视了一下主街,看看有没有马匹。他没有看见任何马匹。他小心翼翼地下了马,把马拴在一棵生长不良的松树下面较低的树枝上。他拔出他的手枪,先把它交到左手,活动一下他右手的手指,以消除僵硬。然后,他握着手枪,开始穿过纷纷扬扬的大雪,朝着那个旅馆走去。

他一直紧贴着街边走,走得很快。他溜进旅馆腐朽破损的墙壁旁的一条小巷,侧身悄悄地来到一扇窗户跟前。他探头朝里面看去,嘴里不禁轻轻地倒抽了一口冷气。他缩回头,又冒险看了一眼。

他认出的第一个人是个头矮小、留着灰白胡子的公共马车车夫安迪·麦克纳尔蒂。他躺在一张长沙发上,一条腿裹在粗糙的夹板里。还有另外两个人陪着他。一个是个上了年纪的男人,穿着黑色套装和绣花马甲,头上还戴了一顶高高的黑色海狸皮帽子。另外一个是个年轻女人,她有一张刻板而冷漠的脸,两片嘴唇红艳艳的。从她外在的服装判断,他觉得不难断定她的职业。

两盏灯显然是从马车上拿来的,摆在一张古色古香的桌子上,闪烁着微弱的光亮。那个年龄较长的男人醉醺醺地比划着,摇摇晃晃地站在那儿和麦克纳尔蒂说话。休斯顿寻找高尔和另外两个人,但没有看见他们。

经过一番思想斗争之后,他绕过旅馆的一个墙角,走向门口,手中的枪时刻准备着。也许他们能告诉他高尔是否骑马继续前行了。他把手放在门上,推开门,快速闪了进去。那女人倒抽了一口冷气,戴海狸皮帽子的男人转过头来,红红的眼睛一个劲儿地盯着他看。

麦克纳尔蒂费力地想站起来,然后痛得发出了呻吟:“特罗·休斯顿。你见鬼的在这儿干吗?”

休斯顿关上身后的门:“我也想问你同样的问题呢,安迪。”

麦克纳尔蒂摇了摇头:“马在上山的路上绊了一下,马车倒向了她那边,我的腿摔断了。这两位是我的乘客,莉尔·卡尼小姐和她的父亲伊莱休·卡尼先生,”麦克纳尔蒂不耐烦地瞥了卡尼先生一眼,“别管他,他已经晕头转向了。”女孩的表情没有变化,依旧生硬、痛苦,带有戒备。

“她把我背到了这里，给我的腿上了夹板，”麦克纳尔蒂解释说，“当时天已经太黑了，不能让她一个人回到谢拉去，因为马都跑掉了，卡尼先生又喝得酩酊大醉，摇摇晃晃的，站都站不住。所以我们暂时在这里待一会儿。也许卡尼先生早上会清醒过来，然后下山去弄几匹马来。也就是说，还要等雪停了。”

休斯顿瞥了一眼几个方形的黑色窗户。此刻，雪下得更大了，猛烈地击打着窗户。

“我在找三个人。”他说。

麦克纳尔蒂的神情变得狰狞：“他们在这儿，就几分钟前。”

“他们是杀手，是越狱的逃犯。他们刚刚开枪打死了平克·费希尔。”

麦克纳尔蒂骂了一声。

“他们在哪儿，安迪？他们走了吗？”

“没有，”麦克纳尔蒂生气地说，“不过，他们不想待在这里。他们到街道那边的小酒馆去了。他们也打算过夜，他们是这么说的。”

“他们把我的一瓶酒抢走了。”伊莱休·卡尼说道。

他差一点要哭出来了。

二　魔鬼穿红色衣服

休斯顿转身准备走了。如果高尔和另外两个人在小酒馆里，那么完成任务的最快方法就是步行过去，给他们一个突然袭击，在他们坐着的地方将他们击毙。他们喝了老人的那瓶烈酒，反应可能会迟钝很多。再加上突然袭击这个因素对他有利，两者相得益彰，这就足以把他恐惧的獠牙给撬掉了。但是，他刚抓住门把手，那个女人的声音让他停住了脚步。

“他是谁，麦克纳尔蒂？”莉尔·卡尼问道。休斯顿转过身来：“谢拉的警察。”

麦克纳尔蒂点点头。灯光使得女孩眼中的光焰变得越发强烈，一种近乎仇恨的敌意之光。她轻轻一脚从面前踢开了她那件猩红色长裙的下摆。然后，她把两个拳头紧贴在自己的臀部。

“先生，我可是很想去酒馆给那些人通风报信呢，说你要来了。”

伊莱休·卡尼跳了起来：“莉尔，别跟警长说这样的话。他们这些家伙抢了我剩下的唯一一瓶酒,你知道那会彻底毁了我。让他去吧。”

“让他去?”那女人轻蔑地说道,“当然——在我告诉他我对他和他那迷人的小镇的看法之后,我会让他去的。”

休斯顿长长地叹了一口气。这个女人身上透出一种野性的美,一种独特的魅力,虽然此时被一种痛苦的面具所掩盖着。休斯顿感到紧张,他想了结这项工作,但突然间,事情变得显而易见,如果他想给高尔及其同伙一个突然袭击,那么他就不能跟莉尔·卡尼作对。

“我好像跟你素昧平生,女士。”他说道。

莉尔·卡尼撇着嘴巴向前走了几步:“爸爸和我打算在谢拉下车。但是一个态度傲慢的副警长,看了我一眼,就叫我马上回到马车上去。可是,我们的票就是买到那儿的啊,况且我们也没有钱了,所以眼下,翻越大山的这笔钱,我们都是赊欠公司的。”

“我们城镇有一条法令,”休斯顿解释说,“禁止任何新的——呃——舞厅女士在那里开业。对于已经开办在那里的,我们无能为力。但是,我们可以把其他人挡在外头,防止他们来制造麻烦。如果这给你带来不便,我很抱歉。”

她哼了一声:“把我们赶出来的城镇多得数不胜数,先生。如果人们愿意给我们一个机会,我们就会向他们证明,我们不会制造任何麻烦。爸爸的游戏很公平,抽奖或‘沙蟹’。如果人们不用有色眼镜看我们,让我们留下来,我们甚至可以去干一些常规的活儿。”她指了指穿在她线条优美的身上的猩红色连衣裙,“但这些是我所拥有的全部服装啊。”

休斯顿的脑子转得飞快:“告诉你我会怎么做吧,卡尼小姐。如果我把这些人抓起来了,你可以和你父亲一起回到谢拉找份工作,也不用再多花车费了。”他向麦克纳尔蒂瞥了一眼,希望能得到他的支持。麦克纳尔蒂点点头,他得到了他的支持。

伊莱休·卡尼像跳舞一样滑稽地蹦跳了一会儿:“警长,我不会再碰一滴酒了,我保证。”他举起右手,站得笔直,眨巴着发红的眼睛。然而,休斯顿注意到,那个女人的脸上仍然带着怀疑的神情。

“很好,”他平静地说,他的呼吸在他面前像团雾在翻滚,“你恐怕也得答应我不去给高尔和他的同伙通风报信。”

女人把目光转向其他地方：“好吧，我们保证。只是你别怪我有这种感觉，那个佩戴着星章的小子，如果当时有枪，我早就把他杀了。”

休斯顿一把把门打开：“那是我的副手平克·费希尔，不到半小时前他被杀害了。”

莉尔·卡尼惊愕地张大了嘴。渐渐关上的门阻断了她与休斯顿的视线。

此时此刻，雪下得更大了，宛如一块白色的窗帘被风撕成了碎片。当休斯顿沿着通向月亮谷的主街走着的时候，恐惧袭上他的心头。巴特·高尔和他的同伙无法听到他的靴子在快速堆积的雪地上发出的嘎吱声，脚步声超不过狂风的呼啸声。

休斯顿从口袋里掏出他的羊毛手套，戴上取暖。很快，他来到小酒馆这边的巷子里。他听见左边黑乎乎的巷口有动静。他蹲下身子，绕过窗户，躲进了一间小屋，那儿有三匹马正在喘息。

休斯顿依次抚摸着每一匹马，让它们安静下来。焦躁不安的马蹄声消失了，他悄悄地溜回到窗户那儿，蹲着身子从窗台上向里窥探。

那三个人似乎个子都不高，就在这个已经被遗弃的小酒馆的另一边。休斯顿认出了巴特·高尔，他没戴帽子，嘴上挂着一丝微笑，两只挤在一起的眼睛在昏暗的灯光下像鞋扣一样闪闪发亮。吧台上还摆放着一盏从马车上拿来的提灯。提灯的旁边，休斯顿可以看到卡尼的酒瓶子，现在几乎空了。另外两个人中，有一个人的胸部十分厚实，两个肩膀十分强壮。另一个人骨瘦如柴，看上去营养不良。巴特·高尔伸手去拿酒瓶子，给自己倒了一小杯。他们的嘴都蠕动着在说话，但休斯顿能听到的只有风声。

他小心翼翼地站起身来，心怦怦地跳得很厉害。他竭力抗拒着恐惧，努力战胜恐惧，拒绝被恐惧征服。胡思乱想掠过他的脑海：“跑回到马那儿去……他们骑得太快了，我没追上他们。”绝对没有人会知道这个秘密的。

休斯顿非常缓慢地抓紧了他的手枪。仅仅又犹豫了一小会儿，他便俯身扑到窗前，一甩肩膀，猛地撞碎了玻璃。他穿越窗户扑倒在地时开了一枪。

他赶忙站起身来，举起枪对准站在吧台边惊得张大嘴巴的三个人：“别去抓枪,”休斯顿说,“谁第一个动我就打死谁。”

“你是谁?”巴特·高尔问道,根本无视休斯顿的话,把帽子戴回到了头上。

“我叫休斯顿,谢拉的警长。把你们的枪扔过来给我。”

没有一个人动。即使外面风声很响,休斯顿也能听到那个强壮如公牛的人紧张而急促的呼吸声。

“把枪扔下。”休斯顿重复了一遍。

高尔笑了。但在他的微笑背后隐藏着绝望,驱使他越狱逃跑的同样的绝望。休斯顿认为,他是那种不能忍受别人把意志强加到他身上的人。高尔的两片嘴唇抿得薄薄的,一副痛苦的样子。

“你听到他说的话了,科迪。把手枪扔下,”这句话是对那个强壮得像公牛一样的人说的,那人咕哝了一句什么话,“你也一样,埃尔伍德。”高尔对另一个人说,然后他转身将背对着休斯顿。

警长的喉咙里咆哮着什么话,他扣紧了自己的手指,接着他意识到这是一个诡计。就在他的眼睛瞟向科迪的一刹那,那个大块头抽出了他的手枪,朝旁边一挥。枪管砸着了提灯,砸得提灯旋转着掉落到了地板上。黑暗笼罩了一切。

休斯顿闪身躲到右边,离开窗户,开了一枪。一个声音在黑暗中尖叫道:“巴特,我——”接着,好像是靴子剧烈撞击到了什么东西,还有椅子翻倒的声音,以及砰的一声人的身体突然翻倒在地板上的声音。一个人喊叫着,声音尖细。休斯顿击中了埃尔伍德。

一连串的枪弹飞向休斯顿。当他朝闪烁的红光回击时,有什么东西拽了一下他的袖子。但是,两名杀手在移动。又一阵子弹击打在他刚才站立处的墙壁上。休斯顿转过身,从窗户里扑出去,他扑倒在地,听到了更多的枪声。

他落在了雪地上,打了几个滚。有一匹马受到惊吓,大声嘶鸣起来。休斯顿狠狠拍了一下马屁股,向天空开了一枪,让马儿们开始奔跑。

马从巷子里跑了出去,在人行道上转了一会儿,然后一声尖厉的口哨声让它们转向了左边。休斯顿感到极度沮丧。高尔和科迪显然已经从小酒馆的前门出来了,找到了他们的坐骑。

“行了。”高尔绕过墙角喊叫道。马向巷口疾驰。休斯顿躲躲闪闪地绕过那间小屋，沿着小巷冲到那排房子的后面，然后向左拐去。他冲进那条交叉的巷子里，就在这时，一颗子弹把他肩膀附近的木头打成了碎片。

他一边跑一边重新给手枪装子弹。漆黑的夜空，大雪纷飞，冷酷无情，如同鬼魅世界，马蹄在他身后轰隆隆地作响。一回到主街上，他就拼命地奔向旅馆，找到了门，就在高尔和科迪冲出最后一条巷子追赶他的时候，他闪进了屋里。

他飞快地来到吧台那儿，吹灭了两盏提灯。房子里一片漆黑，麦克纳尔蒂紧张的眼睛，莉尔发红的眼睛，全部都消失在了黑暗中。“卧倒！”休斯顿命令道。

屋子外面，马蹄声声，枪声阵阵。更多的窗户被打碎了，莉尔·卡尼发出一声惊叫。休斯顿站起身来，穿过房间来到一扇临街的窗户跟前，把身子紧贴在墙上，然后向外张望。骑手们绕了一圈，飞奔着回来了。

休斯顿看出了有四匹马，他们把他拴在树上的他的坐骑也弄来了。他从破碎的玻璃窗中啪啪开了两枪，但是这些无用的子弹在纷纷扬扬的大雪的干扰下根本就找不到目标。更多的枪声回应了他。房间里面，有人嘶哑地呻吟起来。

“爸爸！”

高尔和科迪撤到街道的远端，暂时没有回来。

休斯顿等了两三分钟。大雪像白色的裹尸布一样撒落在街道上。最后，他把枪放下，转向那个呻吟着的人。

他在黑暗中绊倒了两次，终于找到了一个没有窗户的小房间。他把伊莱休·卡尼抱进房间，让他坐在椅子上。然后他扶着安迪·麦克纳尔蒂一瘸一拐地走进房间，也给他找了一把椅子坐下，关上了门。遵照他的命令，莉尔·卡尼去拿了一盏提灯进来。休斯顿用他麻木的手指擦燃火柴，点亮了灯芯。一道昏暗的黄色光亮把他们的影子投射在了墙壁上。

伊莱休·卡尼瘫坐在椅子上，脸色苍白。一个红色的污迹正在他弄脏的灰色衬衣前襟上蔓延开来。他咬着下唇：“看来——看来我得结束这场游戏了，是吗？”他想笑，但只是脸部肌肉抽搐了一下。

安迪·麦克纳尔蒂打量着休斯顿的脸：“他伤得很重，特罗。”

莉尔·卡尼跪下来，扯掉老人的衬衫。看到血淋淋的伤口，她倒抽了一口冷气：“爸爸……”她将自己的头在他的胸膛上埋了一会儿。

然后，她站起身来，撩起裙子，撕下一块衬裙。她把布压在伤口上，按在那里。卡尼的两只眼睛闭上了又睁开了。莉尔将头转向休斯顿。

“你打算拿他怎么办，警长？”

“怎么办？”这个问题让休斯顿吃了一惊。他一直集中注意力在思考巴特·高尔和科迪的问题——如何杀死他们。因为他知道，把他们抓起来已经不可能了。他不会有这样的机会，不是他们死就是他死。“怎么办？”他重复了一遍，“你什么意思？”

“该死的，”她轻声说道，一只手伸出来指着她的父亲，“我不会眼睁睁看着爸爸死的，我要带他去看医生。”

休斯顿慢慢地摇了摇头：“我们不能这么做，卡尼小姐。现在不行，那些人是亡命之徒，他们一看到我们就会开枪杀了我们。而且他们把我的马也弄走了，你不能走着去谢拉，还没走到半路就会被冻死的。”

麦克纳尔蒂点点头，他那受伤的腿僵硬地伸在面前：“特罗说得对。我们没办法，只能弄个咒语什么的，兴许还能有更大的希望。”

“那你就自己干点什么呀！”莉尔·卡尼喊叫道，“摆脱他们呀！警长，如果你不像个爷们——”

休斯顿简直气炸了。他还没想好是怎么回事儿，他的手就向上一挥，准备打她。他的手在空中颤抖了一会儿，然后，他哆嗦着把手放了下来。

她摇晃着身子。他诅咒自己是个傻瓜，一个让害怕再次凌驾于他的傻瓜，一个在害怕的淫威下崩溃的傻瓜。

“对不起，女士。”他说。但这是白费力气，这个他知道。要是这该死的狂风停止咆哮就好了，要是暴风雪停下来就好了……但是，离天亮还有好几个小时呢。

莉尔·卡尼好像并不生气。她似乎主要是感到心痛，仿佛他给她的承诺中所产生的一丝丝微弱的信任之火突然熄灭了。她回头从他身边走开，向父亲俯下身去。

他摆弄着自己的帽子：“我出去，看看能不能弄匹马来。”

“小心点，特罗。”麦克纳尔蒂在休斯顿关上门的时候喃喃地说道。休斯顿飞快地穿过昏暗的大堂。老实说,他不知道该向何处求助,所有不利于他的因素都在以令人惊讶的速度聚集。

他溜到前门旁边。风呼啸着穿过被子弹打碎的玻璃窗,裹挟着一阵阵的雪花飞舞。休斯顿慢慢地掏出手枪,然后冒险看了一眼。

他没有看到那两个人或那些马的影子。街上万籁俱寂,白雪皑皑。他小心翼翼地把门拉开,走了出去。街道正对面的那栋大楼里发出一束橘红色的闪光。

子弹击中了他头顶上方的墙壁,他赶紧伏倒在人行道上。他躺在那里,脸颊紧贴着雪地。他用一只脚在身后摸索,直到他用脚趾勾住门框。他吃力地开始在人行道上向后蠕动。

他蠕动着身子爬了进去,现在只剩下两个肩膀和一个脑袋在外头了。他在身子下面交叉了双腿,接着站起身来,开了一枪。街道对面有玻璃被打碎了。回击的子弹在他周围呼啸而过。他向后缩回身子,胸腔里的气呼哧呼哧地直往外冒。

“警长!”巴特·高尔的声音——透出的不完全是仇恨,充满了一个人为了活命而战斗的顽强不屈,“警长,听到我的话了吗?”

“听到了,”休斯顿喊道,“你想要什么?”

“我想要把你弄死了才离开这里,警长。你不可能长久待在那里。你会疲劳,你会在冰冷刺骨中睡去。科迪已经抄后路了,所以别想从那儿逃出去。”最后一句话被高尔的又一枪射击给裹住了。休斯顿犹豫了一下,接着从门口缩了回来。

他回到那间没有窗户的房间里。安迪·麦克纳尔蒂在他走进去时,急切地抬头看了一眼:“运气好吗?”

休斯顿摇了摇头:“我们被堵住了。科迪在后面把我们封住了——高尔就在街对面。”

“那就没有出路了,是吧?”麦克纳尔蒂郁闷地说。

莉尔·卡尼怒视着休斯顿。她父亲的眼睛又闭上了。他的呼吸变得很浅,衣服上的红色污迹越来越大。“我们再这样长时间待下去他会死的,警长。我不想让他死,你必须得做点什么——”

"我会尽我所能!"休斯顿突然大吼道,"别烦我,让我想想办法。"他猛地拉下帽子遮住眼睛,离开了房间。

他冥思苦想着。高尔成心让他们饿死,等他们饿昏过去之后,等他们濒死前恍恍惚惚的时候,就可以给他们一人一颗子弹,根本就不费吹灰之力……

休斯顿蹲在一扇面向街道的窗户后面,思索着。肯定在某个地方有一把钥匙,一个可行的办法……

突然他有了一个想法。不太肯定,但除此之外,他也没有其他什么办法。

"高尔!"他大叫道,"巴特·高尔!"

"在。"

"有件事情你应该知道。"

"什么事?"

"谢拉正在召集一群武装人员,我先来了。他们在天亮前就会到达这儿。我们可以坚持到那个时候,等他们一来,你们就完蛋了。"

片刻的沉默,其间不时被山上刮来的狂风的呼啸声打断。"你撒谎,"高尔回应道,他的声音有点失真,"哪有什么该死的武装人员——你在撒谎!"

"等着瞧。"

高尔大喊大叫,也不知道在喊叫什么,他怒不可遏,向旅馆连开了三枪。

休斯顿趴在地板上,露出一丝笑容。枪声消失了。休斯顿蹲坐在地上,真想把口袋里的雪茄拿出来点燃。

他目不转睛地注视着街道。得给高尔足够的时间,一个小时,也许两个小时,他可能会惊慌失措而逃跑,他不敢等着面对一大群武装人员。这是虚张声势的唬人把戏,这个疯狂的把戏也许会起作用——

休斯顿没有听到他身后的脚步声,等他听到,为时已晚。他感觉自己的手枪离开了枪套,接着枪口狠狠地戳着他的后背。"站着别动,"莉尔·卡尼轻声说道,"站着别动,要不然我打死你,警长。"

休斯顿完全陷入了绝望之中。他不知道会这样,甚至连想都没有想过。他是个蠢货。

莉尔·卡尼猛地打开前门:"高尔!我用枪指着警长了。"

“你是谁?”高尔在暴风雪的尖厉呼啸声中回应道。

“我是莉尔·卡尼。我父亲中枪了,我需要一匹马,我要带他去谢拉看医生。我用休斯顿换你一匹马。”

“我怎么知道这不是诡计呢?”

枪口更深地戳进休斯顿的背部。“告诉他。”

“她确实拿住我了。”休斯顿大声说道。他希望,高尔天生的疑心会阻止他考虑这笔交易。但随后,他想起了自己刚才说过的话。一群武装人员已经在来的路上了。高尔将权衡休斯顿的唬人把戏和莉尔·卡尼的唬人把戏。

“高尔!”那女人再次大叫道,“你要是过来,把你的马牵过来,你可以在我到达谢拉之前逃之夭夭。”休斯顿不得不承认,这姑娘很狡猾。

“高尔!”她再次喊叫道。狂风在呼啸。

“我来了。”传来回答声。

三 考验

休斯顿在旅馆门口站了好几分钟,他自己的手枪仍然紧紧地顶着他的脊梁骨。他看到街道上有一阵骚动:巴特·高尔从街对面的商店里溜了出来,鬼鬼祟祟地穿过大雪,朝小酒馆走去。高尔回来时,牵着一匹马。

他在街道中央停了下来。“我只能到这里了,”他大声说道,“把休斯顿弄出来。”

休斯顿的胃揪得紧紧的。他内心倒是平静了下来,如此心境实在令人惊讶万分,他估计死亡就近在咫尺……

女人的话打断了他忧郁的思绪:“看,警长,”她似乎在道歉,“我不能假装对此感觉很好,但是——”

“解释有什么用,”休斯顿打断她,“高尔在等着呢。”

“你得让我把话先说完。爸爸快要死了。我不能眼睁睁看着他死去,我不能——”她停了下来。从她那哽咽的话语中可以明显听出,某种罪恶感开始冲击现实的坚硬外壳。她还没来得及再次说话,休斯顿就一个转身去抓他的手枪。

莉尔·卡尼喘着粗气,拼死挣扎。休斯顿还没来得及把手枪从她手里夺过来，巴特·高尔就冲过了门廊。他的两只手抓住休斯顿的衣领，想把他转过来。休斯顿狠狠一掌，把手枪从女人手中抢了过来。休斯顿知道，仅仅是黑暗和随之产生的混乱才使他躲过了一颗子弹……

他猛地向身后甩出双臂，巴特·高尔骂了一声。休斯顿挣脱开来，向手枪掉落的地方猛扑过去。手枪刚掉落到地板上，他就一把抓住了它，朝天花板打了一枪，他不能冒险把那个女人给打死了。这一枪让高尔躲闪着逃了出去。

休斯顿急忙爬起身来。他踢开了挡路的一张桌子和几把椅子，在后门的黑暗中停住脚步。夜里的风刺痛了他的肉体，但他必须离开旅馆，到外面去……

他猛地把门打开，科迪立即开枪，子弹打得门框上的木屑乱飞。说时迟，那时快，休斯顿拉起一扇窗户，跳了出去。科迪的步枪再次响了。休斯顿跳落到雪地上，趴在那儿，眯眼看着那排房子后面的灌木丛。他等待着。

其中一棵很大的松树后面，一个身影踌躇不定地走上前来。休斯顿举起枪，仔细瞄准，扣下了扳机。

枪在他手里往上蹦了起来，喷出红色的火焰。休斯顿的呼吸变得更加困难。科迪被打趴在了地上，一动不动。

休斯顿挣扎着爬起身来，开始向前冲去。突然，他的肩膀好像被什么东西重重地击打了一下，接着感觉热乎乎的，并把他往前推去。他跌倒时连忙一个转身，举起手枪，扣下扳机。

休斯顿第二次站起身来。他跌跌撞撞地朝那排房子跑去，他明白，巴特·高尔正迅速向他逼近。休斯顿弯下腰，在雪地里摸索着，他的手摸到了一小块石头。他用尽全身的力气朝高尔的影子掷去。

高尔一声大叫，踉跄了一下，然后跪倒在地。休斯顿头也不回地一头扎进了一条小巷。

他跑啊，跑啊，再次跑到了主街上，朝着小酒馆的方向跑去。他的一条手臂一阵阵抽痛，有潮湿的感觉。呼啸的狂风掩盖了他的脚步声，他头晕目眩，打了一个趔趄，差点摔倒。飞雪在他周围旋转，狂风从悬崖峭壁上发出哀号般的尖锐呼啸声。逃走，逃走，他内心有个声音在叫。

他模模糊糊地意识到那些房子不见了，他跑进了黑色高塔一样的松树林里。

他竭力控制住那种极度的恐惧,他的头脑开始运转得平稳了一些,他依旧跟极度的恐惧进行着殊死搏斗。他踉踉跄跄地在松枝下行走,随后靠在树干上,把脸贴在粗糙的树皮上,贪婪地大口大口呼吸着夜晚的空气。他感到舌头上有雪花的冰凉。

他感到没有力气,便闭了一会儿眼睛。他生活在什么样的噩梦中啊?就在几个小时之前——事实上就是今晚——他还平静地吃过一顿饭。然后,这个世界就突然被撕裂了,变成了一场噩梦——大雪纷飞,枪口喷火,杀手的身影在黑暗中穿梭。

他感觉自己的左臂黏糊糊、湿漉漉的。他在流血,没错。伊莱休·卡尼奄奄一息,安迪·麦克纳尔蒂的腿摔断了,莉尔·卡尼突然袭击了他。巴特·高尔还完好无损地活着,而且固执地非要射杀他不可。他有一种疯狂的冲动,想再次飞奔,一直跑进大山里面,直到被冻死在雪地里,到那时,所有的恐惧和怯懦都将被治愈百病的死亡的虚无抹去……

他再一次战胜了恐惧。他深感内疚地意识到,几分钟前他从高尔那儿逃离只是恐惧主宰他生活的又一个例子。然而,他告诉自己,如果他不逃跑,就会死。重要的是——他现在怎么办?

他确定无疑地明白,他将不得不回去面对高尔。他们两人必须得死一个,否则谁都不得安宁——休斯顿需要证明自己抵抗恐惧的能力,高尔需要下决心铲除任何阻碍他踏上自由之路的人。他确信,关于武装人员的恫吓已经失败了。高尔不会放弃,他非得让休斯顿死了才会罢休。所以,尽管休斯顿很害怕,他还是不得不回到月亮谷的主街去,在高尔把他弄死之前把高尔弄死。

他的牙齿开始咯咯打战,这让他想起他在与莉尔·卡尼和高尔的搏斗中弄丢了大衣,他的子弹就藏在那件大衣的口袋里啊。他沮丧地把手枪从腰带上扯下来,旋转了一下弹膛,扳起扳机,然后又放下。他把手枪插回原处,拖着沉重的脚步开始朝主街走去。

他在那些房子后面绕了一圈,弯腰躲在阴影里观察,直到确定高尔没有在科迪的尸体附近转悠。他跑上前去,跪在地上,搜遍尸体。他找不到科迪的手枪和步枪，一定是高尔拿走了。

休斯顿走到旅馆后面，悄悄地进去。一道亮光透了出来。当他把耳朵贴在门板上去听的时候，他的胳膊情不自禁地抽搐起来。他惊讶地听到了莉尔·卡尼的声音，只听得她低声说道："爸爸，你能听到我说话吗？"他无法让自己去恨这个女人。处在她的境地，他或许也会做她所做的事。

他深深地吸了一口气。高尔有可能在里面。

唉，不管结果如何，现在是面对他的时候了。为了平克·费希尔……年轻的副警长至死还以为休斯顿是个懦夫。休斯顿把手放在门把手上，拉开了门。

莉尔·卡尼回过头来，吓了一大跳。休斯顿关上门，确定高尔并不在房间里。伊莱休·卡尼的眼睛仍然闭着，但他的胸部在不规则地微微起伏，他还活着。莉尔·卡尼的脸红了，她把目光转向了别处，休斯顿站在那里拍打着自己身体的两侧以恢复血液循环。

"哎呀，天哪，"麦克纳尔蒂小声说道，"我还以为你死定了，特罗，他们在外面好一阵开火啊。"

"我差一点就死了，"休斯顿看着莉尔·卡尼，把枪扔到桌子上，"这是空的。我没办法和高尔战斗，除非我的大衣就在外头。"

莉尔·卡尼摇了摇头："大衣高尔搜过了，拿走了，连同口袋里的所有子弹。"

休斯顿揉了揉自己的眼睛。天哪，他累坏了。他指着脸色苍白的伊莱休·卡尼："他怎么样？"

"好歹活着，"她回答道，"但是没有医生，他活不了几个小时。"她猛地吸了一口气："你为什么一直这样看着我，警长？"

"我一直不明白你为什么不早点走呢，这是交易的组成部分啊。"

"你一逃走，高尔就不认账了。"

"他在哪里？"

她抬起一只手，指着主街的大致方向。"就在我偷袭你之前他待的地方。在旅馆对面的商店里，"她叹了口气，"说实话，警长，我太累了，我现在就可以睡着再也不醒来。那个等在外面的杀手——"她哆嗦起来。

"你说话的口气稍稍有点变化，是吧？"休斯顿看到这带刺的话使她脸上有反应，她咬了一下自己的下唇。

“是的。你离开后，他——他就像个疯子。他打我，嘴里骂着什么，还挥舞着枪，威胁要杀了我们三个人。他害怕有一群武装人员要来，但他又不想让你活着，”她强忍着不让自己哭泣，“我告诉你，他已经疯了。”

休斯顿若有所思地点了点头作为回答。“我想再试一次，”他看着桌子上的手枪，“可惜我没有什么东西能用来对付他……”

他沮丧地看着自己的赤手空拳。莉尔·卡尼一直在盯着休斯顿血淋淋的衬衫，她向前走了一步，小心翼翼地抚摸着它。

“是高尔吗？”

他点点头。她似乎一度陷入了沉思，然后她转过身，撩起裙子，抬起一只穿着沾满泥巴的红色轻便舞鞋的脚，放在一把椅子上。一把小刀闪着寒光被拔了出来。她愁苦地一笑，把它递给了休斯顿。

“这是我从业的纪念品。我想过，如果爸爸死了，高尔抓到了我，我就用它给自己一个了断。但你要是有了它，也许会有帮助。”

休斯顿握了一会儿她的手。他们的目光相遇了，他觉得自己突然对她有了了解：她苦涩的生活，她保护父亲的愿望，她迅速而极度痛苦的悔悟。他对她微笑，她也对他回以微笑。

休斯顿随后离开了房间。他从旅馆后面绕了一圈，穿过主街，主街在那儿慢慢变成了一条从大山通往谢拉的石头小道。那把刀在他握紧的拳头里感觉很轻，但让他有了底气。他确信，高尔无法在如此纷纷扬扬的大雪中看到他。

大树在风中摇曳，呜呜作响。休斯顿咬紧牙关，不让牙齿打战。他沿着高尔可能藏身的那座房子的墙根悄悄向前摸去，绕过墙角，来到后门。他再次深深地吸了一口气，肚子里像结了冰，一股更致命的寒意浸透了他的全身。然而，握着刀的手似乎是温暖的。

门是向里开的。休斯顿小心翼翼地慢慢将把手往左边拧，但仍然把门关着。他蹲下身子，向前一跳，紧接着跳到一边，松开了手。

随着一声空洞的巨响，狂风冲开了门，冲进了房间。休斯顿仍然蹲伏着身子，扑进房间，趴在地上。他看见，一扇暗淡的长方形窗户上，映出一个模糊的人影。

“谁?”高尔的声音……这次明显不同,听起来有点害怕。

休斯顿跪起身子,他用那只空着的手向前摸索,碰到了一把椅子。高尔的枪响了,休斯顿再次扑到外面,耳朵被一连串枪声震得快聋了。

所有的子弹都没有命中,高尔在向一个他以为是站着的人开枪。终于,休斯顿听到了他等待已久的声音……击铁下落在空弹膛上的咔嗒声。他跳起身来,向前冲去。

在窗户的映衬下,他可以非常清楚地看到高尔。只见杀手的手臂向后一挥,把手枪狠狠地掷向休斯顿的头。休斯顿闪身躲开。接着,他扔下了手中的刀,刀啪嗒一声被扔在了地板上。

他也许疯了,他心想。因为大雪而疯了,因为狂风而疯了,因为死亡而疯了。但是,他就是想徒手了结巴特·高尔……为的就是消除平克·费希尔的误解。

高尔抓起一把椅子,举起来砸休斯顿的头。休斯顿闪身躲过,飞速地向前挥出右拳,打在高尔的肚子上。高尔发出很大的一声惨叫。他的双手张开了,椅子掉落到了地上。椅子一条腿的末端击中了一扇窗户,把窗户给砸碎了。玻璃碎片在地板上叮当作响,还有的碎片则留在了窗框中。狂风裹挟着雪花刮进门里。风舞雪花,绕着两个面对面的男人旋转。

他们近身搏斗,凶残地砍击对方。休斯顿尽量用左臂挡住高尔的拳头,每次击打在伤口附近时,他都会疼得龇牙咧嘴,接着便会感到阵阵新的剧痛。他用右手猛击对方。高尔很快意识到发生了什么,便迅速转过身去,在靠近窗户的地方把自己的一只手举到脸的前面。

“该死的,休斯顿。我手上沾了血,是你的血!”他轻轻地笑了。

休斯顿用右手狠狠地往下砸去,但是高尔跳跃着躲开了,接着有残忍的雨点般的击打落在了休斯顿身上,落在那条受伤的胳膊上。休斯顿咬紧牙关忍着疼痛。高尔的一只脚猛地往前一踢,踢中了休斯顿的两只脚,踢得他失去了平衡,他连忙用空着的手抓住高尔。高尔本能地往回一缩,又把休斯顿拉了起来。这次,是高尔蹒跚起来。休斯顿对他下颚的拼死一击令天平发生了倾斜。高尔嘴里骂着脏话倒了下去,他的后脑勺撞在窗框上,发出一声尖叫。几乎是在刹那间,他全身一挺,然后整个身子瘫软了下来。

一根匕首一样的狭窄玻璃条从高尔的脖子底部戳了出来。休斯顿在黑暗中转身走开，恶心得想吐。

他在一把椅子上坐了几分钟，让自己的力气慢慢恢复过来，等积聚了足够的能量之后，他便再次行动。他走出前门，来到外面，穿过街道，走进旅馆。他拉开门，虚弱地靠在门框上。莉尔·卡尼和安迪·麦克纳尔蒂望着他，表情十分紧张，四只眼睛里齐刷刷地映射出马车提灯一丝丝黄色的亮光。

“高尔死了。”

莉尔·卡尼哭了起来，她的脸放松下来，不再像原先那样僵硬。但是，休斯顿明白，他们的问题还远远没有解决。他转向麦克纳尔蒂：“安迪，我想尽力把卡尼先生弄回到谢拉去。你的腿能骑马吗？”

“见鬼——”麦克纳尔蒂咕哝着，试图站起来，“我当然可以，特罗。你就瞧我——啊。”他站不起来。

休斯顿咬着嘴唇，他是完全指望不上安迪·麦克纳尔蒂的帮助了。

他回到主街对面。高尔的尸体恶臭难闻，休斯顿屏住呼吸，把厚重的大衣从那个男人的身上剥下来。他慢慢地穿上外衣，一面护着他血淋淋的胳膊。大衣挡住了寒风，不过休斯顿觉得他已经冻得太僵了，需要一生一世才能暖过来了。

他花了将近二十分钟才找到那四匹马，他牵着它们回到旅馆，把它们拴在架子上，揉着它们的脖子让它们暖和一点。

然后，他开始为他这群奇特的旅客安排交通工具。他几乎是在机械性地工作。他给莉尔·卡尼裹上一条毛毯，帮她爬上一匹马。他对伊莱休·卡尼如法炮制，让他骑上另一匹马，然后把安迪·麦克纳尔蒂抱起来安顿到他的后面，以免这个受枪伤的人掉下马去。麦克纳尔蒂痛得嘴巴紧紧抿成了一条线。

第三匹马是最大最强壮的，他把高尔和科迪这两具僵硬的尸体绑在马上面，他留下了埃尔伍德。他骑上第四匹马，然后转身对着这支小小的马队。

“祈祷我们能顺利下山去。”

他们顶着暴风雪出发了。

四匹马沿着危险的雪地小径艰难前行，时间似乎凝固了一般。每隔一段时间，休斯顿就会发现自己在马鞍上打瞌睡，他赶紧摇醒自己。他的伤口使他的感觉变得迟钝。但是，他的工作就是带领他们下山啊。

过了一会儿，雪下得小了一点。然后，东方的天空似乎亮了起来，变成了青灰色。噩梦般的旅程在黎明时分结束了，他们从最后一片树林里走了出来，看到了不远处的谢拉，这个半隐半掩在缥缈飞舞的薄纱般的雪花后面还在睡梦中的谢拉。

休斯顿转过身去对莉尔·卡尼说话，但她的眼睛闭着。她手抓马鞍，睡着了，或者说快要睡着了。

休斯顿赶紧骑到她身边，碰了碰她的胳膊。她的眼睛猛地睁开了，茫然地看了他一会儿。

“我们快要进城了。”他说道。又过了一会儿，她的眼睛才有了神气，她点点头。

休斯顿领着他们穿过空荡荡的主街，来到埃里克森太太的寄宿公寓。他给他们安排了房间，然后去找普费弗医生。医生抱怨这么早就被叫醒，但他还是来了。在迅速而彻底地对伊莱休·卡尼做了检查之后，他站起来擦了擦眼镜。

“嗯，我们会把那个洞补上的，吃点东西，多盖几床暖和的毯子，多休息一段时间，他就会康复如初的。现在我们来处理一下你的手臂。”

不一会儿，休斯顿走了出去，莉尔·卡尼追了出来。

“警长。”

他转过身来：“什么事？”

“你说过让我和爸爸留在这里，这话算数吗？”

休斯顿点点头。她疲惫地笑了。

“你是一个好人。”

他们的目光锁定了片刻，休斯顿没法恨她。远非如此，雪花拂去了她脸颊上残留的一些舞厅里的脂粉，留下了焕然一新的容光。他清晰地看到了他以前只是隐隐约约感觉到的美。

“过一两天我会来拜访你们，女士，看看你和你父亲情况怎么样。”

她紧紧握着他的手,比必要的时间长了一点:“一定要来,警长。请你来。”他喜欢她的直率,喜欢她眼中的诚实。作为一个年轻女人,她鲁莽了一点,但她有一股强烈的勇气,他感觉自己被她吸引住了。

是的,他一定会再来拜访的。

小城开始活动起来。风还在刮来刺骨的寒冷,但只有几片零零碎碎的雪花在闪闪发光的空中飞舞。街道的雪已经堆得很高了。

休斯顿在空空荡荡的餐厅吃了一顿丰盛的早餐,最后还喝了几杯滚烫的咖啡。他那缠着绷带的胳膊感觉好多了,痛是仍然痛的,但会愈合康复。他所需要的一切跟伊莱休·卡尼最需要的一样:休息。

但是,他还有一笔账要算,跟这个小镇。

到了八点钟,商店开门了,休斯顿骑上马。两具尸体搁在他牵着的马上,他沿着主街的中央驶去。那些认识他的人都纷纷叫他,但他不予理睬。他在默坎泰尔百货商店前面勒住马:“阿莫斯!”他大声喊道,“阿莫斯,出来。”

过了一会儿,阿莫斯·迪安出来了。休斯顿拔出手枪,指着这个商人的胸膛。他用另一只手把一具尸体从第二匹马身上翻了下来。

“这是科迪。”

他把第二具尸体也翻了下来。

“这是巴特·高尔。我把第三具尸体留在了月亮谷。”

迪安望着手枪,两眼睁得溜圆。

“你还认为我是胆小鬼吗,阿莫斯?”

迪安结结巴巴地说出话来:“不,特罗,当然不……”

休斯顿的嘴巴抿成了一条缝:“好。只是得记住了,我还是这里的警长。”

迪安的周围突然出现了一群目瞪口呆的人。休斯顿扫视了一眼这些人,深深地吸了一口气。他赢得了他的第二场战役,与这个城镇的战役。他把手枪插回到枪套里,掉转马头,慢慢地牵着另一匹马回到了主街上。

小菲尔和欢乐之女

“哇，这是新的。”罗尔夫·格林卡斯尔说道。他的话音里情不自禁地有一种惊恐。

“是的，是新的。”吉米说。她拿一块旧布轻轻地擦拭着这支从写字台的抽屉里拿出来的手枪。这是一支老式手枪。罗尔夫一直认为这是淘金热时代常用的枪，因为他那个健谈的叔叔华莱士—— 一个失败的淘金者，那时候经常提到，矿区的淘金者有很多人都带这种手枪。这是一件老式的武器，但却是一件可以杀人的凶器。

春天的阳光穿越花边窗帘，在这个金属玩意儿上照射出一个火焰般的白色光点。吉米把枪管擦了又擦，尽管它已经一尘不染。阳光栖息在她弯曲的手腕上，也照亮了那上面的几个白色的伤疤。罗尔夫默不作声，看到这支枪出乎他的意料，他有点心烦意乱，眼睛都瞪得溜圆。

他考虑着要是说出另一句话会不会带来尴尬。她的回答把本可以轻松自在交谈下去的大门给关上了。在用手指梳理了几分钟自己的齐肩长发之后，他断定，对他来说，这件事情已经重要到必须全力以赴向前冲了。

“这是什么？”

吉米瞪大眼睛望着他，这使他想起小时候在俄亥俄州骑过的那匹漂亮的灰马。吉米的眼睛很漂亮，特别吸引人。除此之外，她就是一个其貌不扬的年轻女人。她的脸上已经布满皱纹，这是由于堪萨斯州的恶劣天气，无疑也是拜她的职业所赐，她的职业需要她与各种各样粗野的人打交道，从顾客到皮条客（她目前没有皮条客）。他认识她一年多了，在这一年多的时间里，他了解到她有暴力行为的历史，有时甚至是针对她自己的。

“哎呀，这是地地道道的亨利·德林杰[1]手枪呢。上星期六我在道奇城买的。”

“我是说，这是做什么用的，吉米？有人打扰你或者威胁你了吗？”

“哎呀，不是的，下个月菲尔·谢里丹将军来塞要视察，我要用它杀了他。”

罗尔夫·格林卡斯尔差点从椅子上摔下来。罗尔夫认为，一个骑兵侦察员必须表现出一种特殊的气场——一种强大得让人敬畏、足以令那些军官们以为他干什么事情都胸有成竹的气场，即便有些事情他自己心中也根本没有谱。

“你说什么？”

“你听清我的话了。”吉米说道。她目不转睛地看着他，这是一种令人不安的习惯。

“对我或任何人承认这种事情都该死的很奇怪，杰迈玛·泰勒。”

“我希望你不要用这个名字。我爸爸给我取的这个名字，这是他做的唯一让我讨厌的事情。”

“我们还是再说说有关小菲尔·谢里丹的事儿吧。我相信你说了你要杀死他。”

“我说了，”吉米看到他还想要进一步的解释，她耸耸肩膀，“一朝弗吉尼亚人，终身弗吉尼亚人。”

“这话什么意思？”

“1864年9月，那只满嘴脏话的北方公鸡和他那群骑着马、杀人不眨眼的店老板和工厂工人，把我父亲在谢南多厄县的农场给彻底毁了。”

“你从来没有对我说过这事儿。”

“没有机会啊。”她回答道，又耸了一下肩膀。她变得更加优雅了一些。

“吉米，说吧。剩下还有什么？”

“很简单。谢里丹这群畜生把朱巴尔·厄尔利[2]将军赶出了费希尔山，把他赶到了马萨努顿山区，他在那里东躲西藏，恢复元气。之后，北方佬就沿着河谷收

---

①亨利·德林杰（1786—1868），美国枪械师。

②即朱巴尔·安德森·厄尔利（1816—1894），美国内战时南部邦联军队将领，曾指挥驻守谢南多厄河谷的南军，大败联邦军队，后来被联邦军彻底击溃，遂被解职。

费公路向南来了，我爸爸的农场就坐落在那儿。他们在追捕那些掉队的士兵，但他们捣毁了所有属于当地人的东西。他们践踏我们的蔬菜，烧毁果树……”她闭了一下眼睛，声音变得平静了很多，“然后，菲尔·谢里丹带着很多军官来了。我爸爸气疯了，情绪失控，朝谢里丹开了一枪。谢里丹的人把他摔倒在地，然后把他抓走，打他。然后他们把他送到密歇根州的底特律去坐牢，好像他是敌人的士兵一样。他六十二岁了呀！这样一来，他们毁了他的健康，使他患上了抑郁症。他的抑郁症再也没有好，他们把他压榨得一无所有。他们把他放出来两年后，他就死了。”

“你看到你爸朝谢里丹开了一枪？”

她的目光转向被风吹动的窗帘花边。大草原上的某处响起了号角声。她那座小屋外面整齐地围着栅栏，前主人卖掉小屋之后，它有了一个名字——“奥弗顿”。此时栅栏外面，有一队闪耀着棕色光亮的黑人骑兵正慢慢地骑着马经过。

“没有，我从没见过这个小恶魔。我当时和谢里丹的几个手下在熏制室里，他们撕破了我的衣服，然后——肆意妄为。”

罗尔夫·格林卡斯尔吹了一声口哨。蓦然间，他在春天感到了一阵寒意。和往常一样，他每周来拜访吉米一次，和吉米相处得十分融洽，但这个新变化令人不安，让人毛骨悚然。罗尔夫·格林卡斯尔伸手去拿他的衬衫。他把衬衫穿上，将它抚平，然后把手伸到下面，将他从来没有拿下来过的大熊爪项链解下来。罗尔夫·格林卡斯尔是一个又高又瘦的年轻人，身上有八处刀伤和枪伤。

“你绝对肯定那是小菲尔？”

“是的，是他。人们后来描述了他的长相。黑马……他永远戴着的滑稽的黑色帽子。是他，我要杀了他。”

“吉米，我觉得我还是不太明白。你没发现你所说的挺——嗯——邪门儿吗？你绝对不能对别人说你要去谋杀一个人啊！”

她没有说一句话，显而易见，她不同意他的说法。

“你干吗要这么做，吉米？”

她抿紧嘴唇，好一会儿不说话。接着，有点突然迸发的架势：“因为你是我的朋友，你不仅仅是个顾客。等我杀了谢里丹将军之后，他们会把我关起来——很可能会绞死我。我需要有个朋友把一些事情办好：把这座房子卖了，把钱送给我在弗兰特罗亚尔的姐妹们。”

“嗯，我感谢你的信任，”罗尔夫算是答应了，他被她出乎意料的话打动了，“但我更想做的是说服你不要这么做。”

“你说服不了的。谢里丹和他的恶棍们蹂躏洗劫了整个谢南多厄，他们把我爸爸扔进了北方佬的监狱，毁了他的健康。一个弗吉尼亚人永远不会忘记这些。”

“我想我应该提醒你，战争已经结束三年了。”

“我的战争没有结束，格林卡斯尔先生。我的战争该死的远没有结束，还有一场战斗要打。”

她啪的一声摔了那块布，然后她把布包在德林杰手枪上。

他试图用轻蔑的口吻动摇她的决心：“如果你想杀谢里丹，那你买错枪了。那个小玩意儿只能让你开一次火。”

她拉开抽屉：“所以我买了两支。”抽屉咔嗒一声关上了，她将两支德林杰手枪藏在了里面。

她站起身来，抚平她那条旧的黑色裙子。罗尔夫·格林卡斯尔瞬间闪过一个念头，他但愿自己仍然是一个顾客，而不是一个朋友，这样就不必让自己为吉米的疯狂决定担惊受怕。他知道这个决定并非一时之气，她是一个意志坚定的人。

“失陪了，罗尔夫。皮布尔斯中尉随时会到。”

“好吧，但我希望你慎重考虑一下，”走到门口，他又转过身来，用恳求的目光望着她，“求你。”

她轻轻地摇了摇头：“一朝弗吉尼亚人，终身弗吉尼亚人。”

罗尔夫·格林卡斯尔戴上他那顶装饰着一颗星和红色带子的奶油色帽子，然后离开了。菲尔·谢里丹将军视察他所管辖的阿肯色河沿岸的要塞是例行公事，如果他真的来道奇堡，那他必死无疑，除非这位侦察员做点什么。但是做什么呢？

罗尔夫穿着内衣内裤躺在床上，在看一份《警察公报》。命运有许多不可思议的转折，但这个不可思议的转折似乎是专门给一个人带来烦恼的。他把这张破报纸带进了他每半个月去修剪他那浓密的头发和八字胡的道奇城的那家理发店。谁应该以焦点人物的姿态出现在头版呢？不是别人，正是吉米宣称的那个牺牲品。

那是他造访“奥弗顿”的四天之后。这座寓所是吉米的丈夫尼姆罗德·泰勒买下的，在那里居住了大约三年，他突然就消失了。吉米有一次带着一种心有不甘的悲伤神情解释说，尼姆罗德在他们结婚那天曾警告过她，他是个不安分的人。他的确与众不同，因为那天吉米的左眼周围有一大块发黄的淤青。她拒绝谈论这件事情。尼姆罗德·泰勒离开之后，就再也没有回来。无论如何，吉米得到了这座房子。

床上，菲尔·谢里丹少将从版画里盯着罗尔夫，仿佛对这位侦察员十分生气似的。这个人的脾气暴戾是出了名的，而且他说的每句话几乎都掺杂着某种粗俗的东西，有的信手拈来，有的随口胡编。在罗尔夫看来，这位密苏里军区的新司令官看上去就像一个来自纽约市的爱尔兰酒保(罗尔夫从未见过酒保这种类型的人，但他富有想象力)。菲尔·谢里丹有着凶狠的黑色眼睛，体格矮胖如牛，前额的中央耷拉着一绺看上去不知怎么的总有点邪恶的肮脏头发，那样子就像个冷酷无情的混蛋。罗尔夫·格林卡斯尔还看见过将军的其他几张照片，没有一张的神态比这张更友善。

他将报纸扔到一边：“绝对不能让她干这事儿。”

然后，他仔细想了想他对吉米的了解。

假定她真的成功谋杀菲尔·谢里丹，她会因此而失去很多东西吗？不会。直到现在，杰迈玛·斯特迪文特·泰勒夫人显然过着一种相当不幸的生活。她从父亲那儿继承了同样阴郁的性情——抑郁症，她说正是这种抑郁症对她父亲的死亡起到了推波助澜的作用。要塞的军官们告诉过罗尔夫，说她丈夫离开后，她至少有两次企图自杀。她左手腕上的伤疤就是证据。心情好的时候，她像阳光一样灿烂，但心情不好的时候，那就很难说了，不知道有多少恶毒、痛苦的思绪在她的灵魂深处翻腾。

他们说，在道奇城，有一次她抓起一把菜刀，把一个马车夫砍了个半死。那人付钱吝啬，要求却极高，而且在她拒绝之后开始打骂她。按照这个故事的说法，那个马车夫不太招人待见，他死了，吉米在监狱里待了一个晚上就被放了出来。此后人们就再也没有说什么。

他的脑子里浮现出一个场景：一把寒光闪闪的刀悄无声息地刺进一个毛茸茸的背部，随即血流如注。一想到这儿，罗尔夫不禁在床上捂住了眼睛。

“她会这样做的。”

他坐立不安了半个小时，试图想出什么办法来阻止这次暗杀。他不是一个聪明的人，他知道这一点，所以他对自己最后想出的计划没有多大信心。但他当时想不出别的什么办法。他找到了一颗图钉，把它塞进了鹿皮大衣的口袋里，还有从《警察公报》上撕下来的谢里丹的版画。

他给他那匹跑得飞快的名叫基德的小花斑马套上马鞍，从他位于城郊的小屋出发，沿着阿肯色河骑五英里路到要塞去。这是一个令人讨厌的、刮着阵风的晚冬的日子，但你可以闻到四月即将来临的气息。谢里丹将军预计在四月的第一个星期抵达道奇堡。

来到要塞，他若无其事地把基德拴在风干土坯搭建起来的营房外面，这里驻扎着B连。他一直等到没有人注意，才偷偷溜了进去。幸运的是，休息室里空无一人。他把谢里丹的版画像钉在布告栏上，从上衣下面拔出他那把带鞘的刀，在小菲尔的整张脸上戳了很多洞。

“什么风把你吹来了？太好了。”蒂普顿上尉问道。

“哦，我就在附近转转。”罗尔夫说。

蒂普顿上尉脸上的表情表明了他根本就不信：“我怎么就不知道你是这么个爱交际的人呢，罗尔夫。”大家在背后给这位上尉起了个绰号“月亮脸”。他是一个脸色苍白、矮矮胖胖的年轻人，蓄着淡黄色的小胡子，戴着一副椭圆形的小眼镜。他以前是肯塔基州一所专门招收年轻女子的学院的地理学教授。战争期间，这片土地上的人们分道扬镳，各为其主。罗尔夫不知道这个“月亮脸”蒂普顿属于哪个阵营，“月亮脸”也没说。他穿的是蓝色军装，但这不能说明什么。

“嗯，事实上，上尉，我很担心菲尔·谢里丹下个月的来访。”

“这只是对军区所有要塞的例行视察。他之前的汉考克[①]也进行过同样的视察。每个新司令官都会这么做的。”

“是的，但他在道奇堡逗留可能会有危险。”

此时此刻，他的话吸引了“月亮脸”蒂普顿的全部注意力。“你见鬼的到底在说什么呀？”

“嗯，长官，我刚才在B连的休息室，找一个欠我十块钱的人。我在布告栏上看到了这张报纸上谢里丹的画像，有人用刀把它戳得稀烂。”

“你在开玩笑吧。”

“长官，我没有。”

“但这很荒谬啊。为什么——？”

“上尉，没有谁比菲尔·谢里丹更招人恨的将军了，最多还有一两个。比利·谢尔曼肯定是一个，也许还有他的骑兵司令官，叫基尔什么的。”

“帕特里克，基尔帕特里克。”

“没错，是的。长官，你我都清楚，这支平原部队里有很多人招募进来的时候都用了不同的名字，不是真名字。有很多人是前南部邦联士兵。”他补充说，还故意喘着大气像演情景剧一样，以防蒂普顿没听明白。

“我承认你说的没错，是这样，”“月亮脸”说，“我该采取什么措施呢？”

“嗯，长官，我想你可以事先去找你的上司，那个副官，让他告诉谢里丹将军他不应该来这儿。告诉他，他应该绕过这个要塞。”

“告诉他不要去他所辖的要塞？告诉一个在美国军队服役的最坚强、最坚定的战士他不应该来这里，因为有人在他的画像上戳了洞？”罗尔夫一屁股坐在那把摇摇晃晃的椅子上。当然，他失败了，他就是个不够聪明的人。“我觉得你倒是不妨试着阻止莎士比亚先生的一场暴风雨吧，”蒂普顿竭尽全力不让自己的话听起来十分轻蔑，“现在，如果你不介意的话，我又要研究普林尼了，我想再看看他的书。”

“好的，长官。谢谢，长官。”

罗尔夫垂头丧气地走了出去，丢尽了脸。

---

①即温菲尔德·斯科特·汉考克（1824—1886），美国南北战争时期联邦军将领，曾参加半岛战役、葛底斯堡战役，1880年被提名为民主党总统候选人。

丢尽了脸,但没有被击败。

他不会让这桩谋杀案发生的,他必须对吉米使用武力。当谢里丹在那里视察时,他必须阻止她靠近道奇堡。他知道自己的口齿不够伶俐,无法说服吉米放弃她的计划,所以武力是唯一的解决办法。他不必伤害她——他也决不愿意这样做,但他可以把她关起来,和她一起坐在那儿。如果有必要的话,可以坐上几天。

他再次偷偷溜进B连的休息室,把菲尔·谢里丹的画像拿走。自从他上次来这儿之后,就有人用铅笔在将军的脸颊和前额上写了下流的话。这让他看起来更加疯狂。

在接下来的几天里,他像个风向标似的被吹得团团转:一会儿"她不会这么干的",一会儿"她会这么干的"。

原先当他没有和吉米在一起的时候,他从来没有多想过吉米,可是现在她面临危险,他就经常想她。他对这历久弥坚且心急如焚的新感觉感到惊讶。

一个阴沉沉的下午,他骑马经过"奥弗顿",看见她在屋子外面。屋子的后面,那儿有个朝着河边倾斜的养鸡场。三个大小不一、颜色不同的瓶子放在一根圆木上。吉米在十英尺外伸出右手。他看到一小股烟雾喷发出来,然后听到砰的一声,左边那个琥珀色的瓶子被打得粉碎。

她听到了基德路过的声音,便转过身来。她认出了是他,于是举起一只手,把她的凶器举过头顶挥舞着。他一把拽下帽子,也挥了挥手。"她会这么干的,"他仿佛窒息般的自言自语道,"上天作证,她会的。"

另一支德林杰手枪的枪声似乎也证实了这一点。

谢里丹将军预计到达的前一天晚上,天空阴沉,夜雨霏霏,阿肯色河急流奔腾,呼啸怒号。罗尔夫把帽檐歪斜在前额上滴下雨水,骑着基德去了"奥弗顿"。他没有带武器,但他的马鞍袋鼓鼓囊囊地装满了下午在道奇城购买的食品杂货,他做好了长期围困的准备。

他冒雨走近,打开院墙大门,骑进院子,他听到了马的嘶鸣声。然后,他看到了拴在房子前面的那匹马,正规部队的马鞍。吉米有要塞来的顾客吗?

他把基德拴在院墙大门边的栅栏那儿,然后走向门廊。如果她在招待什么人,他就只能躲在鸡舍里,直到那个男人离开。他得去看看,确认一下,吉米即使在做生意的时候也从不锁前门。

他躲进门廊屋檐下,小心地慢慢把门打开。灯光闪亮,臭味扑鼻。在紧闭的卧室门里面,弹簧床在重压下发出吱吱嘎嘎的声响。

热血直往头上涌。他虎目圆睁,一把推开大门,冲过客厅,差一点把一盏非常珍贵的灯撞翻。他满腔痛苦地深深吸了一口气——这比有一次他漫不经心地骑着马,翻过一个小山头,撞见了六七个性情暴戾的南方沙伊安部落的年轻人还要糟糕——他希望上天和吉米原谅他。但是,他必须得确认情况。

他打开卧室的门。

一个屁股很胖的小个子男人翻了个身,仰天躺在那儿喊叫道:"你是谁? 这到底是怎么一回事儿?"

"罗尔夫,哦,罗尔夫。"吉米边说边拉起被单盖在身上。她听起来与其说是生气,不如说是极度悲伤。至于罗尔夫,他发痛的眼珠子紧紧盯着那个勃然大怒的家伙用肥皂抹平的一绺头发。只见他从床上跳起身来,一把抓过他的黄色条纹裤子,对那个站在门口瑟瑟发抖、目瞪口呆的闯入者倾泻各种污秽下流的谩骂。

"你能给我滚出去吗,你个小混蛋?"菲尔·谢里丹将军大声喊叫道。

"谢里丹将军,请冷静。"吉米说。罗尔夫这时正好看不见她,将军挡住了他的视线。但他清楚地听到了德林杰手枪的咔嗒声,谢里丹也听到了这个声音,使得他本来愤怒地只想匆匆穿好衣服离开的动作停了下来。他急匆匆地扣好他那条军装裤子的纽扣,他的肚子在裤腰以上乱颤。罗尔夫估计他三十五六岁年纪,黑眼睛周围已经有愁云密布的皱纹。

"我拿枪指着你的背呢,将军。"吉米又说了一句。

"你什么?"

光着脚的谢里丹转过身,他的怀疑很快消失了。吉米已经从床上坐起身来,一只手抓着被单遮在胸前,另一只手拿着原先藏着的手枪指着谢里丹的胸膛。

“将军,怎么会这样?”罗尔夫气喘吁吁地问道。

“谁该死的知道？你该死的是谁?”

“只是想尽可能救你一命的人,将军。”

“罗尔夫,”吉米说道,“我不想朝你开枪。我已经下定决心了,他必须得死。没必要流其他人的血。”

罗尔夫的下巴上有水滴落。一开始他以为是雨水,然后他意识到,他是在室内,这是汗水。床头摆放着油灯,厚厚的窗帘拉拢得严丝合缝,给房间带来了一种逼仄闷热的气氛。这是坟墓里的气氛,他想,真希望他没有来这个地方。

谢里丹挣扎着穿上衬衫,一会儿显得很生气,一会儿又露出焦虑的神色。这个人显然不是傻瓜。“将军,你到底是怎么过来的?”罗尔夫大声问道,“你应该明天才到啊。”

“提前到了,”谢里丹厉声说道,“我发现了这封信——这封迷人的信——”他指了指插在他上衣口袋里的一张纸,他的上衣放在椅子背上,椅子半藏在他那件被雨水浸湿的披风大衣里。“署名为‘欢乐之女’的人寄来的。这是一封非常吸引人的信函。”他听起来十分愤怒:“这个邀请有点特别,说是邀请我们的,呃,国家英雄之一在维纳斯的森林里纵情欢娱一个小时——全免费。”至此,罗尔夫的脑子里才开始把谢里丹这些话里和其他所有话里那些既简单又复杂的下流话给剔除了出去。

“你就信以为真了?”罗尔夫问道。换句话说,他大概听到了偶像从基座上摔下来的声音。

“唉,先生,该死的,我是个单身汉,和其他男人一样。一个有欲望的人！一个有感情的人啊!”

“你烧了我父亲在弗吉尼亚州谢南多厄县派克河谷的农场,并把他送到密歇根州的底特律监狱,使他万念俱灰最后死去的时候,你没有任何感情。”

“谢南多厄县?”谢里丹嘟囔着,转身朝向床,“我当然记得那个地方,但不记得你父亲了。他叫什么名字?”

吉米猛地把她的另一只手按在早先藏起来的那把手枪上,床单掉了下来,露出了她的上半身。她不在意,她美丽的眼睛在燃烧。罗尔夫知道死亡即将来临。

“他叫科斯格罗夫·斯特迪文特。他朝你开枪是因为你那些该死的野蛮士兵毁了我们的农场,还把我抓走强奸了我。为了惩罚他,你把他送进了北方的监狱。一个贫穷无助的中年农民啊!”

菲尔·谢里丹将军的精神振作了起来,他把两个大拇指勾在裤腰上,进一步露出了他的便便大腹,他对此毫不理会。他用一种严厉强硬的声音说:“我确实记得那件事,但是你错了,”他向床边走去,“事情是这样的——”

“退后,否则我打爆你的头。”吉米的声音不大,她的两只手和德林杰手枪都在颤抖。谢里丹那一双黑眼睛飞快地从手枪看到吉米的脸,又从吉米的脸看到手枪。他清楚地看到自己离死亡近在咫尺,只要手指扣动一下就可以。他没有往前走,但稳稳地站在那儿,甚至身躯显得更高了一点。

“我请求你在我告诉你发生了什么之前不要开枪。”

“例如,你的手下在熏制室里对我施暴。”

“我非常难过,”谢里丹说,没有一句粗话,“我从来不会故意向女性开战,但我确实知道这种事情发生过。”

吉米眨了眨眼睛,放松下来,也许在期待,除了这位军人面对即将到来的死亡的冷静、从容和坚定之外,还有别的什么东西。“我记得你父亲和你们的农场,我关注这件事情,是因为我们失去了一个名叫伯达格的年轻士兵,在费希尔山战役的第二天。当我们骑马经过时,一个满头白发的农民从他的房子里冲了出来,他开了一枪。”

“你以为像我爸爸这样的人会任由自己的财产受肮脏的北方人渣入侵者的侵犯而无动于衷吗?”

“不会,我认为这是任何一个人的自然反应。”谢里丹说道,他的话音依然平静。罗尔夫在门口摇摇晃晃,头晕目眩,他听到了雨的敲击声,这声音在他耳朵里就像黑色地狱的狂飙。他估计很快就能看到房间里玫瑰图案的墙纸上血液四溅。“我能理解为什么我是目标。不幸的是,你父亲的枪射中了一个名叫阿萨·伯达格的士兵。”

“谁在乎,谁在乎?”吉米喊叫着,“他六十二岁啊!”

“阿萨·伯达格十一岁。阿萨·伯达格是我们总司令部的鼓手。”

吉米一脸恐惧，她猛地靠在床头，想要否认谢里丹的话。他只是站在那里，双手轻松地垂在身体两侧——也许他的内心并不轻松，但你只能看到他那个肥大的肚子在上下起伏。吉米开始左右摇头："不，不，"然后她突然哭了起来，"骗子！你撒谎是为了自己保命。"

"小姑娘，我是一个正直的人。我被指控过很多事情，但从没被指控过欺骗。你父亲杀了我的一个士兵，他几乎还是个孩子啊。我觉得坐牢是公平的惩罚。也许我犯了错误，也许我是不公正的，但我的行为是为了阻止再死一个人。那天我手下的其他人想当场击毙你父亲。"

"不，哦，不。"吉米哭泣着。谢里丹的眼睛里流露出怜悯的神情。罗尔夫从他身边冲过去，在他肩膀上打了一拳。他迅速果断地一把从吉米手中夺过手枪。

"我很感激你相信我的话，小姐。"菲尔·谢里丹说道，话音令人奇怪地谦卑。

"我不信，我不信。"她哭着，双手捂着泪水涟涟的脸。罗尔夫跪倒在床边，用双手轻轻地拉起床单的一个边，遮住她的身体。

谢里丹将军迅速穿上背心，然后又穿好上装。他说出来的话听起来措辞严厉："如果有人提到这些事情，我就否认我在场。"

罗尔夫·格林卡斯尔的内心不寒而栗。他用挖苦的眼神盯着谢里丹。但是，当他把目光转向谢里丹时，他努力不让自己的这种情感表现出来："我想你最好还是离开这里吧，菲尔。"

菲尔离开了这里。

大约三个小时之后，吉米的哭泣停了下来，然后她睡着了。罗尔夫拉过一把藤椅，坐在床边，守着她。雨下得更大了。凌晨四点左右，吉米醒了。

"你为什么要这么做？"她说道，"你为什么要阻止我？"她的话听起来极其伤心。他生怕她的抑郁症又犯了，这可怕的抑郁症。

"你先跟我说说。你恨他恨到这个程度，怎么还会把他弄到床上呢？"

"哦——"她轻轻地吸了一下鼻子，"交易的一部分，就这么回事儿。你得学会无视一切。一度，我以为不行了，我觉得快要崩溃了。然后我想起了我爸爸，就行了。我把他弄到了我想要他在的地方。"

“这倒的确是一个好计策，”他赞同道，“你随时都可以打爆他的头。”

“你为什么阻止我？”

“我不希望你出什么事，我不想让你的下半辈子抑郁症缠身。”

“为什么，为什么？”

“我不知道，我猜是因为我爱你吧。”

他们面面相觑。他跟她一样，彻底惊呆了。

第二天，他帮助她拍卖掉了“奥弗顿”，然后双双骑马远走高飞，从此以后，两人谁也没有再见到过菲尔·谢里丹将军。

装阔赌客凑好牌

格雷厄姆·科尔德菲尔德在厚木板铺就的轮船甲板上走着，再次感到头昏眼花。“河上女王”号的灯在渐浓的暮色中早已点亮。他在其中一盏灯的灯光下停住脚步，虚弱地靠在木头船壁上，低着头。船体上，传来黑水河河水的拍打声。

码头那边，逶迤伸展着小镇赫勒兹兰丁。镇上，到处笑语朗朗、车轮辚辚，偶尔还会有大声的吆喝。科尔德菲尔德不去注意这些。他头晕目眩，脑子迷糊。一阵剧烈的胃痛，痛得他闭上眼睛呻吟起来。夜间潮湿的空气刺激得他发出一阵咳嗽。

一对男女坐着马车来到码头，下车，上船，然后沿着木头甲板走来，跟他擦肩而过。那女人怪怪地看了他一眼，然后笑了，笑得十分动人，还旋转着她装饰性的阳伞。科尔德菲尔德不理睬她。他感到害怕，竭力与周围这些令人作呕的移动的东西进行着殊死搏斗。他眼前的一切都在倾斜，变得模糊。他身体虚弱，病了。

科尔德菲尔德是个高个子男人，身材修长，下巴也长，神情忧郁。灯光下，他那双灰色的眼睛看起来有点木然呆板。他靠在墙壁上，穿着考究，一套精致的深色西装，一条黑色领带，一件锦缎马甲，典型时髦的赌棍的行头。但是，在内心深处，他早已经看到自己的处境江河日下。

“河上女王”号是这条河上最好的船，上面的赌场吸引了大部分生意。科尔德菲尔德在他这一行中也算是达到了巅峰。他在“河上女王”号上玩的是法罗牌，并以此谋得了很好的生计。他生活平静，行为绅士，对此他心满意足，庆幸自己的艰难岁月已经成为过去。他几乎忘记了偏远乡村的廉价酒馆，几乎忘记了小打小闹的沙蟹游戏，几乎忘记了从一个城镇到另一个城镇的马背上的长夜。他加班加点，干得十分辛苦，才爬升到“河上女王”号赌场庄家的位子。现在，突然地，所有这一切正在崩塌。

都是这条该死的河，他心想。总是潮湿、多雾、寒冷，就像今晚。它让人变得虚弱无力，也削弱了一个人的抵抗力。科尔德菲尔德恍恍惚惚地摇了摇头。如果“河上女王”号的老板汤姆·查普曼发现他有这种阵发性的疾病，那他就完了。这个想法比什么都让他害怕。回去，骑着马从一个城镇颠簸到另一个城镇，大部分时间都食不果腹，肚子饿得咕咕叫——他不能干这种事了，他也不愿意干。但是，也许事情根本就不是他想的那样，也许只是吃得少或休息得不够罢了。

他慢慢地站起身来，他在自欺欺人，他就是一个病人。

唉，他得小心一点。最重要的是，他必须对查普曼保守这个秘密。他在甲板上走动，意识到现在有越来越多的马车到达了，人数也在不断增加。他在暗处撞到了什么人，急忙缩回身子，本能地伸手去他的马甲口袋里摸那支德林杰短筒手枪。

那人从黑暗中走了出来，灯光照耀在他那张奇丑无比的大脸上。科尔德菲尔德认出了戴着帽子、穿着高领夹克衫的“红脖子”贝茨。科尔德菲尔德不喜欢贝茨，这人在“河上女王”号上的地位令人费解。科尔德菲尔德怀疑，贝茨来到这条船上，就是为了彻底铲除查普曼想要铲除掉的任何人，就这么简单。他对这个大个子的厌恶，主要是出于他对这个人榆木疙瘩脑袋愚蠢无知的蔑视。贝茨有一双十分有力的手，而且脾气暴躁。

“你好，‘红脖子’，”科尔德菲尔德平静地说，“我没看到你站在这里。”

“我在这里站了一分钟左右，”贝茨说道，“我看到你了，‘假阔佬’。”贝茨总是叫科尔德菲尔德“假阔佬”，这话像个刺一样刺着这个赌棍。也许这也是他极度不喜欢这个人的一个原因。此外，还有一个事实就是，贝茨只是仗着双手的力气讨生活，而科尔德菲尔德却是凭借脑子谋生计，他对此感到自豪。

“我看到你了，”贝茨重复了一遍，“你在前后摇晃。”他的眼睛眯了起来，“你是病了还是怎么了？”

“没有，”科尔德菲尔德厉声说道，“我感觉很好。”

贝茨耸了耸肩膀:"你肯定踉跄得很厉害。这条河会让人病得很厉害的——你知道吗?"块头比他大的男人在他的厚嘴唇上裂出一个笑容。

"不说这个。"科尔德菲尔德说。片刻之后,他有理由为自己说过的话以及话音的严厉而感到后悔。

"此时此刻,你不可以这么盛气凌人地命令我,好吗,'假阔佬'?"贝茨把两个大拇指插在上衣口袋里,想找个机会炫耀一下自己的力气。

"如果你硬要这么说那也随你便。我告诉过你我没病,也让你不要把一阵咳嗽当回事儿。"这祸是他自己惹下的。当然,是意外,但他现在不能回头了。

"我不喜欢被人摆布,'假阔佬'。"贝茨眼中邪恶的光芒变得更亮了。他向前走了一步,似乎想看看科尔德菲尔德下一步会采取什么行动。

科尔德菲尔德犹豫了一下,双手慢慢地放下。接着,他一个飞快的动作,举起右手,那支德林杰短筒手枪握在了手中,小小的枪口对准了贝茨那双长得紧靠在一起的眼睛中间的一个点。

"瞧,"科尔德菲尔德平静地说道,"别挡我的道,也别乱嚼舌头。"

那人的脸上蓦然露出仇恨的神色,继而被一种狡诈的表情取代。科尔德菲尔德感到惊讶,这些简单的情感在那张扁平、残忍的脸上的变化竟会如此之快。"当然,'假阔佬'。我不挡道,但我不会忘记。"

他向墙边退去。科尔德菲尔德把手枪装进口袋,快步从他身边走了过去。在甲板的下一个转弯处,他转过身来,回头看了看。"红脖子"贝茨仍然站在灯下,望着对岸的灯光。他手里拿着一把刀,没有看科尔德菲尔德。科尔德菲尔德意识到,他急于掩饰自己的病情,已经给自己树了一个危险的敌人。

当他匆匆走过甲板,走进灯火通明的赌场时,他的疼痛减轻了一些,但是仍然没有完全消失。男人们热情洋溢的声音和女人们更高更尖的声音混杂在一起,像海浪的咆哮一样撞击着他的耳膜。那支小小的管弦乐队演奏着《布法罗的姑娘》,发出喘气一样的声音。赌桌边挤满了人。

汤姆·查普曼对"河上女王"号做了一件史无前例的事情。他不仅欢迎男人光临赌场,也对女人开放赌场。他用这种方式吸引富人,也用这种手段招徕那些年轻男子和他们的女人。当然这些人得有钱有势,而且还要在踏入这个摆放着绿色台面的桌子、有唾手可得的金钱、不怎么体面的世界时，有足够的勇气去面对公众的鄙视。科尔德菲尔德环顾了四周，没有看到汤姆·查普曼。科尔德菲尔德主持的三号桌在等着他，到现在还空无一人。

他穿过大厅，朝墙上镜子里的自己瞥了一眼。他确实看起来病了，比以前瘦了，眼睛凹陷得很深。他脱下帽子，灰白的头发显而易见。三十三岁的男人不应该有白头发啊，他心里想。但是他有了，这是一个标志，标志着为了爬上这个顶峰，在“河上女王”号的金色大厅里拥有一席之地，他是如何努力的。

他不声不响地来到座位上，一个侍者立刻拿着新的扑克牌出现了。他用指甲把纸剥开，开始精心地洗牌。他还没洗完牌，赌桌四周就坐满了人。他们了解他，他骄傲地想，他们来他这儿是为了公平赌博。

他开始了高赌注的法罗牌戏，熟练地把牌从盒子里翻出来。不到四十五分钟，他就为赌场挣到了一千多美元。老的玩家离开时，新的玩家会填补他们的位子。喧闹声越来越大，雪茄味越来越浓。科尔德菲尔德点燃了一根古巴雪茄。现在他能控制住自己了，尽管胸口的疼痛又变得剧烈起来。他的手心都是汗，冷冰冰、湿答答的。这是个新情况。

一场骚乱打断了赌场里正常的嘈杂声。科尔德菲尔德赌桌旁边那张沙蟹牌桌上的一个年轻人飞快地站起身来，嘴里大声咒骂着。庄家弗兰基·托普也站了起来。年轻人身后站着一个女孩，她的蓝眼睛因焦虑而睁得大大的，她紧紧抓住男伴的胳膊：“吉姆，我们走吧。”科尔德菲尔德一边端详着她，一边用一只手机械地继续操弄着自己的牌戏。她比那个小伙子年纪大，不过也大不了多少。她看起来一副刚洗漱过的样子，她的衣服和她的同伴一样，显然是家里自制的。她和那些经常到“河上女王”号上来扔钱的有钱贵妇人不是一个路数的。

“不把那两千美元要回来我不会走的。”吉姆说道。

科尔德菲尔德淡淡一笑。弗兰基·托普老奸巨猾，但这次他的花招显然穿帮了。

“我看到你做手脚了——把整副牌最底下的那张牌藏在了手掌里。我要我的钱。”

弗兰基·托普温柔地笑了笑，说了些抱歉的话。吉姆紧握双拳，绕过赌桌。

突然，女孩尖叫着，弗兰基的手里冒出了一把小手枪，紧接着一声低沉的爆裂声。吉姆的衬衫上刹那间有一块红色的污斑渗透开来，就在他心脏的上方。另一个女人尖叫起来，随即爆发出更多人的喧闹声。

接着，“红脖子”贝茨几乎像瓶子里的魔仆一样出现在了小伙子的身后，用双臂紧紧地抱住他。小伙子奋力搏斗，挣扎着，但贝茨毫不费力地把他拖到门口，拖出了门外。女孩很快就跟了上去。科尔德菲尔德回头继续自己的游戏。查普曼允许他的庄家们玩点阴招，只要他们不惹上麻烦。这对年轻男女登上“河上女王”号是个错误。小伙子的胸口有一个洞，可能是致命的。如果他能捡回一条命，并再来闹事，那么贝茨会对付他的，会扭断他的脖子。查普曼不容忍任何人阻挠一条成功的生财之道。

人们对这场骚动的议论持续了几分钟。然后，赌场又恢复了往常那种忙乱的气氛。几个小时过去了，科尔德菲尔德胸部的疼痛开始加剧。他头晕目眩，再也无法坚持下去。他诅咒着自己，赌桌对面的脸渐渐变得模糊不清。他伸手去抓赌桌的边缘，伸得太快了，不小心把整整齐齐的几副扑克牌撞撒到了台面上。他闭上眼睛，紧紧抓住桌子边缘，脑袋左右摇晃着。他听到对面座位上一个女人惊恐的喊叫声。突然，他翻倒了，他的脸颊重重地撞在了桌面上。

过了一会儿，他睁开了眼睛，疾病发作开始趋缓。但是，他记得清清楚楚发生了什么事情。他的胃在痛。

有人拍了拍他的肩膀。另一个赌场的同行站在那里，示意他离开赌桌。他费劲地站起身来。

“我来接替你，科尔德菲尔德。”那人说道。科尔德菲尔德知道，消息早就传到汤姆·查普曼那儿：科尔德菲尔德病了。任何情况，几乎只要一发生，查普曼就会知道，他干的就是这个。

这个赌场同道望着他：“你最好还是去见一下查普曼。”

科尔德菲尔德点了点头，他知道赌桌上的女赌客正用惊恐的目光望着他。他急忙走开，避开她那充满指责的目光。他像个盲人一样挤过人群，爬上楼梯，来到夹层楼面。他懒得去敲那扇精雕细琢的门，径直穿过挂着帷幔的门厅，来到汤姆·查普曼的办公桌前。

查普曼的体形很像“红脖子”贝茨，但是他们之间的相似之处仅此而已。查普曼那双隔得很开的棕色眼睛里闪烁着才智。他的双手十分纤细，几乎有点像女人的手，纤尘不染，跟他那又长又粗的胳膊形成了奇怪的对比。办公室里锃光瓦亮的架子上昂贵的灯具闪耀着光亮。空气中飘浮着上等威士忌酒泥煤似的味道。

查普曼指了指一把椅子：“坐吧，格雷厄姆。”他的目光里没有任何热情。

“我听说你在牌桌那儿病得很厉害。”过了一会儿，查普曼说道。

科尔德菲尔德摇摇头：“没有，只是稍微有点头晕。瞧，汤姆——”

“别叫我汤姆。你只是个被雇用的打工仔，仅此而已。发生什么事了？”

科尔德菲尔德疲惫地回答道：“我只是有点头晕，晕过去了一会儿。几秒钟，就几秒。我有点累，就这么回事儿。除此之外，我挺好。”

查普曼摇摇头：“我不能让病人在我这儿工作。我经营这个地方，氛围必须完美无瑕，一切都要得体而精致。我的庄家不能晕过去，这是绝对的。我很抱歉，你不能再在‘河上女王’号上干了。”

这些话像一个大铁锤砸在科尔德菲尔德的身上，他多年的奋斗瞬间付诸东流了。查普曼在雇用他的时候对他是多么热情啊。“我以为我们是朋友啊。见鬼，我跟你在一起三年了——”

“我公事公办。”查普曼打断他。科尔德菲尔德看到了他一直都知道的的的确确存在的冷酷无情。“有时候这条河会对一个人干出很奇怪的事情。发烧，肺炎，甚至干脆就是疯狂。去亚利桑那吧。晒晒太阳，不管什么情况，等正常了，回来找我。也许那时我能帮你做点什么。”

这些话像烧红的烙铁一样烙着科尔德菲尔德。查普曼根本不关心任何人，他视别人如草芥，就像那个上当受骗的小伙子一样，那种事情他根本就不放在心上。他什么都不放在心上，除了“河上女王”号。

顷刻间，科尔德菲尔德的生活变得支离破碎。他仿佛看见自己又骑上了马，在阴冷灰暗的冬天里从一个城镇颠沛流离到另一个城镇，在廉价寄宿公寓里瑟瑟发抖，拉不到赌客来赌博时就去赊杯酒喝。

“瞧，”查普曼突然说道，“这事儿无论如何迟早会发生的。‘红脖子’告诉我说，他今晚早些时候看到你摇摇晃晃的。你不可能瞒得太久。只要你离开‘河上女王’号，别惹事，我就给你发两周的工资。”

“你见鬼去吧，查普曼。我什么事也没有。”

“你就是在撒谎，”查普曼咆哮起来，“好了，在我发火之前给我滚出去。”

科尔德菲尔德抡起胳膊，狠狠一拳击中查普曼的下巴。查普曼在椅子上猝然往后一仰，很聪明地一扭头躲过了拳势。他飞速地一跃而起，把外衣往后一甩。一支很大的左轮手枪出现在了他的手掌里，他拿枪指着挂着帘子的门口："滚出去，科尔德菲尔德，还是让我当场杀了你？"

“你不可能就这么随随便便把我开除了。”

“你要是制造麻烦，那你就死定了。现在滚。”

科尔德菲尔德摇摇晃晃地转过身，朝着那道门帘走去。他头也不回地穿过门帘，站了一会儿，听着动静。通往查普曼办公室的侧门打开了，他听到有人进来，有窃窃私语声传来，然后门又关上了。科尔德菲尔德打开了门，走到甲板上。

湿漉漉的薄雾在黑水河的岸边袅袅娜娜地盘旋。科尔德菲尔德沿着甲板走去，浑身颤抖。有人站在跳板上，当科尔德菲尔德走近时，他认出了另一个查普曼雇来的打手。科尔德菲尔德准备从他身边过去，但那人抓住了他的外套，把手伸进他的马甲口袋里，摸出了那支德林杰短筒手枪。他将手枪扔过船栏，只听得它扑通一声，掉进了黑色的水中。他咧开嘴笑了，露出黄黄的牙齿。

“再见，科尔德菲尔德。”

科尔德菲尔德疲惫不堪，开始沿着跳板往下走去。牌风对他不利，已经什么都不剩了。

他的脚步声在厚厚的跳板上听起来是空洞的，他在通向街道的中途停下脚步。码头下面的一盏路灯下，站着一个人。科尔德菲尔德认出了“红脖子”贝茨，他的双手深深地插在夹克衫的口袋里。科尔德菲尔德走了过去，他的胃部有很紧的感觉。贝茨迈步迎上前来。科尔德菲尔德突然明白，在他离开查普曼之后的那一刻，那场匆匆忙忙谈话的内容谈的是什么了。

贝茨迈着沉重的步子走上前来，堵在了跳板的尽头。科尔德菲尔德迅速地环顾了一下四周，码头上阒无一人。沿河走两个街区，镇上的主要街道上喧闹声声，但在这边，只有黑暗和黑水河的河水拍打木桩的声音，以及从“河上女王”号传来的小提琴吱吱嘎嘎的回响。查普曼的意图是，让他不敢反抗。科尔德菲尔德看不见贝茨的脸，但是从他的声音听出来，贝茨在笑。

“你好啊，‘假阔佬’，今晚我好像撞见你挺多次的啊。”

“走开，”科尔德菲尔德说道，“我要过去。”

“还不行呢，”贝茨说道，“我先得干点小事儿。查普曼想要确定，你不会闹事。”雾蒙蒙的空气里传来清晰的咔嗒声。灯光下，一把刀闪着寒光。河的远处，响起了哀悼般的汽笛声。

科尔德菲尔德只是犹豫了一秒钟，接着继续走去。他突然用双手抓住贝茨握刀的手腕，狠狠地把这个大块头男人往自己跟前一拽，将他的手腕重重地磕到木板栅栏上。贝茨一声号叫，刀掉落到了水中。科尔德菲尔德闪身绕过他的身边。贝茨直起身来，暴跳如雷。科尔德菲尔德突然袭击的优势消失了。

贝茨仿佛一台强大的机器飞速移动着，动力越来越大。他猛地撞向科尔德菲尔德，这一撞把两人撞回到码头对面，直到科尔德菲尔德的背撞到了一幢建筑物的墙上。贝茨挥起拳头打了过来，拳头重重地落下，贝茨哈哈大笑起来。红色的图案瞬间出现在了科尔德菲尔德的脑袋上。

科尔德菲尔德用拳头连续击打贝茨的腹部，但这个人力气太大了，根本就无法阻止他的进攻。一拳又一拳，重重的击打把科尔德菲尔德打倒在潮湿的地上。即便又一个重拳击中了他，他的脑子似乎依旧漂浮在黑暗中。没有一个普通人可以对抗贝茨，他心里想。但是，他奋力对抗，他奋力……当大块头再次击打他时，他跌跌撞撞地站了起来。

科尔德菲尔德感觉天旋地转，此时此刻，一粒仇恨的种子在他的头脑里扎下了根。这已经超越了生意的范畴。贝茨打他的拳头中饱含着赤裸裸的残忍，查普曼对他的痛苦也负有责任。查普曼解雇了他，已经打败了他，已经让他一无所有，原本没有必要再对他发动这场攻击。但是，查普曼却下达了这样的命令。查普曼也是弗兰基·托普枪杀那个男孩子的罪魁祸首。查普曼是一种疾病——贪婪的疾病。

此时此刻，查普曼一定深信不疑，他已经毁了科尔德菲尔德。但是，一个被毁的人可以反击呀，一个被毁的人受到如此对待，没办法不反击。有些人生来就不会卑躬屈膝，科尔德菲尔德不会卑躬屈膝。

所以，他反击，但是他的反击虚弱无力，徒劳无功。最后，贝茨的一只脚重重地踢中了他的下巴，踢得他无力地躺在地上。突然，他听到黑暗中传来马蹄声和车轮声。科尔德菲尔德听见贝茨嘶哑的嗓门发出大喊，便使劲睁大了眼睛，直到看清楚一根鞭子划破了那大块头的脸，打得他一个转身，令他蹒跚起来。

贝茨消失在了黑暗中。马车停了下来，有两只手抓住科尔德菲尔德，将他拉了起来。一个声音说："你能爬上来到马车里来吗？"

他说不出话来，他痛得太厉害了，但他硬是挣扎着爬上了马车，然后又倒在了车上。马车嘎嘎作响，开动了。有两件事情他清楚：一是这是一个女人的声音，二是查普曼必须死。

接着，马车轮子滚动了，黑暗终于吞没了他。

科尔德菲尔德在一间简陋的小木屋中醒来，他发现自己躺在一张粗劣的床铺上。房间中央的桌子上，点着一支蜡烛。桌子的另一边，在一张类似的床铺上，躺着一具僵硬的躯体。科尔德菲尔德看到了那个叫吉姆的男孩子的脸，在白床单的上面，毫无生命迹象。他赶快坐起身来，这让他挨过打的身子疼痛加剧。小屋子的空气中，弥漫着泥土的味道，科尔德菲尔德突然咳嗽起来。他佝偻着身子，等着这阵咳嗽过去，与此同时，他看到了男孩尸体那张可怕的脸。他努力地回忆着，马车车轮的声音……不，不是梦。

一个阴暗的角落里传来了响声。他转过身，仍在咳嗽，他看见那个女孩站在那里。她的双手紧握着，脸上有明显的泪痕，她的嘴唇在颤抖。科尔德菲尔德的咳嗽过去了，他吞吞吐吐地说："驾马车的人是你吗？"她点了点头。

"我得谢谢你，小姐。那个人把我逼到绝境了，真的。他可能会要了我的命。"

她走上前来，烛光照亮了她精致娇美的五官。她的蓝眼睛里闪耀着怒火："他们杀了吉姆。他们骗我们，然后在船上杀了他，先生——"

"科尔德菲尔德，格雷厄姆·科尔德菲尔德。"他再次咳嗽，浑身震颤。

最后，他弄明白了，这个姑娘叫哈丽雅特·马斯特斯。她父母双亡，和他弟弟吉姆合伙拥有一艘大型的平底船，在黑水河上开展运输业务。一场猛烈的风暴造成了灾难，运输船沉没了，他们只剩下一点点资金。吉姆轻率地决定，“河上女王”号是个再合适不过的地方，可以把那笔小数目的钱变大，重新开始他们的运输生意。

“他总是以为他十分幸运。”那姑娘说话结束时稍稍有点绝望。

科尔德菲尔德目不转睛地望着她，产生了兴趣：“你怎么会刚好在那码头上呢？”

她从椅子上拿起一只很大的手提包，从里面掏出一支很沉的手枪。她熟练地握着手枪，枪管在烛光下闪闪发亮：“这是吉姆的枪。我要用它杀了那个经营‘河上女王’的人，他叫查普曼，他在河上臭名昭著。我警告过吉姆要小心他。我……”

她悲痛欲绝，说不下去了。她那阴沉的眼睛里又涌出了新的泪水。但她摇摇头，控制住了自己。坚强的人，科尔德菲尔德心里暗暗佩服。

“我不住在赫勒兹兰丁，”她接着说道，“旅馆都住满了，这是我唯一能借到的安放吉姆遗体的地方。我们离开船上几分钟后，他就死在了马车里。”她拿一只手轻轻地抹了一把额头：“你得原谅我，我讲得语无伦次。我找到这个地方后，就驾着马车回去了。我想杀了查普曼。我坐了很久，不能再久了，但我没有勇气上船，即使知道他们对吉姆做了什么也不敢。我想向你承认这一点，并不是——很令人钦佩。”

科尔德菲尔德摇摇头，一面伸手到外衣口袋里掏出一根雪茄：“你很明智，你根本就没有机会。”

哈丽雅特·马斯特斯望着他，默默地感谢他所说的话：“你从‘河上女王’上下来的时候，我正好还坐在那里。我认识那个大块头，然后我鼓起勇气干了点事——我用鞭子抽了他。”

科尔德菲尔德咧嘴一笑，对待“红脖子”贝茨这种人就该这样。

哈丽雅特拉着她的椅子绕过桌子，在他对面坐下。她的身子挡住了吉姆的尸体，对此他心存感激。这个点着蜡烛摆放着用床单包裹起来的尸体的狭小、肮脏的房间，以及从门的下面慢慢缭绕进来的黑水河的雾气，令他感到沮丧。

“他为什么要找你麻烦?”那女孩问道。

“我一直在‘河上女王’上干活,做庄家。你没在那里看见过我吗?”

她摇了摇头。

他犹豫了一下。他干的活跟她的生意大相径庭,然而,他们却奇怪地捆绑在了一起,他和这个守护着弟弟尸体的女孩。两个人都因为查普曼而受尽折磨。于是,他简明扼要地迅速把自己的经历告诉了她。最后,他说道:“我不是想要博得你的同情,马斯特斯小姐。人哪,真的很容易生病。很遗憾我丢了工作,这是一个很好的活儿。但是我能承受,人们承受的很多事情还要更加糟糕呢。”

“那你为什么这么痛苦呢?”

“挨打挨的。查普曼命令贝茨打我,叫我不要制造麻烦。我接受不了这事,也不愿意接受这事,我要让他付出代价。”

她伸出手,轻轻抚摸着他的手。她的手指给他的感觉是柔软、冰凉的。“你应该离开这条河,到西南部去,那儿气候干燥,阳光充足,然后你就会好的。”

“我也许会的,”他的双眼紧盯着她的眼睛,“但是不弄死查普曼我不会走的。”

她站起身来,走到门口,把门打开。她背对着他站在那儿,望着浓雾紧锁的黑暗,黑暗中,有几盏灯像朦胧的猫眼一样在河上闪烁。她的后背极美,年轻、健壮而挺拔。他目不转睛地望着她,这时她轻声说道:“科尔德菲尔德先生,‘河上女王’号上有我的两千美元,也许我们可以合作。”

“我也有同样的想法。”

他走近她,她转过身来面对着他,他们静静地站了一会儿。然后,她伸出一只手,他将她的手紧紧握住。她的皮肤有一股暖意,一股哪怕有吉姆的尸体在依然温暖了房间的暖意。他握着她的手比必要的时间长了一点儿。她的目光向别处看去,内心感到不安。然而,他知道他不再孤单,这帮助他恢复了力量。

“首先,”他说道,“我们应该处理好你弟弟。”

她的力气似乎一下子被抽干了,软瘫着靠在他身上,痛苦的啜泣声断断续续地响起。他低头望着她黄褐色的头发,伸出胳膊轻轻地搂住她,刚好让她意识到,如果她需要,他就是她的依靠。不一会儿,她的哭声再次消失了。

“我想这枪最好我拿着。”科尔德菲尔德说道。她把枪递给他，他把它塞进宽大的腰带里。手枪在那里让他的感觉良好，那重量，那潜藏着的力量。他捡起帽子：“你在这儿等着，我很快就会回来的。”

他找遍赫勒兹兰丁，寻找合适的房间。正如她所说的那样，旅馆都住满了人。但他想方设法找到了一个空房间，一条小街的一个家庭旅馆阁楼上的一个小房间。他们用马车把吉姆的尸体运到那里，并叫醒镇上承办丧事的人安排葬礼。然后，科尔德菲尔德坐着围有黑色帷幔的灵车回到家庭旅馆，帮助运走了尸体。

他确信哈丽雅特·马斯特斯今晚是安全的之后，便漫步到那条主街。天气很冷，但是现在，寒冷的天气已经不让他烦恼了。一种新的镇静感，一种新的几乎是和平的目标感弥漫在他的全身。他和那个女孩子联起手来，会让查普曼付出代价的。

他在一家小酒馆靠后面的地方找了一张桌子，要了一瓶廉价威士忌，一夜无眠，一边喝酒，一边郁闷地思索着自己的一些想法，一双凹陷的眼睛紧盯着一个阴森可怕的地方。

早上，他们埋葬了吉姆·马斯特斯。墓地很小，但从一个低矮的悬崖上可以俯瞰河流。请不到牧师，于是承办葬礼的人——一个胆小如鼠的矮个子，念了一段《圣经》上的话了事。

科尔德菲尔德没有听到他念的是什么，他的目光落在了那条河上。“河上女王”号已经离开锚泊的码头，正沿河往下游朝墓地的方向驶来，明轮旋转，水花飞溅，泡沫翻腾，发出持续不断的哗啦声，烟囱向清晨的天空喷出滚滚浓烟。

泥土碰撞着木头棺材的声音使科尔德菲尔德回到了眼前。哈丽雅特再次哭了起来，没有声音的哭泣。科尔德菲尔德端详着她，一定程度的悲伤是必然现象，但是有些女人会变得歇斯底里，她控制自己控制得很好。科尔德菲尔德敬重她这种得体的自控能力与行为方式。

最后一锹土被铲到了墓穴里，小小的墓碑安装完毕。挖掘墓穴的人扛着铁锹，穿过一片树林，点着雪茄，放下了他们那副假装严肃的样子。胆小如鼠的丧葬承办人急忙跑到科尔德菲尔德那里结算他的酬金。科尔德菲尔德从他仅有的一点积蓄里拿出钱付了有关费用。那人掀了掀他那顶破旧的海狸皮帽子，快速地穿过树林，跟在他的工人后面走了。

哈丽雅特望着科尔德菲尔德："我们走吗？"

他摇摇头，指着一个地方："我想看'河上女王'号驶过去。"他脸上的表情深深地铭刻在了哈丽雅特的心中。哈丽雅特站在他身边，她理解他的心情，他需要为他内心的烈火浇上油。

"河上女王"号在暴涨的黄泥浆一样的河水中劈波斩浪，明轮旋转，舀起大量河水，往上抛去，甩过桨叶。汽笛鸣响，欢快活泼。当轮船驶过断崖时，科尔德菲尔德清楚地看到了舵工的脸。他看见"红脖子"贝茨在甲板上走动，但是那个大块头没有注意到这两个观察者。科尔德菲尔德的双手不由自主地握成了拳头，嘴里骂着什么。哈丽雅特·马斯特斯没有流露出任何反应。

"河上女王"号慢慢地变得越来越小，当它在一个沙洲后面探出头来，拐了一个急弯时，船尾溅起的白沫尾流清晰可见。"河上女王"号消失了，几个烟囱里冒出来的一团团丑陋烟雾污染了天空。

"我看够了，"科尔德菲尔德说，此时此刻，他变得很激动，并敏锐地意识到自己的仇恨，"来吧，我们有工作要做。"

他挽着姑娘的胳膊，领着她穿过一个个墓碑，朝墓园的大门走去。她朝她弟弟的坟墓转过身去，再次伤心地瞥了一眼，然后爬上马车。科尔德菲尔德爬上马车，坐到她身边，不知何故竟然生出一种自豪感，为能和她一起驾驶马车而感到自豪，为在他即将投注的小小复仇游戏中有她这样的伙伴而感到自豪。她将是一个值得男人珍惜的女人，她比他年轻，年轻得多。这将是一个障碍——他停止了幻想，他们现在没有时间想这些事情。也许以后吧，如果查普曼死了的话，如果他们能要回那两千美元的话……

他吆喝了一下拉车的马，马车颠簸着驶下悬崖，向城里驶去。

接下来的几个星期里，令人惊讶的事儿层出不穷。科尔德菲尔德在哈丽雅特的陪同下，沿黑水河顺流而下，跟着"河上女王"号，从一个城镇来到另一个城镇，同她认识的人们交谈。他感到惊讶，人们对“河上女王”号的怨恨竟有如此之多。他感到惊讶，她的顾客中居然什么人都有：乳臭未干的花花公子，嗜酒上瘾、赌博成性、潦倒一生、浪荡冒险的纨绔子弟。至于一些掷骰子赌博的男人以及浮华艳俗的女人，他们属于极少数。但是，他们却极度不受非赌徒和普通民众的欢迎。

博彩业的内在意蕴以前从未触动过科尔德菲尔德。他只知道坐在法罗牌桌旁，收入稳定，生活优裕，从不考虑他这项工作的背后有着怎样的道德问题。他并没有在一夜之间变成一个改革者，致力于废止“河上女王”所代表的这个行业。人们永远不会停止赌博。但是，他越听人们谈论这事儿，听到的故事越多，他就越反感这个行业。因为被骗的人何止千千万万，还有多少人被堵在小巷里，因为反对庄家作弊而惨遭毒打。科尔德菲尔德从来没有想过在赌博中作弊。他的名声一直很好，从长远来看，不诚实的名声会让一个赌棍毁于一旦，虽然作弊能获得一时之利。但是显然，查普曼不这样想，他太以自我为中心了，根本看不到这一点。马车辚辚，车轮滚滚，一程又一程，科尔德菲尔德感觉自己仿佛从梦中醒来一般。于是，他找更多的男人交谈，找他们身板结实、指节红肿的妻子交谈。

然后，他自己一个人去了一个河边小镇的一间简陋小木屋，和一个不到十八岁的女孩聊天。她穿着廉价的带亮片的猩红色宽大长衣，坐在一张帆布床的边缘，看上去身子消瘦，脸色苍白，一副病态。她告诉他，“河上女王”号进城停泊码头之后，查普曼的船员会充当皮条客。她说话的时候，科尔德菲尔德不断地闻到碱液的刺鼻气味。科尔德菲尔德还找其他有时被称为“脏鸽子”的人交谈，他们所讲的事情与之如出一辙。

在同一个镇上，他遇到了一个叫阿克顿的男人，一个头发花白、手臂粗壮的人。他说：“你就告诉我，你什么时候去找查普曼，先生。我跟你一起去。我女儿死在克里布街，她离家出走——我都不知道她在哪里，直到她得了天花，而且一切都太晚了。”他的眼神阴沉而痛苦。

阿克顿和那些姑娘第一次给他指明了一个新的方向。现在，科尔德菲尔德在追击“河上女王”号的同时，开始一个城镇一个城镇地往这个新的方向追击，哈丽雅特·马斯特斯总是伴随在他身边。他要找个地方来做一个了结，最后决定在圣埃尔莫下手,这是该河流最南的一个大城镇。"河上女王"号将在那里停靠一个星期,然后顺流而下前往大河的汇合处。科尔德菲尔德召集了十六个人,并获得了他们的保证,在十月的第一个星期,他们会带着武器去圣埃尔莫。阿克顿就是其中之一。

阿克顿的儿子托德,一个十六岁的年轻人,主动提出和他们一起去,愿意帮他们跑跑腿。科尔德菲尔德同意了。他觉得自己像个集结军队的将军一样,这是一种美妙的感觉。他胸部的疼痛越来越严重,但是他想方设法尽可能长时间地将它抛诸脑后。他专心致志于他的计划。时间一天天过去,他跟哈丽雅特的关系也一天天走近。

九月底的一个晚上,他和这个姑娘在皮彻的一个餐厅里吃晚饭。皮彻是圣埃尔莫以北三十英里的一个小镇。他给自己倒了白兰地,点燃了一根雪茄,然后他把手伸到桌子对面,握住她的手:"你知道,如果不是你,我们不可能走到这一步。"

"运输船沉没后,我们所剩无几——办公室家具,我的衣服,还有其他一些东西——那些东西对我来说毫无用处,格雷厄姆。"她笑了,"有时我觉得自己很傻。像这样旅行,我们已经花了两千美元的一部分。但是我想起了吉姆,所以我觉得这是值得的。"

"我觉得其他人也与此有利害关系。譬如,本·阿克顿就是。'河上女王'号不仅仅是一个赌博场所,她是一种疾病,毒害了整条黑水河。之前我还糊里糊涂的。"

哈丽雅特又温和宽容地笑了:"有好多事情你都不知道。我们的生活封闭在自己的幻想背后。"

他也对她回以微笑:"现在你对我的幻想有所了解了吧?"

"嗯——也许不知道和别人分享东西有多好。只为自己而活,为自己而巧取豪夺——这可能是一个。"

他没有回答,但是他知道她明白,他毫无怨尤地接受了她的话。他捏了捏她的手,然后说:"但是我仍然要赌一把,我的挨打得有人还账。查普曼得为此买单。"

她皱起眉头:“格雷厄姆,这样没有好处。你恨他的方式,你下决心要毫不留情地杀了他的方式。”

他顿时生气了:“是啊,所以我才要花钱玩这个游戏。事情就是这样,必须的。”

“好吧,我为你感到遗憾。我希望——”

门突然砰的一声打开了,托德·阿克顿上气不接下气地闯了进来:“科尔德菲尔德先生——‘河上女王’号上有一个人下船了,到酒吧来了。我刚刚看见他的,一个大家伙,看样子很像你经常说起的那个人——”

科尔德菲尔德的脸色变得阴冷,问道:“穿得像船员一样?”托德·阿克顿点点头。科尔德菲尔德轻声说道:“贝茨。”他把手伸向椅背,将手枪绑在身上。这时托德补充说,跟贝茨一起来的还有一名船员。根据小男孩的描述,科尔德菲尔德断定,另一个男人就是索皮·马林斯——这只河鼠从来不会昂首挺胸地面对任何人,哪怕是女人。

科尔德菲尔德旋转了一下弹膛:“现在是时候让汤姆·查普曼感受恐惧了。”他向门口走去,一面瞧着哈丽雅特·马斯特斯那张紧张的脸。好吧,他走过铺着厚厚地毯、点着煤气灯的大厅,心里想,她想要担心他的人品,那就让她去担心吧,纯粹是杞人忧天。他感兴趣的是看到汤姆·查普曼去死。

科尔德菲尔德穿越大堂,透过窗户看到了码头上的“河上女王”号,黄昏中,灯闪闪发亮。他在进酒吧前停了一下,往里看去。“红脖子”贝茨和索皮·马林斯坐在中间的一张桌子旁,大口大口地喝着泡沫覆盖的啤酒。他缩回身穿过大堂,走出门,沿着街道走去,找到一家枪械商店。他向店主买了一支手枪和一些子弹。装上子弹后,他把枪塞进外套里面,然后走进酒吧。他在桌子间迂回穿梭,最后站在了贝茨和马林斯的面前。马林斯突然抬起头来,吹了一口气,把啤酒泡沫都喷了出来。接着,贝茨猛地抬起头来。

“嘿!”贝茨站起身来,流露出惊讶和困惑的神情。科尔德菲尔德想咳嗽,但他硬生生忍住了。他把装在枪套里的手枪拔了出来,瞄准了贝茨。

“你在这里搞什么鬼,‘假阔佬’?”贝茨虚张声势地大声问道。他环顾了一下四周,想寻求帮助,但其他顾客全都没有动。马林斯太害怕了,他那几乎不存在的下巴瑟瑟发抖。

“找你们这些先生啊，”科尔德菲尔德笑了，“贝茨，你可以站起来和我一起出去。”

贝茨没有动，他用手指敲击桌面，舔了舔嘴唇。

“我说站起来。”科尔德菲尔德说道，这一次声音严厉了一点。贝茨站了起来。科尔德菲尔德转身对马林斯说：“你就坐在那里，否则一枪送你见阎王。”

“好的，老板，”马林斯说道，一面拼命点着头，“我不动，我向上天保证。”

科尔德菲尔德跟在贝茨身后穿过前门来到外面。有两三个人盯着他们看，但是大多数人回头继续喝他们的酒。科尔德菲尔德拿手枪捅着贝茨走到街道中央。

“你见鬼的到底想干什么，‘假阔佬’？”贝茨咆哮道。

“只是想把你打我的事情摆摆平，”科尔德菲尔德拿出那支备用的手枪，“我把这支枪交给你，你可以拿它进行决斗。”他举起那支新的手枪，将它递了出去。

贝茨突然行动，猛地甩开外衣。他嘴巴里咆哮着什么话，往前扑来。科尔德菲尔德连忙往边上闪了一步，但闪得不够远。贝茨肥厚的手里闪着一把刀。科尔德菲尔德感觉到了，刀穿透他的外套，刺进他的肩膀，使得他靠在了门廊的柱子上。他端起枪，抵着贝茨的肚子开了火。枪声被裹住了。贝茨向后退去，嘴巴张得大大的，慢慢地倒在了街上。

科尔德菲尔德喘着粗气，几乎痛得昏死过去。他把手枪插在枪套里，放下另一支手枪，伸出手来，狠狠地一拽，把刀子拔了出来。

衬衫里面，火热的血流了出来。他小心翼翼地往前走去，再次走进酒吧。马林斯没有动。人们盯着他看，兴趣更浓了一点，因为他受伤了。

“回到‘河上女王’号上去，”科尔德菲尔德对马林斯说道，“告诉查普曼，我马上去找他，取他性命。走，马上。”

“好的，老板。”马林斯惊恐地说道，害怕极了，他冲出门去。科尔德菲尔德来到吧台前，要了一小杯烈酒，分两口吞了下去。接着，他转过身，慢慢地走到外面。贝茨躺在他倒下的地方。街道上，索皮·马林斯的两条腿飞快地交替着，没命地朝码头狂奔。

哈丽雅特没有问发生了什么。她给他包扎伤口的时候，他告诉她贝茨死了。他看到了她眼睛里的遗憾。可是他提醒自己，要是顾及她的感受，那他就是个傻瓜。他简单地跟她道了个晚安便离开了。

他在漆黑的房间里靠窗的地方坐了一整个晚上，留心着街道。他认识的人从"河上女王"号上悠闲地溜达下来，他曾听到门的另一边有脚步声停留。但是门闩得很牢，门后面他还推过来一只柜子顶着。眼前，科尔德菲尔德感觉是安全的。查普曼不敢公然惹是生非，他的处境已经够危险的了。黑夜的时光慢慢逝去，黎明前，"河上女王"号蒸汽升腾，离开码头，向下游驶去。

十月的夕阳正在西下，低垂在河上，像一个巨大的橘红色圆球。从窗户飘进来的空气带着一股浓烈的秋的味道，主街的屋顶上，科尔德菲尔德可以看到烟雾袅袅——人们正在烧野草和树叶。

楼下，人们穿着厚厚的外套骑马经过。但是在他也能看到的码头上，"河上女王"号灯火通明，仿佛还是盛夏一般。过不了多久，查普曼这艘船就会驶往密西西比河下游，在新奥尔良的一个河段过冬。

科尔德菲尔德将窗帘放了下来，他的嘴抿成了一条线，一副狰狞的样子。他的人今晚九点会在酒吧集合，他已经在街上发现好几个了。他转身回到桌子边，桌子上，他套着枪套的手枪旁边，竖着一个酒瓶，他倒了一小杯酒。他的手微微颤抖，在吞下那一小杯烈酒之前，他咳嗽起来。

这些天来，他和哈丽雅特之间的沟壑越来越大了。起初，他们完全是陌生人，因为共同的仇恨而走到了一起。慢慢地，这种关系加强了，直到科尔德菲尔德觉得除了友谊或共同利益之外还有别的什么东西存在。但是，自从那天晚上他开枪打死了"红脖子"贝茨之后，他们之间的鸿沟拉大了。科尔德菲尔德理解。尽管她弟弟被杀，或许正因为是她弟弟被杀，哈丽雅特无法接受冷酷无情的杀戮。虽然科尔德菲尔德打算给汤姆·查普曼机会，但是他的目标仍然是杀死这个人。

好吧，他对自己说，等她拿回她的两千美元之后，她就可以走自己的路了。这使他感到心痛，但事情就是这样，没有办法。一个人不可能遭到羞辱而不报仇雪恨。很快，科尔德菲尔德又倒了一杯酒喝了下去。

门外响起了轻轻的敲门声，科尔德菲尔德紧张起来："谁呀？"没有回答。

哈丽雅特这个时段还在吃饭，而跟他的人约定会面的时间还要再晚一些。他悄悄地从枪套里拔出手枪，蹑手蹑脚地朝门口走去。他摆好架势，抓住门把手，一把将门打开。

一个拳头猛地飞过来，击中了他的下巴。他转过身，看见"河上女王"号上一个水手那张胡子拉碴的脸。他摇摇晃晃地后退，试图瞄准枪口。可是他们有两个人，一齐朝他扑来，又踢又打。他的头猛地往后一仰，撞在门上。极度的疼痛中，有一张脸朝他漂浮过来——查普曼的脸，带着冷笑。科尔德菲尔德拼命挣扎，但没有用。又一拳猛地击中他的脖子，他倒下了，胸腔内一阵剧痛。突然，他眼前一黑，于是疼痛也减弱了。

过了一会儿，他听到远处传来汽笛声。他摇了摇头，试图驱散眼前的迷雾和身上的疼痛。湿气拂过他的脸，有河水味儿的那种湿气，科尔德菲尔德睁开眼睛。除了没有吉姆·马斯特斯被床单裹着的尸体外，这个房间几乎就是先前那个房间的翻版。一盏油灯在天花板附近的一个钩子上噼啪作响，在从安装得很蹩脚的门下面吹进来的气流中微微晃动着。科尔德菲尔德是在一间简陋小木屋里，黑水河沿岸的泥滩上排列着很多这样的小木屋。

汤姆·查普曼走到他面前，两个大拇指插在马甲口袋里。他朝科尔德菲尔德笑了笑，但是他的眼睛里几乎没有欢乐的神情，只有一种被逗乐的轻蔑："你不应该到处宣扬你要弄死我，格雷厄姆。我一听到这个消息就开始小心提防。"

"你是怎么——怎么找到我的？"科尔德菲尔德问道，因为挨打而痛得浑身发抖。

"你的一个朋友廉价威士忌喝多了，开始在酒吧里胡言乱语。我的一个手下听到那个笨得不能再笨的笨蛋提到了你的住处。"查普曼慢慢地把外衣的衣襟往后一撩，拔出了他的手枪。

一波绝望的浪潮席卷了科尔德菲尔德。他差一点就成功了，仅仅被一个粗心大意、嗜酒如命的醉鬼给出卖了。也许他一开头就应该单打独斗，没有哈丽雅特·马斯特斯,没有他们这些人。不过现在,这已经不重要了,一点也不重要了。

查普曼转了半圈,下达了命令。门打开了,两个长相粗野的水手走了进来。一个人把油腻腻的帽子戴在头上,在脚跟下碾灭了雪茄,另一个人搓着双手。查普曼说:“格雷厄姆,你又要挨打了。只是这次,它会要了你的命。我得保护我的生意啊。”又是那淡淡的微笑。科尔德菲尔德再次看到了这个人的无情和残暴,再次领教了他为维护自己的滚滚财富而不择手段。

科尔德菲尔德想起了贝茨给他的那顿毒打,那也是查普曼下的命令,这使他再次怒不可遏。他猝不及防地扑上前去,龇牙咧嘴地几乎在咆哮。他的双手伸向查普曼的脖子。一个人冲上前来,抡起一根棍子,重重地击打在科尔德菲尔德的后脑勺上,发出沉闷的声音。科尔德菲尔德被打得转身退了回去,两眼直冒金星。另一个人来到他身后,反绑了他的两条手臂,这时,前面那人抡起棍子,再次狠狠地击打下来。科尔德菲尔德的头在肩膀上摇晃。查普曼哈哈大笑着。时间对科尔德菲尔德来说不再有意义了。在他处于神志不清状态的时候,他仍然知道时间对他来说已经停止了,永远停止了。

殴打缓慢而有条不紊地进行着。最后,科尔德菲尔德已经几乎感觉不到这一下又一下的击打了,痛过了头反而减轻了一些痛苦。他的眼睛稍微看清楚了一点,查普曼坐在一只木桶上抽烟,他的枪就放在他旁边的桌子上。科尔德菲尔德再次怒火冲天。也许,他心里想,也许有了这个,他就能对付他们了。他知道他必须尽快做出努力,否则,他就永远也做不到了。

他动了动两条胳膊。“嘿!”那人从后面猛地拉了他一下。但他的手不像之前绑得那么紧了。科尔德菲尔德稍微向后靠了靠,感觉那个男人的腰带里塞着什么东西。这人是带了把刀还是带了支手枪?他弄不明白,但感觉像一件武器。那人的手放松了。科尔德菲尔德在棍棒的击打中翻滚,等待时机,同时积聚起他的仇恨以及由此产生的最后积蓄的力量。

科尔德菲尔德看到棍子再次扬起。这一次,当它猛击下来时,他挣脱了抓着他的那个人。棍子从他头上擦过,因为他闪身躲了一下,所以也没有打中他的肩膀。他没有转身去抢夺抓着他的那个人的武器,而是趁势继续向前冲去。他的手比查普曼的手快了几毫秒,他抓起手枪,紧贴在小木屋的墙上。

那个曾经抓着他的人一边骂着，一边从自己的腰带里拔出手枪。科尔德菲尔德开了一枪，打得那人摇晃起来，两条腿软绵绵，然后，他摔倒了。

另一人仰着头，圆圆的下巴向前突出，一双小眼睛闪着亮光，他将一把刀扔了过来。科尔德菲尔德闪身一躲，感觉那刀在他的太阳穴边上飞了过去，然后插进了木板墙，抖个不停。科尔德菲尔德匆忙一枪，击中了那人的腹部，那人大叫一声就倒下了。

科尔德菲尔德迅速冲向门口，跑下台阶，寻找查普曼的身影。由于科尔德菲尔德抢了他的手枪，这个"河上女王"号的老板便被解除了武装，在第一个人被子弹击中的瞬间，他就冲出了门。

就在小木屋外面，科尔德菲尔德犹豫了。浓雾紧锁，河滩变成了一片朦胧的荒地，那些形状各异的东西模糊不清，认不准是什么。他觉得自己看到了一个奔跑的身影，于是便朝他开火。一扇窗户被打碎了，一阵碎玻璃哗啦哗啦地砸了下来。一个穿着内衣的男人打开了小木屋的门，嘴里骂着什么。

科尔德菲尔德没有听到任何脚步声，他把枪塞进外套里，开始慢下脚步。每当一波眩晕袭来，他就得停下来歇一下，歇好几分钟。然后他再继续往前走，沿着河滩艰难地朝着圣埃尔莫的灯光走去。

他敲响了哈丽雅特·马斯特斯房间的门，她开了门，不禁倒吸了一口冷气。他虚弱地靠在门框上，没有对她笑，他无法笑。她打量着他的脸，然后跑了上来，裙子像喇叭一样在她身体的四周散开。她往上伸出一只手，抚摸着他的脸颊，她的手冰凉而温柔。"格雷厄姆……"她轻声地说，她的眼睛有点模糊。

他关上门，她给他倒了一杯酒。他简要地叙述了发生的事情。她的脸上露出一种麻木的恐怖神情。他讲完后，停了一会儿，然后说道："现在你明白我为什么要追杀查普曼了吧？这次他是要杀了我的。'河上女王'号对他来说就是一切。他为了保护它，什么事情都干得出来。"

她点点头："是的，现在我明白了。对——对不起。"

他站起身来，突然头晕目眩再次向他袭来，他赶紧伸出手抓住一把椅子支撑自己的身子。等他恢复过来后，他看上去一副病态，眼神却很坚定。"我没事，"他说道，"现在几点钟？"

她瞥了一眼墙上那个很大的时钟:“九点差一刻。”

科尔德菲尔德拿出查普曼的手枪,检查了一下。他装上新的子弹,再次把枪放到一边:“到时间了,让那些人去酒吧。”而且,他默默地在心里加了一句,是时候让汤姆·查普曼清账了。

她抚摸着他的胳膊。现在,他心想,她理解了,她愿意让他这么做了。“格雷厄姆,我要你小心点。”

他俯身向前,吻了一下她的脸颊。“我会的,”他对她微微一笑,带着一丝淡淡的辛酸,“你就在这儿等着。如果我午夜前还没回来,你就知道查普曼赢了。”他转身离开了房间,尽管胸部疼痛,但他依然昂首挺胸。

科尔德菲尔德走进酒吧,看见阿克顿和其他人都在吧台那儿。那些其貌不扬的男人都十分安静,他们俯身喝酒,相互交谈。科尔德菲尔德感到欣慰,他注意到他们都全副武装了,人数接近三十人,而不是十六人。当他朝他们走去时,他被一个戴着警长星章的人吓了一跳,那个人正在和阿克顿交谈。

科尔德菲尔德拍了拍阿克顿的肩膀,那一脸阴沉的大块头男人转过身来。他伸出一只手,科尔德菲尔德跟他握了握手。

“你看上去绝对像是被石磨碾过了一样。”阿克顿说道。

科尔德菲尔德点点头:“查普曼,他知道我们在城里,就想弄死我。你叫来的一个人喝多了,泄密了。”

阿克顿的脸上变得更加狰狞:“天呢,让我们看看是哪一个。”科尔德菲尔德伸出一只手阻止了他。

“浪费时间。查普曼早有准备了,”科尔德菲尔德指着那些多出来的人,“他们是从哪里来的?”

那个佩戴着星章的人说话了:“科尔德菲尔德,我是温特斯,圣埃尔莫的警长。”他指了指吧台远端一个面容温顺的小个子男人,他可怜兮兮地蜷着身子正在喝一大杯啤酒,不停地擦着他的银框眼镜。看他的样子,好像不属于他们这个作战团队。“那边那个人是克努特·霍格斯特罗姆,经营杂货店的,他的儿子两天前去了‘河上女王’号,肚子上中了一枪。这就是我来这里的原因。我们镇上的一些人也有利害关系。”

科尔德菲尔德审慎地打量了一下这位警长：“我要去杀了汤姆·查普曼，谁也制止不了我。”

温特斯的两眼放射出凌厉的光芒：“理解。”

科尔德菲尔德紧了紧自己的皮带，再次环顾了一下四周：“好吧，那么我们出发。”

阿克顿点点头，准备好自己的枪。人们纷纷行动起来，他们在科尔德菲尔德、温特斯、阿克顿的带领下走出了酒吧。

他们走在街道的中央，几乎一声不响。科尔德菲尔德注意到有一个人驾着一辆马车跟在他们后面。他问温特斯：“马车里有什么？”

“几桶沥青，我们要烧了‘河上女王’号。”科尔德菲尔德笑了，继续往前走去。

人们从窗户里望着外面的这支队伍。人行道上，有两三个女人兴奋地窃笑着。科尔德菲尔德一直盯着前面的码头，只有几辆马车停在那里。有什么东西突然在马车中间动了，科尔德菲尔德看出了是一个船员，他发现了他们。

这个船员疯狂地跑上船，一面挥舞着双手，一面大声呼喊着，听不清是什么内容的喊叫声响彻布满阴影和昏暗路灯的街道。科尔德菲尔德感觉到了夜间空气的刺骨寒意。冬天即将来临，也许他会去亚利桑那州，然后他放声大笑起来，笑得他周围的人毛骨悚然。也许，他也去不了亚利桑那州。也许，今晚的工作结束后他就不在人世了。

当他们离码头还有一个街区时，一支步枪突然啪的一声响了。“河上女王”号的甲板上出现了一束火焰。人们赶紧散开，奔向街道两边的人行道。但是，有一个人卧倒在了街道的中央，他的身上在流血。

科尔德菲尔德的人一面匍匐在人行道上，一面开枪还击，单调的枪声响彻夜空。又有更多的步枪在“河上女王”号的甲板上加入了战斗。温特斯在科尔德菲尔德的后面，阿克顿在街道的对面。科尔德菲尔德向阿克顿做了个手势，然后飞似地冲过开阔的码头。

他听到子弹在他周围发出哀鸣一样的声音。有什么东西拽了一下他的外套衣袖，他不停地跑。当他到达跳板时，一个船员正要把跳板拽起来。

科尔德菲尔德停下脚步，瞄准，小心翼翼地扣动扳机，射出了一颗子弹，那人猛地向前摔倒。只听得砰的一声，跳板落回到了原处。温特斯和他的手下蜂拥而上，科尔德菲尔德紧随其后，就在阿克顿那群人的前面。

科尔德菲尔德知道这条船的布局，他很快部署了人员。六个人去攻占主赌场，其余的人到下面围捕烧锅炉的工人，科尔德菲尔德自己则飞快地向查普曼的住处冲去。偶尔有啪啪的枪声回荡在夜空。一个端着步枪的人在上面的甲板上从科尔德菲尔德眼前飘然而过，一声巨响，水花四溅，消失在了黑黑的水中。就在前面，科尔德菲尔德看见有人在跑。他认出了那是弗兰基·托普，便大喊了一声他的名字。那人转过身来，嘴巴里咆哮着恶狠狠的骂声，一面伸手去拔他藏在身上的手枪。短粗的枪管刚刚擦过马甲口袋的边缘，科尔德菲尔德的子弹便击中了他的胸部，打得他转了个身。托普滑倒在栏杆上，完蛋了。科尔德菲尔德绕过他，再次飞快地冲上前去。

他来到门口，停下脚步，稳住身子。他伸出自己空着的手，抓住门把手。他转动门把手，把门拉开，蹑手蹑脚地溜进挂着帘子的门厅，悄无声息地关上门。他走到帷幔跟前，用手枪的枪管飞速地掀起门帘，办公室一下子暴露无遗。

汤姆·查普曼背对着科尔德菲尔德，跪在保险柜前，正急急忙忙地把一些文件和现金塞进一个旅行包里。科尔德菲尔德用紧张的手抓住窗帘，他想扣动扳机，他想看到子弹一颗接一颗地打进查普曼的背，把他的背撕成碎片。他想要看到查普曼死，作为他被侮辱到极点的补偿，并把他像河上的流浪汉一样扔出去。他想在查普曼的背后开枪，但是，在那沉默的瞬间，那似乎永恒的瞬间，他意识到，他不能这样做。

他反而故意咳嗽了一声。

科尔德菲尔德走进办公室，查普曼急忙转过身来，两条眉毛竖了起来，一副滑稽好笑的惊讶表情。“你好，汤姆。”科尔德菲尔德说道。查普曼的手摸向枪套，科尔德菲尔德让他去摸，让他去摸个空：“你的枪在我这儿呢，汤姆。你本该找个时间再去弄一把。”

查普曼舔了一下自己的嘴唇：“你要打死我吗，格雷厄姆？”

科尔德菲尔德犹豫了一秒钟。“不，汤姆，”他把手枪扔到一把椅子上，“我要赤手空拳弄死你。”

查普曼哈哈大笑着，乐了：“‘假阔佬’，你还不够强壮呢，你是个病人啊。”

“我们走着瞧，汤姆。”科尔德菲尔德一拳击中查普曼的下巴，打得他转了半圈。但是，查普曼十分强壮，他稳住脚步，砰砰两拳打中科尔德菲尔德的腹部，打得这个赌棍直打趔趄，胸部钻心地痛。

查普曼扑上前来以加强他的优势。科尔德菲尔德笨拙地抡起拳头，一拳打在查普曼的下巴上，打得他翻过了办公桌的桌面。但是，他很快又站了起来。科尔德菲尔德挡开了迎面一击，但腹部又挨了一拳，接着头部挨了一拳。科尔德菲尔德一下撞到了墙上，他的头撞在了一个相框上，玻璃碎了，碎片割破了他的脖子，血流了出来。

查普曼摇摇晃晃地向门厅走去，扯下门帘，把门往外踢开。科尔德菲尔德紧接着追了上去，拼命地抵抗着因用力过度而再次引起的胸部疼痛。但是，他硬是让自己来到了甲板上，来到了凛冽的寒风中。查普曼朝船尾的跳板跑去。科尔德菲尔德冲过门时撞到了栏杆上，他稳了稳身子，追了上去。此时，只听到几声零星而遥远的枪声。

查普曼突然脚下一绊，绊倒在了弗兰基·托普的尸体上。科尔德菲尔德在离查普曼不到一英尺的地方猛地停住脚步，伸手去抓他的肩膀。查普曼突然转过身来，手里握着弗兰基·托普的枪。科尔德菲尔德看到查普曼的手指在扳机上，说时迟那时快，他一脚踢了过去。科尔德菲尔德的脚踢中了查普曼的手，那些子弹统统都射向了上方。科尔德菲尔德用两只手把查普曼拽了起来，狠狠一推，把他推到了墙上。科尔德菲尔德正准备对他下手时，一支枪在黑暗中开火了。子弹一颗接着一颗地飞了出来，把墙上的木板打得粉碎。科尔德菲尔德本能地闪身躲避。当枪声停止时，他再次抬头，发现查普曼正坐在甲板上，两腿伸开。他的脸上红红的，已经几乎辨认不出本来面目。

阿克顿出现了，他跨过尸体，把步枪搁在船栏上。“抱歉，我抢了先，科尔德菲尔德，”他的眼睛好像被蒙上了一层阴影，在思考什么的样子，“但是，我因为他而失去了我的女儿，所以我想这是我的权利。”

科尔德菲尔德点了点头:“我得到了我的份额。”他一只手抓住栏杆,另一只手去拿手帕。过了一会儿,一阵咳嗽平息了,他意识到温特斯警长来了。

“你们最好下船去,”温特斯说道,“我们把查普曼的人都抓起来了,我和我的人要把这条船烧了。”

科尔德菲尔德迅速转过身,回到办公室。他从查普曼掉在地上的旅行包里取出两千美元现金,把钞票塞进自己的外套里。然后,他回到外面,筋疲力竭,耗尽了最后一点精力。他的胸口一阵剧痛,几乎难以忍受。

一个人提着两桶沥青从他身边走过。他来到了码头上好奇的人群中。有两个小淘气绕着他的两腿玩“官兵捉强盗”的游戏,扯着他的衣服下摆,向他问这问那。他没有回答,只是注视着第一束火焰从主赌场的一扇破窗户里升起。很快,空气中弥漫着烟味和燃烧的味道。火光照亮了他的眼睛,照出了一种令人毛骨悚然的满足感。他人生的这一部分结束了,不知怎么,他感觉如释重负。

三个小时后,“河上女王”号被烧到了吃水线处,沉没了,船的残骸被拖到中央航道,随后,翻滚的浓烟消失在了黑水河里,嘶嘶的声音也消失在了黑水河里。

然后,科尔德菲尔德转过身来,挤过已经开始稀少起来的人群。夜间的冷风令他不舒服,他的牙齿开始打战,他感觉又有一阵咳嗽袭来。然后,他看见了哈丽雅特,她局促不安地坐在马车里。他走到她身边,爬了上去。她的手紧紧抓住他的胳膊,眼睛里流露出焦急的神情。

他摇了摇头。“不,我没有杀他。阿克顿抢先了,”他淡淡地笑了笑,“但是我用拳头揍了他几下,揍他几下我的力气还是足够的。”他无法抑制话音里的强烈的自豪感。不管有没有病,他身上还留有力气,而且还留有好多年的力气。在这好多年里,他可能会治愈他虚弱的身体。

“我把你的两千美元拿回来了。”他补充道。

“谢谢你,格雷厄姆,”她指了指驾车的马,“去哪儿?”

他目不转睛地望着她:“我们为什么不去亚利桑那试试呢?阳光充足,我们有大量的时间去放松,去生活。我到了那儿应该能够谋到生计的。”

哈丽雅特微微笑了一下。“我在圣埃尔莫认识一个人,他可以安排一些事情,”她的蓝色眼睛里有什么东西在闪耀,“迟早,格雷厄姆,一男一女在一起,他们很可能会坠入情河。我想要合法的婚姻。”

他哈哈大笑起来:“你真是个前卫的小妞。”

她也哈哈大笑起来,尽管依然可以看到她脸上的紧张:“你对我没有彻底了解,格雷厄姆,还没有呢。”

他伸手去掏雪茄:“去亚利桑那,路很长呢。”

她倾过身子,亲吻他的嘴唇:“我知道。”她双手扯动缰绳,马车立刻启动,沿着主街驶去,把黑水河留在了身后。

裸　枪

消息传来的时候，乔治·博迪正坐在位于内布拉斯加大街安妮旅馆的客厅里抽雪茄。

博迪把他那双沾满泥巴的靴子搁在凳子上，厚厚的外套敞开着，露出胯部插在皮枪套里的手枪。他大概已经三十或四十岁年纪了。

灯光下，他的脸看上去朦朦胧胧地布满了麻点。他长得很丑，神态冷酷无情而又精明强干。当雪茄的烟雾从面前飘过时，他的微笑带有一种不自然的、嘲笑的意味。

这家旅馆的主人梅贝尔·泰特往上拉了拉她褪了色的礼服，倒了一杯酒。

“卢过不了太久应该会下来的。”她说道。从上面的什么地方传来了一个男人的大笑声。

“好的。我到这个镇上虽然才一个小时，但是除了没有看到卢，值得看的东西都看到了，变化不太大。”

梅贝尔坐在那儿喝酒，点燃了一根黑色的方头雪茄：“你去哪儿了，乔治？”

博迪耸了一下肩膀：“主要是海斯市。”他笑得更加灿烂，一只手还摸了摸枪套。

“现在有多少了？”梅贝尔问道，神情中既有厌恶又有好奇。

“十一，”博迪走过来给自己倒了一大杯威士忌，“再有一个，我就凑成一打了。”他不耐烦地瞥了一眼天花板，“她在干吗？有顾客吗？”

梅贝尔摇了摇头：“正在整理二楼的客厅。有一群铁路工人凌晨两点左右过来，要到我们这儿短暂停留一下。”梅贝尔的语气介于愤世嫉俗和心满意足之间。

前门打开了，一股初冬夜晚的寒气扫过地板。博迪扭头看到梅贝尔的七岁儿子塔德走进来，一面用手套擦着鼻子。梅贝尔的另一个孩子三岁了，安静地坐在角落里的一把椅子上，手指着一本女性杂志，她的眼睛圆圆的，安静中透出好奇。

“你去哪儿了，塔德？”梅贝尔问道。

他瞥了一眼博迪：“在西姆斯的马车行。我……我看见怀曼先生在那儿。”

博迪注意到了梅贝尔皱了皱眉。“镇上来了新的警察？”他问道。

梅贝尔点点头：“来了六个月了，到目前为止。沉默寡言的一位先生，他带着猎枪。”

博迪摸了摸自己的手枪：“这个可以击败它，任何时候。”

梅贝尔的眉皱得更拢了：“乔治，我可不想让你在我的地盘上凑成你的一打。我很高兴你能来，但我不想在这房子里发生任何枪击事件。我要保护我的名声。”

博迪又倒了一杯酒。小男孩塔德从口袋里掏出一张正方形的纸，看着梅贝尔：“怀曼先生给了我这个。”

他将纸交给博迪，有点犹豫。

“他说让我马上把这个给你。”

博迪双眉紧锁，他展开纸，费力地读着上面工整的字。这些文字在两个几乎不识字的人之间形成了微妙的联系。博迪反复思考着这封信，嘴巴抿成了一条线。

我们这个小镇不需要像你这样的人。你必须在午夜之前离开。

警长戴尔·怀曼

博迪哈哈大笑着把纸条揉成一团扔进壁炉里噼啪作响的火中。

“我估计消息已经传开了，”他带着一丝自豪说，“也许我会凑足第十二个了。”他举起一只手：“但不是在你的地盘上，梅贝尔。等警长来赶我出去的时候，我就在街上干，这样每个人都能看到。”他的一只手伸向酒瓶。

梅贝尔把塔德推向走廊的方向:“去厨房弄点吃的。带你妹妹埃玛一起去。”

小男孩嘟囔着,拉着小女孩的手,拖着她走向黑乎乎的、弥漫着霉味儿的走廊。

小女孩松开他的手,停了下来。出于好奇,她把博迪放在一把椅子上的帽子拿了起来。

梅贝尔狠狠地拍了一下她的手:“走,塔德。你跟着他,埃玛。老实说,这孩子是我所知道的最会偷东西的了。如果她是个男孩子的话,我猜她天生是个抢银行的江洋大盗。”

“卢见鬼的到底在哪儿啊?”博迪问道。

“少安毋躁,乔治,”梅贝尔连忙说道,“我去看看。”

她走到楼梯底下,喊了几遍那个女孩的名字。一个女孩子的声音“来了”从上面的某个地方传来。有人敲门,梅贝尔开了门。她和那个男人聊了一会儿,然后那个男人迈着沉重的脚步上楼去了。她回到客厅,博迪看了看时钟。

“十一点差一刻,梅贝尔。再过一小时十五分钟,我就凑够十二个了。”他轻声笑了起来。

梅贝尔忙着整理沙发上的一块垫布,没有看他。

博迪又喝了一杯酒,吞得很急。“别担心威士忌,”他回过头说道,“我微醺的时候反应速度甚至更快。”

楼梯上响起了轻轻的脚步声。当那个姑娘走进房间时,博迪转过身去。她跑向博迪,张开双臂搂住他的脖子,亲吻他。她的面庞紧致光鲜,令她显得十分年轻。

“哦,乔治,你来这儿我太高兴了。”

“我就是来看你的,亲爱的。两百英里地呢。”他的一条手臂抱住她的腰,轻轻地吻她。

“我开这店不是做慈善事业,你知道的。”梅贝尔说道。

“我会结账的,”博迪回答道,“别担心。不过眼下……”

他和卢开始朝楼梯走去。

又有人敲门，梅贝尔前去开门，博迪听到严寒的黑暗中传来一个声音："晚上好，泰特夫人。卢在吗？"

博迪放下他的手臂。

梅贝尔刚要拒绝他进来，那人径直往前走，走进了亮着灯的客厅。这个牛仔很瘦，他的脸颊因为风和酒而变得通红，他惊讶地朝博迪眨着眼睛。卢目瞪口呆地低头望着地板，紧张不安。

"你好，卢。你忘了今晚我要来吗？"

"也许她的确忘了，"博迪说道，"她很忙。"

"来吧，弗雷德，"梅贝尔急切地说，她拉了拉牛仔的胳膊，"我知道伯莎会很高兴接待你的。"

"伯莎，见鬼去吧，"那牛仔抱怨道，"我骑了六十英里路，每个月都这样，就是为了来看卢。这都说好了的。"他走上前去，抓住卢的手腕。博迪的手指摸了摸皮枪套，像是在爱抚一样。

"你不走运，朋友，"博迪说道，"我告诉过你，卢今晚很忙。"

"见鬼去吧，"那牛仔不退让，依然拉着卢不放，"来吧，亲爱的。我跑了六十英里路，而且天冷得厉害……"

"把你的手从她身上挪开。"博迪说道。

卢猛地挣脱手腕，后退了几步，怒目而视，圆圆的眼睛，像个破旧的玩具娃娃，漂亮而木然。

"你别惹我，"牛仔说道，身子微微摇晃，他的蓝眼睛在灯光下炯炯有神，"你到底是谁？州长还是什么重要人物？"

"我是乔治·博迪。你没听说我的事吗？"

"乔治·博……"

牛仔的眼睛发疯一样猛地转向一边。他舔了舔嘴唇，一只手慢慢地往下摸，摸到了夹克衫的下摆。

"别在这里，乔治。"梅贝尔抗议道。

"滚一边去，"博迪轻声说道，他的双眼闪耀着一种锐利的食肉动物的光芒，

“现在，牛仔先生，你对伯莎还有什么不满的吗？”

牛仔看着卢。博迪和梅贝尔轻而易举就能读懂他脸上的表情：恐惧如野兽爪子般挠着他的心，他心里一定还在挣扎，如果他在卢面前退缩，那就什么都完了。

他那又小又尖的红色喉结上下滚动着。

他的一只手往下滑去。

博迪两眼闪光，一下拔出他的手枪，轰然开火。

牛仔的枪还没开火就从他手中滑落了。他跪下身子，骂着什么，闭上眼睛，胸口血流如注，然后他猛地向前摔倒在地上，躺在那里咳嗽。几秒钟之后，咳嗽停止了。

博迪从容自在地笑了笑，收好他的手枪。

“哦，一打了。”他说道。

“你这个该死的傻瓜，”梅贝尔发火了，“亚伯拉罕！亚伯拉罕！”她喊叫道，“快到这里来。”

亚伯拉罕吃力地把尸体从后门拖出客厅。楼梯上响起了脚步声，接着是女人的傻笑声。

梅贝尔压下怒火，转身大步走进客厅。

“没事了，各位。”她说，徒劳地想挡住他们的视线。人们在楼梯上伸长脖子一个劲儿地朝前张望。亚伯拉罕的动作不够快。“没什么事儿，”梅贝尔坚持说没事儿，“那人只是受了点小伤，友好的争论而已。”

“他死了，”一个尖细的男声说，“傻瓜都看得出来。”

博迪站在门口，他的胳膊搂着卢，沾沾自喜地对着那群乱哄哄的男男女女笑着，他听到有人小声说着他的名字。

那个尖细的声音又冒了出来：“我不住这儿了，梅贝尔。这种事情我受不了。”一个瘦长的身影向门口冲去。

“等一下，海勒姆。”梅贝尔赶紧阻止。

从街上吹来的冷风砰的一声把门关上了。

梅贝尔转身朝博迪走去，双眼写满愤怒："现在你玩得太彻底了。那个黄毛小子会到镇上到处传播，说乔治·博迪刚刚在我的旅馆杀了人。"

"随他去吧，"博迪说道，回头瞥了一眼时钟，"无论如何，我和警长约好一个小时后会面，但那是一小时后的事情。"

他开始上楼，卢依偎在他身上。人群恭敬地分开两边。梅贝尔绝望地挠着自己的头，然后用一种充溢着虚假的声音说道："大伙儿都到客厅里来吧。我请大家喝酒，给受惊的人压压惊。"

亚伯拉罕已经把尸体搬走了，但梅贝尔仍然注意到，地毯上有一块油腻腻的黑色污迹。她的眼睛瞟向时钟，时钟有规律地嘀嗒着。

博迪突然醒了，黑暗的房间里，有点冷。他的手飞快地伸向他的手枪，但当他从敞开的门外照进来的微弱灯光中认出是那个小男孩塔德时，他缩回了手。他打着哈欠翻了个身。卢已经走了，他打了个盹儿。

"怎么了，孩子？"他问道。

"怀曼先生在街上找你。"

博迪爬下床，哈哈大笑起来，然后点上了灯。枪套挂在床柱上，他的手枪就在里面。

"几点了？"博迪问道。

"十二点一刻。怀曼先生没带猎枪，他说想和你谈谈。"

博迪皱起眉头："这个怀曼先生是个什么人？他会在身上藏把枪吗？"

小男孩摇了摇头："大家伙儿都说他很诚实。"小男孩回答道，他说出最后两个字的时候带有一点点怀疑。

博迪的眼睛在灯光下眯拢着，然后他站起身来，抓挠了一下肚子，大笑起来："我认为和警长谈谈也没什么坏处，让他知道知道，他会有什么下场。"

博迪穿好衬衫、裤子和靴子，他指了指床柱上的手枪："如果那个警长还坚持要我在午夜前离开的话，我会回来拿的。谢谢你来给我报信，孩子。"

他走出房间，走下楼梯，脸上带着期待的微笑。

屋子里出奇地安静，客厅里没有人。但是博迪心里很清楚，梅贝尔等人肯定在六七扇黑乎乎的窗户后面望着他。博迪把手放在门把手上，一拉，走了出去，走进刺骨的寒风中。

怀曼站在离拴马杆三英尺远的地方。

他把两只手举在面前，一只手拿着一根火光闪烁的火柴，另一只手挡住风，点他的烟斗。博迪知道这个手势的含义，这是表明信守诺言的一种方式。怀曼轻轻一弹，把火柴弹了出去，烟斗发出了亮光。

博迪走上前去，靠在拴马杆上，咧嘴笑着，冷风刺痛了他的脸颊。街对面的格特阿姨家，一个身穿闪闪发光的亮片连衣裙的女孩子在窗户后面喝着威士忌酒瓶里的酒。

“你是怀曼？”

“没错。”

“好，我是博迪。说你的事儿吧。”

博迪发现，这是一个身材瘦削的男人，三十岁年纪，戴着一顶很高的帽子，穿一件毛皮领子的外衣，蓄着下垂的小胡子，他的脸在星光下显得苍白。

“我本想看看能不能说服你离开这里，”怀曼慢条斯理地说，“我认为，非到万不得已，我不想在我执勤时杀任何人。”

“我得说你胆子不小，警长，”博迪说道，话中夹杂着笑声，“你不害怕吗？我今晚杀了第十二个人。”

“我知道。”

“那你还想说服我不打一架就骑马离开吗？”

怀曼摇了摇头：“我说了，这是我来的原因。在路上，我听说了杀人的事儿。海勒姆·里格斯在大街小巷到处乱跑，拼命地说着这事儿呢。现在，我不能让你走了，但我可以请你跟我走，不打架。不然你会一命呜呼的，博迪。”

“未必呢，警长。我真的不太信呢。”

博迪搔着下巴上长出来的胡子，懒洋洋地踱着步，但他看见怀曼挪动了双脚，因为响起了沙拉沙拉的刮擦声，在夜间的街道上，听起来很响。

“你还没有回答我关于害怕的问题呢。”

“当然害怕，如果这能让你好受点。”怀曼毫无恶意地说。

“之前没有人对我说过这样的话，警长。当然了，大多数人根本就没有时间。”

“我干吗要说谎呢？我不是专门吃这碗饭的。”

“那你为什么来干这个活，警长？我倒是有点好奇。”

“我也不知道，大伙儿觉得我应该来试一试，我想是这样，”他突然抬起脚，敲掉烟斗里闪烁的火星，“见鬼，我不是来跟你解释我为什么不想打架的。我告诉你，如果你不跟我走，我会的。”

博迪犹豫了一下，像品尝好酒一样品尝着这一刻：“那么，警长，你真的认为我会束手就擒吗？”

星光在怀曼冷酷的眼睛里闪烁了一下。

“不。”

“那你干吗不回家上床睡觉？你没有任何机会的。”

从某种程度上讲，博迪欣赏警长冒犯他的话，尽管他是个傻瓜。

怀曼微微转过头去，指了指街的对面。博迪第一次注意到，格特阿姨家的拴马杆那儿，有一个隐隐约约的人骑在一匹马上。

“我来的时候，博迪，我叫上了我的副手，他还带着一把猎枪。”

博迪怒视着夜色，气得浑身发抖。

“这买卖可不太公平，警长。”

“别跟我讲公平不公平。我了解你打死的那个牛仔，他跟你比枪根本不是对手，本来还可以有其他途径的。如果你是想告诉我二对一是不公平的，那么我要说的是，如果有一只狮子咬死了我的牛，我不会顾忌是否是两个人或者二十个人去猎杀它，”此时此刻，怀曼的话变得尖厉无比，“我不顾忌怎么猎杀畜生，博迪。如果你当时给那个牛仔一个机会，也许我会有不同的感觉。但无论是这种方式还是那种方式，我都得逮捕你。是你破坏了公平，不是我。”

博迪的手指在他牛仔裤的臀部慢慢地摸索着。

“你自己干不了？”他轻蔑地说。

“我不会自己干的。”

“为什么？你连自己的枪都信不过吗？”

“也许这就是你犯错的地方，博迪。我宁愿相信另一个人也不愿相信枪。”

“我除了自己的枪，不需要任何人或者任何东西，我从来不需要，”博迪轻声说道，“你的猎枪呢，警长？”

怀曼朝马背上一声不响的副手点点头。

“他拿着。”

“我会拿枪跟你们俩比个高下，”博迪恶狠狠地说道，“你们等着。”

博迪抬腿向门口走去，这时格特阿姨家前面的阴影里传来尖厉的喊叫声：“他可能会从后门逃跑，戴尔。”

怀曼回答道：“不，他不会……”他的说话声被博迪凶恶的关门声打断了。

梅贝尔从客厅里探出头来，只见博迪牙关紧咬、满腔怒火地冲上楼梯，他脸上有一股杀气。

他冲进卧室，灯光下的床柱映入他的眼帘。

他的枪套——还有那支手枪——不见了。

博迪猛地撞在墙上，喉咙里发出一声窒息般的喊叫，他的眼睛在房间里疯狂地搜寻着。

他猛地冲上前去，掀掉被褥。他把空抽屉扔到地上，然后哗啦一声翻过柜子，嘴里骂着什么。他拉开窗户，窗外发出微弱的呜呜声。

他站在那里，朝外注视了一会儿。这屋子后面的山脚下，分布着一些星光浸漫的简陋小木屋。然后他坐在床沿，肩膀开始颤抖。

他双目圆瞪，嘴里骂出一连串脏话，声若呜咽。他跳起身来，开始撕扯床垫的套子，然后他又停了下来，浑身发抖。

他感觉到，怀曼在嘲笑他，他再次听到了怀曼的话。怒不可遏的疯狂在他心中沸腾，令他颤抖得更加厉害了。他像野兽一样咆哮着冲出房间，在客厅停住脚步，疯狂地到处寻找着。

他踢开客厅另一头的一扇门。门内的姑娘尖叫起来，一只手赶紧伸出去抓被单。

“见鬼的干吗，朋友……”一个男人稍微有点羞怯地说到一半。

博迪像困兽一样扫视了一下房间，转身奔下楼梯。他呼吸困难，胸部疼痛，恶心欲呕,这是他以前从未有过的感觉。梅贝尔听到了他沉重的脚步声,便走出客厅。她还没来得及说话,他就把她推到墙上,按住她。她瞧着他的脸色,吓得说不出话来。

“枪在哪里?”他喊叫道,“我的手枪在哪里?”他的声音变得尖厉刺耳,如同哀号:“告诉我枪在哪里,梅贝尔,否则我就杀了你。”

“乔治,乔治……天啊,我不知道。”她急忙申辩,害怕极了,痛苦地挣扎着。

他打她,将她的头往墙上撞,把她的脸转向楼梯。她感到窒息,她的手指在墙上无力地抽搐,指甲在墙纸上叩着,发出信号。

“埃玛……”她喊叫道。

他放开她,她瘫倒在地。他三级一步跑上楼梯,跑向那个两眼溜圆、满腹好奇的小女孩。只见她穿着睡衣,站在楼梯平台上,慢慢地走上前来,仿佛是来看看这骚动是怎么一回事儿。她用一只手紧紧握着那支手枪,另一只手在枪管上移动,抚摸着这金属玩意儿。博迪一把从她手里抢过枪,用枪管打在她脸上。

然后,他转过身,再次冲下楼梯,一边嘟囔,一边微笑,从梅贝尔身边冲了过去。梅贝尔看着他,脸上慢慢浮现出狂怒的神色。

小姑娘埃玛似乎对受到这样的对待已经感到释然,她振作了一下精神,开始往下走,手里拖着她捡到的那个皮枪套。她一步一级地往下走,枪管打的条痕在她的脸颊上呈现出鲜红色,但她的眼睛还是孩子气的,圆圆的……

博迪透过窗帘往外看。

他可以看见怀曼和他的副手在街道中央等着,他们的猎枪在星光下闪闪发亮。他从来没有像现在这样想杀人。

他一下子把门打开,冲出门去,将自己的背平贴在墙上,举起了手枪,还是旧时的感觉,还是那么平稳,他用力扣动了扳机,红红的嘴唇发出一声大笑。

怀曼走上前来,叉开双脚,猎枪在夜色中开出红色的花朵。

紧接着副警长也开枪了。博迪感到有一股致命的沉重力量撞击到他的胸口。

手枪啪嗒一声掉落在地上,没有开火。

博迪倒在拴马杆上,感觉胃部热乎乎的,血流如注。怀曼向他走来,但他的身影变得模糊不清。博迪滑倒在地,俯卧在地上,伸手去摸他的手枪,一声被背叛的短促尖叫扯开了他的双唇。

怀曼把帽子往后一推,把猎枪夹在臂弯里。

街道对面窗户飞快地打开了,发出哗啦哗啦的声响。

梅贝尔从前门探出头来。

卢走下楼梯,哭着把一件破旧的晨衣紧紧抱在胸前,还撞了一下小姑娘埃玛。

埃玛瞪着一双好奇的圆眼睛,稳住自己的身子,她被枪声吸引住了。

她加快了速度,一步一个阶梯往下走,目标是寒冷的门廊那儿的说话声。当她匆匆走下来时,先是皮枪套从她的一只手上滑落下来,接着有亮晶晶的子弹从她另一只又小又白的手中滑落下来。这些东西都掉落到了地上,但是埃玛毅然决然地走向下一级阶梯,根本不顾那些玩具,任它们撒落在花哨但有点褪色的地毯上。

德　国　人

“威利，外面有人，”他妻子轻声说道，说的是德语，“威利？”

“没有，没有人，”他说道，狭小的卧室里漆黑一片，他还没有完全醒来，“回来睡觉。”他抱怨着，说的是英语，因为他讨厌她固守旧习。他是美国人，土生土长的美国人。

他敲打着枕头，让自己的头摆放得更加舒服一些。他背对着埃尔莎，听到了她紧张刺耳的呼吸声，接着又听见他们的大女儿——十六岁的安妮玛丽的声音，像是十分紧张不安，用尖细焦急的声音在问她妹妹特露迪什么事情。

然后，他听到大门发出吱吱嘎嘎的声响。

“听，听。”埃尔莎说道，重重地拍打着他的肩膀，以确定他是否醒来了，是否有反应。威利呻吟一声，翻了个身，嘴里突然变得很干。他听到了他们的声音：在漆黑的窗外，有好几个男人，在他精心耙平的砂砾路上，脚步嘎吱嘎吱乱响。

“一定是有人走错屋子了。”他轻声说道。

“走错屋子？这么多人？你知道他们干吗来了。快想想办法，威利。”

他是个性情温和的人，他想做的事情就是在床上睡觉。当然，他不能睡了，除了眼下的事情，还有更多的原因。当埃尔莎催促他想想办法时，一个熟悉的念头闪过他的脑海，一个交集了反抗到底和忠于家族的念头：我父亲没有跑，我也绝对不能跑，永远……

在南北战争结束之后的许多年里，当第十一军团的名声仍然受到诋毁时，他的父亲曾发表慷慨激昂的演说，坚称这是恶意中伤，坚称当“石墙”[①]在钱斯勒斯维尔对

---

①指美国内战时南部邦联军队将领托马斯·乔纳森·杰克逊。

联邦军队侧翼发动突然袭击时，只有少数被他们的战友轻蔑地称作“德国人”的士兵逃跑了。“他们是勇敢的人。他们和其他人一样流血。大多数人没有跑，我没有跑！”

“阿伦？”一个呼叫声从院子里传来。安妮玛丽听到了，开始大哭起来。她妹妹保持着镇静，不断地安慰她。“阿伦，你有朋友来了。”

威利咬着下唇，他几乎可以肯定他认得这个声音。就是那个为他最大的客户打扫地板的笨蛋。

埃尔莎抓着他的胳膊，他将她甩开。他爬下床，站起身，拉紧自制的法兰绒睡裤上的拉绳。他赤着脚悄悄走到窗前，跪在那里。

卧室位于房子的北侧，窗户朝院子开着。在远处油井井架上闪烁的灯的映照下，他看清了院子里的人影。三个，四个——不，是五个。他看见一支枪的枪管闪着寒光。

“你们找我干什么？”他大声说道，“晚上不要到这里来打扰我的家人。”

“我们想什么时候来就什么时候来，你这个该死的叛徒，”另一个人说道，那声音是从他帽子宽边下的黑暗中传来的，“你最好带着你的那些兔崽子滚出去。威尔逊[①]总统前天宣布开战了，这里不再欢迎你们这种人了。”

威利双手抓住窗台，探出身子，星光暗淡，照在他宽阔的额头和金黄色的头发上。他四十二岁年纪，由于长期的辛劳而显得瘦削。他有一双明亮的蓝色眼睛，两撇引人注目的八字胡子和一撮山羊胡子，除此之外，就是一张并不引人注目的脸。

“你们出去，别来打扰我们。我是个地道的美国人。我父亲……”他既紧张又兴奋，一不留神说出了德语，但很快就纠正过来，“他下船不到六个月就为这片土地的自由而战，他是布伦克尔的第八纽约团的第一批新兵之一。他跟随弗里蒙特[②]将军在西弗吉尼亚州打过仗。他和‘好斗’乔·胡克[③]以及西格尔[④]将军在波

---

①即托马斯·伍德罗·威尔逊（1856—1924），美国第二十八任总统（1913—1921），民主党人，领导美国参加第一次世界大战，倡议建立国际联盟并提出“十四点和平原则”（1918），1919年获得诺贝尔和平奖。

②即约翰·查尔斯·弗里蒙特（1813—1890），美国探险家、军人，曾任亚利桑那州州长（1878—1883），曾被共和党提名为总统候选人，后在投资铁路中彻底破产。

③即约瑟夫·胡克（1814—1879），美国陆军将领，西点军校毕业，参加过美墨战争，美国南北战争时期任联邦军准将，以“好斗乔”闻名。

④即弗朗茨·西格尔（1824—1902），在德国出生和长大，美国内战时期任联邦军队将领，参加过布尔溪战役等很多战役，以动员团结德国人加入联邦军队而闻名。

托马克军团中并肩作战……”

“谁管这些?”第一个声音——那个熟悉的声音打断了他。威利生气地指了指:“我认识你,莫斯·埃姆斯,我认识你。”

模模糊糊的人影里面最高大的那个人影便是他客户的那个勤杂工。威利听到其他人在说话,在开玩笑——然后他听到液体在容器里晃动的声音。有人把液体洒在他亲手搭建起来的整洁的栅栏上。他们把煤油倒在他的栅栏上,还有他的叶子花上。“该死的,住手。”他喊叫道,他还隐隐约约听到安妮玛丽在卧室里哭泣。接着,一根火柴爆出了火苗。

威利看着火柴划出一道低低的弧线,发出一声爆响,点燃了叶子花。埃尔莎钻进被窝,把头蒙了起来。安妮玛丽像个疯子一样尖叫着,他听到特露迪的声音——“哦,爸爸,我阻止不了她。”然后,他听到其他几个更小的孩子在他们的房间里大声喊叫,害怕极了……

我父亲没有跑。我也不会跑……威利从窗户跳出去的时候擦伤了小腿,草坪上的一块石头割破了他赤裸的脚底。他举起拳头,咒骂他们——用的是德语。莫斯·埃姆斯推倒了一部分栅栏,跑了。其他人也跟着跑,分头逃到了附近的小巷里,受到惊扰的邻居已经亮起了灯。

威利光着上身,汗流浃背,看着他珍贵的植物熊熊燃烧,火焰在栅栏上跳跃。远处,普拉内特志愿消防队的铃声开始响起,但是等他们到了,可能为时已晚。他冲回屋里,没有理睬正在一个劲儿问他问题的埃尔莎,因为安妮玛丽正像个迷路的孩子一样号啕大哭着。他的这个大女儿身材高大,已经像个成年女人了,只见她把那本歌德的小书紧紧地抱在怀里,好像它有什么神圣的力量能拯救她似的。威利把他可怜的女儿搂在怀里,安慰着她,其他五个孩子睁大了眼睛围在他身边。他听见消防队的马儿疾驰而来,他还闻到了栅栏燃烧的气味。他没有跑,但是他突然感到,这样寸步不让,几乎没有什么好处。

事实上,丝毫没有好处。

没有人有胃口吃早饭,通常,在威廉·卡尔·阿伦家,早餐是十分讲究的一件事情——即便质量不算上乘,至少数量相当可观。

这天早上，数量依旧，但食欲全无。埃尔莎脸色苍白，愁容满面，她给他端上了一盘他常吃的松脆的油煎玉米饼、煎蛋、自制的德式香肠、炸土豆、软烤小圆饼和一大杯黑啤酒。一顿营养丰富的早餐所带来的快乐与他的思绪判若两个世界。

他摆弄着叉子，在盘子里来回拨着一块油煎玉米饼，不停地来回拨。埃尔莎把孩子们赶了出去——安妮玛丽的头发还是没有梳过，乱蓬蓬的，她湛蓝的眼睛里有一种模糊而呆滞的神情。她是一个精神错乱的姑娘，非常脆弱。他无法从家庭医生那里得到有用的建议，他担心安妮玛丽以后的生活。

埃尔莎坐在那儿，她的那杯咖啡丝毫未动。她虔诚地祈祷着。威利轻蔑地瞥了她一眼。

"说出来吧。"他的英语说得很好，没有丝毫口音。

"你知道他们为什么来，威利。情况肯定会变得更糟。前天，在市场上，我听到人们在谈论对德国人的感觉。玛格丽特·波尔豪斯告诉我，她和海因茨本周要把房子挂牌出售。"

"埃尔莎，"他说，竭力保持耐心，"让我解释一下，我是美国人，你也是美国人——现在是1917年4月，不是欧洲中世纪的黑暗愚昧时代。美国向德国和比尔皇帝[①]宣战，而不是向其他美国人宣战。普拉内特是我们的家园，没有人会把我们赶走，没有人会让我为自己是什么人而感到羞愧。"

"但是反感十分强烈——"

的确如此，全国各地都是这样。这是一股无名之火，残酷伤人。在贝克斯菲尔德，海尼·霍尔斯曼的小腊肠犬弗里茨被四个小男孩从海尼家的侧院里偷走了。他们用小刀不断地折磨这只狗，然后用铁丝把它吊在树上，浇上煤油，最后把它烧死了。

"我的反感也十分强烈，"威利大声说道，狠狠一拳砸在餐桌上，砸得盘子都跳了起来，"我父亲在联邦军队差不多打了四年仗。他坚持战斗，尽管遭人唾骂，还因为是'德国人'而被人耻笑。他坚持战斗，尽管只会说几个英语单词。他坚持战斗，为的是把他的新家园从邪恶的奴隶制和可恶的南方人手中拯救出

①即威廉二世，全称弗里德里希·威廉·维克托·阿尔贝特·冯·霍亨索伦（1859—1941），是德意志帝国末代皇帝和普鲁士王国末代国王，1888年到1918年在位。

来——他在1848年的革命[①]中幸存了下来，他非常认真地对待'自由'和'民主'这样的字眼。他的战友们也是如此。他们为自己的军装感到骄傲。'我在西格尔麾下战斗！'这是一句骄傲的话语……"

但是，当奥·奥·霍华德[②]在西格尔生病后接管第十一兵团时，他们的骄傲感就没那么强了。当杰克逊发动突然袭击时，一些所谓的德国军团的人把背囊的带子砍断，减轻负重，以便逃得更快，他们就不那么骄傲了。"德国逃兵"，大家就是这样称呼他们的。

"但是我没有跑！"他父亲后来一直这样说。这句话施加了一种特别的分量，威利感觉这句话的分量越来越沉甸甸的。

他看到了埃尔莎忧虑而憔悴的神情。他用自己的手握住她的手，轻轻拍着，紧紧握着："请理解我的感受。超过二十万来自德国的人为联邦而战。我爸爸受了伤，差点要了他的命。这个绝不应该被遗忘，我也不会让它被遗忘。如果我们不去理会——继续我们的生意——拒绝被吓倒——我们会没事的。"

"可是威利……"

"不，"他说道，毫不妥协，"不说这事儿了。你去看看安妮玛丽的状况，想想有什么办法。我马上去换衣服，照常去酒厂上班。"

加利福尼亚州的普拉内特小镇坐落在圣华金河谷东边的克恩河河畔的低矮山丘上。在短短几年时间里，它就成为一个蒸蒸日上的油田地区的中心。在钻井架上工作的工人是一群吵吵嚷嚷的粗野汉子，但通常并不具有威胁性，至少对普拉内特的居民来说是这样。威利·阿伦和他的家人便住在这里。

从他那栋按揭了很多贷款、门廊装饰艳俗的房子步行到镇上有半英里的路程。他每天早上走路去上班，一直沿着克恩大道走，从那里绕过一个拐角，再在B

①指1848年至1850年始发于意大利，席卷法国、德国、奥地利等欧洲国家的反对君主制、拥护共和制的起义，均以失败告终。

②即奥利弗·奥蒂斯·霍华德（1830—1909），美军将领，南北战争时期担任缅因志愿军上校团长，曾参加布尔溪战役、安提塔姆战役、钱斯勒斯维尔战役和葛底斯堡战役等；后任田纳西集团军司令（1864）；重建时期任被解放黑奴事务管理局局长；协助创办了霍华德大学，该校以他的名字命名，1869—1874年任该大学校长；1880—1882年任西点军校校长。

大街走半个街区，就到了普拉内特啤酒厂——生产普拉内特啤酒（“宇宙中最好的啤酒”）的地方。这天早上，太阳高悬穹宇，万里无云，天气温暖，干燥如故。威利几乎觉得，莫斯·埃姆斯等人昨天晚上根本就没有到他家来过，没有烧掉他的栅栏，没有烧死他的叶子花。当然，沿路走去，许多门廊上，战争的迹象比比皆是。铁架外面挂着国旗。来到克恩大道时，他看到许多小商店都展示着类似的爱国主义标志。普拉内特议会大楼二楼的整个阳台都挂满了彩旗。

尽管如此，在明媚的阳光下，提示他刚刚宣战的这些东西并没有给他带来多大的困扰。作为一个德裔美国人——“归化美国公民”，政客们和报纸就是这样称呼他们的——他坚信自己是一个好公民。他不是那种信誉让人存疑，公开或秘密提倡中立的人。像密尔沃基那些有钱的酿酒商，他们秘密资助亲德的“和平”团体，引发了一场丑闻，使得人们对德裔美国人的仇恨有增无减。

不，威利不是那种人。他一直对人们的正直有信心，尤其是他移居入籍这个国家的人们，他渴望成为这种正直的美国精神的一部分并身体力行。所以这天早上，他努力体现这种精神，以轻快、自信的步伐走着路，向邻居的孩子主动打招呼。他像往常一样衣冠整齐地出门，穿着得体的精纺毛料西装和笔挺的高领衬衫，戴着浅顶软呢帽，手拿一根有镀金把手的手杖。他的八字胡子自然下垂，接着又华丽地弯曲上翘，两个胡须尖精致地上了蜡。他是一个好公民的典范。洗漱打扮和衣着装饰使他由外而内彻底地恢复了精神状态。

他有个习惯，每周六早晨，他都要去布拉德沃西的理发店修面和修剪头发。这天早上他也去了。埃尔默·布拉德沃西有个顾客坐在理发椅上，是他的哥哥洛伊警长。

“早上好，洛伊，埃尔默。”威利说着坐了下来，伸手拿了一份贝克斯菲尔德的报纸。

埃尔默只是点了点头。洛伊把头转向威利，埃尔默赶紧把剃刀从洛伊满是泡沫的脸上拿开。这时洛伊说道：“听说你昨晚遇到了一些麻烦，我会让纽特·帕克去看看。”威利感觉到洛伊的话听起来很冷淡。

“没事儿，”威利摇了摇手说道，“就是一些小流氓——破了点财，不足挂齿。”他展开报纸，笑了：“你看样子时间不会太长吧，埃尔默。”

埃尔默停下折叠式剃刀。洛伊不动声色地看着威利,然后在头靠上伸直了脖子,凝视着天花板上的图案。埃尔默说:“威利,今天早上我不能给你理发了。我马上就打烊了。”

“哦?”威利冷冷地问道,“这是为什么呢?”

“我牙齿有点问题,我得去找米利医生看看。”

“牙齿有问题?你?”威利说道,差一点大笑起来。他合拢报纸,沿着原来的折痕折叠起来,脸上再次绽放出一个微笑来掩饰他那颗因有点阴冷而搏动得厉害的心。

“我不是这么说的吗?威利,你不懂英语吗?”

“是的,当然。”威利说,感觉受到了公开的侮辱,他满脸通红。

“那你就没必要待在这里了,对吧?”埃尔默说。

“对,恐怕没必要了。我明天再来。”

埃尔默专心致志地给他哥哥刮胡子。

威利把帽子扣在头上:“再见,埃尔默——洛伊。”他走出门去,声音弄得很响,表明自己不高兴。埃尔默·布拉德沃西自从三年前换了一整副假牙之后,牙齿就没出过毛病,他自己还吹嘘说他的假牙有多棒呢。

刚走出门到外面,他就想起了一件事情。洛伊和埃尔默·布拉德沃西的堂哥马奇住在奥克兰,有个儿子在商船队工作。当一艘德国潜艇在中立区用鱼雷击中英籍货轮“韦塞克斯”号时,这个男孩正在船上。有几具尸体一直没有找到,包括马奇·布拉德沃西的儿子。

威利整了整自己的帽檐,端详着装饰在大道上的红白蓝国旗。他觉得不该因为洛伊和埃尔默刚才的无礼而对他们太生气,但他就是生气。

在克恩大道和B大街的拐角处,一辆满载着钻机管子的马车吱吱嘎嘎地驶过,接着一辆嘟嘟作响的奥兹莫比尔小轿车驶过。威利回头看了看理发店,他看见埃尔默和洛伊在门口望着他。埃尔默没有关门的意思。

威利低声骂着,紧紧地攥着他的手杖,继续往前走去。

他在心中思量,没有必要把事情想得过于复杂。理发店里发生的事的确是一件闹心的事，但仅此而已。布拉德沃西哥俩和其他头脑发热的人们对这场新的战争的热情会消减下去，生活会再次安定下来。毫无疑问，普拉内特的每个人都还在为这个消息感到震惊。他也感到震惊，因为之前威尔逊先生曾多次且频繁地宣称，美国不应干预外部战争。

两天前——1917年4月6日——所有这一切发生了惊天逆转，美国国会通过了总统的战争决定。德国的军国主义者拒绝以文明的方式行事，他们允许潜艇继续袭击中立国的船只。现在，"美国佬"来了。作为一个优秀的美国人，威利打算百分之百地支持威尔逊的决定和战争努力。

威利沿着B大街走去，一股令人垂涎欲滴的美妙香味随风向他飘来。这种香味已经深入他的骨子里，从小就在他的骨子里。战后，威利的父亲在辛辛那提的一家小啤酒厂找到了一份工作，他就跟随在父亲左右。他是在啤酒爱好者和酿酒人的陪伴下长大的。十二岁之前，他就已经对酿制啤酒的流程了如指掌。

1893年，威利把他的父亲安葬在了辛辛那提的德国公墓——他的两个堂兄弟和许多朋友身边。十八岁那年，威利带着他的新婚妻子埃尔莎动身前往西部。埃尔莎对威利那本二手书里查尔斯·诺德霍夫[①]那些热情洋溢的词句和信誓旦旦的承诺并不像他那么鬼迷心窍，诺德霍夫竭力鼓励人们到加利福尼亚去生活和定居。

凭借自己的积蓄和一笔银行贷款，威利于1908年开办了普拉内特啤酒厂。啤酒厂占据了整整半个街区，栅栏上有一扇木头大门，大门上面安装着一块花哨的标牌："加利福尼亚普拉内特酿酒厂"。标牌上，各种各样的彩绘行星[②]或被气体包裹，或被火焰笼罩，围绕着一大杯漂浮在浩瀚星空中泡沫漫溢的啤酒旋转。威利亲自设计了这块标牌。

威利走进办公室，放下他的帽子和手杖，他年轻的徒弟莱因哈德正在喂笼子里的金丝雀。办公室外，啤酒厂大桶里发酵的啤酒散发出浓郁而香醇的气味。

①查尔斯·诺德霍夫（1830—1901），德裔美国人，记者、作家，著有《加利福尼亚的健康、乐趣与定居》一书，该书被认为是宣传西部尤其是加利福尼亚最具影响力的指南。

②"行星"的英文为"planet"，跟"Planet（普拉内特）"镇的名字一样，故有此用法。

莱因哈德似乎很紧张，他飞快地向他的老板投来一个奇怪的、近乎歉疚的目光。

“我年轻的朋友啊，”威利说道，一不小心用了德语，“有人死了吗，也许？”

“差不多，阿伦先生，”莱因哈德说，“芬纳曼先生二十分钟前来过电话，他今天不想让我送任何东西了。”

“但今天是他的正常营业日啊。”威利说道，感到莫名其妙。德里克酒店是位于普拉内特的克恩大道上最大、最赚钱的酒馆兼饭店。“他想改到明天有什么原因吗？”

“也不是明天。”金丝雀在栖木上歪着头，这只鸟通常热衷于唱歌，令人讨厌，但今天早上却沉默了。“他说，阿伦先生——他说今后他要去别处进啤酒了。”

威利脸色发白，然后一屁股坐倒在办公桌后面那把吱嘎作响的转椅上。可悲的是，这个新情况并没有让他感到意外。不过，他的情绪反应十分强烈。

“我估计他没有为他的决定提供任何理由，是吧？”

“嗯，有的，他说了，”胸无城府的莱因哈德说道，他的肌肉块头很大，却缺少心眼，“他说我们现在在打仗，他那个地方的钻探工和修理工不想要喝德国佬的啤酒，或者说不会给德国佬一美分钱制作啤酒。”

“这个该死的，”威利骂道，他的脸颊突然变得通红，他的八字胡子尖在颤抖，“他们都该死。我父亲曾为美国而战，他身上中过一颗枪弹，他流过血——我们是好公民。在这儿等着，在事态进一步恶化之前，我会把它纠正过来的。”

“为什么，吉姆？我的啤酒质量上乘，你跟我说过多少次这句话啊！运送准时，新鲜无比。比贝克斯菲尔德的那家啤酒厂能给的价格还优惠——”

“你看报纸了，是吗？”詹姆斯·芬纳曼疲惫地叹了口气回应道。他是个秃顶，长着一张马脸，让威利莫名其妙地想起了那些殡葬承办人，一个满脸悲凉的殡葬承办人。“你是个德国人啊，威利——”

“不！胡说八道！我不是德国人，我是德裔美国人。”

“我不管，对这里的人来说，你就是个德国人。现在开战了，从德国人那里买啤酒对我的生意很不利。见鬼，这么个小小的镇子，做个德国人对你自己的发展也很不利，”他停顿了一下，“我听说你有一些栅栏和花要换了。”

“是的，有很多。”威利回答道，僵直地站在那儿，像个普鲁士军队的教官。他被毫无防备的、愚不可及的、似乎无法阻挡的敌对浪潮给吞没了。“卢西塔尼亚”号[①]沉没时，有人在他的邮筒上涂了“德国佬狗屎”，但是他当天上午就将邮筒重新涂了一遍油漆，以为那只是个单一事件，不会再有类似事件发生了。

二十万甚至更多的德国人汇聚在联邦军队中——大部分是移民——他们中有的名字名垂青史，彪炳千古。亚历山大·希梅尔芬尼格[②]和冯·施泰因维尔[③]，还有冯·吉尔萨[④]和声誉卓著的卡尔·舒尔茨[⑤]。许多战斗过的人——甚至还有一小部分人是站在该死的反叛分子一边的——留下的孩子长大成人后成了正派、忠诚的公民。有多少人面临这样的敌意？数以千计？数以万计？天哪，沮丧得令人难以忍受。

芬纳曼打开了一个雪茄盒以掩饰自己的尴尬。威利说了一句话：“芬纳曼。”声音十分严厉，引起了他的注意。“你是说你就这样切断了我的生意？”他打了个响指。

“唉，我很遗憾，别以为我不遗憾。你是个诚实的人，威利，还是个好酿酒师。但我得考虑自己的情况，我不想因为和一个德国人做生意而出现大量的亏损。”

“你能不能别说——？”但芬纳曼没有理会他的打断。

“我可不想哪天晚上一群暴徒闯进来砸碎我所有的家具和设施，我买不起。”

“但你就可以这样无耻地对待我，”威利喊叫道，“你就可以这样侮辱我。”第一次，芬纳曼的眼睛里闪烁出不愉快的光芒。

“我希望你不要那样大喊大叫，威利。我尽力买卖公平，而且——”芬纳曼是当地哥伦布骑士团[⑥]支部的首领，并以此为荣，“我希望你尊重我的解释，不要给

---

①英国的一艘豪华轮船，1915年5月7日被德国潜水艇用鱼雷在爱尔兰近海岸击沉，有一千多人葬身海底，其中包括一百多名美国公民。

②亚历山大·希梅尔芬尼格（1824—1865），出生于普鲁士，美国内战时联邦军队将领。

③即阿道夫·冯·施泰因维尔（1822—1877），德裔美国联邦军队将领，参加过美国内战。

④即利奥波德·冯·吉尔萨（1824—1870），德裔美国联邦军队将领，内战时期曾任波托马克第十一军团一个德国旅的指挥官。

⑤卡尔·舒尔茨（1829—1906），德国革命者、反奴隶制活动家、美国联邦军队将领，内战时参加过布尔溪战役、弗雷德里克斯堡战役、钱斯勒斯维尔战役、葛底斯堡战役等。

⑥该组织于1882年成立，“骑士们”以救助病弱者、残疾人和穷苦人为荣，致力于教育、慈善、社会福利、战争救助以及公共救助。

我惹任何麻烦。”

“你就这样彻底屈服于盲目的恐惧和愚蠢的做法,我又怎么做得到呢?”“愚蠢的做法”这几个字眼使得芬纳曼苍白的脸涨得通红。威利听到他身后办公室的门打开了。谁在那里,他感到不自在。“吉姆,即使所有人都这样,但你不应该——你是爱尔兰人。你不记得不久前他们是怎么对待在美国的爱尔兰人的吗?‘狗与爱尔兰人不得入内。’‘爱尔兰人不准申请。’‘爱尔兰人将因流浪而被捕。’爱尔兰人是人渣,是狗屎,被当作野兽一样对待——你们和我一样,只是想做个安分守己的美国人——”

“行了,别在那儿高谈阔论了,威利,”芬纳曼叹了口气,“也许你说的有道理,但现在战争还在继续啊,我必须得关注那个,还得关注这个。”他拍拍账簿翻开的那一页。“昨晚有三个顾客警告我,如果我再上你的啤酒,他们就不会再来德里克酒馆了。如果我和你做生意,我会损失惨重的。”

威利·阿伦还没有完全美国化。他身上还留有一种日耳曼的做派,偏好吃炖肉、煮土豆和卤汁兔肉;对工作精益求精,不允许小题大做。由于钱斯勒斯维尔的缘故,他有一种特别的执念挥之不去:我父亲没有跑,我也不会……

威利挺直了脊梁,戴上软呢帽,怒视着芬纳曼:“吉姆,我不会就这样被打发的。”

“对不起,我没有更多时间争论——”

威利冲到了办公桌边,抓住芬纳曼的胳膊。“吉姆,我要求你公平地对待我,”芬纳曼开始挣扎,“公平而又体面,跟任何其他人一样——”

“放开我的胳膊,”芬纳曼喊叫道,一面在椅子上扭动着身子,“莫斯,让他放开我的胳膊。”

“好的,芬纳曼先生。”年轻力壮的莫斯·埃姆斯说,他是德里克酒馆的勤杂工,有时也充当一下保安。几分钟前威利听到进来的正是埃姆斯。埃姆斯是个文盲,但他不需要识字,因为他的肩膀有牛轭的一半宽,他的手握成拳头大如哈密瓜。他和威利一向不和。

“把你该死的手从他身上拿开。”莫斯·埃姆斯说着从后面抓住了威利。

威利挣脱了莫斯·埃姆斯,闪开身子,从椅子上抓起他放在那儿的那根金柄手杖。莫斯·埃姆斯一脸阿谀谄媚的微笑,踉跄着脚步向他走来。威利迅速把手杖倒转过来,用那个巨大的把手直刺莫斯那件污迹斑斑的短夹克衫。他刺得又快又狠,一共刺了三下。莫斯·埃姆斯把拳头垂到了身体两侧,无法相信这个身量只有他一半大小、双目喷火的小个子竟然敢跟他抗衡。

威利昂起头,朝莫斯·埃姆斯咆哮着,仿佛这个勤杂工是他的一个新兵:"你这个无知的白痴。我听到昨天晚上你在我家外面,你和你那帮狐朋狗友。你要是再到我家来,我就用马鞭子抽你,甚至更糟。现在滚一边去。"

莫斯·埃姆斯低着头,眨着眼睛,努力盘算着如何用最好的办法把这个不速之客撕个稀巴烂。威利的双唇紧紧抿成一条线,用手杖的金属柄狠狠地抽向莫斯·埃姆斯的脸。

"滚开。"

"照他说的做。"芬纳曼命令道。

手杖留下了一个红色的伤痕。莫斯·埃姆斯揉了揉伤痕,往后退去,用恶毒的眼神看着威利走了出去。

"我会要他好看的。"莫斯·埃姆斯嘟囔着。

"不,不可以,"芬纳曼厉声说道,"下楼去吧,干活去。"

两天后的一个晚上,光色柔和的天空布满细长条的淡紫色云彩,安妮玛丽·阿伦放学回家,她走的是后面的路。天色已晚,阴影渐长。她为了合唱团练习,在学校多待了一个小时。他们正在排练一首悦耳动听的优美战歌《通往蒂帕雷里的漫漫长路》。女低音部有个女同学问她,说能不能推荐几首德语歌曲,用意十分恶毒。

安妮玛丽气得几乎要号啕大哭起来,但走在柔和宜人的暮色阴影中,使她的精神得到了拯救。她恨不得立刻脱下紧紧裹在身上的衣服,洗把脸。

她在离他们家房子一个街区的地方走着,没注意周围的情况。就在这时,一个肩膀宽大的年轻人从一间棚屋后面蹿了出来,他有一头浓密的卷发,穿着一件肮脏的短夹克衫。当他冲到她面前抓住她的手腕时,安妮玛丽尖叫起来。

"你好,德国佬。一个人出来啊?"

“放开我，求你……”她开始挣扎。

“等一下，我就是想给你看样东西。”他那只空着的手往下伸去，裤子的纽扣突然啪啪啪地被扯开了。安妮玛丽的眼睛瞪得很大很大，眼眸反射出天空中的橙色光芒。

安妮玛丽尖叫一声，急忙往后退去，已经丧失了理性思考。她尖叫着，不停地尖叫着，用书本打他，用脚踢他。为了躲避，他握紧自己的巨大拳头，在她头部的侧面狠狠击打了两拳。

安妮玛丽趴在地上。一个女人躲在棚屋后面，喊叫道：“外面怎么回事儿？”高大魁梧的年轻人转身就逃，一面急急忙忙扣好裤子扣子，一下子便逃得无影无踪。

安妮玛丽躺在地上，一半身子浸在烂泥坑里，无法控制地尖叫着。那个女人跑了过来，认出了她，给阿伦家打了电话。当埃尔莎上气不接下气地跑过来时，安妮玛丽还在啜泣呜咽。六点半的时候，家庭医生驾着马车过来了。他把两茶匙的镇静糖浆喂进安妮玛丽的嘴里，这时安妮玛丽还在呻吟和哭泣，她把大部分糖浆都吐了出来。

当天晚上，威利一夜无眠。他把安妮玛丽抱在怀里好长时间，坐在她床边，哭得比她还厉害。他为自己的哭泣感到羞愧，但就是控制不住。

直到第二天早上，她才平静下来，向她父亲描述了那个骚扰她的家伙。她一说完，威利就拿着他的手杖去了镇上。

“他在哪里？那个流氓在哪里？”威利大声问道。

芬纳曼紧张地笑着，他不敢相信这个满脸通红的不速之客是认真的：“威利，见鬼的到底怎么回事儿？你不会是想要和莫斯发生冲突吧，他的块头可是你的两倍……”

威利用手杖敲打着办公桌：“告诉我，吉姆。哪里可以找到他？该死的垃圾……他会付出代价的。”

“出了什么事啊？”芬纳曼假装无辜地问道。

“他猥亵我女儿安妮玛丽，”威利大声说道，“在我家附近的小巷里对她突然袭击。她是一个神经质的女孩,一直在哭泣……因为他的所作所为,她已经半疯了。她可能永远也好不了了。”威利无意识地拿手杖拍打着他那只空着的手掌心:“他也要遭报应的。”

“天哪,”芬纳曼低声说道,“莫斯在酒馆工作到很晚,我让他晚点起来,估计他还在外面那棚子里打呼噜呢,在后院。”他用大拇指朝窗户指了一下。威利沿着楼梯跑了下去。

他穿过垃圾遍地的院子,踢了一脚一只绕着他的裤腿一个劲儿撒欢的浑身肮脏的杂种狗。他完全没有注意周围的环境,他的眼睛里只看到一个身穿蓝色军装的士兵,端着寒光闪闪的刺刀,穿过硝烟弥漫的树林,冲向敌人。这个士兵就是他的父亲……

“什么鬼——?”威利踢开门后,莫斯·埃姆斯咕哝道。这个高大魁梧的年轻人躺在一条臭烘烘的旧毯子上,此刻正用两个胳膊肘撑起身子,眯拢眼睛使劲看,直到他认出了门口的那个人。他嘴角掠过一丝虚情假意的微笑:“你这个笨蛋德国佬,你在这里干吗?你犯了个大错——”

威利紧紧抓着手杖,狠狠地砸了下去。这一次,手杖的球形手柄砸破了莫斯·埃姆斯额头的皮肉,血流如注。莫斯嘴里骂着,身子扭动着,想去抓威利的一条腿。威利重重地踩了一脚他的胯部……

棚子里的惨叫声使得芬纳曼和他的酒馆招待赶紧跑了过来。他们敲着棚子的门,大声喊叫着。

“别进来,我跟他还没完呢。”威利用刺耳的声音说道。他向身后伸出左手,关上了门,用他的右手,再次重重地击打蜷缩在红色毯子上的那个血淋淋的肉团。

威利换上干净的衣服,头发和两撇小胡子梳得十分整齐,两腿直挺挺地站在办公桌前。洛伊·布拉德沃西警长看上去既烦躁不安又犹豫不决,坐在旁边椅子上的吉姆看上去也很苦恼。

“莫斯走了,”警长说道,“今天下午什么时候突然离开了。估计人还好,还能走路。”他灌木丛一样的眉毛下，一双眼睛上下打量着威利，明显带着一种新的敬意：“估计你没杀他……”

“如果我想杀他，我有权杀他，”威利说道，“我女儿精神失常了。”

“啊，她会挺过这道坎——”

“有些姑娘也许会，”威利生硬地说道，“但我担心安妮玛丽不会。她妈妈和我始终理解不了安妮玛丽的脆弱程度，”他像个受阅的士兵一样，挺直脊梁，反背双手，“我绝对有权要那个人渣的性命。”

“我们不讨论这件事情。”布拉德沃西咕哝道。

“据我所知，他没有什么亲戚，”芬纳曼说道，“提起诉讼，我是说。”

“那么这就结了，”威利说道，“还有一件事，我希望有人能给我一个道歉，就因为我是德国人，所以在所有事情上都受到责难。我爱国，是合法公民——我爱这片土地，和你们俩一样。我是德裔美国人。”

芬纳曼在椅子上越陷越深，洛伊·布拉德沃西也一样阴沉着脸，瞪着威利，耸耸肩膀，把他大腹便便的身躯从椅子上挺了起来。

“看来有人的确欠你这个。”他毫无热情地伸出手来。威利轻快地握住手，上下摇晃了两下，就像摇晃一个水泵的把手。

“谢谢。”威利说道，鞠了个躬，转身走了。门关上了。

“卑鄙的德国佬。”洛伊·布拉德沃西咕哝着，再次一屁股坐倒在椅子上。两个人面面相觑，就像两个情人蓦然间明白他们共同的热情在哪里。

两天之后的一个晚上，威利穿着衬衫，吃完晚饭，手里拿着几根新的尖木桩，还有一把锤子和一些钉子，走出门去。这是一个温和的夜晚，天还没有完全黑。他可以在大约十到十五分钟内完成一些修复工作。

他把尖木桩、铁锤和钉子放在泥地上，边上是一根从地里盘绕着长出来的烧焦的叶子花藤。他拉起他那条打过补丁的旧工作裤，跪下身来，然后从没有完全烧毁的一段栅栏中费力地拔出两根发黑的尖木桩。

他开始工作，心中暗暗感到自豪。他赢了，事实证明他是无辜的。自从他跟警长那次会面后，就再也没有受到侮辱，再也没有发生过事故。不过，安妮玛丽的情况没有好转,他们的家庭医生想送她去洛杉矶看一位专门治疗女性神经错乱的医生。对埃尔莎来说,这是她要背负的一个悲剧。但威利看开了,他提醒自己,胜利都是有代价的。在凉风习习的暮光里,在幽暗渐浓的夜色中,伴随着烧焦的木头和太阳晒暖的泥土的气息,他依然可以跪在那里,而且能够细细地体会自己被证明是无辜的。

第十一军团被证明是无辜的。

我没有跑……

隔壁那座房子是约翰逊家的,他们到汉福德与家人团聚去了。在那房子的拐角处,有人出现在了视线中,黄昏的暮色里一个模糊不清的身影,他举起一支小手枪,朝威利的后背开了一枪。他慢慢地体态不雅地翻倒在烧焦的尖木桩栅栏上,栅栏在他身体的重压下坍塌,他死了。

"酒店女招待的工资不是很高……"贝克斯菲尔德南方酒店的副经理说。

埃尔莎用戴着黑色手套的双手绞着一块黑色的丝巾:"我需要这份工作,先生。我们刚搬到这里,我有孩子要养活。"啤酒厂关闭了,已经挂牌出售……

经理用铅笔在一张小卡片上写着:"好吧。你说你的名字是……"

"埃尔莎,叫埃尔莎。"

"你丈夫的名字呢?"

"他已经死了,不过他叫比尔·艾伦,"她说道,避开了他的目光,"比尔。"

卡罗来纳征程

在那些日子里，尼克·布雷虽然算不上是什么重要人物，却明显是人们谈论的主要话题。

谈论的形式通常是悄悄地、激动地详细叙述尼克所做过的事情。或者，如果说话的人是一位年事稍长的先生，那么他叙述的口气就一定很难掩饰他对尼克年轻和勇气的嫉妒。但是，无论叙述的风格如何，抑或谈论的内容是什么，你总会在最后听到同样的话语。“真是个废物，”他们评论尼克·布雷，“真是个低劣的废物。”

看尼克的神色，一副日薄西山的样子，尽管他还只是个二十多岁的年轻人。但是，他的样子似乎远远不止这个年龄，因为他身上疤痕累累，还因为他从来不遏制他内心的所有恶魔，任其肆无忌惮。

尼古拉斯·布雷，是查尔斯镇的商人所罗门·尼古拉斯·查德伯恩·布雷三个儿子中的老二。尼克的哥哥是所罗门，弟弟是查德伯恩。尼克被认为过于轻浮和鲁莽，无法与思考缜密的所罗门相提并论；而与热情洋溢和无忧无虑的查德伯恩相比，他又过于郁郁寡欢和牢骚满腹。他甚至在成年之前就跟家人闹掰了。没有人知道所有的分歧所在，但他父亲的那些黑奴肯定是最大的分歧之一。尼克常常认为：“人的自然状态或最快乐的状态是自由。没有贫困，没有债务，没有奴役。为什么非洲人就该不一样呢？”

“尼克·布雷。”他们说道，如果说话的人是一个希望能让尼克横溢的才华为他所用的人，那么他的口吻就会很羡慕。“尼克·布雷啊。”她们说道，如果说话的人是查尔斯镇已经厌倦了自己命运的循规蹈矩的年轻已婚妇女，那么她们就会发出叹息。

尼克·布雷——他到底是个什么样的人呢？一个流浪者，一个无赖，他的头发一直披到肩上，由于涂了一种油脂而闪闪发亮；他的绑腿上沾满了邪恶的血迹、烈酒渍以及其他人们避之唯恐不及的肮脏东西。他有一只下颌像是悬挂在那里的怪物一样的巨大斗牛犬，名叫“无用”。他的刀有他的前臂一半长——这就是尼克·布雷。

他有一个又矮又胖的搭档，名叫休格·诺金斯。诺金斯个子矮小，却粗暴无比，他崇拜尼克·布雷，既有神秘的因素，也有恼怒的成分。他们沆瀣一气，狼狈为奸，一起赚得盆满钵满。

有时，尼克是这些海岛上的牧人（他们说他在佛罗里达从西班牙人那里偷了成群的牛）。有时，他是跟内地部落做生意的商人。有时，他干脆就躲到温亚湾荒野海岸的某个隐秘之地，不带搭档，不带狗，不带任何其他伙伴，在那里尽情酗酒。

星期六，你会看到尼克·布雷沐浴着明媚的阳光大步行走在查尔斯镇上，或者骑着他某匹强壮的矮种马疾驰在树林的阴影中，又或者于暮色里在离盐沼很近但离警察很远的偏僻乡村，围着一个满是鲜血和羽毛的围栏赌博斗鸡，看着脚上缚有铁块的公鸡狠命地斗，一直斗到死为止。

来自卡罗来纳的尼克·布雷。一个无赖，远在天边，近在眼前，会出现在许多餐桌边，那儿的人们，和平相处，饮酒有度，吃饭聊天。尼克·布雷是一个非常真实的人，即使对那些认为他是一个传奇的人来说，也是如此……

1722年一个雾蒙蒙的下午，一辆空马车到达了埃迪斯托河畔的杰克逊巴勒贸易站。这个贸易站每年为商人和邻近的人们举办两次商品交易会。这一天，秋季商品交易会正在进行中，射击比赛和棍棒比赛都结束了，当天最令人期待的活动—— 一对镶嵌着银饰的燧发手枪的抽奖还没有开始。当时的比赛是爬杆。

大约有六十个人围在涂了油脂的杆子周围，有叫嚷的，有闲聊的。有一个当地的小伙子最先努力往杆子顶端爬，接着又有一个人往上爬。尼克·布雷和他的搭档休格·诺金斯跟他们一样都是热心分子。尼克一边挥舞着一个啤酒罐，一边在人群中大声打赌。诺金斯像一个底部长着两条腿,上面长着一头蓬乱卷发的胖乎乎的木桶,哼哼唧唧地抱怨不停。诺金斯刚刚参加了一次比赛,徒手拉直马蹄铁,脸涨得通红通红。他只花了接近他的对手一半的时间就赢了。

尼克的额头汗光闪闪,精致漂亮的白色短上衣敞开披在身上,他把一罐啤酒举在唇边。他从啤酒罐的上边看见那辆马车停在了一团旋转的尘雾中,他看见马夫在打手势,意识到这是在招呼他呢。

"拿着这个,休格。"他把啤酒罐递了过去,一边往那儿走,一边还松开了臀部鞘中的刀。棕褐色的尘土像假发粉一样洒在了体格健壮的骏马、马车夫和油漆过的木头上。尼克停住脚步,仔细看了看积满灰尘的门上的纹章。

他和马车夫聊了一会儿,然后走回到他的搭档身边。尼克的斗牛犬躺在棕榈木材商店的阴凉处,在炎热中睡着了。当最受欢迎的选手爬到离杆子顶端不到一英尺的地方,然后大叫一声滑下来时,人群爆发出一片欢呼声。

"皮尔斯·科特洛爵士派了他的四轮大马车来接我。"

"我不信。"诺金斯在惊讶过后说道。

"我也不信,但它就在那儿。你猜猜,为什么一个这么恨我的人突然要让我舒舒服服地坐着他的大马车去他查尔斯镇上的家?"

"他的狗腿子没有解释吗?"

"我问了,但他们不愿回答。我想我只能去一趟,看看到底是怎么回事。"尼克流露出若有所思而又警惕的神情。

诺金斯想要反对,但是尼克干劲十足,用他那脏兮兮的高帮靴子踢醒了"无用"。"照看好我的马,如果明天这个时候我还没有回来,最好到沼泽地里去找我。"

他把他的旧斗篷搭在一条胳膊上,拍了拍诺金斯的肩膀,朝斗牛犬吹了一声口哨。"无用"跳上马车,尼克紧随其后。马车在阳光照耀下的尘土中沿着北边的道路驶去。

当天深夜,在皮尔斯·科特洛的豪宅里,尼克站在一幅高大的油画前,画中是一个体态优美的年轻女子,一头黄色的秀发如瀑布般飞流直下,一件矢车菊花色长裙与她深蓝色的眼睛相映成趣。这幅由伦敦的鲁思文创作的精美肖像画是在芭芭拉与尼克相遇并坠入爱河一年之后画的，在芭芭拉的大旅行[1]中完成的。这幅画是她父亲的骄傲，它占据了大厅的一个显著位置。尼克用舌尖在上嘴唇上来回滑动，反反复复地来回滑动。他盯着那幅画看，面无血色。

“尼古拉斯。”

他朝那尖厉的声音转过身去。在卡罗来纳殖民地拥有大量地产的皮尔斯·科特洛爵士，是一个体形与地位极不相称的人。他身材矮小，骨瘦如柴，下巴在他的嘴巴下面有气无力地往后耷拉着。他羸弱的身体被一双又大又圆的眼睛给抵消了。他很少眨眼，生怕眨一下眼就可能会错过别人欠他的一便士。

“皮尔斯爵士。”

“我还以为你不会到这屋子里来了呢。”

“好奇心把我吸引来了。”

“你父亲怎么样？我有些日子没见到他了。”

“我来查尔斯镇之后就没有去看过他，他大概跟你一样关心我呢。”

皮尔斯爵士眨了一下眼睛，默默地吞下了他带刺的话。他有礼貌地做了个手势，站到一边。尼克走进大门，来到一间舒适的、家具齐全的房间，房间的壁挂式烛台上点着几根细细的小蜡烛。当他从这位主人身边经过时，他没有漏掉他眼中那险恶而愤怒的光芒。

但是这位爵士遵守了礼节。一名仆人端上了几大杯棕榈酒。外面的门廊上，可以听见“无用”对着夜间的一些响动咆哮个不停。

“你还留着那讨厌的畜生吗？”皮尔斯爵士问道。

尼克一口吞下他的棕榈酒：“没老婆的男人总得有个伴啊。”四目再次锁定，此时此刻，没有了任何友情，甚至连礼貌也荡然无存。

“请坐。当然，你今晚就睡在这里。我准备了一个房间——”

“我去旅馆过夜。怎么回事儿？”

“雅马西人[2]和克里克人[3]正在到处送红色战棍。”

---

①指英国贵族子弟教育中必不可少的欧洲大陆观光旅行。

②美国东南部北美印第安人马斯科吉人的一个分支，1716年雅马西战争中被白人打败，逃往佐治亚与佛罗里达沿海，最后与逃亡的黑奴一起形成塞米诺尔人。

③居住在美国亚拉巴马州、佐治亚州和佛罗里达州北部的印第安人。

“这个我知道。”

“两天前,凌晨时分,有人在皇家总督官邸的门廊上扔了一根红色的棍子。”

“这个我倒是不知道。”尼克说道,脸上露出严肃的神情。

卡罗来纳殖民地与当地部落,尤其是雅马西部落,有一段漫长而血腥的争斗史。尼克和一些想法跟他一致的人认为,英国殖民者贪得无厌。他们绑架印第安男人做奴隶,劫持印第安女人做姘妇。他们偷牛,他们中最聪明的人强行与印第安人进行货物贸易,从而创造了“合法债务”,莫名其妙的印第安人被迫通过割让土地来解决这些“合法债务”。

1715年,所有这一切达到了白热化程度。一个由白人组成的印第安代表团前往波卡塔利哥与雅马西人举行了一场议事会,在那里讨论并平反冤屈。经过一夜的欢乐宴饮交际之后,雅马西人突然出现,他们的脸被涂成红色和黑色。惊恐万状的代表们立刻明白了,红色意味着战争,黑色意味着死亡。这个油彩的意思是“期待二者”。

雅马西人屠杀了白人代表团的所有成员。于是,雅马西战争爆发了,在战争最激烈的时候,从亚拉巴马州到大海边多达15000名来自不同部落的印第安人参战。正是在这场战争中,尼克·布雷流了血。

北方的契劳人[①]向雅马西人提供武器,生意做得风生水起。只有当切罗基人[②]投身到了殖民者的行列中,帮助他们切断贸易时,才使得相当数量的雅马西人放弃了战斗,向南撤退。1717年,下克里克人[③]与卡罗来纳人进行了和平谈判,但这是一个不稳定的和平。从那以后,克里克人不时地攻击殖民地最南端的地区。据说,英国的敌人西班牙从圣奥古斯丁伸出手来煽动他们。在同样的煽动下,雅马西人也时不时地回来进行烧杀掳掠。

殖民地的官方政策无济于事。卡罗来纳人实施了一个危险的诡计,在尼克看来是一个不道德的诡计,他们一面假装是克里克人和切罗基人的朋友,一面又

---

①一个印第安人部落,居住在卡罗来纳州。

②北美印第安人,原先大多居住在田纳西州东部和卡罗来纳州西部,他们的大部分后裔现居住在俄克拉何马州。

③克里克人通常分成两类:上克里克人,也称马斯科吉人,居住在克里克人领地的北部;下克里克人,大多居住在希奇蒂河畔和亚拉巴马州。上克里克人和下克里克人的文化传统大致相同,方言略有不同。

在做一些挑拨离间的事：让一个部落跟另一个部落斗，让他们疲于应付内耗。现在，如果查尔斯·克雷文总督官邸门廊上的红色棍子的证据可信的话，那么骗局宣告结束，游击战再次爆发了。

皮尔斯爵士接着说道："巫师说，这次他要把所有的白人都赶到大海里淹死。"塔拉普萨的巫师既是一个部落的宗教领袖，也是战争首领。该部落拥有海岸和沙冈之间的大片土地。整个殖民地遍布着类似的小部落，有些部落仅由一两个城镇组成。几乎所有部落都公开或不公开地与雅马西人结成了同盟。

"我从来都不敢小看他，"尼克回答道，"虽然只是一个小部落的首领，但这位巫师的影响力很大。"

他把一只靴子搁在擦得光亮的写字台上，这种傲慢无礼显然弄得老人非常生气。

"这要追溯到很久以前，皮尔斯爵士。印第安人从来都不明白，其他人是如何凭借自己的白皮肤和皇家许可证，在印第安人的土地上随意放牧，杀死任何对此表示反对的印第安人。当红棍子传递出去时，我丝毫不感到惊讶。它会一直传递下去，直到不是部落灭亡就是我们灭亡。现在我重复一遍，这是怎么回事儿？"

皮尔斯爵士喉咙里发出好似有痰的声音，他扣着搭扣的鞋子在地板上刮蹭着。

"我的太太躺在楼上，病得很厉害。"

"我是在想为什么今晚没见到她。"

"至于芭芭拉——她走了，"他的脸颊上红一块白一块，"去温德姆的男爵领地了。过去两周，她一直在杰尔克斯·温德姆和他的母亲那儿做客。"

尼克此刻非常僵直地坐着，他的脸色再次变得苍白。与芭芭拉·科特洛订婚的杰尔克斯·温德姆的男爵领地在内地，到达那里有两天的路程。它位于那个人烟稀少区域的中心，充满敌意的印第安人在那里恣意游荡。尼克很清楚，杰尔克斯·温德姆在那里奉行的是他自己的自私政策，这与殖民地的政策极为相似：为了保护自己的领地，使之免受骚扰，只要有可能，就让印第安人去对付印第安人。

"我会付给你二十镑，英镑，你骑马去一趟温德姆男爵领地，把我女儿安全带回查尔斯镇，让她来照看她母亲。我需要一个能干的人，现在内地很危险。”

尼克撇了撇嘴：“娶芭芭拉我不够好，但为她流血就好了，是这样吗？”

“我想找最好的人，尼古拉斯。”

“最好的人难道不是她的未婚夫吗？温德姆？”

“温德姆是一位绅士——我没有对你不敬的意思，请你理解。我想说的是，温德姆很聪明，但他也很软弱。他从布里斯托尔来到卡罗来纳只有五年时间。他不像你那样了解这个国家。他不懂印第安人，不懂森林生活技能，也不知道如何在野外好好保护自己，”尼克开始摇头，“如果二十镑还不够的话——”

“你该死的，科特洛——”尼克的声音听起来就像他自己的狗在咆哮，“你不让我做你的女婿，你把芭芭拉送走，让我们分开，现在你竟然厚颜无耻地要求我去救她。”他的两颊比刚才科特洛的还要红：“而且，你知道我会这么做，我气就气在这儿。”

皮尔斯爵士下意识地噘起嘴唇，一种沾沾自喜的感觉。尼克站起身来，站得太急了，撞翻了他的棕榈酒杯，有几滴酒洒在了地板上。

“五十镑。”他说道。

“这可是一大笔钱哪。”

“你女儿值一大笔钱。不是吗？”

皮尔斯爵士阴沉着脸恶狠狠地沉默了很长一段时间。最后，他说道：“成交！你还跟以前一样是个混蛋。”

尼克朝他哈哈大笑着，然后走了出去。他扭头飞快地看了一眼鲁思文画的画像，希望这位美丽的姑娘能放开他。她无论如何都不会放开他。

在杰克逊巴勒，诺金斯听到这个计划后，不禁跳了起来：“去内地吗？巫师正在那里烧杀掳掠啊！”

“所以这位爵士才想要他的女儿平平安安地回到海边来。”

“但我们有可能死在那儿啊，尼克。”

“我们也有可能死在这里，任何一天，任何一刻，一千种原因中的任何一种。我在卡罗来纳飞黄腾达，没有抓任何一个雅马西人做奴隶，也没有像那个傻瓜温德姆那样在他们的土地上放牧。你和我跟部落人交谈时,可以坦诚相对。我们的铁制品换他们的鹿皮,公平公正。我们有这些保护自己。如果我们速度快点,这些就足够了。"

诺金斯把舌头夹在两片嘴唇之间发出啪啪的声音,表示他缺乏信心。事实上,尼克也并不像他说的那么有信心。

第二天,当他们沿着一条尘土飞扬的小路驱马向河的上游缓缓进发的时候,他发现了很多可能导致失去信心的理由。这是一条通往切罗基人村庄的古老的印第安人小道,从查尔斯镇一直通往蒙克斯科纳,再沿着桑蒂河的西侧往上游走,可以到达尤托斯河以及更远的乡村。尼克和诺金斯已经在这条路上走过很多次了。

两个人带着四匹马前行。"无用"的四条腿又粗又短,为了跟上他们,跑得十分艰辛,一边喘气,一边吠叫。他们离开查尔斯镇大约一小时后,小道一边的棕榈树丛中响起了嘎啦嘎啦的声音。骑在前面的尼克勒住缰绳,左手举向空中,右手往下伸向他的一个马鞍枪套,每个马鞍枪套里都插着一支十八英寸长的马枪,尼克拔出了马枪。灌木丛中走出来一个身材魁梧的斗士,一把长矛用双手高举过头顶,表示他没有敌意。他上臂的肌肉上盘绕着有红色眼睛的蓝色的龙。

尼克放下枪,认出了他,他是一个与雅马西人有联系的小部落的首领:"是什么让考托首领离开多年后又从佛罗里达回来了?"他部落方言说得很流利,他小时候就学会了大部分的部落方言。

考托首领回答道:"有很多事情要做。"

"根据谁的要求?圣奥古斯丁的西班牙皇家总督吗?"

考托首领没有回答。

"好吧,还有一个问题。你在离查尔斯镇这么近的地方干吗?"

"我在找你,"那印第安人说道,"我这个人对你最了解了。"这倒是千真万确。五年前,尼克带着首领去了查尔斯镇的纹身师那里,因为考托想在他的手臂上纹龙。那个时候,克里克人正在签署他们的和平条约,印第安人只要胆子够大,就可以自由进入查尔斯镇。

"我们听说你要去我们那个地方,"考托首领继续说道,"我相信你跟以往一样会走这条小路。”

弥漫着水汽的长长的太阳光束从树间洒落下来。尼克和他的搭档飞快地交换了一下眼色，诺金斯的神色充满焦急不安。尼克一巴掌拍向在他湿漉漉的脖子上困扰他的虫子。他经常惊讶于那些部落人对海岸情况的了解，几乎是同步的。

“巫师让我转告你，”考托对尼克说道，“你从来没有对部落不友好，但你的皮肤是白色的，巫师发誓要将所有白人永远赶出这片土地。别再继续这段旅程了，我们是出于友谊才对你这么说的。”

尼克用枪口擦过他那有黑黑胡茬的下巴：“我对你们没有恶意，考托，但我骑马走遍天下，想去哪儿就去哪儿，一直都是这样啊。告诉巫师，我这次去只是为了让一个年轻的女人回到她父亲身边，没有别的目的……不会危及你们安全的。”

“即便如此，我还是警告你不要去。内地将会血流成河，尸横遍野。”

尼克带着近乎傲慢的表情说道：“如果我当场杀了你，就能减少杀戮了，对吧？你们那些人一定是从佛罗里达来的，他们的首领倒下了，他们就不会踏上征程了。”

“不要开这种恶毒的玩笑。你不会干你说的这种事儿，你是个有名望的人，我们又不是敌人，”尼克的微笑消失了，“我再告诉你一次，如果你走这条路，你的生命将受到威胁。”

尼克在他的马上挺直身子：“那就顺其自然吧。除了继续前进，我没有选择的余地。”

考托首领沉稳地看了他一会儿，大而黑的眼睛里充满了遗憾和怜悯。他挥了挥长矛，转身消失在了森林里。

尼克和诺金斯骑马前行时看到了一些征兆。在一条小河的支流，间隔距离插着标记航道的六七根木桩在靠近水的地方被折断了。曾经装饰在柱子顶上的白色牛头骨不见了。

在一片亮闪闪的沼泽边上，他们发现了一个法国商人的小屋——他很愚蠢，竟然住在远离定居点的地方。大火把小屋夷为平地,两具烧焦的黑色尸体挂在一棵树上。此情此景,使得两个人之间的话语少了很多,使得他们的心情沉重了很多,忧郁了很多。

第二天破晓后不久,他们看到一群印第安人穿过热带稀树草原,由南向北大步走去。印第安人的肩膀和头饰若隐若现。在行军队伍的后面,逐渐上升的沙冈呈现出模糊的灰色线条。

“晦气,”诺金斯说,“我数了数有四十个人。”

尼克用手掐住斗牛犬的口鼻。“无用”发出低沉的咆哮声,挣扎着,想要大声吠叫。尼克用空着的手指着那个头饰最高的战士:“还有巫师本人,我想。”

他们一直蹲伏着,直到那支战斗队伍消失在视线和听力范围之外。然后诺金斯说道:“尼克,我们能指望温德姆有什么帮助?他有多少奴隶?”

“温德姆实际上并没有邀请我,你知道。我从来没有涉足他的地方,顶多是路过。所以这都是推测。他或许有六个人,也许有八个。很可能他们中没有一个白人。”

小个子男人张开两排牙齿吐了一口唾沫:“所以他们可能会逃跑,希望印第安人放他们一马,而不会再次奴役他们。”

尼克慢慢地从蹲伏的姿势中站起身来,放开了那只牢骚满腹的斗牛犬,掸了掸手上的灰尘。这里的寂静,这里雾蒙蒙阳光直射的炙热,这里乡村的广袤与孤独,都不能让人产生美好的感觉。

“这是一种可能。”他说。

但是,不仅仅是可能。

温德姆的男爵领地高低起伏,牧场绵延,一条泥路通往主屋的方向。在温德姆领地的边界上,有一间棚屋,里面住着两个黑人。每人都有一把老式大口径短枪,喇叭形状的枪口有凹痕,黄铜也失去了光泽,但这并不能阻止这两件武器用切成不规则形状的破碎铅片将一个人撕成齑粉。

两个黑人忧心忡忡地看着两个白人。尼克表明了自己的身份,黑人挥挥手,示意他们继续往前走。

一条道路在矮小稀疏的松树间蜿蜒，他们缓步前行，这时他的腹部开始隐隐作痛。疼痛表明他的神经有多么紧张。他真是个傻瓜，居然到这里来，但是现在回去为时已晚。他首先必须集中精力控制住自己的脾气。

“他的牛在哪里？”诺金斯感到纳闷，问了出来。尼克耸耸肩膀，他也对这环形土地的空空如也感到困惑。但是，当他们接近主屋前的最后一个山岗时，听到了哞哞的牛叫声。他们交换了一下眼色，这里的情形时时刻刻都在变得更加诡异。

在那座低矮山岗的顶上，尼克勒住他的马。温德姆的家是一个布局零乱的原木结构建筑，伸展在下一个高地的顶上，周围有尖桩栅栏，还有遮荫蔽日的老橡树。它的后面便是牛栏，里面塞满了牛。尼克推测，温德姆把他所有大概两百头牛全都集中在了这里。他的黑人牛倌顶着炎热的天气磨磨蹭蹭地干着他们的活儿。

栅栏的门开着。在里面的一个平台上，安装了一把很大的、生了锈的回转机枪，枪身突出在墙上。尼克认出那是一把船上的枪，是从河口地区哪个以屠宰鸭子和鹅为生的船民的船上卸下来的。这种枪发射切碎的铅或小钉子，它们不是特别准，但在近距离它们是致命的。它们也是非法的，但这对温德姆男爵领地的主人来说几乎无关紧要。

他们穿过栅栏上那扇敞开的大门，不受任何干扰地来到了那幢房子里。院子里弥漫着尘土和牛粪的味道。一个满头白发的黑人，穿着一件很旧的背心，欠着身把他们领进了楼下的大厅。

“温德姆老爷在等你们，先生们。”

“我还以为他会在门口迎接我们呢。”

“温德姆老爷受伤了，先生，他不能走路。”

尼克感觉自己的肚子很沉，疼痛加剧了。这里发生了什么？

黑咕隆咚的古老大厅仅仅通过敞开的前门和后门射进来的光线照亮，大厅里弥漫着某种烤肉的香味儿。苍蝇在尼克头上嗡嗡乱飞，牛哞哞地叫唤着。

大厅里，他见到了杰尔克斯·温德姆，他坐在一把精美的镀金椅子上，右手拄着一根银头手杖，左腿绑着绷带搁在一个凳子上。

“很抱歉，布雷。上周四有人在小溪边伏击了我，用一把斧头砍我，还可能是你卖给他的呢，”他阴郁地笑了，“他一下子砍瘸了我的腿，然后我解除了他的武装。我把他吊在那儿，任兀鹫蚕食他，但不足以平心头恨啊。”

尼克·布雷在他鄙视的所有人当中，最鄙视的便是杰尔克斯·温德姆。温德姆在坦诚的时候会承认，这是因为嫉妒温德姆。首先，温德姆英俊帅气：金色的头发，完美的鼻子，精致的嘴巴，柔软无毛的手。从希腊人的角度鉴赏，他几乎是一个英俊帅气的男人，完美程度无出其右。

其次，他抢走了芭芭拉。

尼克听到身后有声音，“无用”进来了。温德姆看了看斗牛犬。“无用”开始咆哮，发出低沉而难听的声音。

“请在那畜生弄脏房子之前把它带走。”

“它不会的，”但是尼克做了让步，说道，“拉住它，好吗，休格？”

尼克的搭档在斗牛犬旁边蹲下。温德姆用手杖在地板上敲了两下，也许是表示他很痛苦：“你们从查尔斯镇到这里来遇到过什么麻烦吗？”

“没有，因为我们尽全力躲开了那些麻烦，但是这里四周倒是有很多麻烦。”他简要地描述了他们所看到的情况。“如果你收拾好了，我们应该尽快出发去海边。你有多少人？”

“六个黑人。”

“我们可以信赖的有几个？”

“在遇到攻击的时候吗？两个，就是在路上站岗的那两个人。其余的人我不允许他们有武器。”

“我的理解是芭芭拉会跟随我们一起回去。你母亲在这里吗？”

“是的，她也跟我们一起走。她们俩你吃晚饭的时候都会见到的。我们已经腾出了一个奴隶住的砂石小屋给你和你的搭档过夜。”

“我认为我们下午就得走。”

“首要的事情明天干。”温德姆摇了摇头说道。这是个明显的挑战，但是没必要将它发展成为一场争吵斗殴。

温德姆不舒服地动了一下，他用手杖指了指缠着绷带的脚踝。尼克看到温德姆的白色长袜上渗出了血。“牛最好在天气太热之前上路。”温德姆说道。

“牛?”尼克重复了一遍。

“是啊,皮尔斯爵士没有跟你解释吗?圈里的那些东西可是移动的财产,极其有价值的财产啊。我们要带它们去查尔斯镇,这样它们就不会遭到屠宰了。”

尼克浑身的血直往脸上涌:“所以叫我来这里,去当个该死的牛倌,把你该死的财产转移到安全的地方。包括芭芭拉吗?”

温德姆挣扎着站起身来,握着手杖头的手指煞白:“管好你的嘴,你个没教养的脏东西。给你的钱不少了。”

“但如果皮尔斯爵士告诉我真相,我绝不会同意的。”他感觉自己被骗了,简直蠢得无可救药。窗户打开着,风雨侵蚀的灰色百叶窗向后折叠了起来,呈现出火热的灰白色天空下荒芜寂寥的山峦的景象。尼克的厌恶感再次加剧。

“我要是能走路也不用你带我们出去,”温德姆朝他咆哮道,“可是我走不了,而你,当然不会抛弃我们。也就是说,你绝对不会抛弃芭芭拉和我无助的母亲。你会吗,现在?”

“无用”咆哮着,诺金斯咕哝着劝他平静下来。尼克想转身骑马离开,但温德姆让他无可奈何。

“你这混蛋,”他说道,“这里的死囚什么时候吃晚饭?”

尼克直到晚餐时才看到芭芭拉,她自始至终几乎没有说话。而温德姆的母亲思林太太则另当别论,她是一个寡妇,采用了她已故的第二任丈夫的姓氏,她的第二任丈夫是一个巴巴多斯的种植园主。思林太太在女人中可谓一条大鲸鱼,她的指关节有冰雹块那么大。温德姆告诉尼克和诺金斯,不得不用一辆有遮篷的牛车将她送到查尔斯镇去。

“那就不会走得很快了。”诺金斯嘟囔着。

“但必须得这样,任何有点脑子的人都看得出来。”

这一责备使得诺金斯无话可说,而且尼克估计,这顿饭剩下的时间也会如此。诺金斯在那些他认为比他强的人面前总是很害羞。当然,他完全搞错了:在性格方面,温德姆比诺金斯差太多了。但是,去说服诺金斯也无济于事。

他飞快地瞥了芭芭拉一眼。他的记忆总能描绘出她的婀娜多姿,那么苗条,那么美丽。不过,她的脸上已经没有了他所记得的那种神采,而且每次他看她,她那双蓝眼睛就会紧张地赶快躲开。

当他们吃完盘子里的米饭和煮过了头的猪肉,喝下两罐上等的红葡萄酒之后,尼克不客套地把椅子往后一推:“芭芭拉,走吧,去散散步。我们有几句话要说。”

他轻轻地握住她的手腕,拉起来,表示他不允许争论。她看上去如释重负,这餐饭吃得太紧张了。温德姆说:“天黑了,散步危险。”

“我相信我能对付得了,先生。”尼克说道,讽刺的意味不是一点点。

“那么待在栅栏里面,听见了吗?”

“我是你的向导,温德姆,不是你的属下。记牢这点。”

他欠身让芭芭拉走在前头,朝客厅走去。

“你知道,这是一个该死的卑劣的骗局。”等他们走出房子,他说道。一个在大门口站岗的黑人试图阻止他们继续往前走,尼克一把将他推开。

他们爬上一个小山丘,芭芭拉走在他的左边,保持着一段安全距离:“哦,尼克,我知道。杰尔克斯一直到今晚晚饭前,从来没有说过牛的事儿。我知道他派了个跑腿的去查尔斯镇寻求帮助,但我以为他是为了保护他母亲和我。”

尼克发出一个嘲笑的声音:“一切都很巧妙,芭芭拉。你父亲把我找去,说你母亲病了。‘病得很厉害’……我相信这是他的原话。是这样吗?”

芭芭拉的声音怯怯的:“我想不是的。上个星期我离开的时候她还好好的。”

“那么温德姆的牛就是我来这里的原因了,他们两人把这事谋划得天衣无缝。杰尔克斯受伤了,所以让我来照料他的财产。但是他得让你父亲做帮凶合谋欺骗我,才能如愿以偿。”

“你把他说得太坏了,尼克。你不觉得杰尔克斯关心自己的母亲,或者说关心他要娶的女人吗?”

“芭芭拉,我不愿意说出我的猜测。我担心如果我这么做了,会冒犯你,无论是言语还是内容。”

“天啊，你太刻薄了。”她揉着自己的双臂。

“事出有因。把我自己的生活糟蹋了是一回事儿，但是把诺金斯这样一个善良无辜的人也骗来干这件事情则是另外一码事儿。”

他在自己宽宽的皮带上勾着两个大拇指，身子靠在山丘顶上的一棵树上。主屋的灯光透过窗户和栅栏敞开的大门照射过来。周围黑暗的土地依旧散发着湿热，满天因污染而变得暗淡的星斗下，有一种奇怪的威胁。

“这里有大量的仇恨在急剧增加，”尼克说道，“但是这种宿怨我们最好不要去想得太深。一半地区都被印第安人包围着，所以最好不要去想。”

“尼克。”

“什么？”

“我真的不知道这一切，除了那个送信的人。”

过了一会儿，他说道：“我信你。”

“我们在路上会遭受攻击吗？”

“那就是机会和运气的问题了，巫师和他同盟者的活动范围很广。我们行走的速度又非常慢，拜那些牛群和那辆牛车所赐。芭芭拉，你该恨那个男人才是，把你拽到这场磨难里来。”

一阵沉默。“我已经发过誓了，要嫁给他。也许曾经有一段时间……我们分手后的一段时间——”

“是分手了，别人逼的。”

“我的意思是说，可能有一段时间，我在杰尔克斯身上看到，他根本就没有那些品质——良好的品质。恐怕现在重新考虑已经太晚了，淑女不能违背自己的誓言。”

“哦，芭芭拉。真是一派胡言，只要有足够的勇气——”

他停住了话头。他非常了解芭芭拉所生活的那种社会，非常了解她在成长的过程中一直被教导要成为那种社会上受人尊敬的一员。“不要紧，我们现在好好道别吧，可能不会再有机会了。”

她苍白的鹅蛋形脸颊在他面前闪闪发光。当他把他的双手搭在她的肩膀上，长久而又热情地亲吻她时，她依然把双手放在身体两侧，并不打算把他的手挡开。

他们分开了，脸靠得很近。他能从她的呼吸中闻到甜蜜的丁香味儿。他抚摸着她的脸颊，摸到了泪水，她用双手紧紧抱住他的脖子。

“我要嫁给他，尼克。但我会永远爱你。”

“你会嫁给他，如果我们到了查尔斯镇，但能否到查尔斯镇，还无法确定呢。”

他们再次亲吻。一度，有什么东西让他紧张起来，于是他睁开了右眼。他看见栅栏门口有两个人影，一个靠在另一个身上，那个靠着的人的左手由一根手杖支撑着。

他在黑暗中能看到什么呢？这并不重要。在他愤怒不已、妒火中烧的脑子里，他看到的画面比真实的画面要糟糕得多。

尼克依然紧紧地拥抱着芭芭拉，浑身冰凉。

尼克辗转难眠，他长时间僵硬地躺在床上，在这间奴隶住的砂石小屋外面，乡野的夜间声响不绝于耳。在他想象的黑暗中，他看见了芭芭拉。他一次又一次地感受并品尝着她的亲吻。他不敢奢望他们俩久别之后还有机会。但是，他还是苦苦地、疯狂地希望着，尽管明天早晨有重重危险等待着他们。这种激动的状态使他几乎一夜无眠，直到天边露出第一缕曙光。诺金斯就没有这样的问题，他整夜鼾声震天。

杰尔克斯·温德姆为自己挑选了最强壮的马。他的两个奴隶帮忙把他抬上了马鞍，他呻吟个不停，咒骂个不停。其中一个黑人拉伸左边的马镫，不小心撞到了他受伤的腿。他便用手杖打他，狠狠地打了五下。那奴隶一直低着头。尼克看到那人破旧衬衣的衣领上有血。

他也看到了芭芭拉憔悴的、汗淋淋的脸上带着厌恶的表情看着她父亲选择的这个乘龙快婿。

诺金斯负责监管三个帮助他驱赶牛群的骑马的奴隶。等思林太太坐上牛车，那个名叫波尔的老仆人负责照顾她。牛车用四根竹竿撑起遮篷，在她的头顶调节好。

准备长途跋涉的队伍由尼克领头，温德姆慷慨地让他成为箭矢或铅弹的第一个目标。接下来是温德姆和芭芭拉，并排骑着。然后是牛车，最后是哞哞叫唤的牛群。诺金斯和他的黑人助手们在最后吃这支队伍扬起的尘土。

又是一个闷热难耐的早晨，碧空万里云歇，旷野千顷风微。由于睡眠不足，也因为不再憧憬美好的未来，尼克的脾气很坏，他指了指海岸的方向，骑着马走了，任其他人跟随。

“无用”用又粗又短的腿使尽吃奶的力气往前走，一会儿挨着尼克的马，一会儿走到马的下面。到上午十点钟左右的时候，思林太太还在不停地喊叫，还在断断续续地哭泣。这条小道坑坑洼洼，路况极差，老太太吃尽了苦头，尽管温德姆家的总共九个枕头全都拿来当垫子了。她被甩来甩去，每一次撞上牛车的侧栏，她就发出一声喊叫。这使奴隶们紧张不安，他们一声不吭，旅途开始的时候，他们可是一直都在那里悄悄地聊天。

思林太太把儿子叫到牛车边，要求他们打道回府，等天气转凉了再走。他从马背上俯下身来，拍拍她那只戴着戒指的手，算是安慰她。她抱怨得更大声了。他的脸变得毫无表情，策马小跑着重新回到芭芭拉的身边。思林太太看起来很愤怒，随后一脸无奈，似乎终于意识到，她的儿子把自己的意志强加在了她的愿望之上。

大约中午时分，他们停下来休息，在一条小溪里给牛群饮水。因为天气干旱，小溪已经变成了烂泥滩中的一条细流。诺金斯摘下高高的羊毛帽子，用胳膊擦了擦额头。他向南望去，看到一大片起伏不定的草地。

“看到了吗，尼基①？那不完全是风呢。”他压低嗓子说道。

尼克慢慢地点了一下头：“我刚才就注意到了。”在他们身后，奴隶们对着牛群大声喊叫，用棍子重重地敲打它们。在那方热带稀树草地的中央，有一个明显的涟漪，不同于周围草的摆动。那涟漪在他们的前面向东南方向移动，如同海浪一样。再远一点的地方，有一排模糊不清的树木弯向了右边。那涟漪继续朝那个方向移动，似乎慢慢平息，最后消失了。

“嗯，他们在监视我们，”尼克说道，“现在他们在我们的前面，他们要等合适

①“尼克”的异体、昵称。

的地点和合适的时机。”

诺金斯挠着他胡子拉碴的脸:“要我把这事儿告诉别人吗?”

“不。”

“这真是一趟该死的旅行,尼基。”

“这个呀,我们、他们早就知道。”

他检查了一下他两支手枪中的火药,然后继续策马前行。

一整个下午,他们一直在赶路,没有发生意外。黄昏的来临并没有使天气的炎热缓解多少。他们在树林里露宿,那是两棵老态龙钟、节节疤疤的橡树,橡树中间夹着一些小一点的松树,形若一个黑暗的大教堂。空气中有潮湿泥土和水晶兰的气味。

芭芭拉负责生火。波尔和另一个奴隶加热了黑豆米饭,并端上了一些没有完全烤熟的玉米面包。思林太太大声地拒绝任何食物,继续待在她的牛车里,每隔一段时间就呻吟一声,好像害怕被人遗忘似的。

尼克把他的锡盘塞到斗牛犬的嘴巴底下,“无用”一眨眼工夫就把它舔得干干净净。尼克笑了,这是他一整天以来的第一次笑,但是在所有这一切面前却显得相当空洞。

芭芭拉和波尔一起走开去聊天了。杰尔克斯·温德姆绕着火堆转圈,火堆的热量并没有改变任何人的性情。温德姆用手杖支撑着他的左侧身体。他装备精良,一支装饰着雕花的漂亮手枪,一把很锋利的小刀插在他紧身上衣的腰带上。他似乎没有此前那么自信了,他对着越来越暗的树梢耸了一下眉毛。

“今晚会有很多猫头鹰和嘲鸫出没。”

“没有翅膀的嘲鸫。”尼克从诺金斯给他的一瓶红葡萄酒里喝了一口。诺金斯去检查圈牛的绳子围栏了。

“我们会受到攻击吗?”

“几乎可以肯定。”

“估计会是什么时候?”

“造成紧张的就是这部分。它可能是任何时刻,我们醒着的时候或者休息的时候。他们不会休息，一直到这事儿结束。你看，他们已经准备得很充分了，折腾了好几天了——跳舞、唱歌、节食。我敢肯定他们已经吞下黑饮料了。”

“黑饮料见鬼的是什么东西?”

“一种强力催吐剂。它必须是由某个巫师调制的，他们喝它为战争做准备。”

“我从未听过这种东西。”

“殖民地大多数白人都没有听说过。这就是为什么印第安人比我们强壮的原因。战争对他们来说比对我们更具有丰富的内涵。对我们来说，战争无非是要保住我们盗抢来的东西。但对他们来说，战争是融保卫自己、游戏娱乐和神圣事业为一体的东西。”

“好在芭芭拉还不知道形势的严峻。”

“你认为她没有脑子，她当然知道了。我认为你那可怜的母亲也知道。所有人都知道，你为了你的牛而心甘情愿地牺牲他们。但是，我不会让你牺牲我和我的搭档。”

“烦请你解释一下这话是什么意思。”

尼克看上去一脸愉悦，他转过身去，不予回答。

温德姆把毯子铺在芭芭拉旁边，芭芭拉正靠在牛车的一个轮子上休息，然后他把手枪放在肚子上，右手握着它。他几乎立刻就睡着了，这更加深了尼克的感觉:这个人是个不中用的傻瓜。

尼克又是一夜无眠。他接替诺金斯值班，绕着围栏走了三个小时，然后精疲力竭地坐倒在篝火旁，篝火依然在林中空地上投下微弱的红光。借着那微弱的光，尼克看见一双眼睛在闪闪发亮。

芭芭拉的眼睛，她醒着。

当他们的目光相遇时，她给了他一个疲倦而绝望的微笑。他想以一种趾高气扬的方式回以一个咧嘴的微笑，但是这样的虚张声势已经太晚了，他的笑容十分倦怠，而且不真实。

林地外的在树林里，猫头鹰和嘲鸫在交谈着什么。

他们出发一小时后,天空像打开了闸门一样,闷热的大雨倾盆而下,典型的卡罗来纳阵雨。大雨咆哮着持续了几分钟,紧随其后的便是更大的热浪,不知从哪里来的昆虫恣意横行,来自地上的水汽成团蒸腾。他们沿着森林大致朝东南方向伸展的逶迤小道行进。他们的左边像壁垒一样的黑暗森林散发出潮湿腐臭的气味。那儿,除了高大的树木之间生长着稍矮一点的茂密的棕榈树外,几乎什么也看不见。

尼克穿过一条暂时得到雨水补充的小溪。他感觉到了马蹄下小溪底部的淤泥,但他没有在这方面多费神思,他的全部注意力都集中在前面的道路上。这条道路蜿蜒着穿过森林边缘的草地。

突然,在后面,杰尔克斯·温德姆喊叫起来:"用鞭子打那公牛,让它动啊。"

尼克回头看去,不禁骂了一句脏话。思林太太的牛车滚进了溪沟里,右侧的车轮陷了进去。早已靠近岸边的那头公牛使劲儿拉着牛轭,倾斜得很厉害的牛车微微上升了一点,但仍然无法脱离溪沟。思林太太被甩到了倾斜的牛车的边上,一面号啕大哭,一面拼命挣扎。温德姆骑进小溪,用他漂亮的手杖击打那头公牛。尼克掉转马头,喊叫道:"休格,帮我一把。"

不一会儿,他汗流浃背的搭档从小溪的另一边骑了过来。尼克早已下马。诺金斯跳下马来,从他羊毛帽子的帽檐后面小声说道:"他们来了,距离很近,我想现在已经在我们后面了,就跟在我们身后。"

"帮我推这个轮子。"

"两个人站不下,让我一个人试试。"

尼克没有争论。那个圆滚滚的小个子男人走进溪沟里,拿背顶着陷在烂泥里的车轮,身子稍微往下缩了一点,然后伸出双手去抓车轮:"我一下令,温德姆,你就抽牛,之前不要抽。"

温德姆拍了一下自己的脸,被拍扁的小虫子留下了一个血迹。他瞪着诺金斯,然后又瞪着尼克,好像这虫子咬和他所有的问题都是他们的错一样。

尼克前臂上短短的汗毛突然痒痒得厉害,有什么事情立马要发生了,每一种感觉都在发出警报。他转过身去看牛群,没有发现什么问题。牛群还未到达小溪边,有几头牛正在吃草,而奴隶们则惊恐地注视着树林或那片空旷寂寥、绵延无际的热带稀树草原。一幅云淡风轻的景象，看不到任何危险的迹象。

然而，尼克的神经却在歇斯底里般惊叫。

诺金斯咬紧牙关，他的脸变成了深红色，像一个熟透的苹果。他浑身战栗，闭上眼睛，颈部皮肤下的血管变得很粗，前额似乎鼓了起来。他的上下唇张开，马车陷进去的一侧被他那巨大的力量和强大的意志从泥里扛了起来，微微往上抬起了一点。

“快，温德姆。赶牛！”

温德姆反应稍稍有点迟钝，但他照诺金斯的话打着公牛，公牛猛地拉牛轭。诺金斯发出一个声音，或者尼克认为他发出了一个声音，但这声音很奇怪——尖叫声，像恐惧的尖叫声。沾满污泥的车轮被抬了起来，公牛把牛车拖到了岸上，尼克这会儿正在那儿准备重新上马。

“尼克！”他看到了芭芭拉，正在发疯一样地挥着手。接着他明白了，他刚刚听到的不是诺金斯的声音，是别人的声音。喊叫声是一个奴隶发出的。只见那人徒劳无用地试图不掉下马去，同时用一只手紧紧抓住深深插在胸口的箭，他的胸口已经开出了一朵殷红的血花。尼克从枪套里掏出一支手枪。

温德姆根本就没注意到，他让人帮着下了马，把手伸过牛车的栏杆去安慰他几近发狂的母亲。牛群在移动，领头的牛开始向南奔跑，越过那片热带稀树草原，离开树林。脸上涂着油彩的印第安人从他们身后的森林里蜂拥而出，大概有二十个人。“无用”开始在草丛中狂吠、咆哮和绕圈奔跑。

被箭射中的奴隶慢慢地消失在他们的视线外。印第安人箭上弦，矛横对，短柄斧高悬，在其余的奴隶中间奔跑。他们不分青红皂白地用大刀砍马，用长矛刺马。有一些印第安人还有火器，一支老掉牙的燧发枪轰的一声响了。尼克赶紧低头躲避，听到一颗铅弹扑的一声飞了过去。

牛狂叫着乱窜，尼克策马向芭芭拉冲去。“到树林里去，树林！我们需要掩护。”他用自己的马撞她的马，让她走。她迅速做出反应，踢着她的坐骑朝前冲去，一头扎进了树林。诺金斯抓住他的马，但是缰绳崩断，马跑掉了。尼克用牙齿咬住枪管，把诺金斯拽到身后。这时印第安人分成了两组，近的一组冲向白人，另一组则徒步去追赶牛群，用长矛或斧头把走得较慢的牛放倒。

温德姆无法把他母亲从牛车里拽出来，她一边号啕大哭，一边抓住栏杆不放。他放开了她，只管自己骑马朝树林里冲去。“天哪。”诺金斯喊叫道。

诺金斯从尼克的马上跳下来，跑回牛车那里。他用握成拳头的双手敲打着思林太太的手指，直到她放开栏杆为止。然后他把她拉了出来，把她那并不轻的身躯扛到肩上，踉踉跄跄地向树林跑去。

尼克迅速地驾着他的马来到被重荷压得摇摇欲坠的诺金斯和从溪流的另一边向他们冲来的印第安人之间。他把手枪搁在左肘上，瞄准，射击。他尽可能地平衡马的跳跃。手枪开火了，浓烟喷到他的脸上。一个身上装饰着羽毛的印第安人倒下了，右肩上少了一大块肉。

诺金斯来到能够掩护他们的阴森森的树林里。尼克带着“无用”紧随其后，“无用”实际上就在马肚子下面。他没有看见芭芭拉或温德姆，这里的棕榈树长得又高又密，任谁在其间移动，都可以隐藏得很好。骑马变得十分困难，尼克从马上跳下来。

“芭芭拉？”

“在这儿。”她离他有一段距离。印第安人回到了森林里，嘎嘎地搅动着林下的灌木，弄得他很难精确判定她的位置。

诺金斯早已不知去向。尼克正前方的高大棕榈树林里一片嘈杂，他的心怦怦直跳，一种毛骨悚然的感觉笼罩了他。“休格？你在哪里？我们必须待在一起啊。”

棕榈树分开了，一个印第安人跳了出来：一个身上装饰着羽毛的雅马西人，他的脸上和汗淋淋的胸部有黄色和赭色的条纹。尼克急忙去抓他的另一支手枪，这时雅马西人举起一支老式大口径短枪瞄准了尼克的脸，随后是一声炸裂的巨响。

尼克一时纳闷，为什么他没有感到疼痛，没有子弹的冲击。雅马西人的嘴巴张得很大，他的眼睛瞪得溜圆，他的身躯摇晃着扑上前来。尼克连忙后退，那印第安人却已经倒向了他，短枪重重地击打到了他的太阳穴上。

这雅马西人像个情人一样倒入他的怀中。印第安人赤裸的背上，鲜血从黄色的油彩条纹上流过。一步之遥处，摇摇晃晃的诺金斯吹着枪口。

“不是他就是你。”诺金斯说，这是为他背后开枪正名。

尼克把奄奄一息的印第安人放倒在地。树林里翻腾着各种各样的嘈杂声音：思林太太在号啕大哭；攻击者在棕榈树丛中打斗，像狗一样狂吠；“无用”也回之以咆哮；还有一个持续不断的惨叫声，尼克认为可能是其中一个黑人在受折磨。远处，有牛群哞哞叫着，声音在渐渐减弱。温德姆的财产正在逃跑。

“其他人在哪里，休格？”

“附近，但分散了。”

“我们先找到芭芭拉，然后我们——”

两个雅马西人从他们左边的灌木丛中跳了出来。诺金斯急忙俯身去抢掉落的老式大口径短枪，这一动作使他躲过了被长矛刺穿胸膛的结局，长矛在他头顶飞过。诺金斯抓住那支大口径短枪的喇叭形枪口，狠狠地朝投掷长矛那个人的头部打去，把他打晕了。

另一个雅马西人挥舞着刀向尼克扑来。尼克用自己的左胳膊肘猛地撞向印第安人的下巴，由下而上狠狠撞击。“无用”冲进了他的视野，开始像咬一块肉一样噬咬印第安人的腿。

两个对手面对面地搏斗。印第安人举起刀准备攻击，尼克腾出左手，在空中抓住了他的手腕。雅马西人赤裸的腹部露了出来，尼克从腰带上拔出自己的长刀，将刀刃埋进了那人的肚子里。

那印第安人倒下了。“无用”一直在咬他的腿，直到尼克喝令它停止。

诺金斯急忙做了一个手势，尼克蹒跚着跟他走进了棕榈树林。尖叫声更近了，透过灌木丛的缝隙，尼克看到老波尔跪在地上，如注的血流使他的脸变成了一个红棕色的面具。

尼克跑上前去试图救那个老人。印第安人看到他过来了，便把血淋淋的刀捅进了波尔的背，然后咧嘴一笑。老波尔向前倒去，还没倒在地上就死了。尼克愤怒地狂叫着举起长刀向印第安人扑去，他们逃跑了。

诺金斯抓住尼克的袖子，把他往前拉去，拉到一块上面铺着潮湿腐叶的空地上。他们这个团队中的两个人在那里听天由命：一个是杰尔克斯·温德姆，倚在一棵树上，手里拿着一支更小的手枪；另一个是芭芭拉，躲在一棵树后面，这棵树根本就不足以掩护她。一只苍白的手紧紧地抱住树干,只看得见她的半张脸。

当她看见尼克时,她的眼睛瞪得像诺金斯开枪打死的那个印第安人的眼睛一样圆,她惊恐地张大了嘴。尼克朝下看,她的眼睛盯着他浸透鲜血的绑腿。

“温德姆,你母亲呢?”尼克突然发觉思林太太的哭喊声停止了。

温德姆漂亮的金发凌乱地散落在他的脸上,他的亚麻布衬衫撕破了,浸透了汗水。他挥着手说:“那边的哪个地方,我不知道。”

“小心,尼基。”诺金斯大声喊叫道。尼克连忙转过身,一个印第安人拿着一支老式鸟枪跑进了空地里。尼克瞪大了眼睛,印第安人也瞪大了眼睛。印第安人肌肉发达的手臂上纹着龙纹。

“尼克·布雷,我警告过你。”考托首领的喊叫声中有一种绝望的意味。尼克和这位酋长对视了一段似乎很长的时间,仿佛谁都不知道该如何处置对方。

考托首领恢复状态更快一些。他把鸟枪抵到肩头,但是对准了温德姆。温德姆拿他的手枪开了一枪,但是没有打中。

另外两个雅马西人从棕榈树丛中跳了出来,用锋利的长矛在两头将诺金斯堵住。温德姆从后面抓住尼克的腰,把他向后拖去,作为自己的盾牌。“杰尔克斯。”芭芭拉愤怒地大叫起来。

温德姆的双臂强壮有力,尼克左右挣扎,始终挣脱不了。绝望中,他用刀割破了温德姆的右手。考托首领在他们附近伺机下手,试图用鸟枪瞄准。温德姆像条毒蛇一样发出恶毒的咝咝声,尼克挣脱出来,扑倒在地,这时考托首领的枪响了。杰尔克斯·温德姆撞到树上,然后慢慢滑落下来,鲜血从他的右眼窝喷涌而出。

尼克的鼻子埋进了腐烂的树叶中,他抗拒着良心的剧烈刺痛。他知道他们唯一的机会在于他所不齿的行为。但是如果他们想活下去,他别无选择。他的左手抓住考托首领的脚踝,猛地一拉。

酋长挣扎着竭力稳住自己的身子,他重新站稳了脚跟,并试图用那支鸟枪打尼克的脑袋。当他向前弯过身子时,尼克的右手迅速向上飞来。刀子直刺肚子,没入刀柄,考托首领差一点就从地上被举了起来。

印第安人弯过身子,倒了下来。尼克颤抖的手臂承受不了这个重量。他翻了个身,考托首领往一边倒去。考托哗啦一声摔倒在地,同时仍然与插在肚子里的利刃搏斗，他的双手勒住尼克的气管。

考托长长的指甲抓破了尼克的皮肤，他的手指染上了红红的鲜血。尼克和考托侧身躺在地上，死死地抓着对方。尼克的脸颊发紫，眼睛似乎鼓凸了出来。诺金斯从搏斗中又结果了一个雅马西人，用那个倒下的雅马西人的长矛重新武装自己。他和另一个雅马西人用长矛格斗着，那架势就像某个现代的弗里亚尔·塔克[①]。但是，诺金斯和他敌人的脸上都带着一种热切而残忍的表情。

尼克把血淋淋的刀子从考托的肚子里拔了出来。考托首领感觉到了，勒得更紧了。尼克看着考托的眼睛，他的眼睛是恶魔般的，似乎在痛苦中，他已经认不出他的攻击对象是谁了，只知道他必须在自己死前取他的性命。尼克铁了心，黑色的面纱模糊了他的视线，没有别的办法……

完全凭借肌肉的力量，他把右前臂举到足够的高度，选准角度，一刀刺向考托首领。

过了一小会儿，他再次站起身来。他对刚刚过去那些时光的记忆只剩两个画面。一是与诺金斯搏斗的印第安人转身逃跑了——这正是尼克下定决心杀死酋长时所希望的。他和这个酋长并没有太大的积怨，他理解为什么考托跟他一样走上了战争之路。

二是芭芭拉的脸。一脸惊恐地转向他……难以置信……

强烈的反感。

从发际线到胸骨，他浑身通红，仿佛就是为了战争而染红的一样。可悲的是，他知道她的表情意味着什么。

尼克跪在想要牺牲他来救自己性命的杰尔克斯·温德姆身边。温德姆死了，尼克丝毫也不感到可惜。他脑子里蹦出来的唯一想法是有点不道德：温德姆的牛如果没有全部跑掉的话，那就属于任何一个可以带走它们的人了。

“尼基？”

他转过头去，看见诺金斯惊恐地打着手势。尼克摇摇晃晃地站起身来，他感

①英国传奇中劫富济贫的绿林好汉罗宾汉的好朋友。

到一种突如其来的精疲力竭，激烈的格斗之后总是会发生这样的情况。他注意听，好像听到了印第安人在他们首领死后整体撤退的声音。

诺金斯领着他走了一小段路，来到一堆皱巴巴的衣服跟前，仔细一看，原来是思林太太的裙子。尼克第二次跪下身子，轻轻地把她翻过来。他仔细检查了她肮脏的衣服以及他可以看到的露出衣服外布满老人斑的皮肤。

“没有一个疤痕，没有伤口，也没有枪伤，休格。”

“我把她放在这儿的时候，她的呼吸还很正常，我发誓。”

“可怜的老太太一定是给吓死的。温德姆为了他那该死的财产，不在乎牺牲谁或多少人。真是个可悲的笨蛋。”

尼克站起身来。思林太太似乎将目光越过他身边，越过树梢，望向卡罗来纳的天空，天空这会儿正在变得明朗起来，变成了淡蓝色，就像一只精致瓷盘的边。思林太太的脸颊是深蓝色的，嘴唇有点发紫。

“无用”一瘸一拐地从矮树丛中走了出来，它左后腿的小腿被刀子还不知是长矛划了个口子。它发出可怜的声音，突然转过头去，试图舔舐伤口。尼克估计它会没事的。这只狗已经有六七个伤疤了，只有用钢刀刺穿心脏才会要了它的命。

尼克和诺金斯发现有两个奴隶还活着。他们向尼克和他的搭档表达了感激之情，然后主动跑进那片稀树草原。尼克和诺金斯找到了他们的马，重新骑上了马。

芭芭拉说她会留在思林太太的遗体旁：“我需要一个人待一会儿。我需要一点时间来把所有这一切捋一下，祭奠一下杰尔克斯可怜的母亲。”

傍晚，高悬在一片稀树草原和血淋淋的林地上空的苍穹，呈现出灿烂的金红色。起风了。两个白人和两个黑人一共找回了大约一百头牛，这是劳累了一个下午的丰硕成果。尼克向两个黑人表示了感谢，然后说道：“走吧。在这里和下一个想要奴役你们的人之间有数百英里的安全森林，如果你们小心谨慎一点，就永远不会遇见那个人。避开佛罗里达的西班牙人——他们会把你们锁起来的。到海湾[①]去，到安的列斯群岛[②]去，找一个自由生活的地方。”

---

①指墨西哥湾。

②加勒比海中的群岛，由大安的列斯群岛和小安的列斯群岛组成。

一个奴隶的眼睛里溢满了泪水，在这个金乌西坠的时分，眼泪像红宝石一样闪闪发光。他开始吻尼克的手。

“不，不要那样。不要对任何人做这样的事情了，永远。”两个衣衫褴褛的黑人默默无言地消失在了波涛般起伏的草原上。

“我要拿走你答应给我的每一镑钱，”尼克·布雷在查尔斯镇对皮尔斯·科特洛爵士说，“尽管我的确觉得三十枚银币对这桩买卖更合适。”

皮尔斯爵士拿出了钱：“尼古拉斯，我不知道你会遇到这么可怕的——”

“你撒谎，你这个该死的骗子。但是，不用为我担心，先生，一点也不用。还是担心你自己吧，担心你内心的平静，反思你所做的事情。你的有生之年都得这样，你的有生之年再也睡不着了——想想你同谋犯的母亲，想想索菲·思林吧。如果你没有骗我，让我去那儿，如果我们没有沿着那条商路回来，那个无辜的老太太现在还活着。还有一个叫波尔的黑人老头也会活着，他连伤害孩子的力气都没有啊。温德姆的两个黑奴也是如此，那种你会像夏天的苍蝇一样不放在眼里或随便弄死的人。”

他走出屋子，留下科特洛一个人像一条搁浅在沙滩上的鱼一样在那儿喘着粗气。

在朝东的门廊上，他遇到了芭芭拉，他早就打定主意，尽快告别。一想起他对考托首领所做的事情，心里就特别难受，这是一个永远无法愈合的内心创伤。他也很想把责任推到别人身上，可是推这把钢刀的只有一只手。

他紧紧地握着芭芭拉的手，认真严肃地看着她的蓝眼睛：“你父亲对杰尔克斯的看法是错的，但是他对我的看法是对的：我不是那种你可以在伦敦城里炫耀的人。”

他把双手伸给她看，厚厚的指甲里还粘着干的血迹。他洗了又洗，擦了又擦，就是洗擦不掉。

“我不和你争论，”她轻声说道，哭了起来，“我知道你已经下定决心了。”

“你也一样。我杀考托首领的时候就明白了，当时你看着我的时候我就明白了。”

她没有反驳。

他向她俯过身去,抓住她的胳膊,吻她。那是一个温暖的下午,空气中弥漫着海洋的气息,她的头发有淡淡的薰衣草香味儿。

“我还能见到你吗?”

“如果你还待在卡罗来纳。如果你的目光快一点,在风、云和影子之间的某个地方,你会看到我的。”

“尼克,你救了我的命……”

“即使我不爱你,我也会这么做的。再见,芭芭拉。”

他两步并作一步跳下高高的台阶,穿过长方形的花园,头也不回地走出了朝大街的大门。

诺金斯和“无用”在花园围墙凉爽的阴影里等着,一个斜靠在墙上,另一个凸着流口水的下颚在睡觉。狗受伤的腿在渗脓水,它扯掉了不知道是尼克还是诺金斯绑在它身上的所有绷带。

尼克听起来很累,他说:“我们把牛带到一个海岛上去养养肥。我们有足够的时间喝酒了,我需要喝它一个星期,喝它一个月……”

“听着,尼基,你确定要这么做吗?我在旅馆听说,海岸上又有海盗了。拉尔夫·罗兰跟他那帮烂污船员。”

“但是查尔斯镇有鲨鱼啊——比藏在海上的那些人更难识别和躲避。我宁愿去‘恶霸拉尔夫’和他的同伙那儿碰碰运气。”

诺金斯无奈地叹了口气说:“那么我想我也这样吧。”

“无用”哼了一声,好像也在表示同意。两个朋友出发了,它也摇摇晃晃地站起身来。两个男人和一条狗,他们穿过下一个角落的一片树荫。他们转过拐角,消失了。街道上,在乳白色的墙壁上方,有轻轻的声音飘落下来,百叶窗的关闭声,然后是一个女人的哭泣声。柔和的光线里,有尘埃起舞。此情此景,仿佛尼克·布雷压根就没有来过这儿。

蛇　　头

1883年9月1日，拉马尔·蒂斯代尔离开了俄亥俄州的一家孤儿院。这是他的十二岁生日。所有被这家孤儿院收容的人都会在十二岁的时候毕业，去闯荡这个艰难困苦的世界。

孤儿院的管理人员向拉马尔赠送了一张前往康瑟尔布拉夫斯的火车票，以及一封致联合太平洋铁路公司客运服务主管的介绍信。拉马尔被聘为火车上的小贩，定期往返于奥马哈和夏延之间。

在这趟旅程中，他与该线路的传奇式乘务员"红鸟"西尔宾德同行。"红鸟"西尔宾德以在制服上佩戴红色的扎染印花大手帕、公然蔑视管理层的规定而闻名遐迩，他的鼻子像大手帕一样红。他工作出色，但很少在工作的时候不醉醺醺的。

"红鸟"还以他的故事、朗诵、笑话和格言而大名鼎鼎，有些很好理解，有些晦涩难懂。

拉马尔是个矮矮胖胖的男孩，有一双机灵的棕色眼睛，他的性格还没有被这个世界塑造成型。在他的第一次旅途中，"红鸟"就喜欢上了他，给了他很多帮助，原谅和纠正了新手通常会犯的一些错误。在行李车里，"红鸟"畅快地喝了一大口烈酒，他的酒瓶总是装在他宽大的口袋里。他坚持要拉马尔坐在他的膝盖上。拉马尔个头太大了，但囿于这位列车员的赫赫威名，他只好答应了。西尔宾德滔滔不绝地讲了一个钟头。他说了这样的话："如果你遇到美洲狮，就尽量像美洲狮一样思考。[①]也许能救你一命。"

①本文结尾时出现了几乎同样的话语，但关键词发生了变化，"思考(think)"变成了"行动(act)"，是作者笔误还是另有深意，请读者自己分辨。

还有:“这个世界的魔鬼不会像一只狡猾的狐狸一样前来,它会像一头喝醉的公牛一样出现。”

还有:“当我在古老的卡拉瓦西和查尔斯顿铁路上服务时,我们的铁轨上面是铁皮条,下面是木头,用道钉固定在下面。有的时候,道钉会松动,铁轨就会往上卷起撞穿过往车辆的地板。我就遇到过这样的事情。这个‘蛇头’,当时就是这么叫的,撕开了上面积满烟草色唾液的地毯——你不知道吧,那时候乘客就在地板上吐痰——就在这里一下刺中了我,干净利落地把腿给刺穿了,把我像只蝴蝶一样钉在了车上。有一阵子,我血流如注,简直像猩红色的尼亚加拉瀑布一样。可是,我下定决心不能死,尽管痛得十分厉害。一位女士把她的阳伞借给我,我咬着伞柄,咬了一个半小时,直到一位医生赶来救我。每个人至少撞见过一次‘蛇头’,拉马尔。准备迎接你的‘蛇头’吧。”

拉马尔·蒂斯代尔从未忘记这个警告。

一年后,1884年的夏天,内布拉斯加州一个名叫卡尔·卢肯多尔夫的农民疯了。卢肯多尔夫已经积攒了十五年的怒气,一朝突然爆发。

拉马尔离开奥马哈开始又一趟旅程的那天,他还没有认识卢肯多尔夫。天气炎热,灰白色的天空,雷声隆隆,没有一丝风,将近一个月没有下雨了。此时,拉马尔已经是一个人情练达的车上老手,那天当他在货盘里装满苹果、晕车药、比德尔小说、水果硬糖以及扑克牌时,他一直感觉心神不定。

西行的特快列车由一个重三十五吨、名为“夏延的骄傲”的鲍德温[①]机车、一节煤水车、一节邮件行李车和三节客车组成。三节客车厢中,一节是去加利福尼亚州的二等座席车厢,另外两节是直达加利福尼亚州的头等车厢(禁止吸烟)。在这两节直达客车厢中,有一节是普尔曼[②]活动靠背扶手椅豪华车厢,另一节则是普尔曼先生制作精巧、富有特色的上下铺卧车厢,上下铺会在夜间神奇地出现。

①英国鲍德温机车厂。

②即乔治·莫蒂默·普尔曼(1831—1897),美国实业家,当过细木工,曾把长途客车改装成卧车,后成立自己的公司,1865年发明普尔曼式卧车,从而致富。

无论是头等车厢还是二等车厢，拉马尔每一趟旅行的程序都千篇一律。他把托盘的绳子套在头上，一路穿过车厢，凭直觉寻找托盘中物品的销售对象。他会不请自来地把一件东西扔到乘客的怀里，然后继续前行。扔完后，他会在车厢里折返回来。有一些乘客会归还他的物品，但大多数乘客不会。当拉马尔折返回来时，有的已经撕开了扑克牌上的封条，有的开始阅读小说，有的吐口水擦干净苹果。于是，他们付钱给他。一整个星期，他以每笔交易的百分之二十为提成，可以赚到一百美元。

这一天，“红鸟”站在头等车厢之间的连廊上摇摇晃晃地大口喝着酒。他从来不抓着任何东西，也从来没有摔下过火车。他们沿着烂泥淤积的普拉特河向西嘎嚓嘎嚓地行驶，正如俗话所说，普拉特河里的水是美国唯一需要咀嚼的河水。所到之处，天空都是一样清澈明亮，呈现出令人难以忍受的灰白色。哪个看不见的火炉里吹来一股股热风，在连廊上一个劲儿地扇动。

“这种天气，人和牲畜都会发疯的。”“红鸟”边喝边说。这位列车员总是紧握着酒瓶。如果一不留神与它分开超过几秒钟，他就会哭泣、痛骂或找人打架。

“是啊，我已经注意到有些乘客脾气很大了。”拉马尔说道。

“顺便说一句，隔壁车厢里有个名人。”

“谁呀?”

“巴特·斯托珀。”

“平克顿[①]侦探吗？你不是当真的吧。”

“他真在这里，还有他老婆和女儿，他们全都精心打扮得像孔雀一样。他们正在落基山脉度假。”

“我都等不及要去看他一眼了。”拉马尔喊道。巴特·斯托珀抓不法之徒，粉碎工会成员的罢工，在全国享有盛誉。

“你去看他，看不出什么稀奇的。”“红鸟”说，但拉马尔早已跑进车厢里去了。

拉马尔一眼就认出了斯托珀一家。他们坐的是一个面对面的双人座位，座

①即艾伦·平克顿(1819—1884)，美国私人侦探，创建平克顿侦探事务所，专门侦破铁路盗窃案，著有《侦探生涯三十年》。

位之间靠车厢壁的地方安装着一张桌子。到了晚上，那个以前是奴隶的黑人服务员谢克西斯·约翰逊就会把桌子搬开，把座位变成下铺，然后从头顶上方一个贮藏空间把吊在铁链上的上铺放下来。这位大侦探正乘坐火车打道回府，只见他懒洋洋地用他的圆顶礼帽给自己扇着风，偶尔还摸一下形似自行车把手的翘八字胡子。他是一个满脸霸气的年轻人。很明显，他外套里的腋下佩带着一支手枪，手枪太大了。

侦探的妻子一脸严肃，而他们的女儿，和拉马尔差不多年纪，有着和她母亲一样阴毒的脸，脸上的鼻子活像一把斧头。两位女士打扮到了极限，都穿着最新一期的《戈迪妇女杂志》[①]上刊登的裙子。

拉马尔早已十分紧张，他小心翼翼地朝他们慢慢走去。因为她父亲的职业和名声，他为这位斯托珀家的女孩挑选礼物时有点惴惴不安。他挑了托盘里最红最熟的苹果，还拿了一副扑克牌。他没有像往常那样把东西扔到她的怀里，而是十分谨慎地把它们放到她的膝盖上。在这个过程中，他的手不小心碰到了她的裙子。

“你怎么敢碰我？”小女孩喊叫道，“爸爸，他碰我！”

拉马尔感到窘迫，开口说道：“小姐，我只是想给您——”

“走吧。”巴特·斯托珀说着，把扑克牌和苹果啪的一声扔回到拉马尔的盘子里。斯托珀小姐用她有蕾丝的连指手套捂住自己的脸，哽咽，作呕，仿佛她遭遇到了什么难以启齿的事情一样。

“好了，好了，露西，没关系。”斯托珀太太对伤心欲绝的女孩说道。是因为他的皮肤吗？拉马尔心里直犯嘀咕。他正在经历常见的突如其来的青春期。

“你不能指望别的了。”斯托珀轻蔑地瞥了一眼拉马尔说道。拉马尔这时站在过道上，脸上越来越红，他的窘迫也瞬间变成了愤怒。“你要记住，美国这片地区还没有开化。你得相信，西部人在任何情况下都不会有聪明的表现。”

哦，是吗？拉马尔心想，他现在已经是一个骄傲的西部人了，他会让他们瞧瞧，但他丝毫也不知道该怎么办。

“爸爸，他还在盯着我看啊！”斯托珀小姐尖叫着。

①美国出版家路易斯·安托万·戈迪与人合办的《妇女杂志》，后改名为《戈迪妇女杂志》。

“小子，你最好走开，否则我要举报你了。”

天哪，他绝对不要出名，如果出名会让一个人变成这样的话，拉马尔一边想，一边往前走去。

有几个乘客窃笑着他遭遇的羞辱，大多数人都没有注意。快速列车摇晃着嘎嚓嘎嚓地前行。车厢里有几扇窗户开着，吹进来地狱般的气息，还夹杂着煤渣和煤烟。拉马尔向窗外望去，看到普拉特河在平坦倾斜的田野那头偏离了铁路线。他们二十分钟前离开了北普拉特，正向着帕克斯顿奔去。

“小伙子，我们可以看看你的货吗？”邻座一位和蔼可亲的绅士说。他目睹了斯托珀侦探的傲慢和狭隘，为这个成为受害者的小男孩感到难过。这位绅士穿着神职人员的黑色衣服，是班尼斯·比奇利牧师，他是个鳏夫。他和他的女儿在观光旅行，他们的目的地是加利福尼亚州。

这个女孩子不像斯托珀小姐，她对拉马尔满脸笑容。她和他同样年纪，有着黄色的头发和像冠蓝鸦的羽冠一样漂亮的眼睛。当她和拉马尔的目光相遇时，她脸红了。比奇利牧师仔细瞧着拉马尔的盘子。

“你有什么让我女儿贝尔喜欢的提提神的读物吗？”

紧张不安的拉马尔抓起了他能拿到的第一件东西：“这本书很棒。”这是一本五美分的小说——《勇士杰西·詹姆斯》，又名《呼啸死神谷恶斗亡命徒》。色彩鲜艳的封面上，画着杰西用他光彩夺目的左轮手枪的子弹勇敢地击毙一些人的情景。

“这个……”比奇利牧师刚开口便犹豫了。

“看上去挺好。”他女儿叹了口气说，从这个小贩的手里拿过小说，一不留神用她柔软洁白的手碰到了他那晒成了棕褐色的手。

拉马尔像触了电一样，他刹那间坠入了爱河。

突如其来的事情发生了，火车猛地停了下来，几乎把拉马尔摔个大马趴。“什么鬼？”他说。贝尔·比奇利一听他这种世俗词汇，不禁吸了口气。

“这是正常停站吗？”一位乘客问道。

“不，先生，绝对不是，”拉马尔说，“我去看看怎么回事儿。”他沿着过道冲向最近的门，这使得他要经过斯托珀一家的身旁。那女孩向他伸出舌头。他瞥见了巴特·斯托珀的镀银左轮手枪，当侦探站起身来时，他看见手枪插在枪套里。斯托珀拍了拍他的妻子："如果有麻烦，我准备着呢。"

拉马尔从忧心忡忡的谢克西斯·约翰逊身边冲到连廊上，"红鸟"早已来到了地面上。在铁路公用事业用地正北方的一个农民的田里—— 一块很奇特的非常大的三角形的农田—— 一个戴草帽的人一动不动地站在那儿，他的一只手搭在他犁田的马的腹部。这是一个黑色身影，映衬在灰白色的天空下，十分醒目，宛如死神一般，不知怎么的，他让拉马尔感到害怕。

"红鸟"和拉马尔冲向火车头，火车司机斯旺尼和锅炉工韦瑟斯已经从驾驶室里下来，挠着自己的头皮。道钉被撬了起来，一条铁轨移位并被扳向一边，它向外弯曲，离另一条铁轨远了一英尺或者更多一点。

"印第安人的老把戏。"火车司机说，感到大惑不解。

"印第安人得到安抚了呀。""红鸟"说话的口气有点不太吉利。

拉马尔指着路基附近被搅动过的土："看，那里来过一匹钉了蹄铁的马。"

"当然，必须是一匹马，而且该死的非常强壮，""红鸟"说，"光一个人干不了这件事儿。"

"但会是谁呢？"拉马尔问道。

韦瑟斯抓住"红鸟"镶了边的袖子，指着一个地方。在三角形的农田里，那人不慌不忙地慢慢离开他犁田的高头大马，走向停在农田边缘的一辆农用马车。这是一个醒目的、不知何故让人感觉十分阴险的身影，即那个行走在大地上的孤独黑影。这是在广袤草原和浩瀚天空下移动的唯一的东西。

"真的陷入困境了。"韦瑟斯呻吟着。

"还有列车班次吗？"拉马尔问道。

"红鸟"看了看他的银色怀表："一小时零九分钟内没有列车。"

火车司机说："韦瑟斯，你得步行到帕克斯顿去，把我们的困境通知列车调度员，以便他能提醒线路上的其他车辆，然后带修理人员来把这个修好。这会让我们比计划晚点整整三到四个小时，但这是没有办法的事情。"

"我不喜欢这个，""红鸟"咕哝着，"为什么我不喜欢这个？"

没有人回答他的问题。拉马尔也不喜欢这样的事情。他听到乘客们走下火车的声音,听到他们急切地询问着,抱怨着。谢克西斯颇有男子气概地尽力安抚和安慰他们。拉马尔看着远处的人影继续迈着缓慢的步伐走向马车,他的头皮开始发麻。为什么,为什么,那个农民离得那么远,看上去他只是一个玩具人一样,可拉马尔却有一种感觉,那个人正在虎视眈眈地盯着他们呢。

那农民走到马车跟前,从座位上拿了一根像棍子一样的长长的东西,他把它抵在肩上。"那家伙有枪。""红鸟"喊叫起来,他从瓶子里喝的烈酒还含在嘴里,一下子喷了出来。

步枪的隆鸣声过后是韦瑟斯的惨叫声,韦瑟斯紧紧抓住自己的胸脯,脸朝下倒在地上,死了。

卡尔·卢肯多尔夫的双手颤抖着,陶醉于对这件复仇武器的感觉。这是他的骄傲:一支温彻斯特连发步枪,1873年款,弹仓可装十五发子弹。他希望他的下一枪能像第一枪一样准,这次他打算从更近的距离开火。

他开始向停下的火车走去。乘客们正在争先恐后地回到车上。

卢肯多尔夫身材矮小,人到老年,难免发福,有一个便便大腹,一只蓝色的眼睛稍稍有点斜视。他和他的妻子千里迢迢来到美国,在内布拉斯加州安家落户,满怀希望,希望过上美好的新生活,希望有一个充满欢乐的大家庭。几年之后,这对夫妇无可奈何地发现,纳萨莉永远不会生孩子,他们百思不得其解,无论原因怎样冷酷残忍,怎样离奇古怪。好吧,至少他们还有彼此。

除了农场之外,卢肯多尔夫两口子还在沿普拉特河的马车道上经营着一家生意兴隆的小旅馆兼驿车小站。他们是勤劳的人,每天工作十八或二十个小时,首先是照料农场,然后为过夜的旅客做饭和打扫卫生。

当联合太平洋铁路公司——那个冷酷无情、不顾别人死活的魔鬼公司——于19世纪60年代末在西部创建之后,那些线路勘测员—— 一帮残酷无情的可怕家伙——将从北普拉特出发的铁路线放到了河的南面。老式的驿车和客货马车很快就被淘汰,生意惨淡。卢肯多尔夫夫妇不但没有从他们的小旅馆赚到本来就很少的一点点钱,反而迅速地赔本。他们三年前已经关闭了这家小旅馆。

更过分的是，联合太平洋铁路公司的勘测员们带着土地授权的法律文件，沿着对角线穿过了卢肯多尔夫农场的一大片土地。这样就形成了两个三角形的地块，很短的犁沟，需要频繁地转弯，所以犁地变得难以置信的困难。卢肯多尔夫对此无能为力，只能年复一年地干这累死累活的工作。

昨天，夜晚降临时，维奎尼医生把卡尔·卢肯多尔夫叫到门口，给了他折断脊梁骨般的最后一击。

“卡尔，很难过地告诉你，但我帮不了纳萨莉。没有人能治愈口腔癌，东部的格兰特总统也死于同样的疾病。你得有思想准备，接受失去妻子的现实，很可能在一年内。”

卢肯多尔夫不是一个软弱的人，但他毫不掩饰地哭了起来。医生正试图安慰他时，卢肯多尔夫突然收住了眼泪，这个农民转过身来，那只好的眼睛疯狂地转动着。

“我知道是谁对我干的这事儿。”

“卡尔，没人该为这事儿负责。”

“上天对我干的这事儿，上天和铁路。”

在纳萨莉很不安宁地睡去之后，他拿出了那支用油布包着的温彻斯特步枪。

他们把韦瑟斯的尸体拖到火车头后面，火车司机看上去乱了方寸。“红鸟”不停地大口喝着酒瓶里的酒。五分钟过去了，拉马尔无能为力，只能在边上看看。

“那边那个疯子是谁？”斯旺尼也就是口头上问问。

“我不知道，”“红鸟”说，“但是他见鬼的肯定想伤害别人。”

拉马尔和其他人听到路基上传来嘎吱嘎吱的脚步声，便转过头去。是斯托珀来了，整洁漂亮的礼帽歪戴在炯炯有神的眼睛上方，那角度极具挑逗性。他的鞋尖像黑色的镜子一样闪闪发光。他一边走，一边转动着左轮手枪的枪筒，一支引人注目的美国造史密斯和韦森左轮手枪，镀银，上面雕刻着精美的花纹和图案，还配有定制的象牙枪柄。真是一件豪华的作品。

斯托珀面对着他们：“告诉我发生什么事了。”

“如果我们知道，我们会告诉你的。”斯旺尼的话音十分痛苦。

“有人弄坏了一段轨道，我们过不去。”“红鸟”说道。

“我们可以后退。”拉马尔说道。

“红鸟”和火车司机看着拉马尔，仿佛他刚刚下达了一条令人惊讶的新命令似的。“让我方便一下，我们这就走。”斯旺尼大声说道，脸上露出了笑容。

斯托珀用他像黑色镜子一样的鞋尖轻轻推了一下韦瑟斯的尸体：“这个人死了。”

“差不多是这样。”“红鸟”附和道，他解开他的印花大手帕，擦着自己的脸，他的脸铁黑铁黑的。

“逮捕凶手是我的职责。”

“哦，为什么要冒险呢？”“红鸟”说，“我们要考虑妇女和儿童啊。”拉马尔听到身后传来哗哗的尿尿声，但是他被这个目光火热的侦探迷住了。

“因为我是个执法人员，你让我来处理这事儿。”

斯托珀自信满满，神气活现，他往上抛了一下他的手枪，再次不祥地旋转了一下弹膛。然后他跨过排障器，把手枪举到胸前。他穿过轨道，目不转睛地盯着农田，突然停了下来。

“他见鬼的在哪儿呢？”斯托珀问道，他的目光搜寻着草原。拉马尔望着四周，看到了犁、犁田的马、马车，全都在灰白色天空的映衬下变成了黑色轮廓。那人走了。有闪电在闪烁，加拿大的方向。

拉马尔鼓起勇气，绕过排障器。其中一节车厢里有人惊慌地喊叫起来。拉马尔急忙转过身，看见火车附近有个弓着身的影子，像螃蟹一样横着身子在跑——就是那个农民。

斯托珀摆出一个姿势，飞快地伸直手臂，举起他镀银的手枪到齐肩高。

“你被捕了。”卢肯多尔夫单膝跪下，朝他开了一枪。

子弹击中了斯托珀的肩膀，他发出一声长长的尖叫，被击倒在了轨道上。他的礼帽也掉了，仰卧在地，他的手枪搁在胸前，像一朵银色的百合花。

卢肯多尔夫迅速掉转步枪，朝火车开了一枪，接着一枪又一枪。玻璃被打得粉碎，大块的木片四处飞舞。女人尖叫，男人狂喊。卢肯多尔夫跪在大草原上，目标清晰，毫发无伤，一个劲儿地继续射击。拉马尔吓坏了，急忙跑回铁路另一边去找其他人。

斯旺尼不再笑了,再次尿了,这一次是尿裤子了。即便是一向能掌控局面的“红鸟”,看上去也精神萎靡。“他疯了。”他说道。

然后,一个想法从拉马尔·蒂斯代尔脑海深处的什么地方蹦了出来:这就是我的“蛇头”吧!

他不想承受这个重担。但是,其他人似乎完全一筹莫展,不知所措,一点也没有他在车厢里兜售的比德尔小说中那些英雄好汉的勇气和机智。斯托珀的样子也刺激了他,斯托珀侮辱了西部人,他说西部人遇事根本就不知道如何聪明行事。火车上传来一个沙哑的声音:“这儿下面有个人!”

“那个疯子要是有足够多的子弹,我们都得死,”斯旺尼喊叫道,“谁能阻止他呀!”

“谁呀?”“红鸟”喊叫道,“谁呀?”

“西尔宾德先生,”拉马尔使劲拉着镶了边的袖子,“西尔宾德先生,我来试试。”

“什么,跑去寻求帮助吗?”“红鸟”打了个嗝,摇晃着身子。他紧紧抓着一个巨大的机车驱动轮使自己不至于摔倒,他给自己注入了过多的酒精。

“不,先生,别的办法。我有个计划。”

“哎呀,这是个最愚蠢、最疯狂的——”

“西尔宾德先生,你喝多了,”拉马尔大声说道,绝望使他怒火中烧,“大家都束手待毙——”

“因为我们输定了。”斯旺尼说道。

“如果我们承认我们输定了,那我们就输定了。”拉马尔反驳道。“红鸟”没有在意,他拿起酒瓶狂饮起来。“哦,见鬼。”拉马尔喊叫道,他一把抓过酒瓶,跳到排障器上,又从另一边跳了下去。

“红鸟”过了一会儿才意识到他的手上已经没有酒瓶了,被剥夺了酒瓶的恐惧给他注入了勇气。“过来,把那个给我!”他冲过排障器,去追拉马尔。拉马尔这时已经站在了开阔的地方,两个膝盖都湿透了。

“还给我,你个疯狂的坏蛋。”“红鸟”用颤抖的声调喊叫道。

拉马尔不敢朝那农民那边看，如果他朝那边看，他一定会吓得屁滚尿流的。他开始手舞足蹈，一面高高地踢腿，一面疯狂地左右摇晃着脑袋。他嘴巴里胡言乱语，差不多是“咿——咿——咿——”的声音，声嘶力竭。

“红鸟”感到好奇，一个劲儿地盯着猫叫春一样的小家伙在排障器的边上满地雀跃。

突然，拉马尔把瓶子扔到了农田里，向后跳了回来，将大拇指按到鼻子上。“呀，呀！”他喊叫着，一面还旋转着自己的双臂，接着他翻了一个筋斗。他翻倒在地的时候，视线上下颠倒地、怪怪地看到了那个农民站在火车旁，双手拿着微微冒烟的步枪。

那农民瞧着拉马尔和列车员，举起了步枪。“红鸟”一声尖叫，飞奔着找地方掩护：“那要命的小畜生疯了，一定是吓坏了。本来还以为他天生比那什么要实在些……”

拉马尔的心像个罪人在审判席前一样怦怦直跳，他蹦跳着穿过杂草向那个农民奔去。

他这辈子从来没有这么害怕过。他摆动着手臂，伸着舌头，眼睛骨碌碌地转。他像旋风中的稻草人一样来回摇晃着脑袋，很快就来到了那个有一只疯狂的蓝色眼睛的吓死人的胖子不到三十英尺的地方。

卢肯多尔夫举起了步枪，将又一发子弹推进了弹膛。

“你，小孩，在那儿别动。”

还有二十英尺距离，拉马尔疯狂地跳舞和唱歌，他疯狂旋转着。他把嘴里的东西都吐了出来，希望能有白沫似的东西。

十英尺——

“小子，你再过来，我就毙了你。”

拉马尔不断地跑过来，他咬牙切齿，猛拽自己的头发。

“怎么回事儿，爸爸？”那是贝尔·比奇利的声音，在火车里。

“我也不知道，贝尔。这可怜的孩子看样子是什么毛病发作了。”

五英尺——

卢肯多尔夫向后退了一步，一时不知所措。他将温彻斯特步枪抵上肩头，瞄准了拉马尔。

拉马尔跳向空中,向后倒去,重重地仰天摔在地上,脊梁骨疼得厉害,几乎摔昏过去。别昏过去,别昏过去,他心里想。他在地上疯狂地扭动着身子,一边呻吟,一边把头扭来扭去。

突然,他弓起了背,敲打着脚后跟,咬着嘴唇,发出一声长长的、尖厉的哀号。他再次扑通一声倒在地上,闭上了眼睛,一动不动地躺着,只剩下胸脯急剧地起伏。

他听着。

无声,鸦雀无声。

然后,传来嘎吱嘎吱的脚步声。哦,上天啊,他会朝我脑袋开一枪的。

脚步停了下来。拉马尔眯着眼睛,看到那个农民像座高塔一样俯身在他上面,脸上有一种奇怪的表情。他看上去不再是愤怒的样子,只是显得苍老而又疲惫。

"小子?"卡尔·卢肯多尔夫问道,"你怎么了?"

步枪垂在农民身体的一侧,拉马尔发出一声轻轻的颤抖的呻吟。

"你生病了吗? 你需要看医生吗?"

拉马尔翻了个身,双手啪的一声抓住滚烫的金属枪管。卢肯多尔夫用德语骂着,拿脚踢向拉马尔的头。但是那农民没有抓紧枪支,拉马尔狠狠一拽,就把步枪拽了过来。他躲过那个德国人沾满粪土的鞋,气喘吁吁地转了一圈又一圈,把步枪高高地甩到空中,扔到了热气腾腾、嘶嘶作响的火车头的另一边。

"西尔宾德先生! 把斯托珀的枪捡起来,抓住他。"拉马尔大声喊叫道。

卢肯多尔夫转身逃跑,跑到三角形的农田。但是,这是一个步子沉重、步履蹒跚、步态疲惫的老人的逃跑,他似乎知道,所有这一切都结束了。

两个小时后,他们把他关进了帕克斯顿的监狱。法官以精神错乱为由判他终身监禁。

那天上午在内布拉斯加州发生的事情,不但鲜血淋漓,更激动人心,它永远改变了拉马尔·蒂斯代尔的生活。他认定,自己天生就适合做比小贩更富于想象力的事情。虽然他很快就对巴特·斯托珀产生了反感，但这个人的职业引起了他的兴趣。多年后，在旧金山，拉马尔成为金门警察侦探事务所成功和富裕的运营商，在加利福尼亚州和西南部雇用了一百十九名侦探。他出资为西尔宾德在伯克利找了一家相当不错的养老院安享晚年，直到这位老列车员九十三岁去世。

一天，拉马尔有了一个千载难逢的复仇机会。斯托珀，因酗酒不断和总体无能而被平克顿侦探事务所辞退，成了一个上了年纪的社会弃儿，他来到拉马尔的办公室乞求给份工作。斯托珀不认识该机构的所有者。拉马尔本想用这样的话来回绝他："对不起，斯托珀，我们只雇用西部人。他们可以很聪明地应对任何危难困局。"

但是，他对这位曾经声名显赫、今非昔比、步履蹒跚的侦探的遭遇感到遗憾，于是雇他做了信使和勤杂工。斯托珀干了两个星期，然后便消失了。

每天晚上，拉马尔都会回到他在南方公园的豪宅，他和他妻子以及他们的十一个孩子都住在那里。几乎每个星期，父母都要和这个或那个孩子讨论这样一个主题，大意是，他们每个人，在他或她自己创造的抑或上天给予的闪耀时刻，难免会遇到"蛇头"。

"当你遇到'蛇头'的时候，记住'红鸟'西尔宾德给我的忠告。他是个酒鬼，这并不值得称道，但他是个聪明人。'如果你遇到美洲狮，就尽量像美洲狮一样行动。'那次在内布拉斯加州，我们遇到了一个可怜的疯子。我当时认定摆脱困境的唯一办法，就是另一个人也表现得像个疯子一样。这样就能迷惑他。所以我才抢到了他的枪。我当时满心恐惧，但'红鸟'的忠告在那个特定的日子救了我们大家。记住了。"

"好的，父亲。"几个孩子齐声说道。

他含情脉脉的美丽妻子——贝尔·比奇利，笑容满面地紧握着拉马尔·蒂斯代尔的手。

马尼托和铁手—— 一则石头山的故事

谨以此篇纪念卡尔·梅

这个自由捕兽者是一个高大强壮、头发蓬乱、年龄不明的白人，他在宽阔的水坝北面大约四分之一英里处蹚水进入那条隐蔽的溪流。他犀利的目光扫视着四周，没发现有什么危险。在这么辽远的荒野中，他也有理由预料并不会遇到什么危险。

他的鹿皮衬衫湿了，也很脏，这都是心急火燎地吃饭给弄的。他的鹿皮紧身裤齐膝剪短，在剪短处缝了几块不会缩水的上等英国毛毯。他的紧身裤和羊毛衬里的软皮鞋是他认识的一位克劳族[①]酋长去年用他的圆锥形帐篷做的。

颤杨摇曳，垂柳弯弯，影子越来越长。时光已近黄昏，这是设置陷阱的最佳时间。他把这个陷阱装好，便是下午的第五个陷阱，然后再放一个，他就回他的宿营地休息，到天亮前起来查看收获。他每晚都会变换他的宿营地，对那些单独行动的人来说，这是比较专业的预防措施。况且，他现在要保护八十张河狸皮—— 一大包极其珍贵的各种毛皮，有河狸皮、貂毛皮和水獭皮，重量近一百磅。到目前为止，春季捕兽期的收获还挺不错。

傍晚时分，微风吹拂，天气温和，但水是融化的雪水，仍然冰冷。潺潺细流，冻彻骨髓，冻得他的手发痛。他一般都用肮脏的手套捂住完好的右手和残疾的左手，除非他干正事的时候才摘掉，就像现在这样。他以“老铁手”之名行走江湖，尽管他其实并不老，只是精神上垂垂老矣。他长长的头发上已经有一缕缕雪白的银丝，过早了点。他的脸上有一种尖刻的愤世嫉俗的神情，这是他最老的一面。

①印第安人一族，现居于美国蒙大拿州的东南部。

从前他的名字叫尤因，尤因什么的。他不再使用这个名字，也不再费力地记着这个名字了。自从他跟四旗公司以及亚历山大·贾格尔斯先生分道扬镳以来，也就是自从他们弄伤了他的左手以来，他就通过锻炼增强了另一只手的力量来弥补，把五根手指整合成了一件武器，对自由捕兽者和那些仍然臣服于大公司的人来说，他就是“老铁手”。

他左手拿着七磅重的捕捉器和铁链，右手握着头上有尖钉的杆子，蹚水而行。他小心翼翼地移动着，由于水流潺潺，他走过时发出的细小声音根本无法被察觉到。这是一条极好的小溪。他在这条小溪里已经干了一年了。小溪盛产肥硕的成年河狸，每只重达五六十磅，尾巴的肉属于中上级。他把尾巴烤焦，剥去皮，然后煮熟，作为用餐时的美味佳肴。这条隐秘溪流的水深及臀部，他走近水边，感觉良好。树荫下的空气甜蜜芬芳，蓓蕾初绽，山峰纯净原始，宛若一件崭新的婚纱。天空呈现出淡粉色，恍若书中描绘的童话世界场景。他看见一只嘲鸫在灌木丛上警觉地歌唱。那是1883年，在石头山，在远离别的白人对文明背信弃义的地方。

他把尖钉杆子放在岸上，蹲在水里，把捕捉器放到水底，拉出末端带环的链子。这个时候，他已经弯得像一把弓，一半的胡子浸在水里。水散发出冰冷而干净的味道。

他将尖钉杆子穿过链条上的环，然后用双手抓住杆子，开始把它旋进水底的泥灰土里。他俯身向前，用他那没有血色的苍白的右手紧紧抓着尖钉杆子，拼命地往下旋转。如果被夹住的河狸没有咬掉它的爪子逃走——如果它按照既定逻辑淹死的话——那么这根尖钉杆子就会定位它的尸体在何处。

为了尽量不留下人的味道，铁手斜着身子退回到岸边，来到一根他早已选好的柳树枝那儿，他看中了这根树枝明显下垂的姿态。他拿出药，这药是他用秘制材料再加上河狸腺体的麝香味分泌物混合而成的，然后他把药涂到下垂在杆子旁边的树枝顶端。散发出浓郁香味的树枝就垂挂在尖钉杆子的附近。

他双手叉腰，审视着自己的作品。尽管这时他的牙齿在咯咯作响——春天的暖意正在被青紫色的阴影过滤掉——但是他感到心满意足。很长一段时间以来，他的感觉都没有这么好过。再放一个陷阱，他就可以吃晚饭了。

就在他转身前往下一个地点时,突然枪声响起,子弹击中了他的上背部。他倒下去的时候,想到的不是那可怕的热辣辣的疼痛,而是他没有发现那名枪手偷偷摸摸前来像懦夫一样伏击他的失败感。该死的粗心的傻瓜!你应该睁大眼睛才是啊!他猛地撞到泥泞的河岸上,此时此刻,他完全有理由确信攻击者的身份,但这并不能给他多少该死的满足感。

所有这一切都明摆在那儿。

有人把他拖到了平地上。

有人把他翻过身来让他仰天躺着。

有人生了一堆火,火堆让人舒服的温暖火光在他疤痕累累的脸和残破的手的左边熊熊燃烧。这火是活生生的,迸射出点点火花,像大山上方的星星一样灿烂。一阵微风吹来,把烟幕吹散了。

他用手肘撑起身子,咬紧牙关,抵御疼痛。那人蹲在火堆的另一边。这是一个年轻的印第安人,鼻子轮廓分明,嘴巴结实坚毅,浅棕色的皮肤在火光中闪着古铜色的光。他那双闪闪发光的黑色眼睛并没有敌意,只是流露出小心翼翼的、不带任何感情色彩的观察神情。

黑色带点蓝的头发像面纱一样垂在他的背上,一直垂到腰间。他的服装包括一双饰有豪猪刺和交易来的亮闪闪珠子的鞋子,一条带流苏的紧身裤子,一件驼鹿皮的外套。他的脖子上挂着一只小药袋,半隐半现在他的外套里面,紧贴着他裸露的胸膛。外套外面的装饰是一条三股绳编起来的熊爪项链。一支双筒步枪放在他伸手可及的地方。

“我给你上了药,子弹还在那儿,必须得取出来。你明白吗?”

“德拉瓦尔人[①]。”铁手咕哝了一声,他完全明白。

“是的,”那印第安人点点头,“我叫马尼托。”

“我的搭档,两年前在聚会地点被他们杀害的那个人,他是德拉瓦尔人,以伟大的老酋长坦慕尼[②]的名字命名,他是好男人。”在石头山流浪的部落成员大多如

①居住在美国特拉华河流域的印第安人。

②17世纪德拉瓦尔印第安人的酋长,以才能出众闻名。

此。八九十年前,德拉瓦尔人就从东部的狩猎场被赶了出来,他们迁徙过密西西比河,并成功地在平原上开始农耕。一些不太安分又比较独立的人,继续向大山深处进发。德拉瓦尔人的敌人,包括无知的白人,嘲笑他们。这不仅愚蠢,而且危险。铁手知道,德拉瓦尔人是射击能手、骑马好手,他们追捕猎物十分内行,识别痕迹的能力也特别突出。他们诚实守信,学东西很快,在荒野中足智多谋。他们靠得住,除非他们因为某种原因仇恨你。

德拉瓦尔人能轻而易举地找到最隐秘偏远的河狸溪流,就像磁铁吸铁屑一样轻而易举。因此,他们是自由捕兽者的宝贵伙伴,也是四旗公司等机构的宝贵雇员。

白人舔了舔干干的嘴唇,然后说道:"我叫老铁手。"

"我听说过你。谁开枪打的你?"

"我想是那个法国人,小约瑟夫。小约瑟夫·月光,小乔月光。"

"贾格尔斯的手下。"

"我也曾经是贾格尔斯的手下……"

"这个我知道。别再说话了,子弹必须得弄出来。"马尼托以一种平静、近乎庄严的方式从他蹲着的地方站了起来。他的头发微微闪着亮光,像某个产生焦油的油泉渗漏出来的石油一般黑,像铁手这样的捕兽者通常会把焦油涂在他们患了关节炎的关节上。

铁手不等吩咐便自觉地翻过身子趴在地上,他痛得要命。火光中,马尼托手里闪亮着一把没有一丝铁锈的长刀。这是一把货真价实的"格林河"——英国货,铁手瞥见了冲压在刀刃上的GR,即"乔治国王"的意思。这是一把和铁手自己所拥有的长刀一样优质的刀,他把自己那把刀跟他的必需品袋子、那包毛皮以及他的卡宾枪全都放在了小溪上游他认为安全的一块林中空地上。

马尼托把刀放在地上,从外衣口袋里掏出了那个大多数德拉瓦尔人都随身携带着的万能钻子。他把钻子放在刀的旁边,用钻子或者用刀,也许两个都用,用来在铁手背上挖子弹。这个捕兽者用朦胧的眼睛盯着这些工具,发出很响的吞咽声。

马尼托跪在他身旁,他轻轻地触碰了一下铁手血淋淋的衬衫,把它拎到足够的高度,露出了伤口。马尼托用左手的手指把伤口深褐色的边缘张开。唯一的声音是铁手快速、刺耳的吸气声。

“你一定要把它弄出来，”他说道，“我不想跟着太阳一起下山去。那个混蛋贾格尔斯得付出代价。小乔月光得付出代价。下手吧，挖。”

“我没有威士忌。”马尼托说。

“我不需要威士忌，”铁手说道，“挖。”

一只夜间出没的鸟在黑暗中鸣叫，老铁手困倦地听着。他醒过来了，在马尼托的照料下，他没有死去，尽管他痛得要死要活。然而，就在印第安人用血淋淋的手指把步枪子弹从伤口中取出来时，他已经昏死过去，结束了这场磨难。

铁手的眼睛颤动着张开了。在柠檬色清晨天空的映衬下，马尼托像昨夜一样蹲在火堆旁，余烬里搁着一只有凹痕的蓝色搪瓷小壶。

一层白色的雾霭飘浮在高高的山峰上，空气冻得人发麻。马尼托找来了一条交易来的彩色毯子，给捕兽者盖着。铁手听到一声嘶鸣，想要站起身来。

“你的马很安全，和我的马在一起，”马尼托说道，“还有你的枪和毛皮。”铁手明白了那公司还在追杀他，听到这样的话便感到一丝小小的安慰。

马尼托伸出手，递上一条干牛肉，这是一种烟熏水牛肉，是边远地区居民的主食。捕兽者用牙齿咬住肉，他凝视着天空，躺在地上，咀嚼着。

马尼托拎起搪瓷壶，壶盖叮当作响。“咖啡煮开了，很快就好。”

铁手咕哝了一声，继续咀嚼着。一只鹰在天上翱翔，然后俯冲下来，消失在了雾霭中。冰冷的地面散发着潮湿的气味，让他想到了死亡，而不是春天时节。他衬衣里面的背上，那印第安人探查子弹的地方，有一块厚厚的什么东西，他明白，这是马尼托临时给他做了包扎。

“你当了很多年的捕兽者。”印第安人若有所思地说。

老铁手像反刍似的把牛肉干往脸颊边一推，然后回答道：“到明年夏天二十年了。”

“那么长时间。有人悄悄跟踪你，你却没发现任何迹象？”

“我压根儿就没去找呀。”

“你没听见他的声音吗？”

他突然生气了，气得连疼痛也被压倒了："我一天到晚在溪沟里，它声音很响，我脑子里尽是我的那些陷阱。我以为那个公司跟我的事情已经了结了。天哪，他们对我的伤害已经够大了——为什么还不放过我呢？"

马尼托的咕哝声似乎对这个天真的结论嗤之以鼻。该死的，他那沉默、镇定的态度，使铁手感到不舒服。马尼托相对年轻，他那睿智的神气使这个捕兽者既恼火又困惑。

"跟你了结了？"马尼托重复了一下，"毛皮生意不景气，而且你又自个儿干，然后卖给别人，这等于是抢夺公司的利润啊，这就不会了结。"

"你真的——"一阵剧痛的喘息打断了这句话，"好像对我了如指掌。怎么回事儿？"

铁手的头现在侧着，他那双发红的眼睛一直盯着马尼托。马尼托几乎有点害羞地将自己的目光投向了阴燃的火。他从火中拉出那只凹陷的壶，把热气腾腾的咖啡倒进铁手的杯子里。

"扶我坐起来，然后回答我该死的问题。"

接着，把他扶起来是一个缓慢而十分小心的过程，马尼托轻轻地拉着他的前臂，而不是推他的背。铁手靠在两个胳膊肘上，使他的疼痛再次加剧，但是他的姿势使他能够从马尼托放在他唇边的杯子里吮吸一些苦的热咖啡。最后，印第安人说道："石头山的人民都知道老铁手，他们也知道四旗公司的邪恶之道。五年了，我一直在北方——加拿大，打猎捕兽。即使在这么远的地方，我们也听说了四旗公司的罪恶行径。不要再说话了，现在休息一会儿。"

"我得走。"捕兽者坚定地说道，他用胳膊肘撑着扭动身子，一不小心摔了下来，猛的一震痛得让他喊出了声。"我得走，"他用沙哑的声音重复了一遍，"去逮那个小乔……"

"再过一两天，至少。"

印第安人平淡而又不容置疑的话再次激怒了捕兽者。然后，他感到一阵内疚，他是个忘恩负义的混蛋。他从下垂的小胡子上舔掉一滴咖啡，然后说道："我还没有好好谢谢你呢，谢谢你照料我的伤口以及所有这一切。谢谢你及时赶来。真的很幸运。"

马尼托静静地看着缥缈的薄雾从隐秘的山峰上飘过。

“无论如何——我欠人情了。”

马尼托那双朦胧黑眼睛的目光再次遇上了他的目光：“我很抱歉没能及时赶来阻止那个刺客，幸好他枪法不好。”

“小乔自视甚高，我猜他认为自己不会失手。”

“我越走越近，所以他等不及了，没能确认会不会失手。我在他后面不远处，不过是从另一个方向过来的。所以我没看到他的痕迹，只听到了他的枪声。在那之前我不知道有两个人在追寻你。”

他一时混沌迷乱，之后是一阵恐惧：“两个？还有谁？”

马尼托盯着他看。

“你？为什么？”

“想看看你原先是什么样的人，现在是什么样的人，我认为你有责任。”

“什么责任？”

“我弟弟的死，曾是你搭档的那个人。”

啊，天哪，天哪，铁手无声地喊叫着，比步枪子弹击中他的时候还要晕得厉害。这个印第安人不是朋友啊，他救我是为了亲手杀之而后快。

但是，这个印第安人的言谈举止中并没有明显的敌意。他只是要求捕兽者简单地告诉他那段导致他兄弟死亡的争斗的故事，以及四旗公司的走狗对他懦夫般的攻击。

“我得回到几年前，”老铁手说道，“我辞去了这家公司的队长职务，但我跟贾格尔斯私交很好——我们说好了四旗公司会收购我所有的河狸皮，而我则不为别人工作。”四旗是一家和阿斯特[①]一样实力非常强大的大毛皮公司。英国、法国、俄国和美国的利益集团共同出资创建了它。圣路易斯以西的老板是亚历山大·贾格尔斯，公司的总部设在柯克堡。

①即约翰·雅各布·阿斯特（1763—1848），德裔美国皮毛业大亨及金融家，十七岁移居美国，1786年在纽约开了第一家皮货店，到1800年已经成了皮毛业的领导者，创办了美国皮毛公司，1800至1817年间，垄断了与中国和密西西比河、密苏里河谷地区的皮毛生意，同时在纽约投资房地产，去世时成为美国首富。

一年一度的夏季聚会既是贸易集市也是狂欢活动，这是一个盛大的聚会，捕兽者在那里出售春季毛皮，购买从圣路易斯运来的新装备。人们在交易之余胡吃海塞、赛马嬉戏，纵情其他司空见惯的边境娱乐活动。马尼托说，他去加拿大之前，曾好几次从温德里弗斯山脉过来，到格林河贫瘠而又丑陋的上河谷，在那里参加聚会。铁手不记得见过他，也不记得听说过他的名字。

捕兽者慢慢地说着，一边时不时地喝一口凉咖啡，他解释说，就是在1828年的夏季聚会上，他有生以来第一次看到了高顶黑色丝绸大礼帽。一个经营捕兽器、刀具和其他金属制品的声名狼藉的德国商人戴着它。这顶帽子已经用了很久，上面沾满了肮脏的污渍，前后被一颗子弹打穿了。那小贩说道："这就是他们现在在欧洲大陆戴的帽子，东部有身份的男人们正在流行这种风尚。这是现代风格，河狸皮帽子会过时的，你记住我的话。我在科隆的表弟写信跟我说，发明家们正在改良机器，用各种材料，甚至纸张，廉价地生产优质毡。这种买卖将会消亡，现在正在消亡。"一听这话，铁手很快就明白，这玩意儿是个魔鬼。

接下来的两年不幸一语成谶。在贸易的鼎盛时期，铁手还是一个队的队长，公司从某些自由捕兽者那儿收购的河狸皮高达九美元一张，为的是让他们专门为四旗公司工作。到1830年的时候，一切都变了：在圣路易斯，无论谁猎捕来这些动物，平均售价都从四美元跌至三点七五美元。然后是夏季聚会上，买家最多只给到三点五美元一张。那顶丝绸高顶大礼帽一直让铁手耿耿于怀。

亚历山大·贾格尔斯是一个个子矮小、一本正经的苏格兰人，一个格拉斯哥人。他是一个单身汉，最热衷的两件事情就是四旗公司和他的宗教信仰。1822年，当他第一次来到柯克堡时，他带来了一架小巧的、闪闪发光的、费城制造的风琴。

1831年，贾格尔斯和铁手谈了河狸皮的价格，价格还在下跌。每个为四旗公司工作的自由捕兽者在圣路易斯必须接受三美元的价格，否则就不可能再延续生意。铁手拒绝了。

亚历山大·贾格尔斯没有表现出明显的愤怒，只是转过身去，甩了甩燕尾服的燕尾，坐在风琴前，开始弹奏和演唱。为了让铁手守规矩，控制他，让他认识到自己的错误，贾格尔斯的走狗小乔月光在夏季聚会上袭击了铁手的搭档。

小乔，一个长着八字胡、下巴像鼬鼠一样的家伙，带着他玩最残忍的恶作剧中经常有他们身影的一对暴徒出现了。他们趁铁手正跟一个标致的蛇族女人厮混时，将他的搭档逼入了绝境。

事情发生之前，小乔和他的同伙假装只是和坦慕尼在开玩笑，捉弄他。铁手后来才知道，小乔和那两个暴徒抓住印第安人的一个手腕，一圈又一圈地甩他。坦慕尼试图与他们搏斗，但胜算不大，他很快就头晕目眩了。

其中一个暴徒敲开一个威士忌酒桶的塞子，把里面的酒倒在德拉瓦尔人的身上。两个暴徒和小乔大吼大叫着。但后来他们发誓说，把酒泼到他身上应该就完事儿了。附近火炉里零星的余烬是如何意外落在坦慕尼身上，点燃了烈酒，一直是个谜。绝对无耻，但是个谜。小乔和他的同伙在铁手找到他们之前逃离了聚会。铁手的搭档被烧成重伤，痛苦万分，过了一天一夜，死神使他解脱。

铁手当时用的是他老的名字。他立刻离开了自己的住处，骑马日夜兼程前往柯克堡，去找从未亲自去过聚会的亚历山大·贾格尔斯算账。小乔月光已经抢先于铁手来到了柯克堡，逗留在贾格尔斯的住处。喝得酩酊大醉的铁手踢倒了门，扑到苏格兰人身上想掐死他。

“小乔吹口哨召来了他的暴徒，”铁手对马尼托说道，“他们朝我蜂拥而上。贾格尔斯先生看上去像个教会执事一样虔诚，他说，小乔只须弄断我最不常用的手即可。”

他举起弯曲畸形的手指，马尼托在睡觉时已经把那只肮脏的连指手套摘掉了。

这只畸形的手足以让人联想到这样的场景：小乔的帮凶们把铁手打翻在地，把他踩得不醒人事。暴徒们猛地把铁手摔倒在地，然后紧紧按住这个晕晕乎乎的捕兽者的两个肩膀，任小乔在桌子上啪啪地拍打铁手伸出来的一条胳膊。

小乔欢快地举起一把交易来的短柄斧，把斧头的钝面狠狠地砸到那只伸出来的手上。贾格尔斯先生坐在风琴旁，背对着这个混乱场面，一面弹奏，一面歌唱：

我们有一个故事要告诉万国，

把他们的心转向正义的万国！
这是一个真实和仁慈的故事！
这是对和平与光明的讴歌！

小乔月光抓住铁手的食指，把它弄弯，折断，然后他折断了中指，接下来折断了无名指，他用那把带血的斧头又击打了几下，折断了小指。让铁手一辈子感到恶心的是，当小乔把大拇指向后弯曲，大拇指啪的一声折断时，他居然尖叫起来，而且叫了不止一次。满脸是汗的贾格尔斯先生加快了弹风琴的节奏，并用歌声来掩盖这些嘈杂的声音：

我们有一首歌要唱给万国，
那些把心献给上天的万国！
这是一首征服邪恶，
砸碎长矛与利剑的赞歌！
因为黑暗将尽，黎明就在前头……

他记得自己的手搁在桌子上，像血红色的水牛的脊。他记得自己昏厥了。

黎明必将走向阳光明媚的正午！
伟大王国必然降临到地球，
那就是爱与光的王国！

接着，铁手听到了小乔的声音，他的声音十分遥远，就好像他在一个风很大的山洞里大喊大叫一样："你不用再弹了，贾格尔斯先生，他已经尖叫完了。"

小乔抓着头发将他的头拎起来，然后将它放下，砰……

贾格尔斯先生出于一种支配着他的怜悯，飞速地把铁手送到一张舒适的床上，并叮咛一定要让他得到极好的照顾，直到他恢复知觉为止。

当然，他的手永久性地残废了。当贾格尔斯先生和铁手分别的时候，他根本就无视这一点。贾格尔斯握着捕兽者的右手——左手已经被第一只手套掩藏了起来，此后他这样的手套用了很多。“账本合上了，老弟，”还没呢，但铁手太愤怒了，除了怒目而视，什么也做不了，“作为竞争对手，我们分道扬镳了，却是永远的朋友。宽恕高于一切。”

“宽恕。”铁手咕哝着，明白无疑地摇着他戴手套的那只手。贾格尔斯先生只是笑了笑，握着另一只手一个劲儿地上下摇晃……

“那是两年前的事了，”铁手向马尼托解释道，声音十分疲惫，“过了一段时间，我开始相信他关于宽恕和遗忘的疯狂说辞。我想改善我的生活，所以我没有去找他算账，我本该去找他算账的。我把我的毛皮卖给了阿斯特，尽管他们也厌倦了价格的下跌，准备退出……我真是个傻瓜，你说呢？忘记贾格尔斯，尽力苟延残喘下去？”

春天的太阳已经把鬼魅般的雾霭晒得一干二净，白雪皑皑的群峰在雾蒙蒙的淡紫色天空映衬下显得璀璨夺目。铁手说得筋疲力尽，马尼托嚼着一条干牛肉，思考着他所听到的话。最后，他说道：“在这片荒野，遍布许多陷阱，你陷入了所有陷阱里最残酷的陷阱——信任。”

那我敢信任你吗，你个野蛮人？在我可以打倒你之前，我不能信任你。我不敢掉以轻心。

不过，还是有必要信任一下。

“你能扶我起来吗？我要撒尿。”

“用双手抓住我的胳膊。”

铁手用脚后跟撑住地面，慢慢地、痛苦地把身子抬到站立的姿势。一度，他的眼睛离马尼托的眼睛很近，但他在那儿什么也看不出来，那儿只有他想象的东西——谋杀的意图。信任的陷阱，是吗？好吧，不会有第二次……

当他一瘸一拐地走向一片白桦林时，他咬牙切齿地说道：“这次我不会再回头了。我要去找那个替贾格尔斯干脏活的混蛋。”

“我和你一起去。”

铁手扭过身子，引起缠着绷带的背部一阵剧痛：“为什么？这样你可以做出判断？”

马尼托的脸像一副光滑的青铜面具，他说道：“也许是这样。”

我不会掉以轻心的，你这个魔鬼……

但他还是抓着马尼托的一条胳膊撑住自己的身体，一瘸一拐地向前走去。眼下，他也无可奈何，只能听凭这无法避免的摆布。

他们往东南方向行驶，柯克堡的方向。这座堡垒坐落在石头山的山麓丘陵六十英里之外的地方，在两条浅浅的浑浊溪流的汇合处，它是前往圣路易斯的起点。铁手估计这也是他们追捕的那个人的目的地，他们循着他留下的痕迹追踪。他饱受痛苦，但还可以忍受，仇恨是比麻醉药物更强的止痛药。

他让三匹驮货的骡子跟在他那匹沙毛老马的后面。马尼托骑在前面，因为他有一匹更好的马，他骑这匹马时只用一小块毯子和一双软皮鞋。印第安人的马很小，白色的臀部有一些像渗开的墨迹一样的斑点。捕兽者羡慕地把他那匹忠实但可怜的坐骑布朗尼与那匹马比较，那马是卡尤塞部落①饲养并卖给这个印第安人的。卡尤塞人和内兹佩尔塞人②的马是人们能找到的最好的马了。铁手第一天早上就发现了这一证据。他在臭烘烘的毯子里醒来时发现马尼托已经走了。远处的马蹄声消除了突如其来的惊恐。在山麓丘陵的某个地方，马尼托正骑着他那匹有斑点的马疾驰。

还有一件事情，在铁手阴暗的内心深处滋生了嫉妒，就像他怀疑马尼托正在策划谋杀一样，那就是马尼托分辨痕迹的技巧。第二天中午，检查马粪时，铁手说：“他在我们前面有将近一天的时间。”

马尼托摇摇头：“不到半天，走得很慢。他不害怕会被逮住。”

铁手胡子上方的脸涨得通红，胡子上还残留着早餐时的硬饼干屑：“他见鬼的为什么不害怕？他知道他并没有彻底结果了我。”

“可能是这样，也可能不是。我让你看看为什么他不害怕。”马尼托把他领到矮小的灌木丛前，一面绕着它转，一面指指点点。铁手看到了更多的粪便。“现在有三个人了。杀你的那个人，另外还有两个。”

---

①美国俄勒冈州和华盛顿州的一个印第安部落。

②居住在美国爱达荷州、华盛顿州和俄勒冈州的印第安人。

“见鬼的从什么时候开始——?”

“日落时分,昨天。”

“你早该告诉我。”

马尼托笑了:“那我们的晚餐就遭殃了。如果我当时告诉你,你会停止追捕吗?”

“不可能。”

印第安人点点头,表明他也是这么判断的。

他们跟着在他们前面的小乔月光和他的同伴往东南走,一面断断续续地说着话。马尼托对捕兽者在四旗公司受到这样的对待并不感到惊讶:“盗窃、伏击、谋杀——这是大公司鲸吞弱小反抗者的惯用伎俩,也是那些邪恶白人的惯用伎俩。”

这本该稍微缓和一下铁手的怀疑,因为从马尼托的话音和表情可以清楚地看出他偏向哪一方。但铁手的怀疑并没有得到缓解,他继续坚持让马尼托骑在他的前头,他们在出发之前就是这样排的队。铁手依然认为,马尼托一逮着机会就会谋杀他。

他们讲述各自在荒野中的种种磨难,马尼托撩起他的袖子,露出左前臂上的一条蛇形伤疤。铁手这一生经历过多少恐怖,但看到这个愈合的组织,还是有点恶心,因为它的成因太恐怖了。马尼托在遥远南部的阿帕切人土地上,被一只狂暴的狼咬伤后幸存了下来。他没有解释他为什么到阿帕切人的土地上去。

铁手讲述了他的职业生涯中有好几次差点饿死的故事:“我杀了我的骡子,喝了它们的血。我吃了两次我的皮鞋。还有一次,五天后我能找到的食物只有蚂蚁。”马尼托似乎觉得这些事不值一提,几乎是意料之中的事情。

马尼托倒是对铁手的卡宾枪赞不绝口。捕兽者解释说,这是圣路易斯的传奇人物怀亚特·亨利兵工厂定制的产品。旋转弹仓是亨利的独特设计,可以装五发子弹。

马尼托要求操纵一下这件武器,铁手不肯。马尼托看着他,驾驭他那匹有斑点的马再次小跑到他前面之前,似乎嗤笑了一声。

群山被慢慢地甩在了身后,弯曲的溪沟变直了,页岩的山脊消失了,春天的草原起身迎接他们。他们看见一群迁徙的水牛向南飞奔，尘土翻腾，几乎触及苍天穹顶。“成千上万个长满粗毛的兄弟啊。”马尼托说。铁手压着嗓子咆哮着什么，他早就知道牛群极其庞大，有大半个钟头，他们一直在看着这群牛。这个自命不凡的野蛮人开始让他感到又愁又气。

抑或还是他们观察到的痕迹——两个不知名的暴徒再加一个自鸣得意的杀手会如此毫无顾忌地、懒散松垮地向柯克堡进发吗？马尼托坚称那三个人现在只领先了两三个钟头。

在四周万籁俱寂的平原上，似乎飘浮着一层阳光照耀的尘土。天地同色，一抹黄褐，只有几棵呈扭曲形状的杨树从地平线上冒出头来。这样的景色具有一幅风景画的宁静品质，但漫射的光线和尘埃让它有一种不真实的感觉，就像哪个古老的希腊神话故事里的一幅画一样。铁手依稀记得，小的时候，在哪个文明之地，他读过一本角帖书[①]，里面就有这样的故事。

太阳下山了，他们停下来宿营吃饭。捕兽者从绑在骡子上的一只皮袋里取出一些引火柴。马尼托看着他搭起一个角锥形的树枝堆，然后说道：“如果你做饭，他们会看到烟的。”

“这无关紧要，不是吗？无论如何，我们总会找到彼此的。就这个想法。”

第二天天色很晚的时候，他们走近一条宽阔而又涨得很满的河流，铁手认出这是颜料河，尽管这条河流中唯一可以让艺术家认可的颜色是肮脏的棕色。柯克堡周围的自然地貌是由路过的皮毛人命名的。

当他们给他们的骡马饮水和休息时，铁手告诉印第安人，再过一天他们就会到达四旗公司的大本营：“我必须加快速度了，把骡子留下。在他们进入堡垒之前抓住他们，否则他们就会太平无事了。”

“即使有三个人对付你？”

铁手点了点头算是作答。

马尼托看了看前方：“我再走一段路。”

他也不管铁手的意见如何，就用脚后跟踢着他那匹有斑点的马，哗啦哗啦地越过了颜料河。铁手在河中央他们停下来的一个狭长沙洲上蹲下身来。那个自

①指旧时印有字母、数字等的纸页，裱在有柄的木板上，上面覆盖透明角片，供儿童认字、识数等。

命不凡的野蛮人见鬼的怎么了？

马尼托飞奔而去，直到变成一个小点，然后又飞奔回来。他从他那匹有斑点的马上跳下身来，看上去一脸愁容。

“一个继续前进了，剩下了两个。这两个人的足迹转向了北方，我想他们是看到了烟雾，正在绕回来。”

铁手的目光扫视着北边地平线上矮小的树木，那里没有任何动静，其他地方也没有任何动静。马尼托说道：“我们应该宿营。我认为你不需要再追击你的敌人了，他会找到你的。他知道你受伤了，但他会认为你是一个人。”

铁手皱起了眉头，用他有力的右手握着他的枪：“我是一个人，这场战斗跟你无关。”

“我既然在这里了，那就跟我有关系。没有理由不再做饭了，你马鞍袋里还有枯枝吗？”

铁手睡得很不好，他把卡宾枪紧紧抱在怀里，辗转反侧，自从他遇到这个暗暗跟踪前来的印第安人之后，每晚都是这样。这块平原，除了北边的地平线上明显升起一个倾斜的地带外，三个方向数英里范围之内全都是一马平川。地平线上，弯弯曲曲的树木突兀可见。如果在这个隆起的荒芜沙洲上发生打斗，那么他是否会不得不同时提防马尼托和小乔月光？来自两个方向的死亡威胁？

他希望自己能睡着，但根本不可能。马尼托躺在他的左边，双手交叉着放在胸前的衬衫上，洁白的月光下，他的侧影轮廓清晰。印第安人轻轻地、平稳地呼吸着，就像一个无忧无虑睡觉的小男孩。

他一定是打了个盹。他醒来时，马尼托在大声喊叫着他的名字。铁手挣扎着跪起身来，看见马尼托站在那几头骡子后面，指着那些矮小的树木。两个骑马的人嘴里咬着缰绳，双膝夹紧马背，蹄声阵阵，从倾斜的平原上疾驰而来。他们每人都握着一对左轮手枪，四支枪对他一支。

“保护好你自己。”马尼托喊叫着，一头钻过喷着鼻息、拱背腾跃的骡子的肚皮底下。他抓住铁手，想把他摔倒在地。铁手甩掉印第安人的手，将卡宾枪抵上肩头，摆开了搏斗的架势。小乔月光和他那个五大三粗的同伙正玩命地驶向这个隆起的沙洲,但铁手拒绝退缩。他热血沸腾,根本就不在乎他这样正好提供了一个完美的靶子。

骑马的人更近了。他清清楚楚地看见了小乔那张丑陋的白色三角脸、长长的八字胡,还有那斜睨着眼的假笑。在离河岸还有一些路的地方,小乔和他的同伙同时开枪。铁手站在原地,紧扣着扳机。马尼托扑倒他,铁手大叫着,倒在了地上。这一倒地刚好避免了其中一颗飞来的子弹找上铁手。

铁手没有意识到这一点,他把所有的怒气都发泄到了这个印第安人身上。他尖叫着骂人的话,试图站起身来。这时小乔月光已经飞奔进了河流,后面紧跟着他的同伙。马尼托从马鞍套里抓起他的双筒步枪,蓝色的金属闪闪发光。

飞奔而来的马匹在月光下扬起扇形水花。小乔奔向铁手和印第安人的左边,那个同伙奔向右边。他们不停地开火,其中的一颗子弹击中了马尼托的步枪,幸运的是,这一枪只炸开了步枪的后膛。马尼托向后一跃,一时失明。铁手刚站起身来,一颗子弹击中了他的左大腿。他大叫一声,第二次摔倒在地,他的后脑勺撞到了地上,眼前金星直冒。

骡子们弓背跳跃,疯狂嘶鸣。有两头骡子挣脱了拴马铁桩,粗声粗气地叫唤着跑进了河里。铁手听见两个攻击者在他身后哗啦哗啦地冲向河岸,开始了又一波攻击。他受伤的背部摔得剧痛无比,痛得几乎和大腿上的伤口一样厉害,大腿上伤口的血在他的裤子里流淌。他必须要站起来……必须得站起来。他拼尽全力试了试,发出一声绝望和愤怒的号叫,但是又倒了下去。他听到进攻的马匹正在冲上前来。

马尼托站在受伤的捕兽者身旁俯瞰着他,说道:“把枪给我。”

他会用它杀了我……

“枪!”

不敢,不能信任……

“白人啊,如果你不把枪给我,我们就死定了。”

马尼托的头上有一圈马蹄扬起的尘土,他看上去就像他原始祖先的某个幽灵。他伸长的棕色的手张开着,请求道:“白人——听我的!”

马蹄声声,响若雷鸣。铁手孤注一掷,展示了至高无上的信任,把卡宾枪向上抛去，马尼托一把抓过来，抵在自己的肩上。子弹再次乱飞，但马尼托坚定地站着，开始射击，而且不停地射击。当小乔那个同伙的马经过铁手的视野时，这个捕兽者看见了那个无名的暴徒在他的马鞍上被抛得很高，好像正在被拽向天堂。暴徒的马从他的身子下面跑了出去，他重重地摔了下来，滚落进了棕色的河水里，洞开的腹部，鲜血奔流，染红了河水。

铁手不知不觉地喊叫起来："别打了，只有五颗——"

太晚了，他大脑的某个部分早就数到开了五枪了。马尼托一阵齐射，一下子就把弹夹打空了。

而小乔月光却毫发无损，他那又长又细的两撇八字胡子轻轻地拂着脸颊。

小乔在水里掉转马头，驾驭着马轻快地向沙洲驶来，然后一动不动地停在了那儿。小乔举起了左轮手枪，然后用另一只手握住它，近距离对准了马尼托的头。

所有这一切都发生得很快。铁手的行动是出于本能，他奋力往上挺起身子，头晕目眩，剧痛无比，但他无所谓。他扑向小乔月光和跳跃的马。小乔一边生气地用脚后跟控制这畜生，一边试图稳住身子准备开枪。马尼托蹲下身来，拔出刀想扔过去，但小乔会先开枪的。没有任何东西可以掩护，印第安人难逃一死了。

马又向旁边跨了一步，小乔尖叫着骂了一声。等他意识到他的坐骑已经向铁手靠拢了，为时已晚……

铁手咧嘴笑着，但他的脸扭曲成野兽般的狰狞。他戴着脏手套的手紧紧抓住小乔的右臂。小乔明白危险，尖叫起来。铁手把他的敌人从马鞍上拉下来的同时，他巨大的右手飞快地挥起。角度恰到好处，捕兽者的手掌快速有力地劈中了小乔的气管。

小乔不会动了，他的左轮手枪掉在了地上，两股血从他鼻孔里喷涌而出。铁手把小乔扔在地上，单膝跪在他的胸口。铁手从腰间的皮条里拔出刀子，摆好姿势，按住他的肩膀，开始下手，准备割断小乔的喉咙。

"等等。瞧他，他的灵魂消失了，在他触地之前它就飞走了。"

铁手换了个姿势，这样可以把一只耳朵贴到敌人的胸口上。他就这样弓着身子听了很长一段时间，然后抬起头来，震惊得浑身发抖。马尼托又说对了，小乔月光的心脏已经停止了跳动。

铁手蹒跚着站起身来，他受伤的腿几乎支撑不住身子，他的背疼得要死。他将刀插向皮带，没有插中。他第二次插还是没有插中。马尼托从他的手里拿过刀子，插好，把刀柄固定住。

铁手用颤抖的手捋了捋自己的脏胡子："我——原本不想把枪给你。"

"为什么？"

"我认为你救了自己之后会杀了我。"

"为什么？"

"你兄弟——"

"白人的脑子，"马尼托极其厌恶地说，"你不觉得在这之前我有一百个机会可以杀了你吗？"

"可是你说我有责任——"

"那是我见到你之前。我想了解你是什么样的人，我了解了。你却什么也没有了解到，你的内心充满了恐惧的毒汁。你和所有其他白人一样，尽管没有有些人坏。好在你瘫倒了，把枪给了我，否则故事的结局就不是这样了。"

他突然向前走了一步——有点像威胁，直到铁手明白了真正的含义，然后他觉得自己像个傻瓜。马尼托轻轻地托着他的背和前臂："现在你最好躺下，否则就倒下了，白人。"他的语气不再轻蔑。

沉重的绷带把铁手裹得浑身僵硬、疼痛难耐，铁手独自骑着马沿着土路向柯克堡的大门驶去。他的坐骑布朗尼的脖子上，挂着臭烘烘的小乔月光的尸体。

柯克堡在平原上历史悠久，闻名遐迩。这是一个长方形的栅栏，每个角落都有一个碉堡，小屋和库房构成了它的两堵墙。铁手从正门穿过栅栏，正门通向一条排满了小屋和店铺的狭长的泥土通道。第二道内门通向一个院子，那个地方印第安人是不许进去的。所有的交易都在那条狭长的通道上进行，即便在这里，也有防范措施。商店橱窗上安装着铁栏，存放商品的仓库窗户上的百叶窗是铁制的。

一个掉光了牙齿的印第安人靠墙坐着，戴着一顶白人戴过的编织帽子，穿着一件白人士兵丢弃的军上衣，看上去悲伤愁苦，无家可归。他瞪大眼睛瞧着铁手，他认识铁手。捕兽者骑着马走进第二道门，径直穿过院子被踏实的土地，来到四旗公司总部大楼那儿。公司的各个角落，或者会计室、保险箱室、火药库的门口，都有公司的员工，他们茫然地盯着铁手。有人跟他打招呼，但他没有回应。没有人阻止他踢开办公室的门。他吃力地走进门去，肩上扛着小乔僵硬的尸体，一条胳膊下面夹着他的卡宾枪。

亚历山大·贾格尔斯正忙着一些日常的事情：拿着羽毛笔，看着账册。他看见一个赫然耸现的人影，便大叫道："尤因！老弟——这是什么？你好没礼貌，你该敲门通报自——"

他的话被铁手打断了。铁手让自己的步枪滑落到一把椅子的座位上，然后把小乔月光的尸体放在宽大的木头办公桌上。尸体弄乱了账册，打翻了墨水瓶，墨水瓶里的墨水滴落到了老旧的地板上。

"他出了个事故，这在大山里经常发生。"铁手说道，意味深长地看了四旗公司的主人一眼。

贾格尔斯的脸腾地红了，双颊鼓了起来。他把一只手飞快地伸向办公桌的一个抽屉，但铁手比他快。铁手跳上办公桌，越过小乔的尸体，狠狠推了贾格尔斯一把，一下子把他和他的椅子全都推倒在了地上。贾格尔斯挥动着双臂，两条腿在空中乱踢，嘴里大声咒骂着脏话。

铁手跳了下来，从椅子上拿起他的步枪。他瞄准目标，把弹匣里的子弹射得精光，五发子弹，全射进了角落里贾格尔斯先生的风琴。轰鸣的齐射枪声过后，风琴发出一个呼气一样的声音，声音很大。

捕兽者走到风琴跟前，用右手猛击它的木头外壳。那只手像铁锤一样敲打着，狠狠地敲打着，宛若一根棍棒，恍如一把大锤。薄薄的贴面镶板开裂了，发出啪啪的声响。贾格尔斯尖叫着，徒劳地想站起来，但是他的腿摔伤了，每一次尝试都比上一次徒劳。他仰面躺在地上，脚跟朝天，一个劲儿地哀号。

铁手把他的两只手交叉在一起，好的手和坏的手，把这个由肉和骨组成的巨大锤头狠狠地砸在风琴的架子上，把它劈成了两半，仿佛把一个人的脊椎骨劈断了一样。

贾格尔斯痛苦而又愤怒地尖叫着。

铁手捡起他的步枪,头也不回地走出门去。

天色过早地暗了下来,离日落还有好几个小时。但是,天空和草原黑幽幽的,空气十分潮湿。遥远的北方,雷声隆隆。

露水和湿气产生了一种地面雾气,凝结起来并迅速扩散。铁手骑马前往堡垒西边两英里外的杨树林,他在马鞍上伸长了脖子四处张望——付出了不小的痛苦的代价——他看见角落处的碉堡在暗灰色的云雾中飘浮,就像童话里食人妖魔的空中城堡。

当铁手到达小树林时,马尼托醒了,他挠着自己的背,站起身来,问:“你现在去哪儿呢?”

“回到山里去,回去捕捉河狸。这是我唯一懂的行当。我敢打赌,在纽约,人们并非全都戴丝绸高顶黑色大礼帽。”

马尼托停顿了一下,然后说道:“我知道一些秘密溪流,老铁手。三到四条,隐藏在石头山深处十分偏远的地方,你一个人永远也找不到它们。”

“嗯,好。咱们看啊,我想再找个搭档,自由捕兽者需要搭档。可是我不像很多人做的那样,我从来不付兄弟任何形式的酬金。毛皮换来的不管什么东西我们都分享。”

“这样行啊。”

“难道你觉得你可以信任我吗,相信我不会让你送命吗?”铁手问道,心中突然涌上一股酸楚。

马尼托平静而又认真地对待他的话:“那个苏格兰老头不会再打扰你了,我认为。但你能信任我吗?”

铁手那张伤痕累累的脸似乎放松了下来:“我们刚才已经过了那条河。”

德拉瓦尔人马尼托动作优雅而又庄重地慢慢从腰间抽出了他那把华丽的“格林河”长刀,他把长刀递过来,刀柄在前。

铁手用同样庄重的礼仪拔出他那把同样精致的刀,他用同样的方式递了过去。在大山的人中,没有比这更重要的信任姿态了。

“伙伴。”

“伙伴。”

他们交换了刀。马尼托吻了吻他的右手手指，并以一个神秘的姿势把手指举过头顶。铁手笑了，笑声低沉而又轰然。他们骑上马，一起迎着暴风雨飞奔而去。

跋

西部作家卡尔·梅在向非美国人宣传美国西部的辉煌灿烂与刺激动人方面所做的贡献，很可能除了那位侦察之王者、舞台表演之王者、廉价小说之王者野牛比尔·科迪之外，无人能及。然而，除了专业学者，并没有多少人了解他。

这肯定是因为卡尔·梅1842年出生在德国的萨克森州，只用德语写作，而且只去过美国一次——1912年。到那时为止，他已经写了七十四部书，其中四十部是以“美国蛮荒西部”为背景的。

对于这种传教般的工作，梅显然是个奇特的家伙。他只是通过阅读了解西方——有些书是在监狱里看的。梅早年曾因各种各样的盗窃和诈骗入狱四次，在他最长一次的四年刑期里，他办了一个监狱图书馆。

梅在青少年时期历尽磨难。他几近失明的顽疾一次次发作，他受尽折磨。他出生在一个我们称之为不正常的家庭，十三个兄弟姐妹，有九人夭亡。

当他足够大的时候，他进入了一所教师预备学校，他因偷窃而被开除。他似乎并没有从中吸取教训，其后，其他犯罪屡屡发生。

但是，阅读改变了他的人生，就像阅读把很多罪犯变成了作家一样。1875年，卡尔·梅出版了他的第一部西部小说。

他的白人主人公在不同的故事中有不同的名字：老巧手，老射手，老碎手。他是个西方人——不是一个土生土长的边远地区居民，而是一个强健壮实、温文尔雅、博学多才的欧洲人，他凭借智力和体力很快适应了西方的艰苦和危险。老碎手拥有一个“力大无比的拳头”，可以用来消灭恶棍流氓。但他也带着火力，展现的形式是他那支奇异的连发步枪，由传奇的枪械制造商圣路易斯的亨利先生定制。这支亨利卡宾枪的旋转弹膛可以装二十五发子弹，大家千万不要把它和我们更加熟悉的亨利卡宾枪混淆——除了名字相同，它们没有任何其他关系。

梅将他所塑造的老巧手与老碎手的品质融合到了一个年轻的印第安人身上,并在1892年左右首次向读者推出这一人物。温尼图是一个既勇敢又有头脑的阿帕切部落首领,曾受到一位家庭教师的教育,因此接受了欧洲以及他与之一起冒险的那个白人的“文明”方式。

这两个主人公的足迹踏遍西部版图,非凡偶遇一次又一次,除掉恶人一个又一个。在一本历史季刊中,一位学者对梅四部具有代表性的小说里的死亡人数做了一个统计,总共两千三百页,升天的人数是两千零十二人。他们被了结的方式多种多样,有枪杀,有刀砍,有淹死,有毒死——但有六十一人是被之前提到过的“力大无比的拳头”打死的。

梅对西方地理有相当的了解,但有一个方面除外。除了大山和荒原这些熟悉的背景外,他反复用到“一个无法穿越的仙人掌林”——确切位置没有具体说明。

梅的作品被翻译成多种语言,但很少被翻译成英语,虽然不是没有。然而,它们已经卖出了五千多万册,并且还在继续卖。在德国,几乎每家书店都有长长的梅的小说的书架,就像人们在美国到处都能找到长长的拉穆尔小说的书架。

至少有三十部梅的小说被改编成了电影。1913年,一家专门出版这些作品的出版社成立了。举止温和的粉丝们聚集在一起,穿着戏服表演他们心目中两位英雄的英勇事迹。现在,有不少人正在写关于卡尔·梅的博士论文。

因此,用一个有两个西部人与一个毛皮“托拉斯”腐败透顶的团伙作战的故事来表达对梅的敬意似乎是合适的,也是一种有趣的挑战。这个故事发生在梅有时称为石头山的地方。

我用了他的两个主要角色的名字变体,并保留了奇特的亨利连发步枪(任意将它减少到了五发子弹)。这些是唯一的相似之处。铁手不是一个“能流利地说十几种语言并在谈话中穿插一些关于宗教的说教的金发日耳曼超人”。马尼托既不是酋长,也不是阿帕切人。我的意图是对一位西部文学的重量级人物加以致敬,而不是模仿梅的小说写一部集成性质的作品,反正用我的初级德语也不可能很好地翻译梅的作品。我想要的是一个沐浴在柔和的淡色雾霭中的故事,就像一个传说,一个不是过度现实的故事。简而言之,这种西部故事有可能是有人在哪个遥远的地方写的。

还有一点必须说明,贾格尔斯先生唱的歌并非不合时宜,它是在故事诞生数年之后创作的。但是在上下文中,这歌词富有魅力。

葛底斯堡的慈悲

战争在1863年的7月来到了我们家。

我们家的房子和铁匠铺的废墟矗立在黑格斯敦路上，位于葛底斯堡这个死气沉沉小镇的西南面，这是宾夕法尼亚州的一个丘陵地带。鲍勃·李[①]将军入侵了北方。对于南方反叛分子来说，这是一次孤注一掷的冒险，他们为争取奴役黑人和被称为脱离联邦的什么东西而战，当时我十一岁，还不明白这一点。

在6月的最后一个星期里，我们几乎每天都能听到关于地平线上即将出现大批军队的传言。我敢肯定，亚当斯县的每个人心中都害怕极了，只有我父亲不害怕。

6月30日，星期二，一个从西面过来的惊恐万状的家庭经过这儿，他们说叛军正在他们背后向前推进。我的父亲，一个因失明而痛苦不堪的高大强壮的男人，把手杖扔到一边，从壁炉上面笨拙地摸出他的步枪。

"如果他们真的来了，丹尼尔，我要杀一个反叛分子，为你哥哥报仇，"他对我说，"你要帮我忙。"

他把步枪举过头顶，欢欣鼓舞。

我父亲和母亲珍妮都是信奉宗教的人。我母亲按道德原则生活，从不考虑代价。有一次，就在父亲出事之后，我们几乎身无分文，一个杂货店售货员找零

①即罗伯特·爱德华·李（1807—1870），毕业于西点军校，先后在联邦军队工兵、骑兵服役，参加过美墨战争并立下战功，1859年带领美军镇压布朗在哈珀斯费里的暴动，曾担任西点军校校长；美国内战时尽管他反对南方脱离联邦，但当他的家乡弗吉尼亚州脱离联邦后，他也参加了南军，先后任弗吉尼亚军司令、北弗吉尼亚军司令、戴维斯军事顾问、南军总司令等职，以出色的战略战术多次击败北军；1864—1865年，在对抗他西点军校的学生格兰特将军所领导的联邦军时惨遭失败，最终在阿波马托克斯投降；战后任华盛顿学院（后来改称华盛顿和李大学）校长，任职终身。

钱时多找了一角钱。那一角钱可是能买很多东西啊。我母亲很有礼貌地指出了错误，并把一角钱递还给他。我想，父亲之所以这么希望他们来，一定是因为我哥哥托比的事情，他跟随麦克莱伦[①]将军出征半岛，从此再也没有回来……

果不其然，7月1日中午前，南军骑兵向我们横冲直撞而来。我们西边隔壁农场的威尔·夏普骑马疾驰而过，大声喊叫着说，从他的位置可以看到反叛分子飞奔而来的滚滚尘土。

"快帮我，丹尼尔，"我父亲大声说道，"扛上我的步枪，把我弄到栅栏那儿去，我可以在那儿向他们射击。你告诉我什么时候开火。"

"他们会反击的，你们两个都会死的。"我母亲说。我的小妹妹莉斯贝丝捂着眼睛放声大哭起来。母亲叫她闭嘴。

父亲不肯善罢甘休，他倚着我的肩膀走出了屋子，我把他扶到栅栏那儿，让他的胳膊肘支在顶部的栏杆上，让他的步枪对准了大路。7月的天气十分炎热，昆虫嗡嗡乱叫。

我们等了大约十分钟，父亲拿着枪，我的心在胸膛里怦怦直跳，确信我正在经历我在这世上的最后一个夏天。接着，一阵尘雾从旁边一座山头升起。我的嘴干得几乎发不出声音来。

"他们来了。"

"有多近？"

"山梁的另一边。"

"稳住我的手。"他充满了正义的激情。我哥哥在弗吉尼亚的一条小河里被南部邦联的子弹打中了要害，然后——我是后来才知道的，那时我母亲认为我有承受力可以知道这件事情了——反叛军队的侦察兵用刺刀肆意凌辱他的遗体，抑或他的指挥官是这么写的。

"为了托比，我至少得杀一个。"父亲说道。这时，黄褐色的滚滚尘埃从那座

①即乔治·布林顿·麦克莱伦（1826—1885），美国军人，曾参加美墨战争，后任伊利诺伊中央铁路总工程师和俄亥俄与密西西比铁路总经理；南北战争初期，任俄亥俄军区司令时在西弗吉尼亚击败南军并协助使肯塔基留在联邦内，后任联邦军队总司令，但在半岛战役、七天战役、安蒂特姆战役中均遭败绩，遂被林肯解职。1864年作为民主党候选人与林肯竞选总统失败。1872—1877年任大西洋和大西部铁路总经理。

小山丘上飞旋直下，恍若一个龙卷风。我记得，当时他的声音温柔下来：“害怕吗？”

“哦，是的。”他一定是相信了我，他找到了我的头，抚摸着我的头发，然后眯起了他那失明的眼睛，看上去好像在注视着路的尽头。那是1859年春天的一个晚上，闪电把铁匠铺烧着了。父亲冲进屋去抢救他的工具和他正在钉蹄的两匹马，一根燃烧的横梁砸在了他的身上，正好划过他的双眼——先是一道极度的亮光，然后是永恒的黑暗。如果不是母亲在城里给一些孩子当家庭教师，我们早就饿死了。

然后我看见了骑兵，我一直以为他们是赫思那个师右翼的骑兵侦察兵。滚滚尘土中战刀闪烁，宛如闪电。“我听到他们了。”父亲大叫道，因为他们的蹄声听起来像鼓声。他大声笑了起来。

不一会儿，南军骑兵在我们家屋子的后面转向了北方，很快离开了，不见了。

“他们走了。”我说，觉得我们得救了。我领着父亲回到屋子里，心里很高兴，因为我也许又可以活一个夏天了。

母亲想从他手里把步枪拿走。他失望得像疯了一样，不肯放手。莉斯贝丝拉了拉我的袖子：“外面有个士兵。我想他是从马上摔下来的，他浑身是血。”

这个小笨蛋，她说得不够小声。父亲听见了：“什么？士兵？”

我母亲很少发火，但当时她生气地瞪了莉斯贝丝一眼。“珍妮，”我父亲说道，“把我带到那个士兵那儿去。马上！”

她是一个温顺的妻子，领着父亲走出屋去，走过铁匠铺那堆乱糟糟的烧焦的木头。他昂首挺胸地走着，两只看不见的眼睛里再次浮现出坚定和死亡的神情。母亲则低着头走着。我落在后面不远处，莉斯贝丝紧紧地搂着我的腰，发出猫叫一样的讨厌声音。

然后，我们听到了他的声音。虽然叫声不是很大，但照样十分揪心，就像一只断了爪子的动物。

我看见他倒在铁匠铺废墟一角高高的杂草中，是一名身穿南部邦联军队淡棕色土布军装的士兵，浑身是土和血。血最多的地方是他的左腿，有人开枪打中了他。他一定是把马弄丢了，肯定是的，也许在蔽日的尘土和震天的喧闹声中，没有一个同伴看见他摔下了马。你可以听到他的呼吸声。

“帮我把枪口瞄准，珍妮，”父亲说着，举起了步枪，“瞄准他的头。”

那南军士兵虽然头晕目眩，但是意识清醒，他看出了我父亲的意图。他试图挣扎着退回到高高的野草丛中，可是他太虚弱了。他的目光盯着我父亲，那是一双棕色的大眼睛，几乎有点像少女的眼睛。我估计他还不到十八岁。

“该死的，快啊。我要杀了这个混蛋。”我的身后，莉斯贝丝喘着大气。她虽然很小，可是她明白，父亲一旦爆粗口，那就是天要塌了。

“杰鲁沙·兰姆，你不能杀他，”母亲说道，犀利地看了我一眼，然后又犀利地看了莉斯贝丝一眼，“我必须得照顾这个孩子，他是一名联邦士兵。你看不见，我可看得见，他穿着联邦蓝军装呢。他一定是在追击别的那些人。”

蜜蜂嗡嗡地叫着。钱伯斯堡大路那个方向，大炮开始轰鸣，又是一场大战。我觉得自己像要被汗水冲走了一样，那么多可怕的汗水，从我的衬衫里面滚滚而下。

“你要是——你要是——”父亲在发抖，他太爱我母亲了，所以没有指责她说谎，但他知道如何发现真相。

“莉斯贝丝？女儿？”

莉斯贝丝的眼睛睁得大大的，噙满了泪水，她不可能对父亲撒谎。我知道我可能为此下地狱，但我还是用手捂住她的嘴巴，把她紧紧抱在身边，然后说道：“她回到屋子里去了，她是个胆小鬼。”

我父亲愣了一会儿，然后仰天望着看不见的太阳喊道：“托比……托比……”

他拿着步枪走进荒草丛中，泪流满面，为自己丧失男子气概而感到羞愧。

我再也没有见过那个南军士兵。我母亲坚持要亲自照顾他，她用毯子和树枝搭了个小小的屋子，让他住得暖暖的，吃得饱饱的。早晨，他就走了。

“绝顶古怪的事情，”当时我母亲对我说，“他姓托宾。托比——托宾——那不是很奇怪吗？”

整整三天，葛底斯堡战役蹂躏了这个城市和周边地区。我们大多时候躲在地窖里。皮克特①将军发动了那次注定失败的攻击行动，成千上万个年龄大大小

①即乔治·爱德华·皮克特（1825—1875），美国内战时期南部邦联军队将领。

小的战士在穿过一片开阔的田野时被北方人的炮火像割草一样撂倒，之后，鲍勃·李将军向南撤退，再也没有回来。许多人说，那年7月，他在宾夕法尼亚州输掉了这场战争。

两年后，我父亲去世了，一直没有得到他认为应该得到的补偿。

1866年，我母亲收到了来自弗吉尼亚州威斯维尔一个叫莱弗里特·托宾的人的一封信。他在战争中幸存了下来，南方投降后，他娶了自己的心上人，最近开了一家五金店。他赞颂母亲在那个7月的日子里的慈悲。

母亲凝视着放在她膝头的信，脸上毫无喜悦的表情。战争中没有喜悦，抑或连战争的记忆也没有。

“丹尼尔，”她说，“我祈求上天能原谅我的谎言。”

“也包括我的，妈妈。我想会的，”我笨拙地把我的一只手放在她的手上，“是的，我相信会的。”

译 后 记

在我翻译的约翰·杰克斯的历史小说里，《无畏的边境》是唯一一部西部文学性质的中短篇小说。我不知道是什么原因，作者选择了他发表在报刊上的中短篇小说做了一个集锦，来反映美国西部边境地区的历史风貌。作者认为这是缘于他“对西部作品的痴情”，用原美国西部作家协会主席戴尔·L.沃克的话说，是为了“娱乐”。但是我总觉得两者都不尽然。杰克斯的小说源于西部，所以，作者有西部情结，这是毋庸置疑的。问题是，作者完全有能力写一部有关西部边境的长篇小说，譬如《加利福尼亚金子》，可他为什么选择了他的中短篇小说?

美国最早的国土主要在东北部，即十三个原英国殖民地，面积大约八十万平方千米。独立战争胜利后，美国政府采取各种手段，从印第安人手中，从英国人、法国人和西班牙人等殖民者手中，甚至从俄国沙皇手中，尤其是从墨西哥攫取了大量的土地，才有了今天东到大西洋、西到太平洋、南到墨西哥湾、北到加拿大以及阿拉斯加和夏威夷飞地的面积达九百三十七万平方千米的广袤国土。在这个过程中，美国边境不断发生变化，西部边境不断向西延伸。

美国的西部文学范围随着地域变迁而逐渐西移，从弗吉尼亚州的边远地带，或者更遥远、更富有传奇色彩的肯塔基州西部边境以及位于南卡罗来纳州、北卡罗来纳州或者纽约州的丛林地带，横贯大陆到现在濒临太平洋的加利福尼亚州。

一般的美国读者不会花大力气去研究什么是西部文学，但是对一个个无论是虚构的还是真实的标杆式人物肯定记忆犹新，譬如“野牛比尔”科迪、安妮·奥克利、“坐牛”首领、“疯子安东尼”韦恩、乔治·阿姆斯特朗·卡斯特、詹姆斯·麦克林·钱斯、西奥多·罗斯福、纳蒂·邦波、尼克·布雷、扑克女神爱丽丝、“独行侠”，等等。他们通过小说、电影、电视等深深扎根到了美国乃至世界人民的心中。

约翰·杰克斯并不是西部文学作家的典型代表。美国描写西部的著名作家有很多,比如詹姆斯·费尼莫尔·库珀、威廉·吉尔摩·西姆斯、沃尔特·司各特、内德·邦特莱茵、安·索菲亚·温特博特姆·斯蒂芬斯、布勒特·哈特、哈姆林·加兰、弗兰克·诺里斯、杰克·伦敦、赞恩·格雷、斯科特·莫马戴、路易斯·拉穆尔、卡尔·梅、德怀特·贝内特·牛顿、戴尔·L.沃克,等等。

在杰克斯的很多长篇历史小说里,他对西部有大量描写。在《肯特家史》中,八部小说有五部包含了丰富的边境和西部题材:《探索者》里讲到了"疯子安东尼"韦恩的故事和1794年俄亥俄州边境的"倒伏树木之战"以及美国联邦政府的城市房产计划;《复仇者》讲述了1836年发生在阿拉莫的血腥战斗和1849年在加利福尼亚州北部发现黄金的故事;《战士》描述了建造联合太平洋铁路的艰难历程;《不法之徒》有西部牧牛城镇的独特风情;《美国人》有西奥多·罗斯福经营西部牧场的冒险经历。在杰克斯的《北方与南方》三部曲的第三部《天堂与地狱》中,他描绘了大平原印第安人的生活,描述了第十(黑人)骑兵团在堪萨斯州的活动,描写了印第安人条约问题和美国政府对部落的背叛,也描摹了乔治·阿姆斯特朗·卡斯特的传奇经历。

他的《加利福尼亚金子》是一部典型的描写地域场景和人物活动的西部历史小说,展开了加利福尼亚淘金热后的三十年画卷,讲述了年轻的主人公宾夕法尼亚流浪汉詹姆斯·麦克林·钱斯所经历的加利福尼亚历史上的重大事件,包括19世纪80年代洛杉矶的房地产繁荣景象,1906年旧金山的大地震和大火,铁路垄断时代,劳工斗争,电影业的诞生,甚至环保运动等。

这部中短篇小说集锦跟作者恢宏的长篇历史小说的叙事风格迥然不同。如果说《肯特家史》八部曲、《北方与南方》三部曲、《克朗家族传奇》姊妹篇等长篇作品是约翰·杰克斯描写美国历史的雄浑壮丽的主旋律的话,那么《无畏的边境》则是美妙清新的和弦。我敬佩约翰·杰克斯创作的鸿篇巨制,也喜欢他的这种和弦。

戴尔·L.沃克认为,这本选集中的故事涵盖了约翰·杰克斯从20世纪50年代开始的整个写作生涯,不仅完美地体现了他对不断变化但亘古永存的美国西部的热爱，而且也表现了他对自己写作生涯的谦逊描述。他把自己描述成一个写书匠，瞄准大众市场，目的只有一个：娱乐。所以，约翰·杰克斯的拥趸遍布美国乃至全世界。

在《无畏的边境》里，只要看那一个个刻画生动的主人公，我敢说读者一定会立马喜欢上作者的这些中短篇小说：生性腼腆但面对凶残的职业杀手却镇定自若的警长卢·汉德，说服抢劫银行的劫匪把赃款归还银行的洛拉，智斗阻碍铁路建设的恶霸的调停纠纷的专业人士马克·罗梅，协助白人好友深入印第安人领地寻找儿子并靠魔术战胜印第安人巫师"呼啸蛇"的黑人马吉，用正直、勇敢和智慧获得石油运输业务及爱情的杰夫·克罗伊登，在博彩职业生涯赢得声誉、钱财和丈夫的扑克女神爱丽丝，以正义和坚毅征服亡命徒的警长特罗·休斯顿，拯救了菲尔·谢里丹将军的性命然后并收获了爱情的罗尔夫·格林卡斯尔，受尽虐待折磨最后复仇成功的格雷厄姆·科尔德菲尔德，死在一个不谙世事的小女孩手里的作恶多端的职业杀手乔治·博迪，在种族歧视和偏见下破产、命丧黄泉的德国啤酒商威利，勇闯龙潭虎穴救得爱人归但又毅然离去的尼克·布雷，离开孤儿院去闯荡世界并遇见人生第一个"蛇头"的拉马尔·蒂斯代尔，丛林遇险后被印第安人相救最后报仇雪恨的"老铁手"，儿子在战场上被南方人杀死却慈悲为怀拯救受伤南部邦联士兵的母亲珍妮。

十五部中短篇小说，人物个个刻画生动；十五个小故事，情节处处精彩绝伦。有好几个故事感人至深，催人泪下。

十五个故事中，最让我感动的是《阿帕切韦尔斯的女人》和《葛底斯堡的慈悲》。这两个故事的情节十分简单，但是其结局却耐人寻味。

《阿帕切韦尔斯的女人》说的是一个抢劫银行的劫匪特雷西被一个女人感化后改邪归正的故事。杰克斯是这样描述的：

> 他不能理解她，或者说不知道她的动机是什么，但是他内心对她的尊重油然而生，他尊重她清澈坚定的眼神。这双眼睛里面有些东西几乎使他为自己在瓦贡鲍的抢劫中所扮演的角色而感到羞愧。
>
> "我不知道该怎么跟你说才能说到点子上，特雷西。"她说得很慢。火光

犹如一张金线织成的网，发出淡淡的光亮，罩在她的头上，夜风拂动着她的秀发。“但是——嗯——我觉得你是个诚实的人。我觉得你很正派，这正是我需要的。”她伸出一根手指以示强调。

“我想我犯过错，你也一样。不过，现在我们俩都面临一个弥补错误的机会。我不是在问你你是否想要弥补，我只是在告诉你有这样的机会存在，而且我想看看我对你的看法是否正确。”

“我一直在想同样的事情。”他说道。

我认为这个故事的核心是“清澈坚定的眼神”。人类需要这种清澈坚定的眼神。

《葛底斯堡的慈悲》更加感人肺腑。南北战争期间，葛底斯堡居民珍妮的大儿子被南军杀死，双目失明的父亲渴望为儿子报仇。但在他们遇见一个受伤的南军士兵时，母亲慈悲为怀，骗父亲他是北军士兵，并细心照顾他。

“帮我把枪口瞄准，珍妮。”父亲说着，举起了步枪，“瞄准他的头。”

那南军士兵虽然头晕目眩，但是意识清醒，他看出了我父亲的意图。他试图挣扎着退回到高高的野草丛中，可是他太虚弱了。他的目光盯着我父亲，那是一双棕色的大眼睛，几乎有点像少女的眼睛。我估计他还不到十八岁。

“该死的，快啊。我要杀了这个混蛋。”我的身后，莉斯贝丝喘着大气。她虽然很小，可是她明白，父亲一旦爆粗口，那就是天要塌了。

“杰鲁沙·兰姆，你不能杀他，”母亲说道，犀利地看了我一眼，然后又犀利地看了莉斯贝丝一眼，“我必须得照顾这个孩子，他是一名联邦士兵。你看不见，我可看得见，他穿着联邦蓝军装呢。他一定是在追击别的那些人。”

……

我再也没有见过那个南军士兵。我母亲坚持要亲自照顾他，她用毯子和树枝搭了个小小的屋子，让他住得暖暖的，吃得饱饱的。早晨，他就走了。

我相信，这是人性的光辉和母性的情怀。人类需要这样的光辉和情怀。

衷心感谢约翰·杰克斯给了我们这样动人心魄、开卷难掩的中短篇历史小说。

衷心感谢我一生作为依靠的黄诚华女士，没有她照顾我的生活，照顾我耄耋之年的患病老母亲，也不会有这样的译作问世。

董惠铭

图书在版编目（CIP）数据
无畏的边境 / （美）约翰·杰克斯（John Jakes）著；董惠铭译. -- 杭州 ：浙江教育出版社，2024. 10.
ISBN 978-7-5722-8627-8
Ⅰ. I712.45
中国国家版本馆 CIP 数据核字第 202435ZP16 号

责任编辑　滕超萍　　封面设计　钟吉菲
责任校对　胡凯莉　　责任印务　曹雨辰

无畏的边境
WUWEI DE BIANJING
[美]约翰·杰克斯(John Jakes)　著　董惠铭　译

出版发行　浙江教育出版社
（杭州市环城北路177号　电话:0571-88900061,88900037）
图文制作　杭州兴邦电子印务有限公司
印　　刷　浙江新华数码印务有限公司
开　　本　787mm×1092mm　1/16
印　　张　19.25
字　　数　385 000
版　　次　2024年10月第1版
印　　次　2024年10月第1次印刷
标准书号　ISBN 978-7-5722-8627-8
定　　价　68.00元

如发现印、装质量问题,影响阅读,请与承印厂联系调换。
电话:0571-85155604